KB174857

조선시대 서학 관련 자료 집성 및 번역·해제 2

한국연구재단 토대연구지원사업 총서

조선시대 서학 관련 자료 집성 및 번역·해제 2

동국역사문화연구소 편
해제자: 구만옥, 김혜경, 노대환, 박권수, 서인범,
서종태, 원재연, 이명제, 전용훈

경인문화사

▌발간사▌

본서는 한국연구재단의 토대연구지원사업에 선정되어 동국대학교 동국역사문화연구소에서 '조선 지식인의 서학연구'라는 주제로 2015년부터 2018년까지 3년에 걸쳐 수행한 작업 결과물이다.

'서학(西學)'은 대항해라는 세계사적 흐름에 의해 동아시아 사회에 등장한 새로운 사상적 조류였다. 유럽 세계와 직접적 접촉이 없었던 조선은 17세기에 들어 중국을 통해 서학을 수용하였다. 서학은 대부분의 조선 지식인들이 신봉하고 있던 유학과는 전혀 다른 것이었다. 조선 지식인들은 처음에는 호기심에 끌려 서학을 접촉했지만 시간이 지나면서 서학에 관심을 갖는 이들이 늘어났다. 18세기 후반에 이르면 서학은 조선 젊은이들 사이에 하나의 유행이 되었다. 이들은 천문·역학을 대표되는 과학적 성과뿐만 아니라 천주교도 받아들였다. 서학의 영향력이 확대되자 정통 유학자들이 척사적 태도를 견지하면서 서학은 사회적·정치적 문제로 비화하였다. 그 결과 서학은 조선후기 사회의 방향성을 결정하는 가장 중요한 변수가 되었다.

중요한 주제인 만큼 서학에 대해서는 그동안 많은 연구가 이루어졌지만 아쉽게도 조선후기 서학을 통괄할 수 있는 작업은 진행되지 못하였다. 이에 동국역사문화연구소에서는 조선후기 서학의 수용 양상을 종합적으로 정리하겠다는 계획 하에 토대연구지원사업에 지원하였는데 운이 좋게도 선정되었다. 본 사업은 크게 ①조선에 수용된 서학서 정리 ②조선 지식인에 의해 편찬된 서학서 정리 ③조선후기 서학 관련 원문 자료 정리라는 세 가지 과제의 수행을 목표로 설정하였고, 3년 동안 차질 없이 작업을 수행하여 이제 그 결과물을 내놓게 되었다.

본서는 많은 분들의 도움과 노력으로 출간될 수 있었다. 우선 본 과제를 선정해주신 심사위원분들께 깊은 감사를 드린다. 많이 부족한 연구계

획서를 높이 평가해주신 것은 의미 있는 결과물을 만들어 학계에 기여할 수 있을 것으로 기대했기 때문이었을 것이다. 연구진은 그러한 기대에 어긋나지 않도록 최선의 노력을 기울였다. 본 연구를 수행하는데 가장 중요한 역할을 한 분들은 역시 전임연구원들이다. 장정란·송요후·배주연 세 분 전임연구원분들은 연구소의 지원이 충분치 못한 환경에서도 헌신적으로 작업을 진행하셨다. 세 분께는 어떤 감사를 드려도 부족하다. 서인범·김혜경·전용훈·원재연·구만옥·박권수 여섯 분의 공동연구원분들께도 깊이 감사드린다. 학계 전문가로 구성된 공동연구원 선생님들은 천주교나 천문·역학 등 까다로운 분야의 작업을 빈틈없이 진행해주셨다. 서인범 선생님의 경우 같은 학과에 재직하고 있다는 죄로 사업 전반을 챙기시느라 많은 고생을 하셔 죄송할 따름이다. 이명제·신경미 보조연구원은 각종 복잡한 행정 업무를 처리하는 것은 물론 해제·번역 작업에도 참여하였다. 두 보조연구원이 없었다면 사업의 정상적인 진행은 어려웠을 것이다. 귀찮은 온갖 일을 한결같이 맡아 처리해준 두 사람에게 정말 고마움을 전한다. 이밖에도 감사를 드려야 할 분들이 더 계시다. 이원순·조광·조현범·방상근·서종태·정성희·강민정·임종태·조한건선생님께서는 콜로키움에서 본 사업과 관련된 더 없이 귀한 자문을 해주셨고 서종태 선생님의 경우는 해제 작업까지 맡아주셨다. 특히 고령에도 불구하고 두 시간 동안 쉬지 않고 강의를 해주시던 이원순 선생님의 모습은 잊을 수 없다. 이제는 고인이 되신 선생님의 영전에 삼가 이 책을 바친다. 마지막으로 사업성이 없는 본서의 출간을 맡아주신 경인문화사 한정희 사장님과 본서를 아담하게 꾸며주신 편집부 분들께 감사드린다.

이렇게 많은 분들의 도움과 노력에도 불구하고 본서에 부족한 점이 있다면 그것은 전적으로 연구책임자의 잘못이다. 아무쪼록 본서가 조선후기 서학 연구 나아가 조선후기 사상사 연구에 기여할 수 있기를 기대한다.

연구책임자 노대환

▌일러두기 ▌

1. 수록범위

본 해제집은 3년간 진행된 연구의 결과물이다. 연구는 연도별 주제를 선정하여 진행되었고, 각 연도별 수록범위는 아래와 같다.

〈연차별 연구 주제와 수록 범위〉

연차	주 제	수록범위
1차	조선 지식인과 서학의 만남	17세기 이래 조선에 유입된 한문서학서
2차	조선 지식인의 서학에 대한 대응과 연구	조선후기 작성된 조선 지식인의 서학 연구 관련 문헌
3차	조선 지식인의 서학관련 언설	서학 관련 언설 번역

2. 해제

① 대상 자료에 대한 이해를 위해 서지정보를 개괄적으로 기술하였다.

② 해제자의 이름은 대상 자료의 마지막에 표기하였다.

③ 대상 자료의 내용, 목차, 저자에 대해 설명하고 대상 자료가 가지는 의의 및 영향에 대해 기술하였다.

3. 표기원칙

① 한글 표기를 원칙으로 하되, 필요에 따라 한자나 원어로 표기하였다. 한글과 한자 및 원어를 병기하는 경우 한자나 원어를 소괄호( )에 표기하였다.
② 인물은 이름과 생몰연대를 소괄호( )에 표기하고, 생몰연대를 모를 경우 물음표 ?를 사용하였다.
③ 책은 겹낫표『 』를, 책의 일부로 수록된 글 등에는 홑낫표「 」를 사용하였다.
④ 인용문은 " "를 사용하여 작성하고 들여쓰기를 하였다.
⑤ 기타 일반적인 것은「한글맞춤법 규정」에 따랐다.

4. 기타

① 3년간의 연구는 각 1·2권, 3·4권, 5·6권으로 나누어 수록하였다.
② 연구소 전임연구원의 연구결과물은 1·3·5권에, 공동연구원과 외부 전문가의 결과물은 2·4·6권에 수록하였다.
③ 1·2권은 총서-종교-과학, 3·4권은 논저-논설, 5·6권은 문집-백과전서-연행록으로 분류하고 가나다순에 따라 수록하였다.

목차

『만물진원(萬物眞原)』

분류	세부내용
문헌종류	한문서학서
문헌제목	만물진원(萬物眞原)
문헌형태	목판본
문헌언어	漢文
간행년도	1628년
저자	알레니(Giulio Aleni, 艾儒略, 1582~1649)
형태사항	61면
대분류	종교
세부분류	교리
소장처	Bibliotheque Nationale de France 한국학중앙연구원 장서각 東京 叢書閣,
개요	천지의 형성 과정을 문답형식으로 논하여 천주의 존재를 증명하고 천지창조의 과정을 보여주고 있는 교리서.
주제어	천주(天主), 만물(萬物), 주재(主宰), 천지(天地), 중천(重天)

1. 문헌제목

『만물진원(萬物眞原)』

2. 서지사항

『만물진원(萬物眞原)』은 이탈리아 출신 예수회 선교사 알레니(Giulio Aleni, 艾儒略, 1582～1649)가 1628년 저술한 한역서학서이다. 같은 예수회 사제 푸르타도(Francisco Furtado, 傅汎際, 1589～1653), 롱고바르디(Niccolo Longobardi, 龍華民, 1559～1654), 피구에레도(Rui de Figueiredo, 費樂德, 1594～1622) 신부의 교열(校閱)을 받았고, 알레니에게 세례를 받은 중국인 신자 장갱(張賡, ?～?)[1]의 도움을 받았다.

피스터(L. Pfister, 費賴之)는 『입화야소회사열전(入華耶穌會士列傳)』에서 『만물진원』이 항주에서 처음 간행되었지만 정확한 시기는 알 수 없다고 보았다. 현재 남아있는 판본으로는 1628년 북경판이 가장 이른 시기의 것이기 때문에 『만물진원』은 1628년 이전 어느 시점에 저술된 것으로 보인다. 이후 1694, 1791년 북경 판각본이 있으며, 1906, 1924년 상해(上海) 토산만(土山灣) 판각본도 존재한다. 본 해제의 저본 『만물진원』은 1628년 북경 초간본을 대상으로 한다.

『만물진원』은 크게 표제지, 「만물진원소인(萬物眞原小引)」과 「만물진원목록(萬物眞原目錄)」, 본문으로 구성되어 있다. 표제지에는 제목 및 출판에 도움을 준 사람들의 명단이 나열되어 있다. 「소인」은 1면 당 7줄, 1줄 당 12자로 총 8면이다. 「소인」 끝에는 "태서의 후학 애유략이 기술함[泰西後學艾儒略識]"라고 표기되어 있으며 왼쪽에 "艾儒略印", "思及"이라 새긴 도장이 위아래로 찍혀있다. 「만물진원목록」은 1면 당 9줄로 2면에 걸쳐있다. 본문은 11편으로 구성되어 있으며 1면 당 9줄,

1) 장갱(張賡, ?～?) : 자(字)는 하첨(夏詹), 또는 명고(明皐)라고 한다. 복건성(福建省) 진강현(晉江縣) 사람이다. 항주(杭州)에서 마태오 리치에게 교화되었고, 양정균(楊廷筠)과 함께 서양 선교사들의 서적을 번역하였다. 方豪, 『中國天主教史人物傳』 上, 香港公教眞理學會, 1970, 261～262쪽.

1줄 당 20자, 총 48면이다. “태서 야소회 선교사 애유략이 기술함[泰西耶穌會士艾儒略述]”으로 시작하고, “만물진원 마침[萬物眞原終]”으로 끝맺음하고 있다. 본문 각 편의 제목은 두 칸 내려서 적고 있다. 표지부터 본문까지 총 61면이다.

현재 한국교회사연구소와 장서각에서 『만물진원』을 소장하고 있다. 한국교회사연구소 소장본은 1791년 북경판이며, 장서각 소장본은 1888년 홍콩의 나자렛인쇄소[納匝肋靜院]에서 간행된 것으로 1881년 저술된 『변혹치언(辯惑卮言)』과 함께 1권으로 묶여 있다.

[저자]

알레니(Giulio Aleni, 艾儒略, 1582～1649)의 자는 사급(思及)이다. 1582년 브레시아(Brescia)에서 출생하고 베니스(Venice)에서 성장하였다. 1597년 수학과 철학을 배우기 위해 성 안토니오 대학에 들어갔으며, 2년 동안 인문학 과정을 수학하고 18살인 1600년에 예수회에 가입하였다.

1609년 동양에 파견되어 1610년 마카오[澳門]에 도착하였다. 1613년에 비로소 중국 내지로 들어가 처음에는 북경에 파견되었다. 이후 개봉(開封), 상해(上海), 양주(揚州), 산서(山西), 항주(杭州), 상숙(常熟) 등을 거쳐 1625년부터 복건(福建)에 정착하였다. 알레니는 복건에서 중국인 섭향고(葉向高)의 도움을 받아 전교를 행하였는데 1차 설교 후에 세례를 받은 사람의 숫자만 25명에 달하였다고 한다.[2)]

1638년(崇禎 11) 모든 신부가 중국에서 축출되었고, 알레니도 1639년 마카오로 피하였다가 다시 복건으로 들어가 활동을 이어갔다. 1649년(南明 永曆 3. 清 順治 6) 6월 10일 연평에서 사망하였고, 시신은

2) Bartoli, China, 805쪽.

복주(福州) 북문 밖 십자산(十字山)에 묻혔다. 알레니는 말에 조리가 있고 민첩하여 중국인들에게 '서래공자(西來孔子)'로 불려졌다.

『만물진원』 외에 『천주강생언행기략(天主降生言行紀略)』 8권, 『출예경행(出豫經解)』 1권, 『천주강생인의(天主降生引義)』 2권, 『미살제의(彌撒祭義)』 2권, 『척죄정규(滌罪正規)』 4권, 『회죄요지(悔罪要旨)』 1권, 『성몽가(聖夢歌)』 1권, 『이마두행실(利瑪竇行實)』 1권, 『장미극유적(張彌克遺跡)』 1권, 『양기원행략(楊淇園行略)』 1권, 『희조숭정집(熙朝崇正集)』 4권, 『오십언(五十言)』 1권, 『성체요리(聖體要理)』 1권, 『야소성체도문(耶穌聖體禱文)』 1권, 『사자경(四字經)』 1권, 『성학추술(聖學觕述)』 8권, 『매괴십오단도상(玫瑰十五端圖像)』, 『경교비송주해(景教碑頌註解)』, 『서학범(西學凡)』 1권, 『기하요법(幾何要法)』 4권, 『서방답문(西方答問)』 2권, 『직방외기(職方外紀)』 6권 등의 저술이 있다.

3. 목차 및 내용

[목차][3]

第一 論物皆有始

第二 論物不能自生

第三 論天地不能自生人物

第四 論元氣不能自分天地

第五 論理不能造物

3) 판본에는 빠져 있지만 본문에 앞서 소인(小引)이 있다. 또 실제 목차는 "第幾"가 뒤에 배치되어 있었지만, 편의를 위해 여기서는 앞에 둔다.

第六 論凡事宜據理而不可據目

第七 論天地萬物有大主宰造之

第八 論天地萬物主宰攝治之

第九 論造物主非擬議所盡

第十 論天主造成天地

第十一 論天主爲萬有無原之原

[내용]

『만물진원(萬物眞原)』은 천주교의 입장에서 자연철학을 논한 한역서학서이다. 책의 제목에서 알 수 있듯이 만물의 진정한 근원을 찾고 있는데 당대 유럽 기독교 사회의 우주관과 선교사들의 중국에서의 포교 전략을 확인할 수 있다.

알레니는 서문[小引]에서 "한 가지 일을 논하는데 상반된 설이 있다면 모두 진실일 수는 없을 것이니 반드시 하나의 확실한 법을 정하여 옳고 그름을 가려야 할 것이다. … 이치[理]라는 것은 인류의 공통된 스승[公師]이다. 동해, 서해의 사람들은 땅은 다르지만 같은 하늘을 이고 있고 글은 다르지만 같은 이치[理]를 공유하고 있으니 아무도 공사(公師)의 가르침을 벗어날 수 없다."[4]라 하여 순수한 이성을 통해 천지만물의 근원을 탐구할 것을 밝히고 있다.

본문은 총 11절로 구성되어 있는데 작게는 두 부분, 크게는 네 부분으로 나누어 볼 수 있다.[5] 각 절은 혹왈(或曰)이나 혹문(或問)으로 시

4) 『萬物眞原』 卷1, 「萬物眞原小引」, "凡論一事, 而有相反之說, 旣不能俱眞, 必有一確法以定之. … 理者, 人類之公師, 東海西海之人, 異地同天, 異文東理, 莫能脫于公師之敎焉."

5) 박진태는 『만물진원』 해제에서 1~5장까지의 전반부와 6~11장까지의 후반부

작하는 의문문과 이에 대한 대답[曰]으로 구성되어 있는 경우가 많다. 하지만 질문 없이 본문이 시작되는 경우도 있으며, 본문 중간에 질문이 포함되어 있는 경우도 있다. 각 절의 내용을 구체적으로 살펴보면 다음과 같다.

제1절 "만물이 모두 시작이 있음을 논함[論物皆有始]"에서는 다섯 가지 근거를 들어 만물의 시작을 증거하고 있다. 첫째, 인류가 만물을 이용해서 육신을 기르는 행위, 둘째, 오곡이 한 알의 밀알에서 일승(一升), 일석(一石)으로 늘어나는 과정, 셋째, 여러 나라의 전적에 천지의 시작에 대해 논하고 있다는 점, 넷째, 하늘이 열린 이래 하늘의 운행이 일정하다는 점, 다섯째, 조물주의 성경에 천지의 시작과 인류의 원조에 대해 상세히 기재되어 있다는 점이다.

제2절 "만물이 스스로 만물을 창조할 수 없음을 논함[論物不能自生]"에서는 만물을 두 가지로 분류하고 있다. 첫째, 사람이나 우마(牛馬)와 같이 생성(生成)되는 존재인데 이들은 스스로 사람이나 우마를 창조해 낼 수 없으며, 둘째, 집이나 그릇 같이 조성(造成)되는 존재인데 이들 역시 공장(工匠)이 만들어낸 이후에나 존재할 수 있다. 천지와 인물 중에 두 가지 범주에서 벗어나는 것이 없으므로 모두 천지를 주재하는 존재에 의해 창조될 수밖에 없음을 역설하고 있다.

제3절 "천지가 스스로 만물을 창조할 수 없음을 논함[論天地不能自生人物]"에서는 초목의 예를 통해 시작하고 있다. 즉 초목과 같은 미묘한 존재도 사람의 씨 뿌리고 물 대주는 행위가 없으면 생장할 수 없는데

로 나누었다(「『萬物眞原』」, 『교회와 역사』 166, 1989). 北京大學宗教硏究所에서 나온 『萬物眞原』 編序에서는 1～5절, 6～8절, 9절, 10～11절까지 총 4부분으로 나누었다(「『萬物眞原』」, 『明末淸初耶穌會思想文獻彙編』 第八册, 2000). 두 책 모두 전반부의 내용을 천주의 존재를 설명하기 위한 도입부로 파악하였다. 후반부의 내용은 모두 천주의 존재 및 천지창조의 과정을 설명한 것으로 보았는데 北京大學宗教硏究所에서는 세분화해서 크게 세 내용으로 구분하였다.

사람과 가축 같은 존재는 천지가 더더욱 스스로 길러낼 수 없다는 것이다. 또 물의 본성은 자신의 종류를 초월해서 전해질 수 없기 때문에 생장(生長)과 지각(知覺), 영명(靈明)이 없는 천지는 그것을 소유한 인류를 창조할 수 없음에 대해 논하고 있다.

제4절 "원기가 스스로 천지로 나누어질 수 없음을 논함[論元氣不能自分天地]"에서는 주기론(主氣論)에 대해 비판하고 있다. 만물의 탄생에는 네 가지의 소이연(所以然)이 있는데 질(質), 모(模), 조(造), 위(爲)이다. 사람의 탄생에 이를 대입하면 사람의 형체가 질이 되고, 영성(靈性)이 모가 되며, 부모가 조가 되고, 부모를 계승하는 뜻이 위가 된다. 하지만 원기는 네 가지 소이연을 지니고 있지 않기 때문에 저절로 천지로 나누어질 수 없다. 또 공장(工匠)이 그릇을 만들 때에도 먼저 그릇의 형상을 마음속에 그린 후 손으로 완성하는데 영각(靈覺)이 없는 원기가 천지를 생성해낼 수 없음을 주장하고 있다.

제5절 "리가 만물을 창조할 수 없음을 논함[論理不能造物]"에서는 세 가지 이유를 들어 주리론(主理論)을 비판하고 있다. 첫째, 지각이 없는 이(理)는 천지만물을 경영(經營)하거나 배치[剖析]할 수 없다. 둘째, 만물은 자립할 수 있는 존재와 의탁해야 하는 존재가 있는데 자립한 존재가 있은 뒤에야 의탁하는 존재가 있을 수 있다. 이(理)는 만물에 의탁해야 하는 존재이기 때문에 만물에 앞서 존재할 수 없다. 셋째, 이(理)는 만물을 창조한 존재가 형체와 함께 부여하는 것이다. 이것을 국가에 비교해보자면 임금이 법률을 정하여 통치하는 행위와 같다. 하지만 법률이라는 것이 법을 만든 임금의 존재가 없다면 행해질 수 없듯이 이(理)도 만물을 창조한 존재가 아니라면 있을 수 없는 것이다.

제6절 "모든 일은 마땅히 이치에 의거해야지 현상에 의거해선 안됨을 논함[論凡事宜據理而不可據目]"은 천지만물을 창조한 존재를 눈으로 볼 수 없는데 어떻게 세상에 전파할 수 있겠느냐는 혹자의 질문으로

시작한다. 알레니는 바람과, 공기, 음성, 냄새, 맛과 같은 종류도 볼 수 없지만 없는 것이 아닌 것처럼 천도(天道), 인성(人性), 물의 법칙[物則]과 같은 것도 볼 수는 없지만 모두 믿을만한 것이라고 주장한다. 또한 눈이라는 것은 외면의 눈[外目]도 있지만, 내면의 눈[內目]도 있어서 내면의 눈을 이용해서 천주를 바라보아야 한다고 역설한다.

제7절 "천지만물은 대주재자가 창조하였음을 논함[論天地萬物有大主宰造之]"과 제8절 "천지만물은 주재자가 다스림을 논함[論天地萬物主宰攝治之]"에서는 일월성신의 운행과 춘하추동의 조화 등은 전지전능한 주재자가 천지만물을 창조하고 법칙을 세운 증거임을 논증하고 있다. 또한 모든 사람들이 병들고 액난을 만났을 때 하늘에 호소하는 것은 사람의 타고난 본성이 한 명의 주재자가 있다는 것을 아는 증거라고 주장하였다.

제9절 "조물주를 이성으로 전부 헤아릴 수 없음을 논함[論造物主非擬議所盡]"에서는 사람이 조그만 명석함으로 조물주의 큰 이치를 이해하려 하는 것은 반딧불의 빛으로 천지를 비추고자 하는 것과 같다고 설명하였다. 다만 조물주는 이름을 붙일 수도 없지만 이름 붙이지 않을 수도 없는 존재이기 때문에 우선 '천주(天主)'라 지칭한다고 밝히고 있다.

제10절 "천주가 천지를 창조하였음을 논함[論天主造成天地]"에서는 천지창조의 과정을 간략히 소개하고 있다. 우선 천주가 천지를 창조하는 것과 인간이 물건을 만드는 것의 차이를 다섯 가지 측면에서 설명하고 있다. 첫째, 재료를 필요로 하지 않고, 둘째, 도구를 필요로 하지 않고, 셋째, 시간을 소모하지 않으며, 넷째, 심력을 소비하지 않으며, 다섯째, 창조한 후에도 손상됨이 없다는 점이다.

다음으로는 천지창조의 순서를 논하고 있다. 가장 먼저 천당이 있는 하늘[天堂之天]을 만들었다. 둘째, 대지의 본체를 만들었다. 셋째, 땅부터 하늘까지 희미한 물을 만들어서 만물의 바탕으로 삼았다. 넷째,

아홉 등급[九品]의 천사[天神]를 창조하였다. 다음으로 희미한 물 가운데 지상 위에 있는 것을 기(氣)로 변화시키고, 기의 위에 있는 것은 불[火]로 변화시켰으니 땅[地], 물[水], 기(氣), 불[火]을 4가지 원소로 삼았다. 다음으로 일월오성(日月五星)을 만들었다. 다음으로 물속에는 어류를, 하늘에는 날짐승을, 지상에는 길짐승을 창조하였다. 만물이 갖추어지자 마지막으로는 두 명의 사람, 즉 일남일녀를 창조하여 만물을 다스리게 하였다.

제11절 "천주가 만유의 근원이 됨을 논함[論天主爲萬有無原之原]"에서는 천주의 존재 양상에 대해 논하고 있다. 천주는 근원이 없는 근원[無原之原]이며 홀로 존재하고 있음을 주장한다. 이를 위해 만물을 세 가지로 분류하고 있는데 시작과 끝이 존재하는 것은 초목금수 및 인간의 육체이다. 시작은 있고 끝이 없는 것은 천지귀신 및 인간의 영혼이다. 마지막으로 시작도 없고 끝도 없는 존재가 있으니 바로 지극히 존엄한 천주라고 설명하였다.

이상의 내용을 통해 알 수 있듯이, 『만물진원』은 천주교의 입장에서 조물주와 천지만물을 논하였다. 알레니는 당대 유럽의 우주관과 유교의 인(仁) 개념을 통하여 천주의 지극히 존엄함을 논하고 이를 통해 중국인들의 교화를 시도하였다.

4. 의의 및 평가

예수회 선교사 알레니가 저술한 『만물진원』은 천지를 창조한 절대적 주재자가 존재할 수밖에 없는 이유를 역설하고, 천지창조의 과정을 집약적으로 보여주고 있다. 특히 만물진원은 순수한 이성을 통해 천주의 존재를 설명하려 하였고, 이 과정에서 중국의 전통적 사상과 서양의 철학을 끊임없이 조우시키는 모습을 보이고 있어 보유론·적응주의적 포교의 단면을 확인할 수 있다.

예를 들어 "군자는 사람으로 말을 폐하지 않는다"와 같은 『논어』의 구절이나[6] 『장자』에서 등장한 태창의 좁쌀 비유 등을 인용한 것은[7] 중국 전통 사상에 도움을 구하는 장면이다. 또한 조물주를 "지극히 인하면서 사사로움이 없는 존재[至仁無私]"라고 표현하여 유교의 인(仁) 개념을 인용한 대목들을 확인할 수 있다.[8]

보유론적 측면은 하늘에 관한 설명에서도 확인할 수 있다. 『만물진원』에서 알레니는 하늘을 구중천(九重天)과 십이중천(十二重天)으로 언급하고 있는데[9] 이는 당시 유럽에 구중천설과 십이중천설이 공존했기 때문이다. 중요한 것은 동양사회에도 구중천의 개념이 있었는데, 주희(朱熹)가 굴원(屈原)의 「천문(天問)」을 주석하면서 사용하였다. 아마도 알레니는 『만물진원』을 간행하기 전에 동양의 구중천을 의식하고 있었기 때문에 십이중천을 상세히 설명하면서도 동시에 구중천을 언급했다고 보여진다. 이러한 점은 장서각에 소장되어 있는 1888년 나자렛인쇄소판이나 일본에 소장되어 있는 1886년본 『만물진원』에서 십이중천이 삭제되고 모두 구중천으로 묘사되고 있다는 점에서 다시 한 번 확인되는데, 동양 사회에 조금 더 익숙한 구중천설을 통해 접근하려는 목적으로 보인다.[10]

---

6) 『論語』 衛靈公; 『萬物眞原』 卷1, 「萬物眞原小引」, "君子不以人廢言"
7) 『萬物眞原』 卷1, 第九.
8) 『萬物眞原』 卷1, 第九.
9) 하늘에 관한 언급은 『만물진원』 2절과 10절에 두 번 등장한다. 알레니는 2절에서는 구중천(九重天)이라 언급하였지만 10절에서는 다시 1층 월천(月天)부터 11층 종동천(宗動天), 그리고 "天堂之天"까지 총 12개의 하늘을 언급하고 있어서 십이중천(十二重天)설도 동시에 등장하는 것을 알 수 있다.

하지만 『만물진원』은 중국의 전통 사상과 양립할 수 없는 부분에 대해서는 단호한 태도로 일관하고 있다. 4절과 5절에서 송대 우주론의 대표적 입장인 주기론과 주리론을 등장시켜 정면에서 반박하는 모습은 중국에 건너온 초기 선교사들이 어떠한 태도로 중국의 전통 유학을 바라보고 있었는지 명확하게 보여주는 장면이라 할 수 있다.

한편 저자 알레니는 자신보다 앞서 중국에서 활동하였던 선교사들의 저술 역시 광범위하게 이용하거나, 선교사들의 직접적인 도움을 적절히 활용하고 있다. 『만물진원』의 출간에는 3명의 선교사들이 직접 교정에 참가하였으며, 책 곳곳에는 앞선 시기 저작들이 인용되어 있다. 예를 들어 "지구의 형체는 둥글지만 덕은 모났다[形圓而德方]"는 언급이나 중천설에 대한 비유는 마태오 리치(Matteo Ricci, 利瑪竇, 1552~1610)의 『건곤체의(乾坤體義)』에서 빌려온 표현이며, 물(物)을 유시유종(有始有終), 유시무종(有始無終), 무시무종(無始無終)으로 구분한 것 역시 마태오 리치의 『천주실의(天主實義)』에서 인용한 부분이다.

마지막으로 이 책의 한계점으로는 당시 최신의 천문학 성과가 반영되지 않았다는 점을 꼽을 수 있다. 당시 유럽 과학계에는 코페르니쿠스의 지동설(地動說)이 등장하여 프톨레마이오스의 천동설(天動說) 체계에 저항하였고, 이에 대한 티코 브라헤(Tycho Brahe, 1546~1601)의 절충적 이론이 제시되었다. 뿐만 아니라 1609년에는 케플러(Johannes

---

10) 『만물진원』 10절 후반부에 중천이 언급되어 있다. 1628년 판본에서는 1. 月天 2. 水星天 3. 金星天 4. 日輪天 5. 火星天 6. 木星天 7. 土星天 8. 列星天 9~10. 洞明天(水晶天) 11. 宗動天 (12. 天堂之天)으로 표기되어 있다. 하지만 장서각과 일본에 소장되어 있는 『만물진원』 판본에서는 1. 月天 2. 水星天 3. 金星天 4. 日輪天 5. 火星天 6. 木星天 7. 土星天 8. 列星天 9. 宗動天으로 바뀌어 있는 것을 확인할 수 있다. 이보다 앞선 1681년, 1791년 판본을 함께 비교해본다면 십이중천설이 삭제되고 구중천설로 바뀐 시점에 대해 더욱 명확히 알 수 있을 것으로 생각된다.

Kepler, 1571~1630)의 타원 궤도론까지 제시된 상황이다. 하지만 『만물진원』은 아직 프톨레마이오스의 천동설 체제 수준의 우주론만을 제시하고 있다. 새로운 천문학적 성과는 알레니보다 약간 뒤늦은 시기에 입국했던 예수회 선교사 자코모 로(Giacomo Rho, 羅雅各, 1598~1638)에 의해 소개된다.

5. 조선에 끼친 영향

『만물진원』이 언제 조선에 유입되었는지는 명확하지 않다. 다만 진산사건(珍山事件) 당시 홍낙안(洪樂安, 1752~?)의 보고에 따르면 예산 촌민들 사이에서 언문으로 번역하거나 등서해서 가지고 있던 책 중에 『성교천설(聖教淺說)』, 『만물진원(萬物眞源)』 등 두 책이 있었다고 전하고,[11] 또 1801년 신유박해(辛酉迫害) 심문록인 『추안급국안(推案及鞫案)』 김건순(金建淳)의 공초기록에서도 삼전동인(三田洞人)에게서 『만물진원』을 얻어 보았다는 기록이 있는 것으로 보아 18세기 중엽 이후 어느 시점에 유입된 것으로 보인다. 현재도 한국교회사연구소에 건륭 56년(1791)판 한문본과 1792년 등서된 한글 필사본이 존재하고 있어서 18세기 말 유포된 『만물진원』을 확인할 수 있다.

『만물진원』은 조선 내 천주교인들뿐만 아니라 유학자에 의해서도 읽혀진 것으로 보인다. 정조 시대에 활동한 홍정하(洪正河, ?~?)는 『증의(證疑)』를 저술하였는데 그 중에 「만물진원증의(萬物眞原證疑)」가 있다. 홍정하는 「만물진원증의」에서 종교적인 색채가 강해진 사원소설에 대해 강력하게 반박하였다.[12] 예를 들어 『만물진원』에서는 수(水)

11) 『승정원일기』 90책, 정조 15년 11월 3일 갑술.

가 변하여 기(氣)가 되고 화(火)가 되어 지(地)와 함께 사원소를 구성한 것으로 묘사되어 있는데, 이러한 묘사는 사원소설과 성경의 천지창조 과정을 결합시키기 위한 목적이었다. 홍정하는 이에 대해 기가 응결하여 수가 될 수는 있어도 수가 변해서 기가 될 수는 없으며, 수가 화가 된다는 것은 더욱 있을 수 없는 일이라고 일축하고 있다. 이는 동양의 전통적인 오행설을 통해 기독교 세계의 사원소설을 구축하는 장면으로 볼 수 있다.[13)]

위의 사례들을 통해 볼 때 『만물진원』은 조선 민중들을 교화시키는 교리서로써 기능하는 모습과 전통 유학자들에 의해 정면으로 반박되어지는 모습을 동시에 확인할 수 있다. 이는 『만물진원』이 내용의 소략함에도 불구하고 당대 천주교적 세계관을 압축적으로 잘 전달하여 조선 사회에 영향력이 있었던 증거로 볼 수 있다.

〈해제 : 이명제〉

12) 『증의』는 1903년 허칙(許侙)이 유교의 쇠미해짐을 염려하며 전통 유학자들의 논의를 모아서 편집한 『대동정로(大東正路)』 제5권과 6권에 실려 있다.
13) 홍정하의 『만물진원』 비판에 대해선 전용훈, 「서양 사원소설에 대한 조선후기 지식인들의 반응」, 『한국과학사학회지』 31－2, 2009, 419～428쪽 참조.

참 고 문 헌

1. 단행본

Louis (Aloys) Pfister著, 馮承鈞譯, 『入華耶穌會士列傳』, 臺灣商務印書館, 1960.

方豪, 『中國天主教史人物傳』 上, 香港公教眞理學會, 1970.

北京大學宗教硏究所, 「『萬物眞原』」, 『明末淸初耶穌會思想文獻彙編』 第八册, 2000.

2. 논문

김문용, 「조선후기 서학의 영향과 우주론적 시공 관념의 변화」, 『시대와 철학』 18-3, 2007.

원재연, 「조선후기 천주교 서적에 나타난 '良知說'」, 『陽明學』 20, 2008.

전용훈, 「서양 사원소설에 대한 조선후기 지식인들의 반응」, 『한국과학사학회지』 31-2, 2009.

정성희, 「17·18세기 西洋天文學 受容論과 宇宙觀의 변화」, 『韓國思想과 文化』 18, 2002.

정중호, 「18세기 이전 창세기 해석의 역사」, 『구약논단』 20-2, 2014.

『성경직해(聖經直解)』

분류	세부내용
문헌종류	한문서학서
문헌제목	성경직해(聖經直解)
문헌형태	활판본
문헌언어	한문
간행년도	원문 1642년 간행
저자	디아즈(E. Diaz, 陽瑪諾, 1574~1659)
형태사항	원문 전 권1~14권
대분류	종교
세부분류	성경 해설서
소장처	바티칸 도서관, 로마 교황청 인류복음화성 고문서고 한국교회사연구소
개요	전례력에 따라 연중주일과 축일 관련 신약성경의 4대복음서 내용들을 한문으로 번역하고, 필요한 부분은 주해(註解)를 달아 설명한 최초의 신약성경 관련 한문서학서.
주제어	주일, 말씀(logos), 예수, 성모, 천신, 종도, 성인

1. 문헌제목

『성경직해(聖經直解)』

2. 서지사항

1636년 북경에서 초간된 포르투갈 출신의 예수회 선교사 디아즈(E. Diaz, 陽瑪諾, 1574~1659)가 쓴 동전한문서학서(東傳漢文西學書)의 하나다. 이 책은 1636년 북경에서 14권으로 간행되었다. 『성경직해(聖經直解)』의 표지에는 매 권마다 "양마락 역(陽瑪諾 譯)"이라고 적혀 있는데, 여기서 역(譯)의 의미는 디아즈 신부가 유럽에서 사용하고 있던 복음 해설서를 부분적으로 발췌·번역하여 편집했다는 뜻으로 이해된다. 디아즈 신부가 『성경직해(聖經直解)』를 저술할 때, 당시 유럽에서 출판된 세바스티앙 바라다스(Sebastião Barradas, 1542~1615)의 『4복음 공관 해설서』(Commentaria in concordiam et historiam evangelicam, 4 vols., Coimbra, 1599~1611)를 참조했고, 『성경직해』가 완역이 아니라 부분 번역이고, 자신의 견해를 상당 부분 첨가하고 있기 때문이다. 눈여겨 볼 수 있는 유사한 것으로, 같은 저자 디아즈가 쓴 『경세금서(經世金書)』라는 책이다. 이 책은 경서체(經書體)로 쓴 것으로, 토마스 아 캠피스(Thomas a Kempis, ca. 1380~1471)의 『준주성범(遵主聖範)』(Imitation de Jésus-Christ)의 일부를 번역한 것이다. 이것 역시 『성경직해』와 함께 조선에 들어와 한글로 번역되어 읽혔다. 그가 편집한 기도서 모음집인 『수진일과(袖珍日課)』도 일찍 전래되어 한글로 번역되어 유통된 것으로 알려져 있다.

『성경직해』는 초판 이후, 1642년, 1790년, 1866년, 1914년에도 중간(重刊)되었다.[1] 이 책의 표지에는 "천주강생성경직해(天主降生聖經直解)"라는 책 제목이 붙어있고, 디아즈 신부가 쓴 서문(自序)이 들어가 있다. 이어서 목록(目錄)이 있는데, 주일 『성경직해주세주일지목록(聖經

1) 方豪, 『中國天主教史人物傳』 제1책, 香港公教眞理學會出版社, 1970, 175쪽.

直解周歲主日之目錄)』 1권~8권과 축일 『성경직해주세첨례지목록(聖經直解周歲瞻禮之目錄)』 9권~14권로 나누어져 있다. 이 책의 가장 큰 특징 중 하나는 색인(索引)이 있다는 점이다. 본문이 나오기 전에 145개의 항목[2)]에 걸쳐 자세한 색인을 첨가함으로써, 이 책을 통해 여러 가지 개념들을 찾아보기 쉽게 해 주고 있는 것이다. 중국에서 색인은 바로 이 책이 효시가 된다.[3)]

---

2) 천주, 천주삼위일체, 천주성부, 천주성자, 천주성신, 오주(吾主), 오주지명(吾主之名), 성체, 제(祭), 십자성가(十字聖架), 성모, 천신(天神), 마귀, 사신(士神), 영혼, 명사(明司), 의(意), 진리, 사(思), 찰(察), 욕사(欲司), 주장(主張), 심(心), 사정(邪情), 구(懼), 육구(肉軀), 오사(五司), 삼교(三教), 성교(聖教), 성경, 성회(聖會), 주일, 첨례일(瞻禮日), 종도(宗徒), 백탁라(伯鐸羅)종도(=베드로), 보록(葆祿)성도(=바오로), 성 약한(若翰)종도(=요한 사도), 성사(聖史), 성인, 치명자, 약한보제사대(若翰保弟斯大=세례자 요한), (약슬(若瑟)성인(=요셉), 아당(亞黨)원조(=아담), 사제, 교우, 선인(善人), 선우(善友), 선사(善師), 덕, 신덕, 망덕, 애덕, 천주애인(天主愛人), 인애천주(人愛天主), 애인여기(愛人如己), 애구(愛仇), 교우상애(教友相愛), 겸덕, 정덕(貞德), 인덕(忍德), 양선, 화목, 효덕, 서유(恕宥), 근덕(勤德), 항덕(恒德), 절덕(節德), 재덕(齋德), 극기, 신빈(神貧), 신빈(身貧), 제빈(濟貧), 인덕, 애긍, 통회, 고해, 속보죄(贖補罪), 사은, 진실, 기구, 고난, 성세, 할손(割損), 성적(聖迹), 화인(化人), 은사(隱士), 부부, 가주가복(家主家僕), 여인(旅人), 국왕, 해제(孩提), 신생(神生), 신광(神光), 십계, 행(行), 언(言), 천주당, 죄악, 원죄, 죄요(罪繇), 습관, 죄인, 여답(茹答)(=이스카리옷 유다), 악우(惡友), 초인죄(招人罪), 조인선(阻人善), 영인(佞人), 예언(譽言), 광언(誑言), 교오(驕傲), 음욕, 분노, 도악(饕惡), 투기, 태타(怠惰), 사치, 인색, 비방, 한악(閑惡), 빈은(貧恩), 탐악, 위덕(僞德), 세락(世樂), 세재(世財), 세복, 세귀(世貴), 세무(世務), 세위(世位), 이민(理民), 세물(世物), 금세(今世), 인(人), 인생, 시(時), 연(宴), 장례, 지리, 지(地), 전무(全無), 형벌, 사말(四末), 사후, 심판, 천당, 지옥.

3) 徐宗澤 編著, 「明清間耶穌會士譯著提要」, 『中國學術叢書』 제1편 11 哲學·宗教類, 上海書店(1949년 영인본), 23쪽; 康志杰, 「一部由欧州传教士編纂的索引」 - 评阳玛诺的 <圣经直解杂事之目录>, 湖北大学政治行政学院 武汉 430062, 138~142쪽: 중국 북경대학교 도서관에서 PDF 파일로 입수한 글이다. 여기에는 이 색인의 특징을 몇 가지로 언급한다. 첫째, 논리와 학술이 결합된 분류원칙: 하나의 글자가 서로 같은 종류끼리 묶기도 하고, 같은 주제(예를 들면 칠죄종)로 묶어 분류하였다. 둘째, 직관적 검색방법: 큰 주제 밑에 세부적 내용을 부가하여 색인을

본 해제의 저본 『성경직해』는 가로 15.5cm, 세로 26cm의 활판본이다. 14권이 한 질로 되어 있으며 각 권은 평균 50장 내외다. 이 책은 1642년에 나온 중간본이며, 지은이는 양마락(陽瑪諾)이라는 중국 이름을 가진 디아즈 신부다.

한문 활판본 『성경직해』(권1～권14, 1642년 간행), 한문 활판본 『성경광익(聖經廣益)』(상하권, 1866년 간행), 한글 필사본 『셩경직히 광익』(권1～권20, 간행연대미상)이 모두 한국교회사연구소와 새남터 순교영성연구소에 소장되어 있다. 이 자료들은 서로 연관성이 깊어서 『셩경직히』는 『셩경직히 광익』을 바탕으로 이루어졌으며, 『셩경직히 광익』은 한문본 『성경직해』와 『성경광익』을 번역하여 편찬한 것이다.

[저자]

디아즈(E. Diaz, 陽瑪諾, 1574～1659)는 포르투갈 출신의 예수회 선교사다. 1574년 포르투갈의 카스텔루 브랑쿠에서 태어나 1610년에 중국령 마카오로 들어와 1613년에 북경에 도착했다. 마카오에 머무르는 동안 소주, 항주, 닝보와 복주 등을 둘러보았다. 그는 1621년 예수회 중국관구 부관구장의 책임을 맡았고, 이후 이 직책에서 물러나면서 본격적으로 저술활동을 하였다. 그가 번역한 책들로는 『성경직해(聖經直解)』를 비롯하여 『경세금서(輕世金書, De Imitatione Christi, Contemptus Mundi)』, 『천주성교십계직전(天主聖教十誡直詮)』, 『경교유행중국비송정전(景教流行中國碑頌正詮)』, 『천문략天問略)』 등이 있다. 그는 중국에서 50여 년간 선교활동을 하고 1659년 순제 시절 항주(抗州)에서 선종하였다.

첨부하였다. 셋째, 중국 독자들에게 적합한 문화 적응주의적 방식으로 색인을 마련했다고 한다.

한문본『성경직해』가 간행되던 1636년은 디아즈 신부가 중국에 입국한지 26년이 경과한 때였다. 따라서 이 책은 저자가 중국 문화에 대한 충분한 이해와 그 동안의 사목경험을 바탕으로 저술한 것이라고 할 수 있다. 그럼에도 불구하고 이후에도 계속해서 1642년, 1790년, 1866년, 1915년에 중간(重刊)되었다는 것은 이 책의 가치와 중요성이 그만큼 크다는 것을 의미할 것이다.

3. 목차 및 내용

[목차]

聖經直解自序

聖經直解 目錄

聖經直解 第一卷

吾主聖誕前 第四主日

吾主聖誕前 第三主日

吾主聖誕前 第二主日

吾主聖誕前 第一主日

聖經直解 第二卷

吾主聖誕後主日

三王來朝後 第一主日

三王來朝後 第二主日

三王來朝後 第三主日

三王來朝後 第四主日

三王來朝後 第五主日

三王來朝後 第六主日

聖經直解 第三卷

封齋前 第三主日

封齋前 第二主日

封齋前 第一主日

聖經直解 第四卷

封齋後 第一主日

封齋後 第二主日

封齋後 第三主日

封齋後 第四主日

封齋後 第五主日

聖經直解 第五卷

封齋後 第六主日

聖經直解 第六卷

耶穌復活 本主日

耶穌復活 第一副瞻禮

耶穌復活 第二副瞻禮

耶穌復活 第三副瞻禮

耶穌復活後 第一主日

耶穌復活後 第二主日

耶穌復活後 第三主日

耶穌復活後 第四主日

耶穌復活後 第五主日

耶穌昇天後 主日

聖神降臨本 主日

聖神降臨後 第一副瞻禮

聖神降臨後 第二副瞻禮

天主三位禮 主日

聖經直解 第七卷

聖神降臨後 第一主日

聖神降臨後 第二主日

聖神降臨後 第三主日

聖神降臨後 第四主日

聖神降臨後 第五主日

聖神降臨後 第六主日

聖神降臨後 第七主日

聖神降臨後 第八主日

聖神降臨後 第九主日

聖神降臨後 第十主日

聖神降臨後 第十一主日

聖神降臨後 第十二主日

聖經直解 第八卷

聖神降臨後 第十三主日

聖神降臨後 第十四主日

聖神降臨後 第十五主日

聖神降臨後 第十六主日

聖神降臨後 第十七主日

聖神降臨後 第十八主日

聖神降臨後 第十九主日

聖神降臨後 第二十主日

聖神降臨後 第二十一主日

聖神降臨後 第二十二主日

聖神降臨後 第二十三主日

聖神降臨後 第二十四主日

聖經直解 第九卷

聖母領報瞻禮

耶穌聖誕瞻禮

立耶穌聖名瞻禮

三王來朝耶穌瞻禮

聖母獻耶穌瞻禮

耶穌建定聖禮瞻禮

耶穌昇天瞻禮

聖禮瞻禮

尋得十字聖架瞻禮

聖經直解 第十卷

聖母始胎瞻禮

聖母聖誕瞻禮

聖母往見聖戚瞻禮

聖母昇天瞻禮

聖經直解 第十一卷

諸天神瞻禮

諸聖宗徒公論瞻禮

伯鐸羅葆祿徒瞻禮

諳德肋宗徒瞻禮

雅各伯宗徒瞻禮

聖經直解 第十二卷

若翰宗徒兼聖史瞻禮

斐理伯雅各伯二位宗徒瞻禮

巴爾多祿茂宗徒瞻禮

瑪竇宗徒兼聖史瞻禮

西滿達陡二位宗徒瞻禮

瑪弟亞宗徒瞻禮

聖經直解 第十三卷

聖人瞻禮

若翰保弟斯大瞻禮

斯德望瞻禮

勞楞佐瞻禮

諸嬰孩瞻禮

聖經直解 第十四卷

聖灰禮儀瞻禮

聖教先人瞻禮

四末之公論

死候四末之第一

審判四末之第二

天堂四末之第三

地獄四末之第四

[내용]

『성경직해』는 당시 유럽에서 발간된 성경해설서를 참조하여, 로마 미사경본에서 제시한 전례력에 따라 라틴어본 주일과 축일 복음말씀을 한문으로 번역하고, 번역된 구절마다 자세한 주석을 달아 편찬한 책이다. 여기에는 '잠(箴)'이라는 항목을 넣어 그날의 성경에 대한 묵상까지 유도하였다.

본문의 구성은 주일과 축일이 각각 하나의 장(章)처럼 구분되어 있고, 각 장은 해당 주일이나 축일의 성경구절을 풀이한 본문과 그 날의 성경말씀을 읽은 후에 묵상을 준비하는 잠(箴)으로 구성되어 있다. 뿐만 아니라 해당 성경의 내용 및 주일과 축일의 의미도 요약되어 있다. 매 장의 본문마다 여러 성경구절을 큰 글자로 표기하고, 그에 대한 주해의 내용을 2행의 협주 형태로 부기했는데, 이것 역시 하나의 절(節)로 이해할 수 있다.

디아즈는 서문(序文)에서 세상은 본래 천주(天主)의 명(命)으로 움직이지만, 사사로운 마음이 세상을 미혹하고 어지럽혔다고 전하며, 성경을 풀이한 뜻을 다음과 같이 이야기하고 있다.

> "이로써 우리 주님은 불쌍히 여기시는 마음을 참지 못하시고 하늘에서 강생하시어 세상에 계실 때에 가르침을 펴시고 미혹함에 빠진 것을 깨우쳐 주셨는데 그 진술을 다하기가 참 어렵다. 그리하여 그것을 요약하고 또 요약한 것을 사도들이 전하고 후에 성인들이 부연하였으니 이를 성경(聖經)이라 부른다. 그 가운데 심오한 뜻이 숨어 있으니 지금까지 1630여년에 이르렀다. 재주가 모자라고 고루한 내 식견을 버리고, 선배의 글과 옛 가르침으로 직해(直解)를 지으니, 그 뜻을 깊이 이해하기 편하게 하기 위함이다. 이는 대체로 사람들이 천주를 흠숭하고, 지극히 진실하고 올바른 가르침을 따라 영성을 잃지 않고 천주께서 부여해 주신 진리를 온전하게 실천(實踐)할 바를 알고, 모두 온 마음을 다하여 힘써 화목하고, 이 세상을 태평성대로 만들어, 다함께 복을 누리고자 함이다. 이것이 성경을 해설한 본뜻이다."[4)]

이 책의 원제목을 "천주강생성경직해(天主降生聖經直解)"라고 지은 뜻이 여기에 있다. 1년 주기의 주일과 축일 복음해설서인 『성경직해』는 천주강생, 곧 예수의 탄생과 수난·부활로 이어지는 전례력과 긴밀히 연결되어 있었던 것이다. 이것은 천주교 전례인 미사에서 이용할 수 있는 준(準)-복음독서집(Lectionarium Evangeliorum)의 성격을 지녔다고 할 수 있다.

디아즈는 서문의 마지막 대목에서, 도(道)의 진위(眞僞)를 가리는 기준[試石]으로 4가지를 제시하고 있다. 첫째 '성경의 말씀을 세밀히 살피는 것'이다. 이것은 가톨릭교회의 가르침이 '오직 성경'에만 있지 않음을 뜻하며, 교회의 전통에 따라 성경본문을 올바로 해석하고 알아들어야 한다는 것을 의미한다. 둘째 '교회[教宗]의 거룩함'이요, 셋째 '교회의 행실'이다. 마지막 넷째 기준은 그러한 '가르침을 받아들이고 따르는 거룩함'이다.[5] 디아즈는 이러한 네 가지 기준으로 『성경직해』를 만들었다고 결론짓고 있다.

> "위의 4가지 기준[試石]은 모두 직해(直解) 안에 상세히 있다. 성경은 우리 주의 성덕이 실려 있고, 우리 주의 거룩한 행적이 서술되었으며, 아울러 주를 따른 모든 성인들의 뛰어난 절개를 기록하였다. 그러므로 말씀이 모두 지극한 말씀이다. 비록 충분히 만족스럽지는 못할지라도 배우는 자들이 익숙하게 보고 들으며 완미한다면 거의 그 진리를 알고 그 맛을 즐기며 그 유익을 거둘 것이다."[6]

---

4) 用是吾主不勝矜憐 自天降誕 在世敷教 以醒沈迷 殆難殫述 而其要之 又要者 宗徒傳之 後聖衍之 名曰聖經 中藏 奧旨 蓋千六百三十餘年于玆矣 不佞忘其固陋 祖述舊聞 著其直解 以便玩繹 大率欲人知崇天主 從其至眞至正之教 無沒靈性 以全所賦之道 務使人盡和睦 世躋雍熙 公享福報 此則解經意也.

5) 第一試石爲 細審經言; 第二試石爲 教宗之聖; 第三試石爲 教宗之行; 第四試石爲 受從之聖 (聖經直解自序).

그러므로 『성경직해』는 단순한 4복음서의 번역이 아니라, 저자의 중국 문화에 대한 충분한 이해와 사목 경험을 바탕으로 저술하여 중국인들에게 보다 가깝게 접근하려고 시도했다는 데 큰 가치가 있다고 하겠다. 이런 점에서 『성경직해』는 학문적인 호기심에 의해 서학(西學)을 연구하던 이들에게 천주교 경전과 그 가르침을 이해할 수 있는 중요한 도구로 작용했을 것이다. 『성경직해』는 조선의 신자들이 최초로 마주했던 복음이요, 상세한 풀이를 곁들인 성경해설서였던 것이다.

한편 한글본 『셩경직히』는 한문본 『성경직해』와 『성경광익』을 한글로 번역하고, 이 두 책 가운데 당시 한국의 교회생활에 더 필요하다고 생각되는 부분을 발췌하여 하나로 편찬한 것이다. 『성경직해』에서는 성경 본문 및 주해와 잠(箴)을 취하고, 『성경광익』에서는 '마땅히 실천해야 할 덕목'을 제시해 준 의행지덕(宜行之德)과 '마땅히 해야 할 기도'를 일러주는 당무지구(當務之求)를 취하여 수록하였다. 이것이 한글본 『셩경직히』를 한때 『셩경광익직히』라고 불렀던 이유기도 하다.

4. 의의 및 평가

피스터(Louis Pfister S.J)는 디아즈의 『성경직해』에 대해 매우 중요한 평가를 내린 바 있다.

"이 저서의 주석은 상당히 풍부하고 신심 깊고, 독실하며 학구적이다. 맑고, 우아하고, 정교한 문체로 쓰여 졌으며 평범한 신자

6) 右四試石 皆詳直解內矣 盖聖經載吾主之聖德 述吾主之聖行 并紀從主諸聖之奇節 故其言皆至言 雖多不厭 學者習覽習聽而習玩之 庶幾知其眞 嗜其味 而收其益矣 (聖經直解自序).

들의 수준을 넘어선다. 이것은 1년간의 주일과 축일에 대한 복음 해설서인데, 거룩한 교부들을 인용하였고, 실천적인 반성으로 이루어져 있다. 디아즈 신부는 우리 주 예수 그리스도의 수난과 죽음에 대해 길게 다루었다. 학식이 뛰어난 어떤 그리스도인이 구어체 관어를 가지고 『성경천해(聖經淺解)』(복음의 요약 풀이)라는 제목 하에 요약해 주었다. 복음 본문의 번역 자체에 대해서 말한다면 디아즈 신부에 의해서 경(經)이라는 문체가 만들어졌는데, 가장 화려하지만 이해하기가 매우 어렵기도 하다."[7]

위의 내용을 통해 디아즈가 성경을 번역하였을 때, 매우 신중하고 조심스럽게 한문 문장을 다듬어 가며 복음의 원문을 아름다운 중국어로 옮겼음을 알 수 있다.[8]

『성경직해』의 한글번역은 1784년 교회의 창설시기부터 시작되었다. 『셩경직히』라는 이름으로 번역된 번역본은 원칙적으로는 한문본 『성경직해』를 따르면서 『성경광익』의 내용을 더한 합본형태로 나왔는데, 아래와 같이 4가지 기본요소로 구성되었다.

---

7) Louis Pfister, S.J., *NOTICES BIOGRAPHIQUES ET BIBLIOGRAPHIQUES SUR LES JESUITES DE L`ANCIENNE MISSION DE CHINE 1552 ~1773*, CHANG - HAI : IMPRIMERIE DE LA MISSION CATHOLIQUE, 1932, 109쪽.

8) 1615년 6월 27일 교황 바오로 5세가 반포한 소칙서(Bref)에는 관(冠)을 쓰고 미사를 하도록 관면하고, 미사경본 및 예식서의 중국어 번역을 허용하였다. 이때 성경의 중국어 번역도 허용하였는데, 다만 일상어가 아닌 지식층의 언어, 문어체로 매우 정성스럽고 신앙적인 언어로 번역할 것을 지침으로 주었다. "Praeterea regularibus praefatis ut sacra Biblia in linguam Sinarum, non tamen vulgarem, sed eruditam et litteratorum propriam transferre illisque translatis uti; ita tamen ut in hujusmodi translatione summam et exquisitam exhibeant diligentiam ut translatio fidelissima sit." (Bref <Romanae Sedis Antistes>) ; François Bontinck, *La lutte autour de la liturgie chinoise aux XVIIe et XVIIe siècles*, Louvain:Nauwelaerts, 1962, p.412.

① 성경본문과 주해: 교회력에 따른 연중주일과 축일의 성경구절을 큰 글자로 쓰고, 거의 매 절 끝에 작은 글자로 주해를 한 부분
② 잠(잠, 箴): 그날의 성경말씀 중에서 몇 구절을 선택하여 실생활과 관련시켜 교훈적 해설을 한 부분
③ 의행지덕: 그날의 성경을 낭독한 후에 마땅히 실행해야 할 덕행의 제목을 명시하고 그것을 해설한 부분
④ 당무지구: 성경의 말씀대로 마땅히 힘써야 할 기도를 짧게 쓴 부분

다시 말해서, 『셩경직히』에는 86개의 연중주일과 축일의 복음 말씀이 한글로 번역, 수록되었는데, 성경 전체를 번역한 것이 아니라, 신약성경 중 4복음서의 일부를 발췌하여 실었고, 주해와 기타 항목 속에 복음서 이외의 신약성경에 나오는 사도행전, 서간문, 묵시록 및 구약성경의 일부 구절들까지 제시하였다.

『셩경직히』에 수록된 복음서의 분량은 4복음서 전체 3,709절 가운데 30.68%에 해당되는 1,138절이다.

복음서	총절수	번역된 절	번역된 비율(%)
마태오	1,070	373	34.85
마르코	680	118	17.35
루카	1,080	367	33.98
요한	879	280	31.85
합계	3,709	1,138	30.68

한편 번역의 뛰어난 문체와 우수성을 생각할 때, 성경의 한글번역이 한글 발전사에 미친 영향은 실로 적지 않다. 이미 한국사회에 깊이

뿌리를 내린 유불선의 서적들과 비교했을 때,[9] 언문으로 칭하며 천대받던 한글로 번역, 저작을 했다는 것은 문화적인 혁명의 한 축을 의미한다고 할 수 있다. 『셩경직히』의 한글본 간행은 한글만을 이해할 수 있었던 민중들을 그리스도교의 복음과 빨리 만날 수 있게 하였다. 그 결과 조선천주교인들은 일찌감치 성경말씀에 조명하여 평등사상을 알고 있었고, 신분제 사회를 무너뜨릴 수 있는 의식이 고양되기에 이르렀다. 천주교인들은 1892년 조선 교구장 뮈텔(Mutel) 주교에 의해 전 9권으로 된 목판 활자본 『셩경직히』가 간행되기까지 100여 년 동안 계속해서 필사에 필사를 거듭하며 유통시켰다.

『셩경직히』를 한글로 번역한 첫 번째 인물로 초기 한국교회의 활동가로서 가성직단(假聖職團)의 일원이었던 최창현(崔昌顯, 요한)을 들 수 있다. 달레는 『한국천주교회사』에서 최초로 입교한 사람 가운데 최창현이라는 사람이 있다며, 그는 역관 집안의 아들로 1790년대 초 『주일과 첨례의 성경 해설』(Explication des Évangiles des dimanches et fêtes)이라는 한문책을 조선말로 번역했다고 전하고 있다. 이 책은 실제로 전해지지는 않으나 이것이 실재했다는 증거는 『사학징의』 부록에서도 잘 말해주고 있다. 거기에는 당시 교우들로부터 압수한 수많은 성경책과 성물과 성화가 있었고, 이것들은 1801년 5월 22일, 서소문 밖에서 강완숙 골룸바, 최인철 이냐시오 등 9명을 처형한 후 그 옆에서 불살랐다고 기록하고 있다. 그러면서 불에 타버린 성경책과 성물의 목록을 남겼는데, 거기에는 한글 『셩경직히』가 4권, 『셩경광익』이 1권, 한문 『성경직해』가 5권, 『성경광익』이 14권, 『셩경광익직히』 6권이라고 적혀 있다. 이를 통해 알 수 있는 것은 당시에 이미 『성경

9) 한글창제 이래 불경 언해, 두시 언해, 사서삼경 언해 등 우리말로 번역한 여러 종교의 서적이 나왔으나, 그 역사와 분량을 고려하건데 천주교 서적들과는 비교할 수 없을 정도로 적다고 할 수 있다.

직해』와 『성경광익』이 모두 한글로 번역되어 있었을 뿐 아니라 『셩경직히』와 『셩경광익』을 합친 『셩경광익직히』도 있었다는 것을 알 수 있다.

현존하는 완역된 『셩경직히』의 필사본 중에는 연대는 기록되어 있지 않으나 박해시대에 필사되었을 것으로 추정되는 자료들이 있다. 가령 현재 로마 교황청 인류복음화성 고문서고에 소장된 전체 30책으로 된 필사본 『셩경직히』는 1886년에 순교한 이 바오로의 수택본이다. 이 바오로의 손자가 뮈텔주교에게 기증하여 1925년 로마 포교성성 박람회에 출품되었던 것인데, 연대는 정확하게 알 수 없으나 1886년 기해박해 이전에 필사한 것으로 추정된다.

신앙의 자유를 획득한 이후, 조선천주교회는 『셩경직히』의 정확한 번역과 광범위한 보급을 위해 활판본으로 간행할 계획을 세우고 각종 필사본을 수집하여 교정 작업을 하였다. 각종 한글 흘림체본과 수택 필사본들을 토대로 1892년부터 1896년까지, 약 5년간에 걸쳐 활판본 『셩경직히』 9책이 간행되었다.

『셩경직히』의 유입과 보급과정을 통해 드러나는 것은 한국천주교회는 창설 직후부터 성경말씀이 전례와 신안생활의 중심을 이루고 있었고, 박해라는 힘든 시기에도 끊임없는 독서와 연구와 묵상을 해 왔다는 것을 알 수 있다. 박해로 체포당한 신자들에게 신앙을 옹호하기 위한 근거로 제시되기도 했다. 정하상의 『상재상서(上宰相書)』에서 그것을 확인할 수 있다. 정하상은 족보와 사기(史記)에 의해 선인들의 행적을 알 수 있듯이, 하느님의 존재와 업적을 수록하고 있는 성경을 통해 그분의 존재를 증명할 수 있다며 호교론적인 입장을 분명히 했다. 『셩경직히』는 단 한 명의 목자도 없는 상황에서 신자들에게 신앙의 확신을 심어주고 그것을 증거 할 수 있도록 용기를 주었다.

이렇듯 『셩경직히』는 초창기 천주교인들이 어떻게 성경 말씀을 따라 생활했는지, 박해라는 외부의 압력에도 불구하고 신앙을 지키고자 노력한 흔적을 엿볼 수 있는 귀중한 유산임에도 불구하고 몇 가지 측면에서 아쉬움이 남는 역서라고 할 수 있다. 그 이유를 간략히 정리하면 다음과 같다.

첫째, 『셩경직히』는 1642년 북경에서 간행된 『성경직해』 중간본에 해당되는 것을 텍스트로 삼았는데, 원문에 있는 각 항목의 주일 혹은 축일을 표시하는 표제, 성경구절의 출처, 성경본문과 주해 그리고 잠을 『셩경직히광익』에서는 그대로 번역한 반면에 『셩경직히』에서는 잠 부분을 모두 삭제했는데, 그 이유가 분명치 않다는 점이다. 『셩경직히』와 『셩경광익』이 따로 간행되기 시작한 동기에 대한 의문이 생기는 것이다. 필사본을 한문본과 대조해 보았을 때 한문본에 풍부하게 담겨진 예화와 성경구절들이 모두 생략되었기 때문이다. 이것은 생략된 부분의 한글 번역이 필요하고 어떠한 배경에서 탈락되었는지를 좀 더 규명할 필요가 있다는 과제를 남긴다.

둘째, 『셩경직히』는 순우리말의 발달과 보존에 지대한 영향을 끼쳤다고 한다. 한국교회사연구소의 최석우 신부의 연구에 따르면 어법이나 표기법이 당시로서는 최선의 형태를 갖추려고 고심한 흔적을 도처에서 엿볼 수 있다고 했다. 어간과 어미의 분철 원칙은 월인천강지곡이나 현대 철자법 원리와 일맥상통할 만큼 진보적이었다고 하는데, 이것이 서민들에 의해 필사되어 유통되었다는 점을 고려할 때 한글창제 이래 백성들 사이에서 한글이 어떻게 보급되고 쓰여 졌는지 그 추이를 알아볼 수 있는 좋은 자료로 보이지만 그에 관한 연구는 미미한 것 같다. 이를 위해 가장 오래된 판본으로 여겨지는 바티칸 도서관의 필사본과 흩어져 있는 필사본을 좀 더 수집하여 비교 연구함으로써 오래된 판본들을 규명하고 활판본에 이르기까지 세밀한 과정들이 종합적으로 연구되어야 할 것이다. 이런 필사본들은 19세기 한글 문법과 어휘 등을 연구하는 데 주요 자료로 활용할 수 있을 것이기 때문이다.

셋째, 1636년 북경에서 14권으로 간행된 『성경직해』에서부터 이미 저자는 성경 원문을 그대로 번역하지 않았다고 밝히고 있고, 당시 유럽에서 사용하고 있던 세바스티앙 바라다스(Sebastião Barradas)의 『4복음 공관해설서』를 부분적으로 발췌·번역하여 편집했다고 언급하고 있음에도 불구하고, 『셩경직히』나 이후 계속해서 발간되는 성경관련 자료는 그 시점에만 머무르고 있다는 점이다. 서양어 원문에 접근하려는 시도는 보이지 않았다. 『셩경직히광익』이 서양선교사와 조선 신자들의 합작품이었다는 점을 고려할 때, 천주교가 단순히 한글 발전과 보급에만 기여할 것이 아니라 서양어 원문에 접근함으로써 언어적 한계를 뛰어넘어 천주교 관련 자료들을 토대로 문헌비교의 방법과 연구도 할 수 있지 않았을까 하는 아쉬움이 남는다.

5. 조선에 끼친 영향

서학이 조선후기 사상계에 일대 충격을 준 사건이었다면 성경의 조선 도입과 그것의 한글번역은 한국 문화사, 또는 종교문화사상사에 특기할만한 공헌을 한 것이라고 볼 수 있다. 1801년에 기록된 『사학징의(邪學懲義)』에는 『셩경직히』(5권), 『셩경직히』(1권 혹은 3권) 등의 이름이 나타나고, 〈성호경(聖號經), 즉 천주성경신주등출(天主聖經新註謄出)〉과 같은 용어가 등장하는데 모두 『셩경직히』의 한 부분으로 추정된다.

『셩경직히광익』과 이를 토대로 1892년 이래 9권으로 간행된 한글 활판본 『셩경직히』는 박해 시대 신자들의 성서 이해는 물론 성서 국역(國譯) 과정, 다양한 한글 필사본과 활판본들을 이해하는데 중요한 자료가 되고 있다. 특히 신유박해(1801) 이전의 한문해독자층에서는 『성경직해』를 통해 얻은 풍부한 성경 이해는 물론 암기하여 인용하는 성경 대목까지 그 모습이 다양하게 나타나고 있는데, 윤지충의 『옥중수기』(지인지츙일긔), 최해두의 『자책』, 황사영의 『백서(帛書)』 등이 그것이다. 신유박해 이후 지속적으로 신자생활에 영향을 미치고 있던 정약종의 한글교리서 『쥬교요지』에도 성경에 대한 이해의 요소가 풍부한데, 이런 성경 지식은 순교자들에게 크게 영향을 미쳤다. 박해를 당하는 과정에서 『셩경직히광익』의 일부 대목을 외우기도 했고, 신자들끼리 성경의 구절을 들어 격려하기도 했던 것이다. 『셩경직히광익』에 포함된 수난복음은 순교자들이 예수 그리스도와 함께 십자가의 길을 걸을 수 있는 영적 양식이 되기도 하였다.

한국교회 창설기의 이러한 성경 이해는 이후 필사본까지 복원되면서 성경 읽기가 제도적으로 정착하는데 크게 이바지했다고 볼 수 있다.[10]

〈해제 : 김혜경〉

10) 이 부분에 대한 설명은 『한국가톨릭대사전』 7권, 한국교회사연구소, 1999, 『성경직해』 항목, 4522쪽을 참조하기 바란다.

참 고 문 헌

1. 사료

『聖經直解』

『聖經廣益』

『셩경직히』

『셩경직히광익』

『邪學懲義』

모리스 꾸랑, 이희재 역, 「聖經直解(n.2715)」, 『한국서지』, 일조각, 2005.

2. 단행본

정양모·배은주 엮음, 『네 복음서 공관 II, 루가복음서 편』, 분도출판사, 1986.

조 광, 『조선후기 사회와 천주교』, 경인문화사, 2010.

______, 『朝鮮後期 天主敎史 硏究』, 고려대학교 민족문화연구소, 1988.

方 豪, 『中國天主敎史人物傳』 제1책, 香港公敎眞理學會出版社, 1970.

Albert Chan, S.J., Chinese Books and Documents in the Jesuit Arichives in Rome – Japonica-Sinica I-IV, 2001, p. 123; Catalogue de la Bibliotheque de la ville de Roanne(No. 180), I. 70 聖經直解.

François Bontinck, La lutte autour de la liturgie chinoise aux XVIIe et XVIIe siècles, Louvain:Nauwelaerts, 1962.

Louis Pfister, S.J., NOTICES BIOGRAPHIQUES ET BIBLIOGRAPHIQUES SUR LES JESUITES DE L'ANCIENNE MISSION DE CHINE 1552-1773, CHANG-HAI : IMPRIMERIE DE LA MISSION CATHOLIQUE, 1932.

Sebastião Barradas, Commentaria in concordiam et historiam evangelicam (4 vols., Coimbra, 1599-1611).

3. 논문

김윤경, 「성서가 국어에 미친 영향」, 『한국성서번역 50주년 기념 논문집』, 서울: 대한 성서공회, 1960.

방상근, 「'첨례표'를 통해 본 조선 후기 천주교 신자들의 신앙생활」, 『교회사연구』 제42집, 2013.

배현숙, 「17-18세기에 전래된 가톨릭교회 서적」, 『교회사 연구』 3집, 한국교회사연구소, 1981.

_____, 「조선에 전래된 천주교 서적」, 『교회사 논문집 I: 한국 천주교회 창설 200주년 기념』, 1984.

서정수, 「셩경직해 해제」, 『셩경직해』(영인본), 태영사, 1984.

손세모돌, 「<성경직해>에 나타난 서술형 형태 연구」, 『한국언어문화』 vol.3, 한국언어문화학회, 1985.

심우일, 「<셩경직히>에 나타난 토씨 연구」, 상명여자대학교 대학원, 국어국문학과 석사학위논문, 1994.

안홍균, 「셩경직해 해제」, 『셩경직해』, 한국교회사연구소, 1986.

원순옥, 「<셩경직해>의 특수 어휘 연구」, 『한국말글학』 Vol.30, 2013

이성우, 「한국인의 주체 의식과 성서 번역의 상관성에 대한 연구: 한국 천주교회의 우리말 성서 번역사를 중심으로」, 『인간연구』, 2003.

전택부, 「기독교와 한글」, 『나라사랑』 36집, 1980.

조한건, 「셩경직히광익」의 서지적 연구 -필사본의 편집방식을 중심으로-, 『교회와 역사』 2008.

_____, 『<셩경직히광익> 硏究』, 서강대학교 사학과 문학박사학위논문, 2011.

조화선, 「<셩경직히>의 연구」, 『한국교회사논총: 최석우 신부 화갑 기념』, 한국교회사연구소, 1982.

최석우, 「聖經 한글번역에 있어서 韓國天主敎會의 先驅的 役割」, 『한국교회사의 탐구』, 한국교회사연구소, 1982.

최태영, 「초기번역성경의 대두법 표기」, 『숭실어문』 7, 1991.

康志杰, 「一部由欧州传教士編纂的索引」- 评阳玛诺的 <圣经直解杂事之目录>, 湖北大学政治行政学院 武汉 430062.
徐宗澤 編著, 「明清間耶穌會士譯著提要」, 『中國學術叢書』 第一編 11 哲學·宗教類, 上海書店(1949년 영인본).

4. 사전

『한국가톨릭대사전』 7권, 한국교회사연구소, 1999, <성경직해> 항목.

『성세추요(盛世芻蕘)』

분류	세부내용
문헌종류	한문서학서
문헌제목	성세추요(盛世芻蕘)
문헌형태	필사본/활자본
문헌언어	漢文
간행년도	1733년(淸 雍正11년, 조선 영조9년, 북경, 5권, 초간), 1791년, 1796년, 1818년, 1863년, 1889년, 1904년
저자	마이야(Mailla, Joseph-François-Marie-Anne de Moyriac, 馮秉正, 1669~1748)
형태사항	75면
대분류	종교
세부분류	교리
소장처	Bibliotheque Nationale de France 한국교회사연구소
개요	예수회 선교사 마이야(Mailla, 馮秉正, 1669~1748)가 중국의 서민들에게 전교하기 위해 문답체와 대중적인 필치로 쓴 천주교 호교론서(護敎論書)이다. 주요 내용은 천지창조(天地創造), 강생구속(降生救贖), 삼위일체(三位一體), 영혼불멸(靈魂不滅), 상선벌악(償善罰惡), 이단배척(異端排斥) 등으로, 합유(合儒)→보유(補儒)→초유(超儒)의 3단계로 천주교리를 옹호하고 홍보하는 전형적인 보유론서(補儒論書)의 하나이다.
주제어	인애(仁愛), 천지창조(天地創造), 강생구속(降生救贖), 삼위일체(三位一體), 영혼불멸(靈魂不滅), 상선벌악(償善罰惡), 이단배척(異端排斥)

1. 문헌제목

『성세추요(盛世芻蕘)』

2. 서지사항

『성세추요(盛世芻蕘)』는 예수회 선교사 마이야(Mailla, Joseph-François-Marie-Anne de Moyria, 馮秉正, 1669～1748)가 저술한 한문서학서로, 1733년(清 雍正 11, 조선 영조 9) 북경에서 5권으로 초간 되었고, 1791년, 1796년, 1818년, 1863년, 1889년, 1904년에도 거듭 간행되었다.

해제자가 대본으로 삼은 책은 1904년 홍콩[香港]에서 간행된 활판본으로 현재 한국교회사연구소에 소장되어 있다(*No.6407). 한편 참고자료로 활용한 한글본 『셩셰추요』는 한국교회사연구소에 소장되어 있는 모두 4권으로 된 필사본인데, 제1권의 책제목 뒷면에 "원셔풍병졍이슐 텬쥬강싱일쳔칠빅구십일년 쥬교아립산탕이준"이라는 글자가 쓰여 있으므로 1791년(정조 15)에 북경교구장 구베아 주교가 감준하였음을 알 수 있다. 한편 신유박해 당시 천주교 신자들의 집에 소장되어 있던 천주교 관련 서적들을 압수한 것의 명단이 쓰여 있는 『사학징의(邪學懲義)』 부록(附錄)에 의하면 「윤현가방화돌중굴래요상사서건기(尹鉉家房燦中掘來妖像邪書件記)」 중에 『셩셰추요』 1책이 기록되어 있다. 또한 모리스 꾸랑의 『한국서지』중에도 No. 2748로 『셩셰추요』가 기록되어 있는데, 그 서지사항으로 4책, 정방 12절판, 한글 필사본 등의 사항이 기록되어 있으며, 아울러 "한글 번역판은 북경의 주교

Alexandre de Gouvea, 湯亞立山이 재교를 한 중국어판을 토대로 번역한 것이었다."라고 기록되어 있다.[1] 그러므로 꾸랑이 기록한 이 책이 현재 한국교회사연구소에 소장된 한글필사본『셩셰추요』4책과 동일한 책일 가능성이 있다. 현재 한국교회사연구소 소장본(한글본)은 원서(原書)인 한문본의 전 5책 중에서 제3권에 해당하는 영혼편(靈魂篇)이 완전히 빠져 있어 이를 제외한 4책으로만 구성되어 있다.

[저자]

저자 마이야(Mailla, Joseph-François-Marie-Anne de Moyriac, 馮秉正, 1669~1748)는 1669년 프랑스에서 출생하여, 19세인 1687년 예수회에 입회하였고, 1703년에 중국에 입국했다. 자(字)는 단우(端友)이며 북경에 있을 때 예수성심을 경배하기를 주창하였고, 성체인애회(聖體仁愛會)를 28년간이나 관장하였다. 강희제(康熙帝)의 명령을 받고 하남(河南), 강남(江南), 절강(浙江), 복건(福建) 등지를 유력하며 전국여도(全國輿圖)를 제작하기도 하였다. 저서로는『성세추요』5권외에도『성체인애회규조(聖體仁愛會規條)』1권(1719),『성심규조(聖心規條)』1권,『성년광익(聖年廣益)』24권(1738),『성경광익(聖經廣益)』2권(1740) 등이 있다. 이 외에도 그는『통감강목(通監綱目)』12권을 프랑스어로 번역하였는데, 이것이 1783년 파리에서 간행되었다.[2] 한편 박종홍 교수는 그의 이름을 "Joseph Marie Anne de Mogria"라고 기술하였다.[3]

---

1) 모리스 꾸랑 原著, 李姬載 譯,『韓國書誌 - 修訂飜譯版 -』, 일조각, 1994, 692쪽.
2) 徐宗澤,『明淸間耶穌會士譯著提要』, 中華書局, 1949, 408쪽.
3) 朴鍾鴻,「西歐思想의 導入批判과 攝取」,『한국교회사논문선집』제1집, 한국교회사연구소, 1976, 73쪽.

3. 목차 및 내용

[목차]

首卷（仁愛引言，鑒閱姓氏，溯源篇）

一. 溯源篇

1. 總問答 ； 開講問答式

2. 總說 ； 總說恭敬天主的緣故有三件.

3. 講天主性體 ； 講第一件緣故

 1) (講)這天地萬物 必先有一主宰 生存掌管 不是理氣 不是自然而然 不是有生有死的人所造.

 2) 講天主唯一無二・無始無終.

 3) 講天主無形無像.

 4) 講天主無所不在.

 5) 講天主無所不能.

 6) 講天主無所不知.

 7) 講天主無善不備.

 8) 講我們最要緊的就是認天主以救靈魂故天主二字之外無庸旁及.

4. 講造物 ； 講第二件緣故

 1)(講)天主爲何造化天地萬物給人使用.

5. 講人人倚靠天主 ； 講第三件緣故

 1)(講)我們本分該倚靠天主

 2) 講我們在世並無一人不倚靠天主

 3) 講我們一生舉動不可不倚靠天主

卷二(救贖篇)；總說一張 / 駁問一張 / 總辨一張 / 分辨計十五張

1. 總問答；講天主降生救贖來歷
2. 來書駁問
3. 回書總辨
4. 辨明人類元祖由土而造
5. 辨明元祖犯罪由於自主
6. 辨明元祖當受重罰
7. 辨明天主不棄罪裔必來救贖
8. 辨明天神代救聖人代贖各人自己補償都使不得天主降生並無褻瀆
9. 辨明無形有形都由得天主
10. 辨明天主的全體大用降生更顯
11. 辨明天主降生不從天降不由氣化亦不受女胎拘縮
12. 辨明天主降生恩教萬國流傳中土自漢唐以來早有憑據
13. 辨明降世之主卽在天之主人類可爲天主義子與天主聖子大不同
14. 辨明天主降生以天主性而兼人性與世上聖人大不同
15. 辨明天主降生的憑據先傳後驗與中國所稱奇瑞大不同
16. 辨明天主耶穌受難釘死仁至義盡德備功全其尊無對
17. 辨明耶穌救贖之恩古今通受
18. 辨明救贖之恩身前身後受福無窮

卷三(靈魂篇)；總問答一張 / 分解計七張

1. 總問答；論生氣不是靈魂
2. 論天地神人萬物共分五類
3. 論靈魂覺魂生魂來路不同
4. 論覺魂生魂必滅靈魂不滅
5. 論明悟記含愛欲可証靈魂不滅

6. 論自主之權可証靈魂不滅

7. 論生前事業可証靈魂不滅

8. 論古來書義可証靈魂不滅

卷四(賞罰篇) ; 總問答一張 / 分解計六張

1. 總問答 ; 解造物主眞傳俱該深信不疑

2. 解生前禍福算不得眞賞眞罰

3. 解身後虛名與本人賞罰無干

4. 解世上吉凶禍福具係勸戒之方

5. 解天堂善報自古聖賢俱眞心切望

6. 解無形之靈魂能受賞罰

7. 解天主聖教所講天堂地獄奉有眞傳與佛老妄言名同實異

卷五(異端篇) ; 駁問一張 / 總闢一張 / 分闢計十七張

1. 來書駁問

2. 回書總闢

3. 闢世俗所奉北斗文昌城隍土地金烏玉兎井灶門神等

4. 闢佛有弑母棄父傲世欺人四大逆

5. 闢輪廻有十大弊端

6. 闢占卜求籤灼龜起課等

7. 闢選擇日辰宜忌星宿吉凶等

8. 闢畫符念呪去病逐邪師公師婆蠱毒魘魅請仙扶乩妄言禍福等

9. 闢相面

10. 闢推算命運五行生剋

11. 闢風水方向

12. 闢祈晴禱雨供獻妖道龍王

13. 闢禳災打醮野祭呼魂掃房接[鬼+殺]

14. 闢佛家吃齋戒殺

15. 闢念佛參禪

16. 闢燒神化馬紙錠紙錢

17. 闢超度破獄

18. 闢修煉內丹外丹

19. 闢娶妾

20. 闢毁謗

[내용]

『성세추요』의 수권(首卷) 「소원편」에서는 앞서 언급한 바와 같이 '인애인언'을 통해서 천주교의 가르침이 유교와 동일하며 그 주지(主旨)는 바로 '인'(仁) 또는 '애'(愛)로 표현되는 사랑임을 밝혔다.[4] 이로써 이 책의 가르침이 유교적 가치관 속에서 생활하는 중국인에게도 수용될 수 있을 뿐 아니라, 특별히 흔비(釁妃, 밥짓는 여종)와 같이 문자(文字)를 모르는 민중이나 여성 등 지식 정보에서 소외된 하층 계급의 사람들도 글을 아는 사람이 낭송하는 것만 들어도 그 내용을 이해할 수 있도록 일상적인 소재를 통해 교리를 설명하며, 그 형식도 문답식(問答式) 구어체(口語體, 白話)로 쉽게 쓰여졌다[5]는 것을 강조하였다. 이러

4) 『盛世芻蕘』, 「首篇(溯源篇)」, '仁愛引言' ; 善惡正邪之辨 吉凶升降之關 無他 仁與不仁而已, 盡仁之道 非愛不爲公, 盡愛之道 非上愛天主 下愛衆人 不足以成仁, 從未有不愛人而可稱愛主者 亦未有愛主而不愛人者

5) 『盛世芻蕘』, 「首篇(溯源篇)」 ; 語甚簡明 事皆緊要 據此究心 庶無舛錯, 況窮鄉僻壤安得人人而口授之 得此一編 各人自己披閱 卽與聽講無異, 若係不識字之人 或婦人女子 或衰老病軀 欲聞聖道而無人能講 只須一位識字之親友 看書朗誦 又與講道無異 正所謂書中有舌 如獲面談也

한 책 소개는 『성세추요』야말로 대중적(大衆的)인 교리서이며, 친서민적(親庶民的)이고 친유교적(親儒教的, 補儒的)인 천주교 서적임을 분명히 드러낸 것으로,[6] 이러한 설명을 듣고 많은 중국인들이 천주교에 입교하기를 바라는 저자 마이야 신부의 전교의지(傳教意志)가 표명된 부분이라 여겨진다.

「소원편(溯源篇)」은 그 제목이 가리키는 바에서도 알 수 있듯이 인간과 우주 자연의 근본적인 의문에 대한 답변을 찾기 위해 근원(根源)을 소급(遡及)해 올라가서, 천지만물(天地萬物)의 내력을 창조론(創造論)의 입장에서 설명하면서[7] 유일무이(唯一無二)하고 무소부재(無所不在)한 창조주(創造主)이자 주재자(主宰者)로서 전지(全知), 전능(全能), 전선(全善)하신 천주(天主)의 속성[8]에 대해서 차근차근 설명하였다. 또한

---

6) 『성세추요』의 대중적인 성격에 대해서는 원재연, 「丁若鍾 『쥬교요지』와 漢文西學書의 비교연구 -『盛世芻蕘(셩세추요)』와의 비교를 중심으로 -」, 『韓國思想史學』 제18집, 2002에 정약종의 『쥬교요지』와 비교하는 방법을 통하여, 좀 더 구체적으로 서술되어 있다.

7) 『盛世芻蕘』, 「首篇(溯源篇)」 ; 講第一件緣故 這天地萬物 必先有一主宰 生存掌管 不是理氣 不是自然而然 不是有生有死的人所造. 各樣物件 旣知道都要查究他的來歷 難道這樣的大天地 這樣的多人物 到不該查究一個來歷麽 房屋器皿係工匠所成 文章字畫 係能人所作 從未有自然而有 自然而成之物 …

8) 『盛世芻蕘』, 「首篇(溯源篇)」 ; … 怎麽說天主唯一無二 無始無終 因普世受造之物 雖多 只有兩樣 一係有始有終的 如禽獸草木之類 一係有始無終 如天神魔鬼 我等靈魂之類 單單這惟一無二的天主 於無天無地 無人物之前 顯自己的靈明神體 無所從生 而萬有皆從天主以生 故謂之無始無終 … 怎麽說天主無形無像 現有形像之天地人物 旣從天主而生 可知天地人物之外 並無一形一像 而此造化形像之天主 應該超出萬形萬像之外 此理最顯而易明且有形可見之物 不拘何樣都有個起頭 後來必竟或變或滅從未有有形像而無始終者 故能知天主無始無終 即知天主必然無形無像 … 怎麽說天主無所不在 天主不籍萬物而在 所以一物未有之前 天主先萬物而在 萬物必籍天主之在 所以天地萬物造成之後明知天主無所不在 … 怎麽說天主無所不能 天主爲萬能之原 憑他什麽樣的能 沒有不從天主所發 當萬有未造之前 天主之能 無窮無盡 及萬有已造之後 天主之能 仍無窮無盡 … 若說巨細精粗 隨時隨處 存舊創新 無所不能的 只有一個天主 即將造成的天地萬物 略想一想 便知其能 無可限量 無可比方

이러한 설명에 이어, 천하고금(天下古今)의 어떤 사물도 천주의 권능에 잠시도 의지하지 않을 수 없으며, 그 은혜를 받지 않을 수 없다[9]는 사실을 통하여 세상 만민(萬民)이 천주를 공경하고 신뢰해야 함을 강조하였다. 특히 세상의 부모(父母)가 자손에게, 제왕(帝王)이 백성에게 베푸는 희생적인 은혜(恩惠)와 수고로움에 대하여 자손과 백성이 마땅히 부모와 제왕에게 보답해야 하므로, 천지만물을 화성(化成)하고 안양(安養)하여 세상의 부모나 제왕보다 더욱 큰 은혜를 베푼 천주의 큰 은혜에 대해서 모든 사람들이 반드시 감사하고 보답해야 더욱 마땅하다고 하였다. 이러한 설명은 "천주는 곧 대군대부(大君大父)"이므로[10] 유교의 핵심적 가르침인 충효(忠孝)의 관점에서 보더라도 모든 이는 반드시 천주를 공경하고 흠숭해야 한다는 논리로 직결되었다. 따라서 천주가 만든 일체의 피조물에 지나지 않는 인간, 귀신(鬼神), 기타 영적인 존재나 자연물을 숭배하는 도교(道教), 불교(佛教), 민간신앙(民間信仰) 등 내세관(來世觀)을 가진 일체의 종교(宗教)나 인격천(人格天)을 부정하는 성리학의 이기설(理氣說) 등이 천주를 인정하지 않는다면, 이는 방옥(房屋)과 전토(田土)를 손수 장만한 주인(主人)을 무시하고 그 인명과 재산을 약탈하려는 한 떼의 무뢰배와 다름없다[11]고 설파하였다.

… 怎麼說天主無所不知 旣然天主無所不在 則事事物物 俱經天主親眼看明 豈尙有不知之理 … 怎麼說天主無善不備 天主之善 本至全而不缺 且至純而不雜 又至足而不能虧 更至永遠而不能變 所發不可見之善

9) 『盛世芻蕘』, 「首篇(溯源篇)」; … 自天地之大 以至一蟲一草之微 皆在天主掌握之中 已經反覆辨明 難道還不該改悔前非 棄邪歸正 甘爲辜恩負義的人麼 …

10) 『盛世芻蕘』, 「首篇(溯源篇)」; … 若說親生父母 必該孝敬 這一種悖常違理 不聽權化的人 斷斷行不去的 亂臣賊子 人人得而誅之 無父無君 就是禽獸了 如此說來 是君父之恩 沒有一個不該報效的 今棄去造天造地之大君 叛離資始資生之大父 反敬信庸人頑物 又不受人指點 自以爲忠孝已全 何必格外生支 殊不知道之大原 出於天主 設或一人 知有母而不知有父 或止知父母而不知有君 皆爲悖逆 今止知君親之當忠孝 而不知君親之上有一天主 這是何等的悖逆

11) 『盛世芻蕘』, 「首篇(溯源篇)」; … 可笑普世之人 醉生夢死 不知查究者甚多 離經畔

이는 이 책의 마지막 「이단편(異端篇)」에서 상세히 언급될 내용을 미리 암시해주는 대목으로 소원편과 이단편의 긴밀한 상관관계를 말해준다.[12] 아울러 "천주교는 수신·제가·치국·평천하(修身齊家治國平天下)에 진실한 효험이 있는 참된 가르침이다"[13]고 강조하였는데, 이는 보유적(補儒的) 관점에서 천주교를 수용하도록 설득하고 있는 「소원편」의 주제에 해당하는 대목으로 평가된다. 「소원편」의 마지막은 십계명(十誡命)을 풀어 설명하면서 그 본질은 천주공경과 이웃사랑에 있음을 가르쳐주었는데, 이는 성경(聖經) 전체의 가르침이자 천주교리 전체의 핵심에 해당되는 내용이라고 할 수 있다.[14]

「구속편(救贖篇)」은 중국인들에게 매우 생소한 '강생구속(降生救贖)'과 관련된 교리에 대해서 중국인 선비가 무려 15조항이나 되는 의문

道 人自爲說者亦不少 我且將各家杜撰的話 做一個笑談道家說 一氣化三清 這天地萬物 是我老君造成的 佛家說 一切山河大地 皆我妙明眞性中物 讀書人都說 輕清者爲天 重濁者爲地 又有的說 天地萬物之根 不外乎理氣兩字 俗人說盤古三皇 開天闢地 又說 不曾造得完全 幸賴女媧氏 煉石以補其缺 這五六樣的說話 都做了口頭的常言俗語也 不管是眞是假 愛說誰家的話 隨口便說 這種光景 猶如一班無賴棍徒 看見幾間房屋 或幾頃地畝 抹煞了本來産主竟說是我祖宗創造的 或說是我的銀錢親手自置的 一傳兩 兩傳三 從旁之人 遂妄言輕信 殊不知物各有主 安容此輩 冒名頂替 … 獨有理氣之說似是而非 爲害更深 如細米外的糠皮 眞金內的沙土 若不碾不淘 人皆認糠爲米 認沙爲金 竟不知糠之內 尙有細米 沙之外 尙有眞金 故不得不反復辯明 …

12) 또한 「소원편」에서는 부부가 일생동안 해로(偕老)해야 함을 강조함으로써, 취첩(娶妾)을 금지하는 이단편의 내용을 미리 예고해준다.

13) 『盛世芻蕘』, 「首篇(溯源篇)」; … 若能個個知道瞞得人 瞞不得天主 雖滿心要幹不好事 自知無地可容 不得不回心轉意 故教中先輩 嘗稱西學 有修齊治平之實效

14) 『盛世芻蕘』, 「首篇(溯源篇)」; … 我將所守的天主十誡 念與尊駕聽 一 欽崇一天主萬有之上 二 毋呼天主聖名以發虛誓 三 守瞻禮之日 四 孝敬父母 五 毋殺人 六 毋行邪淫 七 毋偸盜 八 毋妄證 九 毋顧他人妻 十 毋貪他人財物 這十誡 總歸二字 愛天主萬有之上愛人如己 此就是天主定立的規矩付於人心 不教自知 故謂之性教 後復傳諭大聖 諄諄垂訓 不論男女老幼 智愚賢不肖 一概俱要遵守 不守十誡 算不得是恭敬天主的人

을 제기하면, 이에 대해서 저자가 하나씩 체계적으로 답변해주면서, 아울러 '원조(原祖)의 범죄(犯罪)', '삼위일체(三位一體)', 부활승천(復活昇天), 삼구설(三仇說),[15] 칠극(七克)[16] 등과 같은 천주교의 중요한 교리들을 아울러 설명해주는 방식을 취하고 있다. 따라서 이 「구속편」의 교리는 뒤이어 전개되는 「영혼편(靈魂篇)」과 함께 중국인의 종교적 심성에 없거나 사고방식이 확연히 달라서 새롭게 보충 설명해주지 않으면 안 되는 천주교의 가르침을 전개한다.

「구속편」에서는 '강생구속'의 교리를 설명하기 위해, 이와 관련된 다른 교리들을 우선적으로 또는 아울러 설명하는 방식을 취하고 있는데, 인간이 하느님과 불목(不睦)한 이유가 아담과 에와로 일컬어지는 원조(原祖)의 범죄에서 비롯되었음을 먼저 설명하고, 이어서 원조의 낙원추방과 노아의 홍수로 인간이 저지른 범죄에 대한 하느님의 징벌이 내려졌지만,[17] 극진한 사랑으로 천주 제2위 성자 예수 그리스도가 인간으로 강생하여 인간이 저지른 죄를 십자가의 죽음으로 대속하고

---

15) 『盛世芻蕘』, 「救贖篇」 ; … 我等後人 毋煩百倍其工 而愚者必明 柔者必强 此非徒空言 現有深切著明之實事 人生凶惡之大讐 止有三種 一曰肉身 一曰世俗 一曰魔鬼 凡犯罪之由 皆從三種而來 又容易受此三害之由 皆從原罪而來

16) 『盛世芻蕘』, 「救贖篇」 ; … 況魔鬼誘人 多借肉身世俗爲媒 而肉身世俗之最甚者 莫過於驕傲 貪吝色迷忿怒饕餮嫉妬懶惰等情 今敎規俱有克除之道 謙遜以克驕傲 施捨以克貪吝 絶慾以克色迷 含忍以克忿怒 淡薄以克饕餮 仁愛以克嫉妬 欣勤天主之事 以克懶惰

17) 『盛世芻蕘』, 「救贖篇」 ; … 當知天主造化之始 原在大地中 備一福地 用土造人 男名亞當 女名厄娃 配爲夫婦 做萬世人類的元祖 以福地居之 … 不料元祖 聽從魔誘 妄想一食此菓 卽同天主的全知 頓起貪心 重違嚴命 上干義怒 罰不逾時 從彼迄今 至於世末 酷暑苦寒 四行偏勝 男耕女織 汗血迸流 內則怒忿憂哀 壽夭俱同一死 外則虎狼蛇蝎 頑物亦准傷人 諸苦盡來 諸患悉起 憑他富貴貧窮 沒有一個人 可能脫逃此罰 … 此與現在充軍的子孫 不知祖宗犯罪發遣的根由 把烟瘴地方 認做是故鄕祖籍了 … 因人人都有原罪 所以世代子孫 從善如登 從惡如崩 自己本罪 更深更重 只有一家八口 係信奉天主之人 天主命造大櫝如船 保存其身 隨降大罰 四十天的洪水 沒過高山 八口之外 盡行湮滅

인간과 하느님 관계를 다시 화목하게 했다는 점에서 '재조(再造)'의 공을 세웠다[18]고 서술했다. 이러한 과정에서 "천주는 무소부재(無所不在)하고 무형무취(無形無臭)하다"는 속성과, 그러한 "천주가 평범한 인간의 모습으로 유대 땅에 탄생했다"는 '천주강생'의 논리가 서로 모순된다고 의문을 제기하자, "천주는 본체로서 하나이지만 성부, 성자, 성령의 그 위격이 서로 다르다"는 삼위일체(三位一體)론을 도입하여 "강생하신 천주는 제2위의 천주 성자이시다"고 하여 이러한 의문점을 해결해주었다.[19] 아울러 천주께서 강생하신 이유는 인류 구속(救贖, 구원)과 교화(教化)에 있다고 하면서,[20] 십자가 죽음 후 사흘 만에 부활승천(復活昇天)하셨다고 하면서 이와 관련하여 중국에도 일부 전래된 성경(聖經)과 성전(聖傳, 聖史)을 근거로 들었다.[21] 그러나 "창조주 천주께서 비천한 사람으로 강생했다는 것은 천주에 대한 외람된 모독이며, 또 그러한 강생의 신비가 사람의 감정으로는 이해되지 않는다."는 반박에 대해서는 성탕(成湯)의 고사를 들면서 천주 성자께서 지극히 겸손하시고 강생구속의 신비가 본성을 초월한 사건이라는 점을 들어 해

---

18) 『盛世芻蕘』, 「救贖篇」; … 故稱其本位 則天主而人 稱其救世 則人而天主 稱其補元祖之所傷 贖元祖之所失 謂之再造亦可 謂之再祖亦可 這是天主耶穌 聯合吾人靈性的大緣故

19) 『盛世芻蕘』, 「救贖篇」; … 前所論造化的天主 父子聖神 一體包含三位 此義已極其精微 今論降生的天主救世耶穌 一位包含三體 此義更極其廣大 … 論其爲眞人有肉身 有靈魂 實係元祖相傳之骨肉 故挺身承任元祖所遺之罪 而無不宜 論其爲眞天主 實係聖三中第二位聖子 與聖父聖神一體一性 一個天主 可代贖萬世萬民無限之罰而有餘

20) 『盛世芻蕘』, 「救贖篇」; … 天主的降生 頭一件 爲代人贖罪 其次 就爲立表化人 …

21) 『盛世芻蕘』, 「救贖篇」; … 惟天主耶穌降生之國 傳有古經二十四部 內載降生之事計數十端 歷代共遵 家絃戶訟 後來事事 若合符節 至今有疑不決 卽引聖經爲証 今河南開封府 有一賜樂業殿 問其教法 非儒 非釋 非老 非回 惟內有西來古經四部 現存石碑二座 一係前明正德七年 四川布政司江都人左唐撰文 翰林院淮南人高考書丹吏科給事中揚州人徐昂篆額 一係弘治三年 開封府學增廣生金鐘撰文

명하였다.[22] 또한 원조의 범죄가 천주의 강생구속으로만 해결될 수 있는 중대한 범죄였음을 7가지 근거를 들어 설명하고[23] 굳이 천신이나 다른 인간들의 강생을 통하여 해결하지 않은 것은 인간에 대한 하느님의 지극한 사랑 때문이라고 설명했다.[24] 한편 천주의 강생이 성령(聖靈)의 작용으로 말미암은 동정녀(童貞女) 잉태의 방법을 취한 것은 천주께서 상도(常道)와 권도(權道)를 융회하고 관통하신 때문으로 설명하면서,[25] 석가나 노자의 기이한 출생과는 그 품위와 차원이 다르다고 설파하였는데, 이 부분은 「구속편」과 「이단편」의 밀접한 관계를 보여준다.[26] 한편 천주의 강생구속과 관련된 중국 측 자료로서 삼

22) 『盛世芻蕘』, 「救贖篇」; … 我若竟說耶穌的至卑 正顯其至尊 耶穌的至賤 正顯其至貴 耶穌的至辱 正顯其至榮 尊駕未必就肯允服 所以先借成湯之事說起 其實微塵比西嶽 滴水比東洋 大小懸絶 略提幾件 便知實據 湯係一國之君 耶穌係天地神人萬有之大君 以湯之德 論湯之功 止免一國一時 年成饑饉之災 惟耶穌之功 耶穌之德 能免萬方萬世 人靈永罰之災 故湯只以六罪自責 耶穌則聚萬世萬民之重罪 盡歸於一身 湯只剪髮斷爪 爲民請暫時之命 耶穌則聚鞭茨釘鎗之劇苦 終於十字架上 爲萬世萬民 請永遠之命 孰大孰小 不解自明 小旣不辱而榮 則大者之尊榮更甚 亦不解自明

23) 『盛世芻蕘』, 「救贖篇」; …第三問 (據說所犯之罪 不過一菓之微 不當有此重罰) 辨. 犯輕罰重之疑 只可論近日之常情 不可斷當時之罪案 當時元祖之罪 該受重罰 其故甚多 今約言之 一要論處境的順逆 二要論事情的難易 三要論受命的親疎 四要論施恩的厚薄 五要論本人的智愚 六要論受罰的輕重 七要論地位的尊卑 我且將這七樣 略略解說幾句 便知道當時元祖罪大情眞 不敢再說犯輕罰重了

24) 『盛世芻蕘』, 「救贖篇」; … 靈魂賞罰之權 出於天主 倘天神而代救贖 則天神之恩反重於天主 因贖罪之恩 比造化的恩 更大更遠 則愛敬之心 自然尤切 天主愛人至極 還望人以愛還愛 何忍令人分心而愛天神

25) 『盛世芻蕘』, 「救贖篇」; … 天主之行 大中至正 變而不失其常 奇而不入於怪 倘從天下降 則身非人類 不順於理 何能立表化人 若借氣成形 則身爲虛幻 無益於事 何能代人贖罪 兩者不能 大非天主降生之本意 所以懷胎乳哺 由童冠而至長成 事事俱與人同 以顯其眞爲人類 足見變而不失其常

26) 『盛世芻蕘』, 「救贖篇」; … 惟有受孕之初 因天主聖神之工 降孕於童身之聖女 不由人道 應命成胎 且無災而誕 不損童身 如水晶瓶之受太陽 出入往來 毫無妨礙 以表其眞爲天主 又足見奇而不入於怪 不像那異端佛老 剖脇而生 不顧弑親之大逆 還

국시대 적오(赤烏, 손권의 오나라)의 철십자가(鐵十字架)의 발견과 이에 대한 유숭(劉嵩)의 『자고집(子高集)』, 이구공(李九功)의 '신사록'(愼思錄) 등의 기록을 들면서[27] 중국측 경전에 나오지 않는다고 해서 무시해서는 안된다고 강조했다.[28] 강생구속의 또 다른 증거로는 천주 예수의 제자인 토마스 사도가 일찍 중국에 전교하고 귀국하다가 소서양(小西洋, 인도로 추정됨)에서 순교했다는 사실을 들었으며,[29] 명말(明末) 관중(關中) 지방 땅속에서 발견된 대진경교중국유행비(大秦景教中國流行碑) 또한 한당(漢唐) 이래로 중국에 전래된 천주교의 진리를 전해주므로 천주강생의 사실을 확인하게 된다고 주장하였다. 한편 '천주강생'의 결과 인류는 천주의 의자(義子, 養子)가 되어, 영원한 축복의 유산을 물려받게 되었다[30]고 하였다. 「구속편」은 천주 성자의 '강생구속' 공로를 유교의 핵심적 도덕적 가치인 仁義禮智信 五德의 완성으로 설명하고 있다. 「구속편」의 끝은 "강생구속하신 천주 성자의 가르침을 믿고 따르자"는 결론으로[31] 마무리되고 있다.

妄稱敎祖 人且羣然附和 何怪如之

27) 『盛世芻蕘』, 「救贖篇」 ; … 天主降生 不獨要使當時人人共曉 直使千萬年以下 人人共曉 就如中國 說不得沒有憑據 天主升天後 代有傳人 如明代洪武初 江西廬陵地方 因掘地 得一大鐵十字 上鑄赤烏年月 赤烏係三國孫吳的年號 人皆不知爲天主聖敎之物 有名臣劉嵩 號子高者 作鐵十字歌 以誌其奇 事詳劉子高詩集 併李九功愼思錄內 若非天主聖敎 已經早早流傳 何以有此鐵十字

28) 『盛世芻蕘』, 「救贖篇」 ; … 中國之人 不知別國 就像此時的人 不知前代 事同一例 要知道前代的憑據 現有各代之史 要知道別國的憑據 亦有各國的書 今以別國之書 盡同圖讖 不可爲憑 倘別國之人 將中國之經典子史 亦說盡同圖讖 尊駕肯服不肯服 尊駕旣不服別國的批評 別國又何能就服尊駕的議論

29) 『盛世芻蕘』, 「救贖篇」 ; … 有人嘗說 耶穌的宗徒多默聖人 曾傳敎中國 回至小西洋致命 看這赤烏年間的鐵十字 去聖人之世 前後不遠 可知來過是眞 目下多默聖瑩在致命之地 神恩發現 靈蹟甚多 小西洋與中國甚近 叨庇恩光 自然不淺

30) 『盛世芻蕘』, 「救贖篇」 ; … 我們原係天主的義子 應該承受永福之恒産

31) 『盛世芻蕘』, 「救贖篇」 ; … 總而言之 人受天主之生 受天主之養 豈可不受天主之敎 耶穌未降生前 皆聖人代傳 多有不足之處 耶穌降生後 係天主親傳 道明而禮備

「영혼편(靈魂篇)」은 '영혼불멸(靈魂不滅)'의 가르침이 그 핵심인데, 인격천(人格天) 개념을 부인하는 성리학의 이기론(理氣論)과 정면으로 충돌되는 교리이다. 여기부터는 성리학의 주요 논리들과 다양하고도 강력한 논쟁을 전개하기 시작한다. 중국인 선비는 『맹자』의 호연지기(浩然之氣)와 의가(醫家) 원기(元氣) 보존을 통한 치유 등의 예를 들면서 "사람의 혼(魂)은 곧 기(氣)를 말하는데, 이 '기'는 육신의 죽음과 함께 흩어져 소멸된다."[32]고 주장하여 천주교의 영혼불멸설을 정면으로 비판하였다. 저자는 우선 생물에 깃든 혼(魂)을 곧 그 사물의 본성(本性, 性)으로 규정하고 그 종류를 생혼(生魂), 각혼(覺魂), 영혼(靈魂) 등 3등급으로 나눈다. 이어서 초목의 생혼이나 동물의 각혼은 비록 숨 쉬고 운동하며 지각하지만, 각각 물과 흙과 습기로부터 비롯되거나(생혼), 짐승의 피[血] 속에 깃든 열기에서 비롯되어(각혼), 육신이 배태된 후 몸 밖에서 안으로 스며드는 인간의 영혼과 그 유래(由來)하는 길이 다르다고 설명했다.[33] 또한 생혼과 각혼은 죽음으로 본질(질료)이 무너

事易而效神 若除了天主親傳之敎 不信元祖遺罪 不信身後賞罰 不信天主降生救贖 雖有高談妙論 決不能引人身後升天享福 生前亦無些微的好處 這是萬萬不能那移的話 光陰有限 死後無窮 幸勿當前自悞(救贖篇卷終)

32) 『盛世芻蕘』, 「靈魂篇」; …假如有人 不信靈魂不滅 來問云 人居世間 氣聚則生 氣散則死 請看遇了災害欲知他活與不活 只問有氣沒氣 孟子善養浩然之氣 醫家治病先保元氣 可知氣就是魂 魂就是氣 身死氣斷 卽與禽獸草木 同歸於盡 惟有忠孝節義之正氣 雖死猶存 所以說君子存之 庶民去之 除氣之外 若說另有一個不死不滅的靈魂 有何憑據

33) 『盛世芻蕘』, 「靈魂篇」; … 今要去此病根 先該明白魂有各等的不同 再當明白各魂來路的不同, 然後纔能知道各魂 有滅有不滅 大不相同 … 自上天而至下地 統計受生之類有五一曰定 如天地金石之類 … 二曰生 如草木花菓之類 無血而有液 無口而常吸 由種而活 由小而大 亦變亦常 且能傳後 故謂之生 三曰覺 如鳥獸蟲魚之類 能食能鳴 能視能聽 有本形之苦樂 有本質之知能 故謂之覺. 四曰靈 卽我們人類無形無像之內體 雖在形身之中 直超形身之外 明能推理 才可經營 無物不存 無美不欲 故謂之靈. 五曰神 係九品天神之類 純神之體 不屬形質 爲天主之親臣 享眞榮而常健 純直通之智 秉潔淨之源 故謂之神 … 至論各魂的來路 大有不同 若不說明

지면 소멸하지만 영혼은 육신이 죽어도 육신과 달리 괴멸되지 않는다고 설명했다.[34] 그러면서 이러한 영혼불멸은 다음의 4가지 근거를 통해서 알 수 있다고 주장했다. 첫째는 영혼의 작용인 명오(明悟), 기함(記含), 애욕(愛欲) 등을 통해서, 둘째는 각 사람이 스스로를 주관하는 권리[自主之權]가 영혼에서 나왔음을 통해서, 셋째 이치적으로 따져봐서 또 밖에서 들어오는 일로써, 넷째, 『서경(書經)』의 '항성(恆性)'[35]과 『대학(大學)』의 '명덕(明德)',[36] 『맹자(孟子)』의 '양귀(良貴)'[37] 등 유교 경전의 가르침을 통해서 사람의 영혼이 결코 소멸할 수 없음을 해명했다.[38]

又難知該滅不該滅之故, 草木的生魂 由於水土之濕氣 鳥獸的覺魂 由於血中之熱氣, 不是濕熱卽成生覺 係本質原有之生覺 秉濕熱而發 故此二魂 皆出自本質之內, 獨有人的靈魂 要俟氣土水火所成之人身 已具胚胎之質模, 然後天主特賦一靈魂 從外而有 與氣土水火之四元行毫無干涉 猶如山泉之水· 太陽之火 有招引之具 水火卽至人身之胚胎 卽招引靈魂之具 胚胎一成 靈魂卽至 從這各魂故然的來路

34) 『盛世芻蕘』, 「靈魂篇」 ; … 推想他所以然必滅必存之理 可知草木離了水土 濕氣一乾則生魂必滅, 鳥獸受了損傷 熱氣一冷 則覺魂亦滅, 因係本質內所出之生覺 故質壞而生覺不能獨存, 靈魂旣由外而有 則肉身雖死 必能由內而出 萬萬不與肉身同壞

35) 『書經』湯誥 ; … 惟皇上帝 降衷于下民 若有恒性 克綏厥猷 …항성(恒性)은 늘 불변하는 본성.

36) 『大學』; … 大學之道 在明明德 在親民 在止於至善 … 명덕(明德)은 덕을 밝히는 것.

37) 『孟子』 告子(上) ; … 孟子曰 欲貴者 人之同心也 人人有貴於己者 弗思耳 人之所貴者 非良貴也 趙孟之所貴 趙孟能賤之 … 이에 대해 주자는 " … 貴於己者 謂天爵也 … 人之所貴 謂人以爵位加己而後貴也 良謂本然之善也 …"라는 주를 붙여, 사람이 참으로 귀하게 여기는 것은 남이 나에게 爵位(벼슬)을 주어 귀하게 여기는 것에 있지 않고 자기 스스로에게 원래부터 있는 것, 곧 하늘이 부여해준 것이라고 말했다.

38) 『盛世芻蕘』, 「靈魂篇」 ; … 尊駕若尙有疑惑 我再說幾樣常在常生的憑據 其一 靈魂的明悟·記含·愛欲 卽係靈魂常在常生之實據 … 其二 凡人自主之權 出於靈魂者. 肉身不得而强之 可知靈魂原不依賴肉身, 則肉身之死 亦不能連累靈魂 豈非又是一個靈魂不死不滅的大憑據麽 … 其三 靈魂不滅 不獨有理可推 且有事可據 事有由外而來者 … 其四 尙論之法 多有援古証今者. 這靈魂不滅 從古相傳 亦無二說 如書經的恆性 大學的明德 孟子的良貴 字雖不同 名雖各別 正義無不脗合, 常久 纔

「상벌편(賞罰篇)」은 천주교의 천당지옥(天堂地獄)에 대한 가르침을 불교나 도교의 그것과동일시하고, 내세를 부정하는 중국인 유자의 세속적(世俗的) 사고방식에 대해서, 한편으로 천주교의 내세관이 불교나 도교와 다름을 설명하면서, 다른 한편으로 천주교의 내세관이 정당한 것임을 설명하는 방식을 취하고 있다. 「상벌편」의 요지는 '영혼불멸설'에 입각하여, 인간은 그가 생전에 활동한 선악의 대가를 다 보상받지 못하기 때문에 죽은 후에도 없어지지 않는 그 영혼이 생전의 선악 여부에 따라 천주께서 내리는 무궁한 상벌을 받지 않을 수 없다는 것이다.[39] 또한 이 때문에 천주께서 내리는 상벌은 후세에 길이 권선징악(勸善懲惡)의 표양이 된다고 하였다.[40] 한편 사람의 생전 활동은 선비가 과거시험장에 나가거나 군인이 전쟁터에 나가는 것에 비유되며, 이에 따라 선비나 군인이 살아서 국가로부터 받게 되는 보상은 그들의 활동을 권장하고 경계하는 것일 뿐, 그들의 활동 결과에 따른 최종적인 정당한 상급이라고 할 수 없다고 설명하였다.[41] 즉 사후에 반드시 생전 활동에 따른 적절한 상벌이 내려진다는 말이다. 여기서 저자는 인간의 사후에 착한 영혼이 상급을 받는 것은 인간들의 대부모(大

是恆 虛靈不昧 纔是明 終不能賤之貴 纔是良, 若身死而靈魂亦滅 明失其明 貴失其貴 只此電光石火的工夫 怎麼算得恆

39) 『盛世芻蕘』, 「賞罰篇」; … 今先把生前的賞罰 論一論 人君之賞 不過爵祿 有罪之罰 不過五刑 然善人受賞 惡人受罰者 千百中不得一二 … 若說作善降之百祥 作不善降之百殃 這句話 必當兼生前死後而說 … 一世之樂 一刻便成空 一日之憂 一生消不盡 要說是賞 並無轉眼的快活 如何算得是眞賞 要說是罰 普世的人 都髣髴如何算得是眞罰 明白了生前算不得賞罰 則重疊之疑 自然消滅

40) 『盛世芻蕘』, 「賞罰篇」; … 如此是善 如此是惡 使後人不致以善爲惡 以惡爲善 更可使後人勸善戒惡 有憑有據 這就是流芳百世 遺臭萬年的着落

41) 『盛世芻蕘』, 「賞罰篇」; … 假如身後 沒有了永賞永罰 連那生時的禍福 後世的虛名 都不能勸善戒惡 又像那打仗的兵丁 不指望後來大大的恩賞 只有軍前的犒勞 未必聽你的勸戒 所以身後的永賞永罰 眞眞是勸善戒惡之根 尊駕既要在勸戒上用工夫當從根說起

父母)인 천주님의 큰 은혜라고 하면서,[42] 동시에 "선행에 대한 보답을 바랄 수 없다"는 주장에 대해서는, 사후 천당의 보답을 세상의 복락인 듯 착각한 데서 나온 말일 뿐, 영원한 상급을 바라는 것은 정당하다고 강조했다.[43] 「상벌편」에서는 천주께서 사후의 영혼에게 상벌을 내린다는 것을 4가지 증거로 알 수 있다고 하여 천주교의 천당지옥 교리를 설명하여 나갔다.[44] 동시에 불교나 도교의 천당지옥설은 그들이 각각 말하는 윤회설(輪回說)과 동천복지설(洞天福地說) 등의 허구를 통해서 보더라도 참된 내세관이 아닌 이익을 얻고 현세적 재물을 얻기 위한 방편에 불과하다고 보았다.[45] 또한 불교나 도교의 천당지옥은 천주교와 달리 사후 영혼의 상태에 대해 알지 못하므로 허구적이라고 비판했다.[46] 그러면서 천주교회가 가르치는 삶과 죽음에 대해서 설명하면서, 현세는 나그네, 전쟁터, 연극 등에 비유되기도 하는데 시간이

42) 『盛世芻蕘』, 「賞罰篇」; … 若論眞正天主的道理 天主是我們的大父母 生養保存我們 造天覆之 造地載之 造萬物以服事之 種種洪恩 卽無以報人 又備天堂永遠之福以賞之 又當何以報焉

43) 『盛世芻蕘』, 「賞罰篇」; …所以孳孳爲善之心 一則爲報天主之恩 一則爲得永遠之賞 論天堂之福 豈世福可比其萬一哉 想彼世福固可輕 而永福豈可輕哉 再看樹根向地 人首向天 這就是天主生成的敎訓 命我們顧形思義 不可忘了 這永福的指望 心爲一身之主 反無此想 現與本身不對 然則不可望報之說 非是永賞 錯認世福 就是不肯眞心向善的推脫話

44) 『盛世芻蕘』, 「賞罰篇」; … 第五說 尊駕以無形之靈魂 難受賞罰爲疑 此可以駁佛家的天堂地獄 不可以疑天主的賞罰 略揭數端 卽証其謬 就如肉身 現遭苦難 若身內 沒有靈魂 怎麽知道痛痒 此可証者一 肉身之禍福 皆從外而入 只在一處 必賴肉身 纔能承受 靈魂之賞罰 內外相連 完全充滿 沒有肉身 更能承受 此可証者二 眼見現在之人 若係心內的苦樂 比那外來的禍福 更覺不同 此可証者三 有形之肉身 尙有難以形容之禍福 則無形之靈魂 豈無難以形容之賞罰 此可証者四

45) 『盛世芻蕘』, 「賞罰篇」; … 今只要知道了佛老的假天堂假地獄 便知道天主的永賞永罰 並非一樣 … 至於道家 又以洞天爲福地 以跴罡步斗 水火煉渡等 爲破獄的道場 種種悖謬 罄竹難書 在他們本意不過爲圖利騙財之計

46) 『盛世芻蕘』, 「賞罰篇」; … 竟該說靈魂無形 難施世上有形的賞罰 用此以闢佛老的天堂地獄 彼再不能强辨 但那受騙的人 不論是非

길지 않으므로 현재의 육신은 나그네가 타는 배나 수레, 군인의 투구나 갑옷, 배우의 가면과도 같은 것이라 나그네가 자기 집에 도착하기까지, 군인이 전쟁을 끝낼 때까지, 배우가 연극을 마칠 때까지는 모두 그 사용하는 도구인 육신을 주의 깊게 잘 정리해두어야 한다고 했다.[47]

또한 죽음 이후에 맞이할 내세(來世)의 천당(天堂)은 모든 인간의 참된 고향[本鄉, 眞鄉]으로서[48] 이곳에는 여섯 가지 기이한 축복이 있고[49] 그곳에 사는 사람은 마치 부활한 육신의 모습과도 같은 네 가지 기이한 특징이 있다[50]는 점, 지옥에는 내벌(內罰)인 실고(失苦)와 외벌(外罰)인 각고(覺苦) 등 두 가지 고통이 존재한다[51]고 서술하여, 사후

47) 『盛世芻蕘』, 「賞罰篇」; … 人生在世 或比爲客旅 或比爲陣前 或比爲戲場 都是形容不久之意 現在肉身 猶如客人的船隻車馬 兵丁的盔甲 戲子的行頭 用着的時候必當小心整理 若客已到家 仗已打完 鑼鼓已經煞場 這就像死候的樣子

48) 『盛世芻蕘』, 「賞罰篇」; … 今先論天堂的好處 天堂之上 具有六福 升天堂之人 具有四奇 何爲六福 一曰聖京 …四曰眞鄉 世間暫寓 從無滿足之時 天堂眞我本鄉 無願不遂 就像器有大小 物俱充滿 無彼多此少之心 人有高矮 衣各稱身 無此短彼長之想

49) 『盛世芻蕘』, 「賞罰篇」; … 今先論天堂的好處 天堂之上 具有六福 升天堂之人 具有四奇 何爲六福 一曰聖京 世人過多德少 雖聖不純 天堂之內 聖聖同居 非聖不入 聖聖同心 無聖不合 淨如百煉之兼金 潔如無瑕之美玉 實衆聖之都城二曰太平域 人在世間 三仇之勁敵 日無寧晷 天堂之內 仇懼全無 憂疑盡釋 恬然安靜 永享太平 三曰樂國 世間偶得一樂 必然多缺多艱 故只可說樂來我內 天堂之樂 無苦參入 時樂時新 處處俱樂 纔可說得我來樂內 四曰眞鄉 世間暫寓 從無滿足之時 天堂眞我本鄉 無願不遂 就像器有大小 物俱充滿 無彼多此少之心 人有高矮 衣各稱身 無此短彼長之想 五曰定吉界 世態動如轉輪 反覆無常 有德卽有罪 有安卽有危 天堂之吉大定不移 無復更動 六曰無疆 世人歲月 最久不出百年 懷死之心 能消諸福 天堂係長生之國 其壽無疆 其福亦無終期

50) 『盛世芻蕘』, 「賞罰篇」; … 到了肉身復活 還有四端奇美 一是明亮 大光自內而發遠勝於太陽 二是壯健 不倦不傷 不冷不熱 不渴不飢 諸般苦難 毫無侵害 三是輕速上下四方 隨心卽至 就說萬里一瞬 不足以表其快 四是通透 門垣雖阻 出入無痕 金石雖堅 透而無跡

51) 『盛世芻蕘』, 「賞罰篇」; … 可知地獄之苦 就是天堂的反面 我亦略提大意 以見天主的義罰 不比平常 地獄之苦 有二 第一是失苦 第二是覺苦 失苦係內罰 生前背主

의 심판과 이에 따른 정당한 상벌로서 천당 지옥의 존재론을 강화하기 위한 실체적 내용을 제시하고자 했다. 이러한 서술에 이어 「상벌편」은 모든 인간은 한순간에 전광석화(電光石火)처럼 닥치게 될 죽음에 대비해야 한다고 그 서술을 마무리함으로써 천주교 신자에게는 선행의 실천을 강조하고, 비신자에게는 천주교 입교를 강력하게 권고하였다. 그런데 이 같은 「상벌편」에 드러난 천당지옥의 논리는 사말론(四末論)에 입각한 것으로[52] 현대의 천주교회가 인정하는 연옥론(煉獄論)은 배제되어 있다는 점을 특징적으로 지적할 수 있다.

「이단편(異端篇)」은 용어 그대로 정통(正統)과 이단(異端)의 양분법에 의해 천주교의 요소에 합당한 것과 부당한 것을 분명히 가려낸다. 「이단편」의 맨 처음에는 이단을 배척하는 가톨릭의 확고한 입장을 표명하면서 그 이유를 개진하였다. 이후부터는 가톨릭의 입장에서 이질적인 요소, 즉 불교를 비롯한 도교, 민간신앙과 세간의 풍속 등을 비판 배척하였고, 때로 유교경전 내지 유교 윤리의 핵심 조목과 관련된 것

徇私 死後永不能得主 謂之失苦 約含四端一 明知天主全福 奈義案已經判定 從此以及無窮 絶無一線可生之路 此苦勝於肝腸寸裂 二 雖服公刑 不無私恨 恨怨愈深則苦情愈猛 三 同在一處者 都是惡人惡鬼 雖呼號不絶 只有凶殘凌虐 永無安慰哀憐之望四 回想生前 原望罪惡可以懺消 紙錢可以買囑 卽或不能 又望死後靈魂散滅 卽或不散 又望修煉可得長生 念佛可往西天 再無效驗 又望一生許多善行 從來不做半點虧心事 神佛必來保護 誰知到了今日 件件都不中用 當初原有人 叫我恭敬天主 爲何不肯信從 反加毁辱 愈想愈傷 愈痛愈苦 這四端 是失苦的大概 覺苦是外罰 萬穢所積 萬苦所聚 烈火充滿內外 生前有一欲 死後卽有一刑 如邪淫者 有淫罰 貪饕者 有貪罰 妄視美色 好聽美音者 有各樣聲色之罰 緊圍纏縛 無轉動之法 無呼吸之離 一刻之苦 包含萬萬年的苦 受過了萬萬年的苦 又從新一刻一刻的苦起 並無窮盡之日 求生而不得生 欲死而不得死 若比世上的苦 還算不得永苦的影子 這是覺苦的大概

52) 『盛世芻蕘』, 「賞罰篇」; … 若論天主的賞罰 則大不同 我們奉教的人 時刻不可忘者有四 一死候 二審判 三天堂 四地獄 這四件 係我們在世盡頭之事 故謂之四末 死候審判 人人共有 天堂地獄 非此卽彼 人人必有其一 今要知道天主的賞罰 把這四件

이라고 하더라도 '합리주의' 또는 '실용주의'를 내세워 논리적 공박을 과감하게 전개하기도 하였다. 「이단편」의 마지막은 「성세추요」 전체의 결론 부분이기도 한데, 저자는 여기서 '훼방' 항목을 설정하여 천주교에 대한 어떠한 비난에도 굴하지 않고 이를 십자가로 여기며 천주의 가르침과 표양대로 굳건하게 나아가겠다는 실천적 의지를 표명함으로써, 결국 유교를 비롯한 중국인들의 전통사상에 대한 천주교의 우월성을 강조하며 그의 호교적(護教的) 교리 강론을 마감하였다.

저자 마이야는 「이단편」에서 천주교가 불교처럼 중국의 각종 민간신앙을 포용할 수 없겠느냐는 중국인의 질문에 대해, 이를 단호히 배척하고 그 이유를 설명하였다. 저자에 의하면 천주교는 불교와 그 종류가 다른 종교이므로 비교 자체가 불가능하다고 단언한 후 올바른 도리[正道, 천주교]와 그릇된 것[邪, 불교]을 같은 부류로 취급하는 것에 대해서 불쾌감을 표시하였다.[53] 그 이유로서 이단은 올바른 도리를 혼탁하게 하고 밝은 도리를 오염시키는 비합리적이고 위선적인 종교이므로 반드시 죽음을 무릅쓰고라도 철저하게 배척해야 한다고 설파하였다.[54] 이처럼 이단 배척의 근거와 입장을 분명히 제시한 후 천주를 공경하기 위해서는 무엇보다도 먼저 이단을 제거해야 한다고 주장했다.[55] 「이단편」의 이러한 주장은 앞서 「소원편」에서 이미 나온 바 있는 부분으로, "위 속의 묵은 국이나 식은 밥이 있으면 소화를 방해

---

53) 『盛世芻蕘』, 「異端篇」 ; … 道理亦然 邪與邪相類 故佛家不肯拒絶 正與邪 旣不相類 亦不相似 故天主教 不能與異端夾雜 若說無所不容 係表其度量寬弘 不是正邪合一 故仁與仁同 不仁之術 豈能一視 道與道合 悖道之事 何能並行

54) 『盛世芻蕘』, 「異端篇」 ; … 故古來原係正經的道理 常被異端變更 竊取愚人耳目 白不能混黑 倘略染斯須 卽非本白 但皎皎者易汚 必守死善道 以防其妨礙 惟恐絶之不甚 凡視聽言動之間 莫不加意小心 … 憑他異端邪說 好盜詐僞之徒 … 雖然常久 雖然勢利 雖然多人遵奉 雖然文章才學奧妙神奇 總因不合於理 難逃名教之誅

55) 『盛世芻蕘』, 「異端篇」 ; … 欲正人心 先袪邪說 邪說不袪 縱然恭敬天主 算不得是欽崇天主的人

하므로 맛좋은 반찬이나 음식이 있어도 절대 맛보지 못하게 하므로, 올바른 성경 도리를 수용하기 위해서는 먼저 불교, 도교, 여와, 반고, 삼황, 이기설 등을 제거해야 한다"고 한 구절과 일치하고 있다. 이는 「이단편」과 「소원편」의 긴밀한 관계를 엮어주는 부분으로 『성세추요』 저자의 한결같은 신념이라고 할 수 있다.

「이단편」 중에는 유교를 인정하면서 이단을 배척한 곳들이 있다. 대체로 불교 비판과 관련된 내용들이 주종을 이룬다. 이에 속하는 사례로서 사찰, 보살, 불교 조상(彫像), 불법(佛法), 불경(佛經) 등의 폐단, 출생과 죽음 등의 과정에서 보여준 부처(석가모니)의 패륜성과 허망함, 유아독존(唯我獨尊) 발언에서 나타난 교만함, 윤회설과 살생금지 계율, 흘재(吃齋)와 염불(念佛), 초도파옥(超度破獄) 등의 예식에서 보여주는 비합리성 등을 유교적 충효(忠孝) 사상의 관점에서 비판 부정한 구절들을 들 수 있다. 이밖에도 도교(道敎)의 내외단(內外丹), 장생도(長生道) 및 도교와도 일정하게 연관된 중국 민간의 각종 민속신앙(北斗文昌, 城隍土地, 金烏玉免, 井灶門神, 相面, 風水地理, 算命, 祈雨祭, 燒紙) 등에 대한 비판도 이단을 비판하는 경향이 강한 성리학과 유사하다.

한편 '보유'(補儒)의 측면에서 유교와는 다른 천주교회의 종교관, 의식(儀式)에 대해서 비교적 구체적인 설명을 새롭게 시도한 부분이 있다. 천주교회에서 수호신(守護神, 수호천사)은 도교와 민간신앙에서 신으로 섬기는 각종 자연물을 지키고 보호하는 영적 존재에 비길 수 있지만, 천주의 명령을 받들어 행하는 존재에 불과하며 신앙의 대상이 아닌 전구자(轉求者)로서 성인(聖人)들과 유사한 역할을 하는 것으로 설명된다.[56] 천주교회의 재계(齋戒)와 관련해서는, 뜻을 바르게 하는

56) 『盛世芻蕘』, 「異端篇」 ; … 當知上天的日月星辰 空中的風雲雷雨 世間的河海山川 在開闢之初 天主卽定有護守之神 有始無終 常生常在 若用後世死過的人管理 … 至於護守諸神 皆承行天主之命 天主無所不在 誰敢自專 比不得世間官府 可以便宜

내재(內齋)와 극기복례(克己復禮)를 실천하는 외재(外齋)로 나누고, 그 가운데서 외재를 다시 식사(끼니)를 줄이는 대재(大齋)와 음식의 맛을 줄이는 소재(小齋)로 세분하여 설명한 후 이런 재계를 매년 사순절에 천주 성자의 수난을 묵상하며 실시하여 영신의 도움을 얻는다고 서술하였다.[57] 한편 불교의 흘재(吃齋)에 대한 비판과도 관련하여 천주교회가 소재에서 물고기를 금하지 않고 있음을 규례로 정한 것이라고 서술했는데,[58] 이는 사실상 서민보호(庶民保護)의 취지에서 나온 것이다.

이단편에는 가장 강경한 어조로 유교의 윤리(倫理), 사상(思想, 學說), 학자(學者)와 경전(經典)까지도 비판하고 공박하는 부분들도 여러 곳 있다. 먼저 유교의 가부장제(家父長制) 윤리를 부정하는 곳으로 사대부가(士大夫家)의 취첩(娶妾) 행위를 남녀평등과 부부간 신의의 관점(夫婦有信)에서 맹렬히 비난하면서 취첩행위로 초래된 적서차별(嫡庶差別)과 가정불화(家庭不和) 등을 비판하면서 일부일처제(一夫一妻制)라는 천주교적 결혼관이 정당한 것임을 설파한 부분이 있다.[59] 또한 『易經』에

行事 所以我們奉敎人 如此來歷 單單恭敬一個天主 … 此外就是在天主眼前的 諸神諸聖 亦惟望其轉求主佑而已 … 獨有古來大德之帝王師相 能知造物之主 敬之畏之 一切吉凶禍福 惟命是依 故往往有求卽應

57) 『盛世芻蕘』, 「異端篇」; … 今天主聖敎所定公衆遵行之齋 有正志之內齋 有克己之外齋 內齋者 耳不聽淫聲 目不看邪色 除了道義的話 不敢說 除了正經的事 不敢做 洗心滌慮 絶慾存誠 外齋有二 一係大齋 一係小齋 小齋止於減味 大齋更要減飱 減味者 減去禽獸之肉食 而水族葱蒜等 俱不禁忌 減飱者 止用午膳 晩間略食菓點數兩 這兩樣的齋 係聖敎之公齋 每年春間 有四十日 這是天主耶穌在世 親自嚴齋立表 後人年年遵守 每七日一瞻禮 前二日 必守小齋 以仰承神益 此外還有幾日公齋 或另有各人私齋 莫不包藏聽命修身之深意 比不得佛家的齋 愛吃不愛吃 都由得自己做主的 …

58) 『盛世芻蕘』, 「異端篇」; … 所當導者 惟有天地之上君 萬民之共父 聽命守齋 無違無貳 這纔是爲下不倍的大經大法 有人說 爲何吃齋不禁水族等物 當知靈魂之事 必遵敎法 猶如肉身之事 必遵王法 無可那移的 今吃齋不禁水族等物 係敎中定例 遵之則順 違之則逆

59) 『盛世芻蕘』, 「異端篇」; … 人倫有五 而男女夫妻 生於天地萬物之後 道在君臣父

근거한 이기론(理氣論)과 음양오행설(陰陽五行說, 五行의 上生相剋 포함)을 비합리적이라고 비판하고 다만 이를 민생일용(民生日用)과 관련하여 실용적(實用的) 관점에서 재해석하고자 한 구절도 있다.[60] 한편 점복(占卜), 택일(擇日), 상면(相面), 추산(推算) 등의 이론적 근거가 제시된 『역경(易經)』을 정면으로 비판한 부분도 있는데,[61] 이 『역경』이야말로 『시경(詩經)』, 『서경(書經)』 등과 함께 원시유학에서 중시하는 삼경(三經)의 하나라는 점에서 저자의 『역경』에 대한 비판은 유학자들의 상당한 거부감과 이에 따른 반발(저항)을 불러올 수 있을 정도로 강도 높은 비판이라고 할 수 있다. 마지막으로 중국과 조선의 유학자들이 성리학의 비조로 숭앙하는 남송의 주자(朱子)에 대한 비판을 시도한 곳도 있는데, 그것은 "대도는 항상 공번되어야 한다."는 대의를 내세우고 아무리 주자의 해석이라 하더라도 항상 올바르다고 할 수는 없다는 입장을 개진한 구절이다.[62] 이 구절은 주자로 상징되는 중국 성리학의 권위에 대한 도전으로도 받아들여질 경우 사문난적(斯文亂賊)

子之先 爲五倫中首出之倫 惟生人之始 只有一男一女 配爲夫妻 並無一男二女 亦無一女二男 足見天主之定命 早已顯明 今卽就中國之字義而言 夫者孚也 與妻有中孚之信 又扶也 與妻有扶助之責 妻者 齊也 與夫有均齊之位又棲也 與夫有共棲之誼 從來名以義起 假使正妻之外 再娶偏房 夫失信 妻失助 位不齊 棲不共 現與夫妻二字之義 大不相合 上不遵天主之定命 下不合倫理之常情 一經說破 悖謬極矣

60) 『盛世芻蕘』, 「異端篇」 ; … 今究論之 只可爲本日不同之名號 假如甲子日 又名金星日 又名各宿日 又名執日 一日而四名 就像正月初一日 或又稱元旦 或竟通稱朔日 或稱履端·穀且之例 除此稱呼之外 別項使用 便屬異端 固天干地支相合 只用以編歲次 以紀月日 與一二三四的數目相同 並無五行生剋之理 水·火·金·木·土·穀本大禹謨之六府 去穀而名五行 見於箕子九疇 大禹金先於木 箕子木先於金* 原文內 因係民生日用之所必需 故皆首重(*원문의 '本先於金'은 '木先於金'의 오류로 보인다.)

61) 『盛世芻蕘』, 「異端篇」 ; … 總而言之 憑他巧立名色 鋪排奧妙 不過是拈鬮擲色之法 … 金甌卜宰相與拈鬮相類 並不曾供奉神道祖師 亦不曾借重蓍龜籤筶 爲何擧世若狂 易惑而難曉也

62) 『盛世芻蕘』, 「異端篇」 ; …然而大道爲公 豈因紫陽註解而卽是 不註解而卽非

으로 몰릴 수 있는 구실이 된다. 이처럼 과감하게 유교적 윤리와 사상, 경전, 학자들을 비판하였기 때문인지 『성세추요』는 중국에서 1733년 간행된 후 20세기 초까지 약 200년에 걸쳐 여러 차례 복간을 거듭할 정도로 대중적인 인기가 높았지만, 동시에 성리학자들의 반발과 비판도 이미 당대부터 상당히 고조되었던 것으로 보인다. 『성세추요』에 대한 이 같은 유학자들의 반발을 의식한 듯 저자는 「이단편」의 마지막이자 『성세추요』 전체에서도 맨 마지막 항목에 해당되는 부분을 훼방(毁謗)이라 제목을 달고, 이 책에 대한 어떠한 비방도 감수하며 이를 십자가로 여기고 예수의 제자된 본분에 충실하겠다고 거듭 다짐하고 있다.[63] '훼방' 조항의 맨 끝에 가서는 천주교야말로 충효의 가치를 실천하는 참된 가르침이라고 규정하면서[64] 은근히 천주교 입교를 촉구하는 것으로 마무리 짓고 있다.

4. 의의 및 평가

이 책 『성세추요』를 유럽 선교사들이 가톨릭의 교리를 효과적으로 설득시키기 위해, 전략적으로 채택한 이른바 적응주의적(適應主義的) 관점에서 그 내용을 좀 더 구체적으로 분석해보면 다음과 같다.

이 책은 수권(首卷, 溯源篇) 첫머리에 '인애인언(仁愛引言)'이라는 항목

---

63) 『盛世芻蕘』, 「異端篇」; …從來遭毀謗者 多在正道之人 語云 道高一尺 魔高一丈 今天主之道 係無可限量之高 何怪乎不可限量之謗時起時發 只看天主耶穌 降生在世 三十三年 莫非遭謗之日 自初生以至被釘而死 不毀其異端 卽謗其謀叛 迨後宗徒 傳敎萬方 承先啓後 迄今一千七百餘年 致命者甚多 悉從毀謗而來 我等旣願爲耶穌之弟子 只知行吾之所 是誰毀誰譽 聽之而已

64) 『盛世芻蕘』, 「異端篇」; … 奉敎人家 從未有不孝敬祖宗父母者 設有其人 卽犯敎中愛人首誡 同人必共責之 所以素來不孝者 多因奉敎而改其舊惡

을 설정하고, 유교의 핵심 가르침인 '인(仁)'과 천주교의 '애(愛)'가 동일한 '사랑'의 의미라고 규정하면서, 위로 천주(天主)에 대한 사랑과 아래로 사람에 대한 사랑이 또한 결국 하나일 수밖에 없으므로 '사랑'의 감정은 동서양(東西洋)을 초월한 보편적인 가치라고 설파하였다. 이 같은 주장은 곧 『성세추요』를 통해서 설명하려는 "천주교의 교리가 유교의 본지(本旨)와 같으므로 중국인들도 천주교를 쉽게 받아들일 수 있다"는 '합유론(合儒論, 유교에 부합하려는 이론)'으로 규정할 수 있다.

그러나 이 책은 곧이어 제2권 구속편(救贖篇)을 통하여 유교는 물론이고 도교, 불교 등 동양의 제반 종교에는 없기에 중국인에게 상대적으로 매우 생소했던 천주(성자 예수 그리스도)의 강생(降生), 십자가 죽음[代贖]을 통한 구속(救贖, 救援), 부활(復活)을 통한 영원한 삶[永生]에 대하여 설명하였다. 이는 곧 유교에는 없는 천주교적 가치를 통하여 유교의 부족한 내세관(來世觀)을 보완해준다는 의미에서 '보유론(補儒論, 유교를 보완하고 보충하는 이론)'으로 규정될 수 있다.

계속하여 이 책은 제3권 영혼편(靈魂篇), 제4권 상벌편(賞罰篇), 제5권 이단편(異端篇)을 통하여, 신유학(=성리학)의 천인관(天人觀) 및 윤리관(倫理觀)과 공통점보다는 차이점이 더 부각되는 인격천(人格天), 천당지옥(天堂地獄), 이단배척(異端排斥), 일부일처제(一夫一妻制) 등의 서술을 통하여, 성리학의 주장과 다양하고도 체계적인 논쟁(論爭)을 전개했다. 이러한 논쟁을 통하여 이 책은 천주교가 유교보다 더 우월하다는 의식을 심어주어, 결국 유교와 천주교 양자간 택일의 기로에 설 때 천주교를 선택하게 하는 '초유론(超儒論, 유교를 초월하는 이론, 유교보다 천주교가 훨씬 낫다는 이론)'으로 귀결된다.

이처럼 "합유(合儒)→보유(補儒)→초유(超儒)"의 3단계를 거쳐 천주교의 교리를 보급 전파하는 방식을 일반적으로 보유론(補儒論) 또는 적응주의(適應主義) 선교방식이라 부르는데,[65] 『성세추요』는 이같이 3단계로 보유론적 서술을 전개하는 대표적인 천주교 교리서로서, 18세기 중후반 조선에 전래되어, 『성세추요』보다 먼저 도입되었던 『천주실의(天主實義)』나 『칠극(七克)』 등에서는 미약했던 보유(補儒)나 초유(超儒)의 개념을 한층 더 강화시켰던 호교론적(護教論的) 교리서였다.

5. 조선에 끼친 영향

이러한 『성세추요』의 교리 설명 방식에 대하여 조선의 유학자들은 엇갈린 반응을 보였다. 곧 이승훈(李承薰, 호 蔓川, 세례명 베드로, 1756~1801) 등 남인(南人) 녹암계(鹿菴系)에 속한 친서파(親西派) 유학자들은 이러한 『성세추요』의 교리 내용을 적극 수용하여 이를 조선사회에 보급하고자 했지만, 녹암계를 제외한 거의 모든 당파의 대다수 유학자들[척사론자들]은 이러한 논리를 정면으로 비판하고 부정하였으며, 특히 남인 계열의 홍정하(洪正河, 호 髥齋)는 『성세추요증의(盛世芻蕘證疑)』를 통하여 체계적인 반박의 논리를 전개함으로써 초창기 천주교회를 난관에 봉착하게 한 척사운동(斥邪運動, 반천주교운동)을 조장하고 천주교 박해의 빌미를 제공했다.

---

65) 금장태, 『조선후기 儒教와 西學 - 교류와 갈등 - 』, 서울대출판부, 2003, 204쪽 및 이를 인용한 원재연, 「조선후기 천주교 서적에 나타난 '良知說'에 대하여」, 『陽明學』 제20호, 2008, 293~323쪽 참고 - 금장태에 의하면 이러한 3단계 구분방식은 清代 張星曜의 『天儒同異考』에 이미 제시되어 있다고 한다. 이러한 설명과는 달리, 최소자, 『東西文化交流史研究 - 明淸時代 西學受容 - 』, 삼영사, 1987, 267쪽에서는 보유론의 이 같은 3단계 구분은 프란치스코회 카발레로(Santa Maria A. de Caballero, 1633~1669)가 쓴 『天儒印正』 가운데 『天儒同異』에 나오는 것으로 서술했다. 까발레로는 『天儒同異』를 『補儒文告』, 『正學鏐石』 등과 함께 3권을 합쳐서 『天儒印正』을 편찬하여 천주교와 유교의 합치점을 구하려고 하였다고 한다.

『성세추요』는 초간된 후 얼마 지나지 않아, 조선에 전해져서 유학자들의 서실(書室)에 비치되어 읽혀지고 있었던 것으로 보인다. 1780년대에 당시의 서학(西學)이 사대부들 사이에 유행(流行)하는 풍조를 비판하였던 안정복(安鼎福, 1712～1791)은, 조선에 전래된 이 책을 읽었던 것으로 나타난다.[66] 따라서 이 책은 이미 한국교회 창립초기부터 조선의 사대부 지식인들에게 천주교 지식을 소개해 주었던 책이었음을 알 수 있다. 안정복과 비슷한 시기에 살았던 영·정조대의 처사(處士) 홍정하(洪正河)는 『대동정로(大東正路)』에서 『성세추요』의 내용에 대해 조목조목 반박을 가했다. 그는 이 책이 비록 유학의 으뜸가는 덕목인 인(仁)을 내세우고는 있으나, 인과 함께 '애(愛)'를 병렬적으로 취급하는 것에 대해서 강한 불만을 표출하였다.[67] 홍정하에 의하면 "인은 지극히 위대하여 애에만 그치지 않으니, 인은 애의 근본으로서, 인은 완덕(元德)의 자연스러움이며 애는 그 자연스러움에서 유출된 것"[68]에 지나지 않는다고 하여 천주교의 근본정신인 박애정신(博愛情神)을 폄하하고 『성세추요』의 저자가 도모했던 보유적(補儒的)인 인식 자체를 단호히 부정했다.[69]

1784년 북경에서 이승훈이 가져온 이 책 『성세추요』는 그 자신은 물론이고 이벽, 정약용 등 그의 동료들에게 구체적으로 읽혀진 것이 다음과 같은 사료들을 통해서 직·간접적으로 확인된다.

"㉮ 1789년말 북당 선교사들에게 보낸 이승훈 베드로의 편지[70]

66) 이원순, 「西洋文物·漢譯西學書의 傳來」, 『朝鮮西學史研究』, 일지사, 1986, 64쪽.
67) 『大東正路』 권6, 盛世芻蕘證疑.
68) 『大東正路』 권6, 盛世芻蕘證疑 ; 仁道至大 非止於愛而已 特自愛字論之 則愛乃仁之一段 仁乃愛之根本 仁乃元德之自然 愛者乃自然中流出者.
69) 『盛世芻蕘』에 대한 홍정하의 비판에 대해서는 박종홍, 앞의 논문, 1976, 73～78쪽 참조.

… 귀국하자 나에게는, 가지고 온 책에서 나의 종교를 연구하고 또 그것을 나의 친척과 친지들에게 전하는 것보다 더 급한 일이 없었습니다. …"

"㉯ 1791년 진산사건 관련 이기경(李基慶)의 상소문[71]

전 정언(正言) 이기경을 경원부(慶源府)에 유배하였다. 이기경이 상소하기를, "… 이제 신이 맨 처음부터 말씀드릴까 합니다. 계묘년 겨울에 승훈이 연경에 갈 때 신도 한번 전송을 나갔는데 … 갑진년 봄에 승훈이 돌아왔을 때 신은 미처 승훈을 만나보지 못했는데, 정약용이 신과 반촌(泮村)에서 만났을 때 먼저 승훈이 서양책을 사왔다는 말을 하기에 신이 그 책을 보자고 요청하였습니다. … 그러자 약용이 『천주실의(天主實義)』 『성세추요(盛世蒭蕘)』 등의 책을 신에게 보내왔으므로 신이 보지 않을 수 없었습니다. 이 뒤로 약용을 만났을 때는 이 책들에 대해 논의하지 않은 일이 없었는데, 혹 그 허황함을 배척하기도 하고 혹 그 신기함을 인정하기도 하였습니다."

"㉰ 진산사건(1791년) 후 지은 홍정하(洪正河)의 「성세추요증의(盛世芻蕘證疑)」[72]

… 수편(首篇) '인애인(仁愛引)'에서 말하기를, "선악(善惡), 정사(正邪)의 분별과 승강(升降), 길흉(吉凶)의 관건은 다른 곳에 있지

---

70) 최석우, 「附1, 이승훈 관계 서한 번역문」, 『교회사연구』 제8집, 한국교회사연구소, 1992, 171~174쪽.

71) 『정조실록』 15년 11월 13일(갑신).

72) 『大東正路』(朝鮮事大斥邪關係資料集 전6책), 여강출판사 영인본, 1985, 491~526쪽.

않으니, 곧 인(仁)과 불인(不仁)에 달려있다 …"고 한다.… 서양학설〔西說〕의 취지는 오로지 어리석고 몽매한 백성을 미친듯이 유혹하여, 그 무리를 널리 퍼트리는 데 있다. … 상천(常賤)의 무리가 가장 두려워하는 것은 명분(名分)이므로 (이 책은) 우선 말하기를, 모두 세상의 주인(主人)을 가볍게 생각하고 귀인(貴人)을 천하고 비루하게 여겨서 말끝마다 "귀하고 천한 신분이 없다. 같은 가르침(=천주교) 아래 모인 모두가 '형제'라고 칭하여, 그 처지를 구분하지 않는다"고 하므로 '명분' 두 글자가 타파되어 남은 바 없게 되니, 이는 상천(常賤)의 무리가 기쁘게 듣고 죽음을 무릅쓰고 그 (천주교회) 안에 들어가게 한다. 부녀자(婦女子)들에게서 가장 중시하는 것은 투기(妬忌)이므로, 남자가 절대로 첩(妾)을 두지 못하도록 하여 그 심중에 부합하니 모든 부녀자가 (천주교를) 알랑거리며 기뻐하는 까닭이 된다."

위의 인용문 ㉮를 통해서 보면, 이승훈이 귀국하자마자 자신이 북경에서 가져온 책들을 열심히 읽고 또 그 책들을 친구들에게 열람토록 나누어주는 일에 여념이 없었음을 알 수 있다. 그런데 ㉯를 보면 그가 읽고 나누어준 책 중에 정약용은 그로부터 『성세추요』를 빌려서 읽고는 그것을 다시 그의 친구 이기경에게 주고 열람하게 하였으며, 그 후 종종 만날 때마다 책에 나오는 천주교 교리의 장단점에 대해서 갑론을박을 하였음을 알 수 있다. 또한 이 책은 ㉰에서 알 수 있듯이 정조 때 충주~원주 사이에 거주하던 기호남인 계열의 처사(處士) 홍정하(洪正河)[73]가 꼼꼼히 읽고 성리학자의 관점에서 여기에 실린 교리

73) 『三溟詩集』(강준흠 저, 필사본, 규장각 소장); 「訪坪翁洪丈正河」의 협주에 "翁斥邪學 有功於忠原間"이라 부기되어 있다고 한다. 차기진, 앞의 책, 2002, 270쪽, 각주130번에서 재인용.

내용을 체계적, 논리적으로 비판한 「성세추요증의(盛世芻蕘證疑)」를 작성할 정도로 서울, 경기 일대 뿐만 아니라 충청도까지 보급된 책이었음을 알 수 있다. 특히 신분의 차별을 부정하고 평등한 신앙공동체(교회)에 집단적으로 입거한 평민층(상천민)들의 존재를 확인할 수 있는데, 정조 당시 자료에 의하면 이는 충청도 중에서도 예산, 금정 등 내포지방에서 충주 등 내륙지방까지 걸친 광범위한 지역이었음이 확인된다.[74] 『성세추요』의 이 같은 광범한 보급은 이 책이 진산사건 직후 국내에 들어와서 얼마 후 한글로 보급되었다는 사실과도 일정한 관련이 있다.

『성세추요』가 1784년 3월, 이승훈에 의해 국내로 유입된 후 약 7년 후 국내에서 진산사건(珍山事件, 廢祭焚主事件)이 발생할 즈음, 북경에서는 구베아 주교가 이 책을 감수하여 중간하였는데,[75] 이때 감수 간행된 책을 조선에 들여와서 이를 한글로 번역한 사람은 몇 가지 조건을 따져볼 때 당시 조선교회의 총회장을 맡았던 최창현 요한으로 추정된다.[76] 그에 의해서 한글로 번역된 『셩셰추요』의 필사본으로 추정되는

74) 이만채, 『벽위편』, 국제고전교육협회, 1984, 210쪽 ; "충주, 금정, 예산은 본래 사학의 소굴이라 일컬으므로 …"라고 되어 있다.

75) 원재연, 앞의 논문, 2002, 105~115쪽.

76) 원재연, 앞의 논문, 2002 및 2002년 6월 발표한 「丁若鍾『쥬교요지』와 漢文西學書의 비교연구 - 『盛世芻蕘(성세추요)』와의 비교를 중심으로 - 」, 『韓國思想史學』 제18집, 166~167쪽 참고; 첫째 1791년 진산사건 이후 1801년 신유박해 이전에 『성세추요』를 가져올 수 있는 사람은 연행사의 일원에 수행하는 역관들이었을 가능성이 많고, 1791년 이후 서학서의 연무(燕貿)가 정식으로 금지된 사실을 고려할 때, 역관들 중에서도 국가의 금령을 무릅쓰고 천주당을 방문하여 책을 가져올 수 있는 사람은 조선교회가 파견한 소수의 밀사(密使)에 한정된다. 둘째, 진산사건 이후 북경 천주당을 다녀온 조선교회의 밀사는 1793년 10월에 연행한 지황, 윤유일이 최초였는데, 이때 남당을 방문하여 1791년 구베아주교가 감준한 『성세추요』를 가져왔을 가능성이 있다. 셋째, 지황, 윤유일 등이 가져온 이 책을 빌려서 열람할 수 있음은 물론이고 이를 우리말로 번역할만

책 1권이 신유박해 때 체포된 천주교 신자 윤현(尹鉉)의 방구들 밑에서 발견된 사실이 당시의 관변측(척사파) 기록인 『사학징의(邪學懲義)』 부록 「부요화사서소화기(附妖畵邪書燒火記)」에 실려 있다.[77] 따라서 당시 이 책은 한문을 이해하는 중인층 이상의 지식인들에게나 적합했을 한문본보다 서민 대중들에게도 쉽게 읽혀질 수 있었을 『셩세추요』라는 한글 번역본이 훨씬 더 많이 보급되었을 것으로 보인다. 그 결과 1801년 순교한 황사영의 「백서」에는 다음과 같은 언급이 있다.

> "(정약종은) 일찍이 교우들 가운데 어리석은 이들을 위해 조선의 언문(한글)으로 "주교요지" 2권을 저술하였는데, … 아주 쉽고 분명하게 해설하여 어리석은 부녀자나 어린아이들이라도 책을 펴 보기만 하면 환하게 알 수 있고 한 군데도 의심스럽거나 모호한 데가 없어서 이 나라에서 "추요(蒭蕘)"보다도 더 요긴하다고 하여 신부께서도 이 책을 감수하여 시행하게 하셨습니다."[78]

한 어학 실력과 교리지식을 함께 구비한 이는 당시 교회의 지식인 중에서 몇 사람에 불과하고 특히 중국어 구어체(白話)로 기록된 한문 문장을 우리말로 번역하기 위해서는 중국어 역관 경력이 있던 사람이 유리하다. 이런 모든 사항들을 고려해보았을 때 초창기 한국 천주교회가 창립될 1784년 무렵부터 이승훈에게 세례받고 입교하여, 1791년 신해박해 때에도 배교함이 없이 교회에 남아 활동하여 신자들로부터 그 교리지식과 인품으로 신망을 얻은 총회장 최창현이 가장 유력한 역주자로 추정되는 것이다. 특히 이승훈과 함께 최창현은 당시 중국에서 들여온 한문 교리서를 우리말로 번역하여 보급하였다고 조정의 심문기록에 나와 있기에 더욱 이같은 심증은 굳어진다. 『추안급국안』, 「黃嗣永等推案」, 1801년 10월 11일, 「黃嗣永」.

77) 『사학징의』 영인본, 한국교회사연구소, 1997, 382쪽.

78) 황사영 「帛書」 제36~37행 : … 嘗爲敎中愚者 以東國諺文 述主敎要旨二卷 博採聖敎諸書 參以己見 務極明白 愚婦幼童 亦能開卷了然 無一疑晦處 緊於本國 更勝於蒭蕘 神父准行之 …

초창기 한국 천주교회의 대표적인 대중교리서였던 『쥬교요지』는 주문모 신부에 의해 명도회장으로 임명되었던 정약종 회장이 상하 2권으로 저술한 한글 교리서였다. 그런데 이 교리서가 나왔을 때, 이를 "추요(蒭蕘)"와 비교하여 더욱 요긴하다고 주 신부가 평가했다는 말은 적어도 『쥬교요지』가 나오기 전까지 조선 천주교 신자들에게 널리 보급되었던 매우 요긴했던 교리서는 "추요(蒭蕘)"로 약식 표기된[79] 한글본 『셩셰추요』이었던 것임을 미루어 짐작할 수 있다.

『성세추요』와 관련된 기존의 연구 업적들로는, 첫째 사료 해제류(解題類)의 글 또는 단편적인 언급,[80] 둘째 홍정하의 비판 및 척사론

79) "蒭蕘"는 한문본 『盛世芻蕘』의 首篇 「仁愛引言」에서 『盛世芻蕘』라는 책 이름을 약칭한 것으로 사용되었다. ; 仁愛引言 … 若欲得心應口 必須俗語常言 此芻蕘之所由作也. 단 여기서 본문의 芻자는 蒭자와 그 의미가 동일하므로 책 제목과 본문에서 가끔 혼용해서 쓰인 것으로 보인다. 자세한 것은 원재연, 앞의 논문, 2002, 166~167쪽 참고.

80) 徐宗澤, 『明淸間耶穌會士譯著提要』, 中華書局, 1949, 4쪽; 82~83쪽; 박진태, 「盛世芻蕘」, 『교회와역사』 제167호, 한국교회사연구입문 No.143 1989, 한국교회사연구소; 믿음이 배인 이 한 권의 책 「성세추요(盛世芻蕘)」, 『교회와역사』 제288호, 1999.5, 한국교회사연구소; 차기진, 『성세추요』, 『한국가톨릭대사전』 제7권, 한국교회사연구소, 1999, 4711~4712쪽; 이유림, 「마이야, 조제프 프랑스와 마리 안 드 모이리아크 드 Mailla Joseph-François-Marie-Anne de Moyriac de(1668~1748)」, 『한국가톨릭대사전』제4권, 한국교회사연구소, 1997, 2462~2463쪽; 배현숙, 「17·8세기에 전래된 천주교 서적」, 『교회사연구』제3집, 한국교회사연구소, 1981, 23~24쪽 ; 이원순, 『朝鮮西學史硏究』, 일지사, 1986, 64,88~89쪽 ; 崔韶子, 『東西文化交流史硏究 - 明淸時代 西學受容 -』, 삼영사, 1987, 84·237·240·279·287·290쪽 ; 원재연, 「성세추요(盛世芻蕘) Ⅰ」, 『부산교회사보』제35호, 부산교회사연구소, 2002.7, 105~115쪽 ; 원재연, 「조선후기 천주교 서적에 나타난 '良志說'에 대하여」, 『양명학』제20호, 한국양명학회, 2008.7. ; 원재연, 「이승훈 베드로의 교회활동과 신앙고백 - 순교여부와 관련하여 -」, 『한국 천주교회 창설주역의 천주신앙 - 창설주역의 순교와 그 평판 -』, 천주교 수원교구 시복시성추진위원회, 2010.1, 43쪽 ; 원재연, 「18세기 후반 북경 천주당을 통한 천주교 서적의 조선 전래와 신앙공동체의 성립 - 이승훈의 역할을 중심으로 -」, 『동양한문학연구』, 동양한문학회, 2010.2, 65~73쪽.

분석과 관련된 글,[81] 셋째 본문을 검토하여 당대의 다른 교리서와 비교한 글[82] 등 3종류로 나누어 볼 수 있다.

〈해제 : 원재연〉

81) 朴鍾鴻, 「西歐思想의 導入批判과 攝取」, 『韓國天主教會史論文選集』 제1집, 한국교회사연구소, 1976, 73～78쪽 ; 금장태, 「대동정로」(大東正路)『한국민족문화대백과사전』제6권, 한국정신문화연구원,1991, 357～358쪽 ; 차기진, 「대동정로」(大東正路), 『한국가톨릭대사전』제3권, 한국교회사연구소, 2000.3, 1585～1586쪽 ; 차기진, 『조선후기의 西學과 斥邪論 연구』, 한국교회사연구소, 2002.3, 157～161, 184～185, 193, 269～274쪽.

82) 원재연, 「丁若鍾『쥬교요지』와 漢文西學書의 비교연구 -『盛世芻蕘(셩세추요)』와의 비교를 중심으로 -」, 『韓國思想史學』제18집, 한국사상사학회, 2002.6, 157～195쪽.

참 고 문 헌

1. 사료

『盛世芻蕘』 한국교회사연구소 소장본(*No.6407); 1904년 홍콩[香港] 활판본.

모리스 꾸랑 原著, 李姬載 譯, 『韓國書誌-修訂飜譯版-』, 일조각, 1994.

『邪學懲義』 附錄, 「尹鉉家房燦中掘來妖像邪書件記」, 한국교회사연구소, 1977

2. 단행본

이원순, 『朝鮮西學史研究』, 일지사, 1986.

차기진, 『조선후기의 西學과 斥邪論 연구』, 한국교회사연구소, 2002.

崔韶子, 『東西文化交流史研究-明清時代 西學受容-』, 삼영사, 1987.

徐宗澤, 『明清間耶穌會士譯著提要』, 中華書局, 1949.

3. 논문

朴鍾鴻, 「西歐思想의 導入批判과 攝取」, 『韓國天主敎會史論文選集』 제1집, 한국교회사연구소, 1976.

배현숙, 「17 · 8세기에 전래된 천주교 서적」, 『교회사연구』 제3집, 한국교회사연구소, 1981.

박진태, 「盛世芻蕘」, 『교회와역사』 제167호, 1989.

원재연, 「丁若鍾『쥬교요지』와 漢文西學書의 비교연구 -『盛世芻蕘(셩세추요)』와의 비교를 중심으로-」, 『韓國思想史學』 제18집, 2002.

______, 「성세추요(盛世芻蕘) I」, 『부산교회사보』 제35호, 2002.

______, 「조선후기 천주교 서적에 나타난 '良志說'에 대하여」, 『양명학』 제20호, 2008.

______, 「이승훈 베드로의 교회활동과 신앙고백 -순교여부와 관련하여-」, 『한국

천주교회 창설주역의 천주신앙 - 창설주역의 순교와 그 평판 -』, 천주교 수원교구 시복시성추진위원회, 2010.

______, 「18세기 후반 북경 천주당을 통한 천주교 서적의 조선 전래와 신앙공동체의 성립 - 이승훈의 역할을 중심으로 -」, 『동양한문학연구』, 2010.

______, 한국교회사연구입문 No.143, 「믿음이 배인 이 한 권의 책 "성세추요(盛世芻蕘)"」, 『교회와역사』 제288호, 1999.

4. 사전

금장태, 「대동정로」(大東正路), 『한국민족문화대백과사전』 제6권, 한국정신문화연구원, 1991.

이유림, 「마이야, 조제프 프랑스와 마리 안 드 모이리아크 드 Mailla Joseph - François - Marie-Anne de Moyriac de(1668~1748)」, 『한국가톨릭대사전』 제4권, 한국교회사연구소, 1997.

차기진, 「성세추요」(盛世芻蕘), 『한국가톨릭대사전』제7권, 한국교회사연구소, 1999.

______, 「대동정로」(大東正路), 『한국가톨릭대사전』 제3권, 한국교회사연구소, 2000.

『역이충언(逆耳忠言)』

분류	세부내용
문헌종류	한문서학서
문헌제목	역이충언(逆耳忠言) * 徐宗澤의 『明淸間耶穌會士譯著提要』에는 忠言逆耳로 되어 있음
문헌형태	목판본(추정)
문헌언어	漢文
간행년도	1730년
저자	앙트르콜르(Francois Xavier d'Entrecolles, 殷弘緖, 1662~1741, 프랑스)
형태사항	총 139면
대분류	종교
세부분류	박해기 신앙생활 지침서
소장처	숭실대학교 부설 한국기독교박물관 한국교회사연구소 도서관
개요	천주의 상벌 도리. 의(義)를 위해 박해를 받는 사람들의 영복. 순교의 의미. 박해 때 신자들이 가져야 할 신앙 태도와 순교 각오.
주제어	천학(天學), 이편(理篇), 기편(器篇)

1. 문헌제목

『역이충언(逆耳忠言)』

2. 서지사항

『역이충언(逆耳忠言)』은 1698년부터 1741년까지 중국에서 전교한 프랑스 태생 예수회 선교사 앙트르콜르(Francois Xavier d'Entrecolles, 殷弘緖, 1662~1741)의 한문종교서 네 종 중 첫 번째 저술로, 1730년 북경(北京)에서 1책으로 초간(初刊)되었다. 이후 1872년과 1873년에 상해(上海) 자모당(慈母堂)에서 중간(重刊)되었고, 또 1924년에 중간되었으며, 다시 1927년에 토산만(土山灣)에서 중간되었다.

이어 『훈위신편(訓慰神編)』과 『막거흉악권(莫居凶惡勸)』을 저술하여 1730년에 북경에서 간행하였고, 또 『주경체미(主經體味)』를 저술하여 1743년에 북경에서 간행하였다. 이 중 『훈위신편(訓慰神編)』은 곤란 속에 있는 사람들을 위로하는 내용으로, 『역이충언』과 종지(宗旨)가 동일하다.

본 해제의 저본인 1873년 중간본은 1면 당 아홉 줄, 1줄 당 20자씩, 두 면(面)이 한 장(張)을 이루는 한서(漢書)로, 전 4권이다. 권1은 7장, 권2는 16장, 권3은 33장, 권4는 12장으로 총 69장이며, 본문 138면, 목차 1면을 포함하여 총 139면이다.

권3은 권의 제목 외에 번호가 없는 작은 항목 넷을 두어 성인전 4편을 덧붙였으나, 나머지 권1·권2·권4에는 권의 제목만 두었다.

본 해제의 저본인 숭실대학교 부설 한국기독교박물관 소장 목판본의 속표지에 서명 '역이충언(逆耳忠言)' 오른쪽에 간행연도 1873년이 표기되어 있다. 또한 속표지의 안쪽에 "遠西耶蘇會修士 殷弘緖繼宗 著述, 同會 馮秉正端友 白晉明遠 徐德懋卓賢 校閱"라고 표기되어 있어, 지은 사람이 원서예수회(遠西耶蘇會) 선교사로, 자(字)가 계종(繼宗)인 은홍서(殷弘緖), 즉 앙트르콜르이고, 교열을 본 사람들은 동회(同會)의 자(字)가

단우(端友)인 풍병정(馮秉正), 자(字)가 명원(明遠)인 백진(白晉), 자(字)가 탁현(卓賢)인 서덕무(徐德懋) 등임을 알 수 있다. 그러나 서문(序)과 발문(跋)은 실려 있지 않다.

[저자]

앙트르콜르는 프랑스 출신으로 1662년에 출생했다. 그는 1698년에 중국에 입국하여 예수회 중국 선교사로 활동하기 시작했다. 그의 중국식 성명은 은홍서(殷弘緖)이고, 자(字)는 계종(繼宗)이다. 그는 처음에 강서성(江西省)에서 전교활동을 벌였으며, 1706년부터 1719년까지 중국에서 활동하는 프랑스 출신 예수회 선교사들의 최고 장상이 되었다. 아울러 그는 중국 경덕진(景德鎭)의 도자기 제조 기술을 유럽에 자세히 소개하기도 하였다.

1720년에 숙종의 승하를 알리고 시호를 청함과 동시에 경종의 승계를 인준받기 위해 고부청시승습사(告訃請諡承襲使)를 파견할 때, 정사 이이명(李頤命, 1568～1722)의 아들 이기지(李器之, 1690～1722)가 자제군관으로 따라가 북경의 천주당인 북당을 방문하여 그곳에 머물고 있던 앙트르콜르를 만나 대화를 나눴는데, 당시 앙트르콜르는 조선에 천주교를 포교하려는 속내를 대담하게 드러냈다고 한다. 이때 이기지는 앙트르콜르로부터 『천주실의(天主實義)』 2권을 선물로 받았다.

앙트르콜르는 1722년부터 1732년까지 북경에서 활동하면서 북경 주재 프랑스인들의 대표자가 되었다. 그는 1741년에 북경에서 선종했다.

3. 목차 및 내용

[목차]

[내용]

1책 4권으로 된 『역이충언(逆耳忠言)』은 옹정제(雍正帝, 1723~1735년 재위)가 천주교를 박해하던 때에 저술된 책으로, 박해시기 신자들의 신앙생활 지침서라고 할 수 있다. 우선 천주의 상선벌악(賞善罰惡) 도리를 두루 논하고, 또한 마태오 복음 5장 10절의 "의(義)를 위하여 박해를 받는 사람은 행복하다."를 인용하여 의(義)를 위해서 박해를 받은 사람들의 영복(永福)에 대하여 설명하였다. 이어 치명(致命), 즉 순교의 의미를 밝히고, 박해를 만났을 때 의를 위하여 순교하도록 권고하였다. 그리고 신자들이 본받을 만한 치명성인 다섯 사람의 약전 4편을 소개한 다음, 박해를 당할 때 신자들이 마땅히 가져야 할 신앙태도와 순교에 대한 각오, 즉 천주를 위해 모든 것을 참고 견디며 죽음도 불사할 것을 신자들에게 강조하였다.

권1 범언(泛言)

범언(泛言)은 서론에 해당하는 부분이다. 천주의 공의를 드러내는 복선화음(福善禍淫), 즉 천주가 착한 사람에게는 복을 주고 악한 사람에게는 재앙을 준다는 교리를 밝게 알면 큰 도를 증명할 수 있다. 반면에 이 교리를 밝게 분변하지 못하면 자신을 속이고 아울러 큰일을 그르칠 수 있다. 그러므로 이 교리를 먼저 개략적으로 논한다고 밝히고 있다.

세상에 선한 사람도 늘 환난을 당하고, 악한 사람도 편안히 영화를 누리는 것을 보고서, 사람들이 천상에 주재가 없거나 주재가 있어도 공정하지 못하다고 의심하는데, 이는 잘못된 것이다. 왜냐하면 최종적인 상벌은 후세에 있고, 참된 복은 영원한 복에 있지 세상의 복에 있지 않기 때문이다. 선한 사람이 현세에서 잠깐의 괴로움을 받더라도 후세에서 천주가 반드시 영원한 복을 주고, 악한 사람이 현세에서 거짓된 즐거움을 누려도 후세에서 천주가 영원한 재앙으로 벌한다. 그러므로 천주의 상선벌악은 지극히 공정하다고 할 수 있다.

복을 누리는 자는 덕이 있고 고난을 당하는 자는 덕이 없다는 말은 옳지 않다. 의(義)를 위한 고난은 즐거운 곳이 무궁하다. 이 때문에 의를 위한 고난을 받는 사람은 고난이 거듭 더해져도 털끝만큼도 성내는 기색이 없다. 고난은 바로 그 덕의 빛을 더하고 그 뜻의 굳셈을 나타내니, 어찌 덕에 대한 보답이 없다고 할 수 있겠는가. 고난을 당한 사람은 보통사람보다 뛰어난 성덕(盛德)과 인의(仁義)를 성취하는 선공(善功)을 갖추고 있다고 할 수 있다.

권2 정언(正言)

정언(正言)에서는 마태오 복음 5장 10절의 "의(義)를 위하여 군난(窘難), 즉 박해를 받는 사람은 행복하다."라는 말을 인용하여 의를 위하여 박해를 받는 사람이 누리는 진복(眞福)에 대해 설명하고 있다. 세상에서 받는 고난은 악으로 인해 형벌을 받는 고난, 재앙으로 인해 해를 받은 고난 등 여러 종류가 있지만, 그 중에서도 의를 위하여 받는 박해가 가장 참다운 고난으로, 가장 참기 어렵고 가장 순순히 받기 어렵다. 그러므로 의를 위하여 받는 박해는 그 귀중함이 한량이 없으니, 이를 기꺼이 참아 받으면 이 세상의 온갖 복과도 비교할 수 없는 비상한 영복(永福)을 얻는다. 그리고 의는 진정한 바람으로 성교의 규구를 지키고 천주의 명을 두려워하는 것이다. 이러한 성실한 큰 의가 있어야 성실한 영복을 얻을 수 있는 것이다.

이어서 먼저 박해가 닥치면 이를 피하지 말고 각자 본분에 따라 마땅히 참아 받아야 함에 대해서 설명하고, 다음으로 박해를 참아 받는 능력은 온전히 주의 총우(寵佑)로 인함에 대해 말하였다. 그 다음으로 사람이 오로지 예수의 고상(苦像)을 향할 수 있으면, 고난을 달콤한 엿과 같이 보고 고난의 강도가 높아져도 약해지지 않음에 대해 논하였으며, 끝으로 기꺼이 참아 받지 않는 그릇됨에 대해서 언급하였다. 신자들 중에 이와 같은 도리를 아는 사람이 매우 많지만, 그 중에 그 깊은 뜻을 아는 자는 적기 때문에, 이런 깊은 뜻을 알기를 바라는 뜻에서 이를 거론하였다고 밝히고 있다.

권3 직언(直言)

직언(直言)에서는 치명(致命), 즉 순교의 의미를 설명하고 있다. 치명은 바로 천주가 부여한 목숨을 천주를 위하여 바치는 것이라고 하였다. 여기서 천주를 위하는 것은 천주교의 바른 도리를 배척하여 박해할 적에 달가운 마음으로 그 도리를 위해 목숨을 바치는 것을 말한다. 따라서 명성을 다투거나 이익을 빼앗다가 생명을 잃거나 몹시 분하고 수치스러워 달려가 죽는 것은 목숨을 결딴내는 것이지, 치명이 아니다.

배교함은 곧 천주를 욕함이니, 죄가 이보다 큰 것이 없다. 배교한 사람은 신앙의 뿌리가 이미 끊어진 상태이니, 다시 사는 보람이 있기 어렵다. 이 때문에 옛날 교회의 규정에, 배교한 자는 일생에 밝게 용서하지 않고, 많이 대죄를 지키고, 괴로운 공을 많이 행하고, 첨례날 당(堂)에 들어오지 못하고 밖에 엎디어 있고, 임종 때를 기다려 은혜로 용서함을 입었다.

반면에 천주를 위하여 치명한 자는 그 사랑이 가장 극진하니, 큰 애덕에 비할 바가 아니다. 사람을 사랑하는 것도 비록 사랑하나 오히려 얕고, 오직 신명을 돌아보지 않음만이 비로소 지극한 사랑이 된다고 하였으니, 치명하는 덕이 가장 높고 중하다. 따라서 천주를 위하여 치명한 자는 모든 죄를 온전히 소멸하고 즉각 하늘에 오른다. 이렇게 치명하는 덕이 높고 중하여 모든 덕 위에 초월함은 다 예수가 친히 스스로 표를 세워 먼저 고난을 받았기 때문이다.

이어 성 론지노(Longinus, 隆仁), 성 제르바시오(Gervasius, 熱爾丸削)와 동생 프로타시오(Protasius, 博羅大削), 성 아드리안(Adrianus, 亞弟央), 성 헤르메네질도(Hermenegildus, 赫默搦日) 등 다섯 성인의 약전 네 편을 덧붙이고 있다.

우선 성 론지노는 예수가 십자가를 지고 골고다 언덕에 가서 처형될

때, 군사를 거느리고 옹위하여 가고 창으로 예수의 옆구리를 찔렀던 무관이다. 그는 예수가 임종할 때 하늘이 캄캄해지고 땅이 진동하며 해와 달이 빛을 잃음을 친히 보고, 이 사람이 실로 하늘의 아들이라고 말하였다. 또한 상관의 명령에 따라 군사를 거느리고 예수의 무덤을 지키다가, 3일째 되는 날에 땅이 홀연히 진동하고 무덤 앞의 큰 돌이 스스로 열리고 쇠사슬로 봉한 것이 스스로 열린 것을 보고, 군사들이 많이 놀라 도망하여 달아났으나, 그는 오히려 예수가 부활하였다고 말하였다. 이러한 사실을 보고 받은 유대의 관리는 많은 금은으로 그를 매수하여, 그들이 잠잘 때 그 제자들이 예수의 주검을 도적질하여 갔다고 말하게 하였으나, 그는 이를 물리치고 로마 대신 비라도에게 밝게 고하였다. 이후 그는 벼슬을 버리고 교리를 배워 성교를 믿으며 다른 곳에 가서 예수의 부활 사실을 전하였다. 이러한 소식을 들은 예루살렘의 관리가 관병을 보내 그의 머리를 베게 하니, 마침내 그는 뜻을 같이하던 두 사람과 함께 자수하여 참수형을 받아 순교하였다.

성 제르바시오와 동생 프로타시오의 아버지는 나라의 무관으로, 박해가 많은 때에 천주교를 믿다가 체포되어 옥에서 친구를 권면하고 의를 위하여 순교하였다. 어머니 역시 박해를 받아 순교하였다. 이러한 부모 밑에서 자란 두 형제는 일찍부터 부모의 뜻을 받들기로 결심하고, 닥쳐올 박해에 미리 대비하여 아름다운 행실을 닦았다. 두 형제는 물려받은 재산을 자신들에게 꼭 필요한 만큼만 남기고 다 팔아 가난한 사람들에게 나누어 주었고, 비복들에게 재산을 나누어 주고 신역을 면제해 주어, 그들이 신앙생활을 충실히 할 수 있도록 도왔으며, 번화한 세상을 버리고 궁벽한 곳에 들어가 계명을 충실히 지키며 열심히 신앙생활을 하였고, 박해가 닥칠 때 잘 참아 받을 수 있도록 미리 고난을 몸에 익혔으며, 박해자의 분노와 질투가 더할수록 그에게서 덕의 빛이 더욱 드러났고, 체포되었을 때 굳게 신앙을 지켜 용감하게 배교를 거부하고 순교하였다. 두 형제가 순교한 뒤, 날이 가물어 모든 군사가 목말라 죽게 되어, 임금이 심히 두려워했는데, 한 부대의 천주교를 믿는 군사들이 임금의 허락을 받아 기도하니, 아군의 진영에는 단비가 내리고 적진에는 우레와 우박을 내려, 마침내 전쟁에서 승리하였다. 이 일로 임금이 각 처에 천주교인을 해치지 말라고 명하였다.

성 아드리안은 로마의 대대로 벼슬하는 집안의 아들로, 재능과 인품이 뛰어났다. 28세에 교회의 높은 집 여자 나타리아(納大力)를 아내로 맞이했다. 아드리안은 천주교를 믿지 않다가, 교우 23명을 잡아 형벌할 적에, 그들의 의로움과 용맹함에 놀라, 그 본원을 자세히 살피고 갑자기 천주교를 믿어, 자신도 천주교를 믿는 신자라고 말하였다. 이에 그도 잡히어 옥에 갇혔다. 이러한 사정을 자세히 알게 된 그의 부인 나타리아는 기쁨이 넘쳐, 옥중으로 달려가 그의 발아래 무릎을 꿇고 발을 묶은 쇠사슬에 친구하고서, "내 장부가 오늘날 천주를 성심으로 믿으니, 오래지 않아 곧 치명하는 성인이 될 것입니다. 내 이제 감격함이 극진하여 눈물을 흘립니다."라고 말하였다. 그런 다음 남편을 감화시킨 23명의 옥중 신자들에게 사례하고, 남편이 굳게 참는 마음을 더할 수 있도록 기구해 줄 것을 부탁한 뒤, 집으로 돌아와 천주의 도움을 구하였다. 임금이 아드리안의 재주를 사랑하여 감언과 후한 상으로 회유하였으나, 아드라안이 단호히 거절하고 신앙을 굳게 지키자, 다음날 능지처참하라고 명령하였다. 이날 아드리안이 옥관의 허락을 얻어 잠깐 집에 돌아가니, 나타리아는 남편이 배교하고서 풀려 나온 줄 알고 "내 장부는 어찌하여 천주를 배반하고 영혼을 돌아보지 않습니까?"라고 꾸짖었다. 그러자 아드리안은 다음날 치명하게 되어 옥관의 허락을 받아 작별하러 왔다고 밝히고, 자신의 믿음을 더할 수 있도록 천주께 기구해 줄 것을 아내에게 부탁하였다. 마침내 아드리안은 다음날 나타리아가 보는 앞에서 많은 괴로움을 참아 받고 311년에 순교하였다. 천주를 사랑함이 장부를 사랑함보다 더하고, 그 영혼을 사랑함이 그 육신을 사랑함보다 크게 더했던 나타리아는 아드리안의 손 하나를 사서 받들고 돌아와 뜻을 지키다가 선종하였다.

성 헤르메네질도는 왕국의 세자로 부귀영화를 버리고 의를 위하여 치명한 순교자이다. 그 왕국의 임금들은 일찍부터 이단을 믿어 왔는데, 헤르메네질도는 천주교를 믿는 어진 아내의 말을 날마다 듣고 주교의 가르침을 일찍부터 받은 끝에, 장차 부왕의 꾸짖음이 반드시 더해질 것을 알면서도, 사후에 무궁한 재앙을 받기 보다는 차라리 생전에 잠시의 박해를 만나는 것이 낫다는 생각이 들어, 이단을 버리고 천주교를 믿게 되었다. 이러한 사실을 알게 된 부왕이 그를 징계하고 배교를 권하여도, 그가 끝내 고치지 않자, 곧 그를 폐하여 백성으로 만들고, 그의 재산을 몰수하고 금령을 내려 그를 체포하여 옥에 가두었다. 갈수록 더 심해지는 박해에도 불구하고 오히려 그는 신망애의 덕을 굳게 하였다. 배교하면 죄를 면해 주고 세자의 지위를 해복해 주겠다는 부왕의 마지막 권유에도 헤르메네질도가 따르지 않자, 간신에게 현혹당한 부왕이 갑자기 진노하여 그를 참수하도록 명하였다. 마침내 그는 580년에 참수형을 당하여 순교하였다. 뒤에 부왕이 뉘우쳐 쫓아냈던 주교를 석방하여 돌아오게 하고 천주교에 대한 금령을 중지하였으나, 천주교를 받아들이지 않은 채 세자에게 주교의 말을 좇으라고 유언하였다. 이에 세자가 주교의 훈계를 좇아 천주교를 믿어 그 규구를 지키고 이단을 밝게 버리자, 신민들이 앞을 다투어 성교를 믿게 되었다. 이렇게 된 것은 모두 치명한 헤르메네질도의 공로 덕분이었다.

권4 인언(引言)

인언(引言)에서는 신자들이 박해를 당했을 때, 해서는 안 되는 일, 하지 않을 수 없는 일, 편하게 마땅히 해야 할 일 등을 자세히 일러주고 있다. 우선 신자들은 박해가 심하더라도 부세와 부역을 규정에 따라 모두 평일과 같이 바치고, 또 조석으로 기구하고 조심하며 공경하고 삼가, 털끝만큼도 원망하고 패역한 생각을 하지 말라고 당부하고 있다.

신자들은 박해를 받아 관아에 끌려가서 심문을 받을 때, 신자인지 아닌지를 물으면, 자신이 곧바로 신자임을 사실대로 밝혀야 한다. 심문관으로 하여금 자신이 신자인지 아닌지 의심하게 하여 박해를 피하려고 해서는 안 된다. 왜냐하면 이렇게 하는 것은 배교하는 대죄이기 때문이다.

법정에서 스스로 배교하는 진술을 하고서, 입으로 둘러대고 마음으로 배반하지 않으면, 천주가 이를 아실 것이니, 단지 마음속으로만 흠숭하면 족하다고 하면, 이는 크게 그릇된 말이다. 왜냐하면 예수가 "만일 사람들 앞에서 나를 즐겨 인정하여 주로 삼지 않는 자는 심판 때에 나 또한 그를 인정하여 나의 사람으로 삼지 않을 것이다."라고 말했기 때문이다.

위에 있는 사람이 성상을 헐라고 명령한다고, 만약 따라서 헐면, 이는 천주를 업신여김이 지극하고, 배교함이 의심 없고, 죄가 막대하다. 그러므로 해서는 안 된다. 이치 상 비록 해가 없으나 일을 행해서는 안 되는데, 부득이 행하고자 할 경우에는 반드시 이 일은 이치 상 행할 수 있고 배교가 아님을 공개적으로 발표해야 한다.

돈을 내어 이단을 돕거나 문호에 글자를 붙이거나 사교(邪敎)의 상(像)에 절하는 등의 일을 억지로 시키거나, 강요하지 않는데 스스로 행하거나, 강요하자 곧바로 행하면, 이는 모두 배교함이다. 그러므로 이 같이 배교하는 일은 자기가 행해서도 안 되고 말해서도 안 될 뿐 아니라, 신자가 아닌 형제나 비복이 그 대신 하도록 부탁해서도 안 된다.

아들은 신자이고 그 아비는 신자가 아니더라도, 그 아비가 나라의 금령을 듣고 겁을 먹고 아들과 의논하지 않고 스스로 관아에 가서, 내 아들이 진실로 배교했다고 말할 경우, 그 아들은 듣는 즉시 아비에게 배교한다는 말은 결단코 할 수 없다고 분명히 밝혀야 한다. 아울러 일가로부터 이웃과 모든 사람 앞에 반드시 자기가 배교하지 않음을 분명히 드러내고, 이는 내 부친이 한 말이고 나는 실로 모르는 일이라고 밝혀, 한 말과 한 일도 남의 의심을 일으키지 않게 해야 한다.

첨례 날 많은 교우가 성당에서 송경하고 미사 참례하는 것은 사규의 하나이고 제 삼계에 관계되지 않으니, 만일 큰 연고가 있으면 다 관면한다. 또 교인 집안에서 아침저녁에 많은 사람들이 염경 기도하는 것은 항상 하는 일이나, 만일 박해를 당하면 무슨 화단이 있을까 하여 묵묵히 기구한다. 그러나 이는 악을 피함이고 악을 지음이 아니다.

교중이 대 박해에 처했을 때, 교우가 박해에 숨을 수 있는 경우에 숨는 것은 죄가 없고, 혹 다른 곳으로 옮아갈 수 있을 경우에 옮아가도 또한 죄가 없다. 성경에 인도하여 옮겨 피하란 말씀이 있기 때문이다.

박해를 만났을 때, 만일 자기 은전을 내어 관역(官役)의 해를 면하고 책자로 보고하고 붙잡아 조사함을 면할 수 있으면 내도 무죄하니, 그 은전을 가볍게 여기고 신덕을 중하게 보전함을 볼 수 있다. 다만 구하는 자의 이름이 책자에 없고 배교한다는 글자도 실리지 않게 해야 한다.

박해를 만났을 때, 의관을 고치고 바꾸어 화를 면함을 도모하는 것도 죄가 없다. 다만 이단의 물건은 써서는 안 된다. 그러나 이단의 물건이 일반 사람들이 쓰는 것과 같아 끝내 이단의 물건으로 지목할 수 없는 것은 써도 무방하다. 만일 전적으로 이단이 쓰는 기호와 같은 것은 남이 보고 이단의 것임을 믿지 않을 수 없으니, 결단코 사용해서는 안 된다.

새로 거주하는 땅에서는 뭇사람들이 모두 그가 교인임을 모른다. 그러나 정부에서 사찰을 엄하게 할 때, 만일 본교의 재를 지키면 발각되고 만다. 이런 때는 재를 지키지 않아도 죄가 없다.

교우가 박해를 만나 별도의 땅으로 새로 이사하거나 그대로 옛 거처에 있을 때, 문머리에 성호를 붙이지 않거나, 가운데뜰에 성상을 모시지 않거나, 몸에 성물이나 묵주를 차지 않아도, 다 죄가 없다. 만일 본디 서로 아는 마을 이웃사람이 배교한 것일까 의심하면, 반드시 나는 배교함이 아니라, 남의 노함을 면하고 남의 의심을 풀며 남의 비방을 피하는 연고에 불과하다고 밝혀야 한다.

4. 의의 및 평가

이 책은 옹정제(雍正帝)가 천주교를 박해하던 시기를 맞아, 교우들이 박해를 받을 경우 용감하고 굳세게 참아 받을 수 있도록 준비시키고자 지은 것이다. 저자는 이 책의 내용 가운데에서 순교의 의미를 설명하고 박해를 만났을 때 의를 위하여 순교하도록 권고하였다. 아울러 박해를 만났을 때, 신자들이 따라야 할 신앙생활의 여러 지침들을 일러 주었다.

그런데 조선 천주교회도 1874년 창설된 이래 줄곧 박해를 받아왔다. 그러므로 프랑스의 파리외방전교회에서도 조선에 선교사들을 파견할 때, 박해 상황에서 신자들에 대한 사목을 어떻게 해야 할지, 즉 『역이충언』에서 다루고 있는 것과 같은 내용들을 선교사들에게 충분히 주지시켰을 것이다. 따라서 설령 이 책이 박해기에 조선에 유입되어 신자들 사이에서 널리 읽히지 않았다 하더라도, 박해기에 조선에서 활동하던 프랑스 외방전교회 선교사들도 『역이충언』에서 다루고 있는 것과 같은 내용을 공유하고 있었을 것으로 여겨진다. 따라서 이 책은 박해기 선교사들의 사목 방침이나 순교 영성, 신자들의 순교 신심이나 순교 영성, 그리고 한국천주교회의 순교사나 신앙 생활사를 연구하는 데 중요한 자료가 되지 않을까 한다.

5. 조선에 끼친 영향

『역이충언』은 1730년 북경(北京)에서 초간된 이후, 1872년과 1873년에 상해 자모당에서 중간되고, 또 1924년에 중간되고, 다시 1927년에 토산만(土山灣)에서 중간될 정도로 중국에서 널리 읽혔다. 아울러 이 책은 조선에도 전해져 1873년 중간본이 숭실대학교 부설 한국기독교박물관과 한국교회사연구소 도서관에 소장되어 있다. 특히 한국교회사연구소 도서관에는 1873년(고종 10)에 중간본을 번역한 크기 15.5×22.2cm, 분량 117장의 한글 번역 필사본이 아울러 소장되어 있다. 그러나 이 책이 박해시기에도 조선에 전해져 신자들에게 널리 읽혔는지는 잘 알 수가 없다.

그런데 1720년 고부청시승습사(告訃請諡承襲使)로 연행한 부친 이이명을 따라 연경에 다녀온 이기지의 『일암연기(一菴燕記)』 권2에, 당시 사절단 일행이 북경 천주당을 방문하여 은홍서(殷弘緖)한테 『천주실의(天主實義)』 2권을 받은 사실이 기록되어 있다. 당시 그는 조선에 천주교를 포교하려는 속내를 대담하게 드러냈다고 한다. 이러한 접촉이 비록 『역이충언』이 간행되기 이전의 일이기는 하지만, 이러한 조선 연행사절단과 은홍서의 접촉으로 미루어볼 때, 박해시기에도 이 책이 조선에 전해졌을 가능성이 없지는 않을 것 같다.

〈해제 : 서종태〉

참 고 문 헌

1. 단행본

徐宗澤, 『明淸間耶蘇會使譯著提要』, 中華書局, 1958.

2. 논문

裵賢淑, 「朝鮮에 前來된 天主教 書籍」, 『韓國教會史論文集』 Ⅰ, 한국교회사연구소, 1984.

방상근, 「믿음이 배인 이 한 권의 책 逆耳忠言」, 『교회와 역사』 제286호, 한국교회사연구소, 2000년 1월호.

신익철, 「연행록을 통해본 18세기 전반 한중 서적교류의 양상」, 『태동고전연구』 제25집, 한림대학교 태동고전연구소, 2009.

______, 「18~19세기 연행사절의 북경 천주당 방문 양상과 의미」, 『교회사연구』 44, 한국교회사연구소, 2014.

『천신회과(天神會課)』

분류	세부내용
문헌종류	한문서학서
문헌제목	천신회과(天神會課)
문헌형태	목판본
문헌언어	漢文
간행년도	1663년
저자	브란카티(Brancati, 潘國光, 1607~1671)
형태사항	전 1권, 총 56면
대분류	종교
세부분류	교리
소장처	서울대학교 중앙도서관 고문헌자료실 한국교회사연구소 숭실대학교 기독교박물관
개요	주님의 기도, 사도신경(使徒信經), 천주십계(天主十戒), 성교사규(聖教四規), 칠성사(七聖事) 등을 간결한 문답식(問答式) 문체로 설명한 교리서.
주제어	주님의 기도, 사도신경(使徒信經), 천주십계(天主十戒), 성교사규(聖教四規), 칠성사(七聖事)

1. 문헌제목

『천신회과(天神會課)』

2. 서지사항

『천신회과(天神會課)』는 이탈리아 출신 예수회 선교사 브란카티(Brancati, 潘國光, 1607~1671)가 "Entretien des Anges"(천사들의 회담)을 한문으로 번역한 한역서학서(韓譯西學書)이다. 중국에서는 1663년 상해(上海)에서 초간되었고, 1882년과 1914년 토산만(土山灣)에서 중간(重刊)되었다. 한국에 소장된 판본은 1861년 자모당(慈母堂)에서 간행된 한문본(한국교회사연구소 소장본)과 이를 한글로 번역한 숭실대 박물관 소장 한글 고어본이 있다. 또 한국교회사연구소 소장본 중에는 연기와 간행장소가 미상으로 된 한문본 2종과 1861년에 간행된 간행처 미상의 한문본 1종이 더 있다. 또 서울대 중앙도서관에는 1861년 간행된 목판본이 있다. 본 해제의 저본 『천신회과』는 1861년 간행본으로 현재 서울대 중앙도서관에 소장된 간본을 그 대상으로 한다.

『천신회과』는 크게 표제지, 「천신회과목록(天神會課目錄)」과 본문으로 구성되어 있다. 표제지에는 두 송이의 꽃무늬가 새겨져 있다. 「천신회과목록」은 두 줄에 걸쳐서 본문보다 큰 글씨로 적혀 있는데, 「성교요리육단(聖教要理六端), 「성교요리문답(聖教要理問答), 「천주십계문답(天主十誡問答), 「천주경해(天主經解)」, 「천신회규(天神會規)」 등 다섯 부분으로 구성되어 있다. 목록의 끝에는 "대신부(大神父) 을아(乙阿)가 천주를 흠숭하는 특별한 마음으로 공손하게 간행한다[大神父乙阿欽特敬刻]"고 기록되어 있다.

본문 각 편의 제목은 두 칸 내려서 적고 있다. 표지부터 본문까지 총 56면으로 구성되어 있다.

[저자]

브란카티(Brancati, Franciscus, 潘國光, 1607~1671)는 이탈리아 출신의 예수회 선교사이다. 『천신회과』 외에도 브란카티는 『성교사규(聖教四規)』, 『천계(天階)』 등을 저술하였다.

3. 목차 및 내용

[목차]

天神會課目錄

聖教要理六端

聖教要理問答

天主十誡問答

[내용]

『천신회과(天神會課)』는 천주교회의 주요 계명(誡命)과 신경(信經), 기도문(祈禱文), 성사(聖事), 규칙(規則) 등을 설명한 한역서학서이다. 책의 제목을 글자 그대로 직역하면, "천사[天神]들이 모여 의논한 학습과제(學習課題)들"이라는 뜻으로, 천주교 신자들이 꼭 알아두어야 할 신앙생활의 핵심 교리와 기도문, 7성사, 성교사규(4가지 의무) 등을 그 과제의 구체적 내용으로 한다.

본문은 5절로 구성되어 있다. 「성교요리육단(聖教要理六端)」에서는

"사람이 '천주의 거룩한 가르침'(天主聖教)에 나아가기 위해서는 먼저 〈성교요리〉 6조목을 밝게 알아야 한다."는 구절로 시작한다. 그 첫 조목은 천지만물의 창조자, '한분이신 위대한 주재자'[一大主宰]가 모든 만물이 각각 그 마땅한 바를 얻게 하고 항상 보호(保護)해 주신다는 사실을 밝히는 것이다. 둘째 조목은 천주께서 착한 이를 상주고 악한 일을 벌하시며[償善罰惡] 산 이와 죽은 이를 심판(審判)하신다는 사실을 밝히는 것이다. 셋째 조목은 한 분이신 천주는 성부(聖父), 성자(聖子), 성신(聖神, 성령)의 삼위(三位)로 구성되었는데, 한 본성(本性), 한 본체(本體)로서 크고 작음, 앞서거나 뒤지거나 하는 일이 없음을 밝히는 것이다. 넷째 조목은 천주 제2위 성자(聖子)께서 인간 세상에 태어나[降生] 모든 백성을 구하기 위해 십자가에 못 박혀 죽으셨다가 3일 만에 부활(復活, 다시 살아나심)하고 4일 만에 승천(昇天, 하늘에 오르심)한 사실을 밝히는 것이다. 다섯째 조목은 사람의 영혼은 시작은 있으되 끝이 없으며[有始無終], 항상 존재하고 없어지지 아니하며, 사람이 천주의 은총과 도우심[寵佑]을 받으면 살아서는 착한 일을 하고 죽어서는 천당(天堂)에 올라 끝없는 축복을 누리게 해주시지만, 천주의 은총과 도우심을 받지 못하면 살아서는 악한 일을 하게 되고 죽어서는 지옥의 영원한 고통을 겪게 된다는 것을 밝히는 것이다. 여섯째 조목은 세상에 가르침을 베푸는 자가 많지만 오직 하나인 천주의 가르침만이 지극히 공번되고 지극히 정의로워서 능히 사람들로 하여금 천상의 복을 누리고, 지옥의 고통을 면하게 해줄 것이니, 천하의 만민이 모두 진실된 주님[眞主]을 마땅히 받들어 섬겨 자기의 영혼을 구원해야 한다는 것이다. 만약 자신의 능력을 믿으면 능히 착한 일을 하여 공을 세울 수 없고 하늘에 오를 수도 없으며 반드시 추락할 것이니, 모든 사람들은 반드시 하느님의 은총과 도우심을 구하고 또 스스로도 힘써 행해야 함을 밝힌 것이다.

「성교요리문답(聖敎要理問答)」에서는 질문과 이에 대한 답변의 형태[問答體]로 구성되어 있다. “무엇을 위해 천주교에 나아가는가?”하고 질문하면 “천주를 공경하고 자기 영혼을 구원하기 위해서이다.”라고 대답한다. “어떻게 천주를 공경하는가?”하고 물으면, “천주의 열 가지 계명[天主十誡]를 온전히 지키고, 거룩한 교회의 각종 규칙을 받들어 행하는 것이다.”라고 대답한다. “천주(天主)가 누구인가?”라고 물으면, “천주는 하늘과 땅, 귀신(천사)과 사람을 만들고, 주재(主宰)하시는 분이시다.”라고 대답한다. “천주는 신(神)인가, 신이 아닌가?”라는 물음에는 “천주는 형체도 형상도 없는 순전한 신이시다.”라고 대답한다. “천주는 부모로부터 낳음을 받았는가? 아닌가?”하는 질문에는 “천주는 부모로부터 낳음을 받지 않았다.”고 한다. “천주는 어떠한 모양으로 계시는가?”라는 질문에는 “천주는 시작도 마침도 없고 스스로 그렇게 계시는 것이다.”라고 대답한다. “천주의 권세와 능력은 어떠한가?”라는 등의 질문에는, “천주께서는 온전히 능하시어[全能] 모든 사정을 환히 알고, 온전히 선(善)하시고 천주께서는 아니 계신 곳이 없으며, 오직 한 분이시며 한 본체에 성부, 성자, 성신(성령)의 세 위격(位格)으로 되어 있으며 크고 작음 앞과 뒤의 구분이 없으시다.”라고 답한다.

이어서 “천주 삼위 중에 어떤 분이 강생(降生)하셨는가?”라는 등의 질문에는, “천주 제2위 성자(聖子)께서는 동정(童貞) 마리에게서 강생하셨다.”고 한다. “천주께서는 강생하시어 어떤 이름으로 불리는가?”라는 질문에는 “‘예수(耶穌)’라고 불리니 세상을 구원한다는 뜻이며, ‘그리스도[賀利斯督]’이라고도 불리니 그 품위가 지극히 존귀하다”고 답한다.

이어서 이어지는 질문들을 통해서는 “예수는 천주의 본성과 본체를 지니신 참된 천주이시고, 영혼과 육신을 가진 참된 인간이시다.”라고 답한다. 이어서 성모 마리아, 영혼 불멸(靈魂不滅), 원죄(原罪)와 본죄(本

罪), 사심판(私審判)과 공심판(公審判) 등에 대한 가르침을 계속 전한다. 이어서 세례(洗禮), 견진(堅振), 고해(告解), 성체(聖體), 혼배(婚配), 신품(神品), 종부(終傅, 病者) 성사 등 칠성사(七聖事)에 대해서 설명한다.

또 현재의 사도신경(使徒信經)과 내용이 동일한 12조항으로 된 신경(信經) 12단(端)에 대해서도 서술했다.

'천주십계(天主十誡)'라는 제목으로 십계명을 설명하되, 요즘과는 달리 앞의 4계는 천주 흠숭, 뒤의 6계는 이웃 사랑에 대해서 논했다. 구체적으로 보면 제1계는 천주를 만물 위에 흠숭(欽崇)하라는 것, 2계는 흙이나 나무로 된 우상(偶像)을 섬기지 말라는 것, 3계는 천주의 거룩한 이름을 함부로 부르지 말라는 것, 4계는 주일(主日)을 거룩하게 지내라는 것이다. 제5계는 부모에게 효도하라, 6계는 살인하지 말라, 7계는 음란한 행위를 하지 말라, 8계는 도둑질을 하지 말라, 9계는 헛된 증언을 하지 말라, 10계는 남의 물건이나 아내를 탐내지 말라는 등의 내용이다. 이중에서 오늘날 없는 제2계명(우상 숭배 금지)이 첨가되어 있다는 점과, 오늘날의 제9계명(남의 아내를 탐하지 말라는 것)과 제10계명(남의 물건을 탐하지 말라는 것)이 제10계(남의 아내와 남의 물건을 탐내지 말라는 것)로 합쳐져 있다는 점 등이 특이하다.

오늘날 '주님의 기도'[主祈禱文]에 해당하는 천주경(天主經)에서는 그 내용과 의미를 구절별로 낱낱이 분석하여 설명하였다.

마지막으로 「성교회정규해(聖教會定規解)」에서는 천주교회가 정한 규칙(規則, 規矩)의 내용과 그 의미를 풀어 설명하고 있다. 그 내용은 첫째, 성교회의 주일과 주요 축일에 미사 전례에 참여할 것, 둘째, 교회가 정한 재계(齋戒) 기간을 지킬 것, 셋째, 최소한 1년에 한 번 고해성사(告解聖事)를 볼 것, 넷째, 최소한 1년에 한 번 영성체(領聖體)를 할 것 등이다. 그리고 이들 4가지 항목에 대한 교회의 자세한 가르침의 내용을 풀이하고 있다.

4. 의의 및 평가

이상에서 언급한 『천신회과』는 신자로서 필히 알아두어야 주요 믿을 교리와 성사 생활의 전반에 걸쳐 일목요연하게 서술하고 자세하게 풀이해줌으로써 신자들의 신앙생활에 유익한 도움을 주는 내용들로 구성되어 있음을 알 수 있다.

5. 조선에 끼친 영향

『천신회과』가 언제 조선에 유입되었는지는 명확하지 않다. 다만 1861년 간행된 한문본의 한글 고어본이 숭실대 기독교 박물관에 있는데, 그 필체나 표기법 등으로 볼 때 대략 개항 전후에 필사된 것으로 보인다. 그러므로 적어도 이 책은 1860년대에 조선에 들어와서 한문 목판본으로 먼저 간행되고 곧이어 한글로 번역되어 수차례 필사된 것으로 보인다. 이를 통해서 이 책은 1860년대 이후 한국 천주교회 신자들의 신앙생활의 지침서 역할을 했던 것으로 여겨진다.

〈해제 : 원재연〉

참 고 문 헌

1. 사료

『天神會課』

2. 단행본

Louis (Aloys) Pfister著, 馮承鈞譯, 『入華耶穌會士列傳』, 臺灣商務印書館, 1960.

方豪, 『中國天主教史人物傳』 第1册, 香港公教眞理學會, 1970.

北京大學宗教研究所, 「『萬物眞原』」, 『明末淸初耶穌會思想文獻彙編』 第八册, 2000.

3. 사전

이유림, 「마이야, 조제프 프랑스와 마리 안 드 모이리아크 드 Mailla Joseph-François-Marie-Anne de Moyriac de(1668~1748)」, 『한국가톨릭대사전』 제4권, 한국교회사연구소, 1997.

차기진, 「성세추요」(盛世芻蕘), 『한국가톨릭대사전』 제7권, 한국교회사연구소, 1999.

_____, 「대동정로」(大東正路), 『한국가톨릭대사전』 제3권, 한국교회사연구소, 2000.

『천주강생언행기략(天主降生言行紀略)』

분류	세부내용
문헌종류	한문서학서
문헌제목	천주강생언행기략(天主降生言行紀略)
문헌형태	목판본
문헌언어	漢文
간행년도	1635년
저자	쥴리오 알레니(Giulio Aleni, 艾儒略, 1582~1649)
형태사항	165면
대분류	종교서
세부분류	천주교 복음서
소장처	Bibliotheque Nationale de France
개요	세례 요한의 잉태부터 승천과 교회 탄생까지 예수 그리스도의 생애를 저술한 작품이다. 신약성경 네 복음서를 하나의 복음서로 엮어 제시한 '조화복음서(Gospal Harmony)에 해당한다.
주제어	Tianzhu jiangsheng yanxing jilue (天主降生言行紀略) 천주(天主), 성모(聖母), 야소(耶穌), 천국(天國), 천주강생(天主降生), 마태(瑪竇)·마가(瑪爾謌)·누가(路加)·요한(若望), 종도(宗徒), 성도(聖徒)

1. 문헌제목

『천주강생언행기략(天主降生言行紀略)』

2. 서지사항

이탈리아 출신 예수회 선교사로 명 말 중국에서 선교 활동을 한 줄리오 알레니(Giulio Aleni, 艾儒略, 1582~1649)의 저서로 총 8권으로 이루어졌다. 목록이라 할 수 있는 「천주강생언행기략조목(天主降生言行紀略條目)」에서 총괄적으로 저서에 관련된 내용을 서술한 「만일경략설(萬日經略說)」을 배치하고, 이어 권1부터 권8까지의 절과 제목을 달아 내용을 상세히 정리하고 구체적으로 해설하였다.

세례 요한의 잉태부터 승천과 교회 탄생까지 예수 그리스도의 생애를 저술한 작품이다. 신약성경 네 개의 복음서를 하나의 복음서로 엮어 제시한 '조화복음서(Gospal Harmony)에 해당한다. 신약성경에는 그리스도의 말씀과 행적을 담은 복음서가 네 개나 존재한다. 예로부터 복음서의 일치와 조화는 그리스도교 신학자와 목회자뿐만 아니라, 그리스도교를 알지 못하는 민족과 문명권에 예수 그리스도교의 복음을 전하려는 전교자(傳教者)들에게 중요한 관심사요 과제였다. 신조나 교리 교육서에 나오는 간단한 정보에 만족하지 않고, 성경에 충실한 예수의 삶과 가르침을 제시하려면 네 복음서에 나타나는 예수에 관련된 다양하면서도 상이한 기록들을 어떻게 서로 연관시킬 것이냐의 문제가 자연스럽게 부상한다. 이러한 문제를 의식한 알레니는 네 복음서만이 아니라 사도신경의 앞부분의 내용을 사건별로 구분하고, 나아가 교리적으로 유익한 해설과 각주를 추가하였다.

저본은 유럽 중세의 은자 Ludolph of Saxony(1295~1378)의 저작 『그리스도의 생평』(Vita Chris, 1379)이고, 가까이는 이탈리아 출신 예수회 신부인 바르톨로메오 리치(Bartholomaeus Riccius, 1542~1613)의 『복음서에서 뽑은 우리 주 예수 그리스도의 생애』(Vita D, N, Lesu

Chisti ex uerbis Euangeliorum in ipsismet concinnata, 1607)이다.

『천주강생언행기략(天主降生言行紀略)』은 명 숭정(崇禎) 8년(1635) 복건 천주(泉州)의 진강경교당(晋江景教堂)에서 목판으로 출간되었다. 이후 1642년, 1738년, 1796년, 1852년, 1903년, 1925년, 1928년에 중간되었으며, 주(注)와 해설을 제외하고 본문만 수록한 『천주야소성적(天主耶穌聖跡)』과 『천주강생언행기략』의 축약이라고 할 수 있는 『야소언행기략(耶穌行紀略)』도 출간되었다. 후자는 일본어판이 존재한다. 판본 현황은 다음과 같다.

1) 明·崇禎 8년(1635)『天主降生言行紀略』8卷, 2册全 ; (義大利)艾儒略譯述, 晋江景教堂敬梓, 刊本. 法国国家耶穌(CHINOIS 6709號)
2) 清·咸豐 3年(1853)『天主降生言行紀略』 8卷2册全 ; (義大利)艾儒略譯, 慈母堂出版, 刻本.
3) 清·光緒 원년(1875)『天主降生言行紀略』8卷, 河間勝世堂刊本1册, (義大利)艾儒略譯.
4) 清·光緒 29年(1903)『天主降生言行紀略』, 京都始胎大堂藏版, (義)艾儒略譯述, 慈母堂重印, 铅印本1册, 原徐家滙藏書.
5) 清·宣統 2年(1910)『天主降生言行紀略』, 石印本 2册, 河間勝世堂出版.

진강경교당경재(晋江景教堂敬梓) 간본(刊本)에는 없지만, 일부 판본에는 "천지의 진주(眞主)는 그 뜻이 심오하여 다 궁구할 수가 없다. 호칭하려고 해도 명명하기 어렵다. 세속의 존칭인 '주(主)'·'군(君)'·'부(父)'을 빌어 '천주(天主)'·'대부(大父)'·'상주(上主)'·'조물주(造物主)'·'만유진재(萬有眞宰)' 등으로 칭한다……"고 시작하는 범례가 포함되어 있기도 하다. 범례에서 천주·삼위일체·천주 강생의 때와 장소, 이름을 간략히 소개하고, 『천주강생언행기략』의 내용과 구성을 서술하였다.

본 해제 저본은 프랑스 예수(法国国家耶稣, CHINOIS 6709호), 명 숭정 8년(1635), 『천주강생언행기략』 8권, 2책(義大利)애유략역술(艾儒略譯述), 진강경교당경재(晋江景教堂敬梓), 간본(刊本)이다. 말미에 문장을 교정하고 교열한 이탈리아 출신 예수회 선교사 삼비아시(畢方濟, P. Francois Sambiasi, 1582~1649), 포르투갈 출신으로 예수회 동학인 마누엘 디아즈(陽瑪諾, Manuel Diaz, jr, 1574~1659)·복여망(伏如望)의 성명이 기록되어 있다.

[저자]

알레니는 제2세대 예수회 선교사 중에서 가장 걸출한 전교사의 한 명이라고 칭해진다. 그는 1582년 이탈리아 북부의 브레시아(Brescia)에서 출생하였다. 16세기 후반 도메니코 볼나니(Domenico Bollani) 주교(1559~1579)가 종교개혁을 진행하자 알레니는 전교 사업에 헌신하기로 마음먹었다.

그는 1600년 11월 예수회의 견습 회원이 되었다. 그 후 1605년까지 팔마(Parma)예수회 대학에서 철학을 배웠다. 1607년 12월 저명한 로마학원에 들어갔다. 당시 로마학원에는 각국에서 온 예수회 신부들이 230명이나 있었다.

1607년 12월 인도로 가서 전교 사업에 종사하겠다는 뜻을 알려 허락을 받았다. 1609년 3월 르노아를 출발하여 리스본으로 향하는 배를 탔다. 1610년 마카오에 도착하여 중국어를 배웠다. 이윽고 1613년 초 중국으로 들어갔다. 이 해 북경에서 서광계(徐光啟, 1562~1633)를 만났다. 1616년부터 그리스도교에 대한 박해가 시작되자, 다른 예수회원들과 함께 중국 성교(聖教) 삼걸(三傑) 중의 한 명인 항주(杭州)의 양정균(楊廷筠, 1565~1630) 집으로 피난하였다. 상황이 호전되자 항주에서 활동을 재개하였다.

이때 이지조(李之藻)를 만났다. 1620～1621년 사이에 섬서(陝西) 상주(商州), 산서(山西) 강주(絳州)에서 그리스도교 단체를 건립하였다. 강소(江蘇) 양주(揚州)와 하남(河南) 정주(鄭州)에도 발을 들여놓았다. 1621년 말에 항주로 돌아와 1624년까지 거주하였다.

이후 그는 복건에서 활동하게 되는데, 내각수보대신(內閣首輔大臣)을 지낸 섭향고(葉向高, 1559～1627)의 복건 초청에 응하게 된 것이 계기였다. 그는 이곳에서 24년간 선교활동을 펼쳤다. 저술과 저작을 전파하는 작업도 그의 전교의 중요한 내용이었다.

1641년부터 1648년까지 예수회 중국 남부교구의 부주교를 역임하였다. 1644년 청조가 성립하고, 1646년 10월에 만주인이 복주(福州)에 들어오자 연평(延平)으로 피난하였다. 1649년 6월 사망하였다. 중국인 제자는 "선생은 중국에서 가르침을 밝히고 봉사한 것이 40년이다. 연진(延津)의 성당에서 임종하였다. 탁덕(鐸德) 하대화(何大化 ; A. de Gouvea) 공과 여러 제자가 선생의 깨끗한 몸을 받들어 복주(福州) 북쪽 관문 밖 흥성갱(興聖坑)의 십자산(十字山)에 장사지내었다."라고 기록하였다. 중국인들은 그를 "서양에서 온 공자"(西來孔子)라며 학덕을 기렸다.

주요저작으로 『만국전도』·『직방외기』·『서학범』·『삼산논학기(三山論學記)』·『만물진원(萬物眞原)』 등이 있다.

3. 목차 및 내용

[목차]

萬日略經說

天主降生言行紀略 條目

卷之一

卷之二

第九節　加理勒亞化重愈王子疾

第十節　招四宗徒

第十一節　命漁得魚

第十二節　葛發翁諸聖蹟

第十三節　訓責三徒

第十四節　渡海止風

第十五節　驅魔入豕

第十六節　起癱證赦

第十七節　招瑪竇爲徒

第十八節　葛發翁又救淋者死者瞽者瘖者

第十九節　瞻禮日起癱喻人

第二十節　耶穌自證眞主論異端

第二十一節　論食麥穗

第二十二節　瞻禮日起瘓者

第二十三節　立十二宗徒

卷之三

第一節　山中聖訓

第二節　葛發翁又聖蹟

第三節　納嬰聖蹟

第四節　若翰遣使詢主

第五節　赦悔罪婦

第六節　逐魔論異端

第七節　論疑眞主之罪

第八節　論順主者爲親

第九節　播種喻

第十九節　有罪者爲之役

第二十節　胎瞽得明証主

第二十一節　牧羊喻

卷之五

第一節　七十二徒行教

第二節　論愛人

第三節　賢女延主得訓

第四節　論禱主

第五節　論積天財及守貞防死候

第六節　喻主恩寬容亟宜改圖

第七節　瞻禮日伸僂者

第八節　哀都人

第九節　瞻禮日救蠱者

第十節　赴宴訓賓主

第十一節　以宴論天國

第十二節　論輕世

第十三節　自證眞主渡河以居

第十四節　賢王請耶穌

第十五節　論罪人可矜

第十六節　論蕩子改過

第十七節　論輕財忠主

第十八節　論夫婦

第十九節　論貧善富惡死後殊報

第二十節　訓諸徒

第二十一節　隱示天國臨格

第二十節　論異端認主

第二十一節　論衆勿效務外者

第二十二節　論貧者施與之功

第二十三節　預嘆都城將毁

第二十四節　預言審判世上前兆

第二十五節　預言審判天上前兆

第二十六節　諭衆宜醒以候審判

第二十七節　審判衆哀矜者

卷之七

第一節　受難前夕行古禮

第二節　濯足垂訓

第三節　立聖體大禮

第四節　預言宗徒驚疑

第五節　明指惡徒叛疑

第六節　訓慰宗徒爲別

第七節　囿中祈禱汗血

第八節　仆衆還耳受執

第九節　解亞納及蓋法受辱

第十節　徒三不認主

第十一節　惡徒失望而死

第十二節　解比不辣多不辨

第十三節　解黑羅得不對

第十四節　比辣多計取衆赦不得

第十五節　繫鞭苦辱

第十六節　茨冠敝袍竹杖苦辱(?)

第十七節　比辣多勸息衆怒不得

第十八節　比辣多被逼判死

第十九節　負十字架行

第二十節　釘十字架行

第二十一節　懸十字架上

第二十二節　十字架上七言

第二十三節　死被鎗傷

第二十四節　萬物哀主

第二十五節　殮瘞

第二十六節　兵防耶穌之墓

卷之八

第一節　耶穌復活

第二節　一見身于聖母

第三節　二見身于瑪大肋納三見身于諸聖女

第四節　四見身于宗徒

第五節　五見身于二聖徒

第六節　六見身于十宗徒

第七節　七見身于十一宗徒

第八節　八見身于宗徒等七人

第九節　在世四十日

第十節　升天

第十一節　天神諭散衆聖

第十二節　升天聖所

第十三節　聖神降臨

第十四節　宗徒敷教萬方

[내용]

萬日略經說

만일략성경(萬日略聖經, Vangelo), 즉 복음성경의 요지(要旨)이다. 조물주의 거룩한 가르침에는 고경(古經, 즉 구약)과 신경(新經, 즉 신약)이 있다. 고경은 천주 강생 이전 옛 성인들에게 앞으로 천주가 강생할 것을 계시하여 널리 전하는 것이다. 신경은 천주 강생 이후에 제자들과 당시의 성인들이 기록한 것이다. 신경 중에는 복음 성경이 있다. 이는 네 성인이 예수가 강생하여 33년 동안 세상을 구원하고, 사람을 구속하고, 승천하기까지의 모든 일과 가르침을 기록한 것이다.

만약략은 번역하면 호보복음(好報福音), 즉 "기쁜 소식, 복음"이란 뜻이다. 복음서를 한 성인이 기록하면 충분한데도 어째서 네 명의 성인이 기록했는지를 묻고 답한다. 이어 네 복음서에 대해 알려준다. 네 성인은 마태(瑪竇)·마가(瑪爾譜)·누가(路加)·요한(若望)으로, 마태와 요한은 종도(宗徒), 즉 제자이고, 마가와 누가는 성도(聖徒)이다.

마태는 구약과 옛 성인의 예언을 많이 인용하여 예수가 군중이 오랫동안 바라는 구세자라는 점을 밝혔다. 마가는 예수의 신령한 행적이 사람을 초월한 신의 능력이라는 점을 기록하여 만유의 주(主)가 된다고 증언하였다. 누가는 예수의 거룩한 가르침과 사람의 죄를 용서하는 일을 기록하여 예수가 사람을 속죄하고 마음의 질병을 치유하는 점을 밝혔다. 요한은 천주의 본성을 밝혔다. 진실로 천주의 아들이라는 점이다.

예수의 언행을 일일이 다 기록하여 서술하려면 천지사방이 넓더라도 전부 담을 수 없다. 네 성인이 편찬한 것 중에서 개요와 대략을 모으고, 말의 뜻을 대략 통하게 하였다. 언어에 수식은 없지만, 그 이치는 오래 생각할 만하니 사람으로 하여금 마음으로 이해하고 몸으로 체득하여 신령한 이익을 얻게 한다. 경(經)의 대의를 저버렸다고 하지 않았을지라도 감히 경(經)을 번역하였다고 할 수는 없다.

卷之一

총 13개 절(節)로 구성하였다. 세례자의 요한의 탄생에서 유년기 예루살렘 성전 방문까지의 기록이다.

1절, 천주는 요한(若翰)이 선도자가 되도록 탄생을 허락하였다. 2절, 성모가 천주의 잉태 소식을 알아차렸다. 3절, 예수의 역대 조상, 4절, 성모가 엘리사벳(依撒伯爾)을 방문하다. 5절, 성(聖) 요한이 탄생하다. 6절, 천사가 요셉(若瑟)에게 놀라운 잉태의 이유를 알리다. 7절, 천주 예수가 탄생하다. 8절, 천사가 내려와 신령한 행적을 거듭 보이다. 9절, 의례를 지켜 거룩한 이름을 정하다. 10절, 세 왕이 와서 알현하다. 11절, 성모가 예수를 성전에 봉헌하다. 12절, 예수가 이집트(阨日多国)로 피하여 거주하다. 13절, 예수가 열두 살에 도(道)를 강론하다.

卷之二

총 23개 절(節)로 구성하였다. 예수의 세례부터 열두 제자까지를 다루었다.

1절, 예수가 세례를 받고 조짐을 보이다. 2절, 예수가 40일 금식하고 마귀의 유혹과 시험을 물리치다. 3절, 성 요한이 예수가 참 주(眞主)라고 세 번 증명하다. 4절, 예수가 처음으로 제자를 부르다. 5절, 결혼 잔치에서 이적(異蹟)을 보이다. 6절, 처음으로 도성(都城)의 성전을 정화하다. 7절, 니고데모(尼閣得睦)가 밤에 방문하여 도를 이야기하다. 8절, 수 가(西加爾)에서 물을 찾고 사람을 감화시키다. 9절, 갈릴리(加理勒亞)에서 군중을 감화시키고 왕자의 병을 고치다. 10절, 네 제자를 부르다. 11절, 어부에게 고기를 잡으라고 명하다. 12절, 가버너움(葛發翁)의 여러 성스러운 기이한 행적. 13절, 세 제자를 꾸짖어 훈계하다. 14절, 바다를 건너 바람을 그치게 하다. 15절, 귀신을 쫓아 돼지에게 들어가다. 16절, 중풍 환자를 일으켜 세워 죄를 용서함을 증명하다. 17절, 마태(瑪竇)를 불러 제자로 삼다. 18절, 가버너움에서 혈루병자), 죽은 자, 보지 못하는 자, 말 못하는 자를 고치다. 19절, 안식일(瞻禮日)에 중풍환자를 일으키고 사람들을 깨우치다. 20절, 예수가 스스로 참 주(眞主)라고 증명하고 이단을 깨우치다. 21절, 보리 이삭을 먹을 것을 논하다. 22절, 안식일에 중풍 환자를 일으켜 세우다. 23절, 열두 제자를 세우다.

卷之三

총 15개 절(節)로 구성하였다. 산상수훈(山上垂訓)부터 빵 다섯과 물고기 둘 부분까지를 다루었다.

1절, 산상수훈. 2절, 가버나움의 성스러운 행적. 3절, 나인성(納嬰)의 성스러운 행적. 4절, 요한이 제자를 보내 주(主)에게 묻다. 5절, 참회한 죄 지은 여인을 용서하다. 6절, 마귀를 쫓고 이단을 깨우치다. 7절, 참 주(眞主)를 의심하는 죄를 논하다. 8절, 주(主)를 따르는 자를 친척이라 하는 것을 논하다. 9절, 씨 뿌리는 비유. 10절, 천국의 네 비유. 11절, 천국을 구하는 세 비유. 12절, 고향에서 행적을 감추다. 13절, 제자를 보내 전도하고 규정을 정하다. 14절, 제자에게 전도할 때 고난을 견디라고 깨우치다. 15절, 빵 다섯과 물고기 둘로 5천 명을 먹이다.

卷之四

총 21개 절(節)로 구성하였다. 물 위를 걷는 내용부터 시작하여 선한 목자까지를 다루었다.

1절, 게네사렛(日搦撒爾)에서 바다를 걷는 성스러운 행적. 2절, 하늘 양식이 자 신의 거룩함 몸이라고 논하다. 3절, 더러운 것과 깨끗한 것을 논하다. 4절, 두로(底落)에서의 성스러운 행적. 5절, 갈릴리(加理勒亞)에서의 성스러운 행적. 6절, 빵 일곱과 물고기 몇 마리로 수천 명에게 나누어주다. 7절, 제자에게 이단을 막으라고 논하다. 8절, 벳세다(白撒衣達)에서 눈이 보이지 않는 자를 고치다. 9절, 수난과 부활을 예언하다. 10절, 다볼산(大博爾山)에서 거룩한 모습을 나타내다. 11절, 산에서 내려와 마귀를 쫓고 또다시 수난과 부활을 말하다. 12절, 물고기 입에서 동전을 얻어 세금을 완납하다. 13절, 아이를 안고 꾸짖다. 14절, 사람의 죄와 허물을 용서하는 것을 논하다. 15절, 사마리아(撒麻利亞)에서 10명의 문둥병자를 고치다. 16절, 수난의 시기가 아직 이르지 않았을 때 도리어 포획하려는 자를 감화시키다. 17절, 도리어 이단을 물리치고 죄 지은 여인을 용서하다. 18절, 스스로 참 주(眞主)임을 증명하다. 19절, 죄 지은 자가 죄를 짓는 자의 종이다. 20절, 나면서부터 눈이 보이지 않던 자가 눈이 보여 주(主)를 증언하다. 21절, 양을 사육하는 비유

卷之五

총 26개 절(節)로 구성하였다. 72제자의 파견부터 나사로의 부활까지를 다루었다.

1절, 72제자가 가르침을 행하고 명령에 순종하여 깨우침을 얻다. 2

절, 사람을 사랑하는 것을 논하다. 3절, 현명한 여인이 주(主)를 불러 들여 가르침을 얻다. 4절, 주에게 기도하는 것을 논하다. 5절, 하늘에 재화를 쌓고 정절을 지켜 죽음을 대비하라고 논하다. 6절, 주(主)의 은혜와 관용으로 재빨리 회개하고 헤아려야 한다고 깨우치다. 7절, 안식일에 굽은 자를 똑바로 펴다. 8절, 도성 사람을 애도하다. 9절, 안식일에 미혹한 자를 고치다. 10절, 잔치에 참석하여 손님과 주인을 깨우치다. 11절, 잔치로 천국을 논하다. 12절, 세상을 가벼이 하는 것을 논하다. 13절, 스스로 참 주(眞主)를 증명하고 강을 건너 머무르다. 14절, 현왕(賢王), 즉 아브가르왕이 예수를 초청하다. 15절, 죄인을 불쌍히 여기는 것을 논하다. 16절, 탕자가 잘못을 회개하는 것을 논하다. 17절, 재물을 가벼이 여기고 주(主)에게 충성할 것을 논하다. 18절, 부부에 대해 논하다. 19절, 가난한 자, 선한 자, 부유한 자, 악한 자가 죽은 후 특별한 보답에 대해 논하다. 20절, 여러 제자들을 가르치다. 21절, 천국이 강림하는 것을 은밀히 보여주다. 22절, 주(主)에게 기도할 때 간절함과 겸손함을 소중히 할 것을 논하다. 23절, 아이를 비유로 들어 가르치다. 24절, 재물을 버리고 천국에 들어가는 것을 논하다. 25절, 하늘의 상(賞)을 논하다. 26절, 베다니(伯大尼亞)에서 죽은 자를 무덤에서 일으키다.

卷之六

총 27개 절(節)로 구성하였다. 유대인들의 모의부터 최후 심판 예고까지를 다루었다.

1절, 이학(異學)이 예수를 질투하고 속이다. 2절, 길을 가다 수난을 당할 것을 예언하다. 3절, 두 제자가 존귀한 지위를 구하는 것에 대해 훈계하는 것을 논하다. 4절, 여리고(葉禮閣)에서 눈 먼 자를 눈 뜨게 하다. 5절, 부자를 감화시켜 재산을 나누게 하다. 6절, 하늘의 상은 공적을 헤아린다는 사실을 깨우치다. 7절, 여리고(葉禮閣)에서 또다시 세 명의 눈 먼 자를 눈 뜨게 하다. 8절, 연회 중의 수난을 암시하다. 9절, 도성에 들어가 탄식하다. 10절, 재차 도성의 성전을 정화하다. 11절, 도성에서의 성스러운 행적. 12절, 다급하게 수난을 말하다. 13절, 도성에서 나무를 벌하여 사람들에게 경고하다. 14절, 제자에게 주(主)를 믿고 사람을 용서하라고 논하다. 15절, 이단이 주(主)를 의심하는 것을 경계하다. 16절, 이단이 주(主)를 해치는 것을 경계하다. 17절, 이단이 주(主)를 호도(糊塗)하는 것을 경계하다. 18절, 이단이 세금 내는 것을 끝까지 캐서 묻다. 19절, 이단과 부활을 논하다. 20절, 이단의 주(主) 인정을 논하다. 21절, 군중에게 겉치레에 힘쓰는 자를 본받지 말 것을 논하다. 22절, 가난한 자가 베푸는 공에 대해 논하다. 23절, 도성이 훼손될 것을 미리 탄식하다. 24절, 세상을 심판하는 전조를 미리 말하다. 25절, 천상을 심판하는 전조를 미리 말하다. 26절, 군중에게 마땅히 깨어 있어 심판을 기다릴 것을 깨우치다. 27절, 심판은 애처롭고 가여운 자를 소중히 하다.

卷之七

총 26개 절(節)로 구성하였다. 유월절 준비부터 매장까지를 다루었다.

1절, 수난 전 저녁에 옛 의례를 행하다. 2절, 발을 씻어 가르침을 베풀다. 3절, 성체(聖體)의 큰 예를 세우다. 4절, 제자들이 놀라고 의심할 것을 미리 말하다. 5절, 악한 제자가 배반하려는 뜻을 명확히 지적하다. 6절, 제자들과 이별할 것을 가르치고 위로하다. 7절, 정원에서 기도할 때 피땀을 흘리다. 8절, 무리를 쓰러뜨리고 귀를 고치고 포획 당하다. 9절, 안나스(亞納)와 가야바(蓋法)에게 압송되어 모욕을 당하다.

10절, 제자가 주(主)를 세 번 부인하다. 11절, 악한 제자가 실망하여 죽다. 12절, 빌라도(比辣多)에게 압송되었으나 변론하지 않는다. 13절, 헤롯(黑羅得)에게 압송되었으나 대답하지 않다. 14절, 빌라도(比辣多)가 군중의 사면을 얻으려고 했으나 얻지 못하다. 15절, 채찍으로 때리는 고통과 치욕. 16절, 가시관을 씌우고 해진 옷을 입히고 대나무로 만든 지팡이를 들리는 고통과 치욕. 17절, 빌라도는 힘써 군중의 분노를 잠재우려 했으나 하지 못하다. 18절, 빌라도는 핍박을 받아 사형 판결을 받다. 19절, 십자가를 지고 가다. 20절, 십자가 위에 못 박히다. 21절, 십자가 위에 달아매다. 22절, 십자가 위에서의 칠언(七言). 23절, 죽은 후에 창으로 찔리다. 24절, 만물이 주(主)를 애도하다. 25절, 염습과 장례. 26절, 병사가 예수의 묘를 지키다.

卷之八

총 14개 절(節)로 구성하였다. 부활부터 사도들의 성교(聖敎)까지를 다루었다.

1절, 예수의 부활. 2절, 처음으로 성모에게 나타나다. 3절, 두 번째로 막달라(瑪大肋納)에게, 세 번째로 여러 성녀(聖女)에게 나타나다. 4절, 네 번째로 제자에게 나타나다. 5절, 다섯 번째로 두 제자에게 나타나다. 6절, 여섯 번째로 열 명의 제자에게 나타나다. 7절, 일곱 번째로 열한 명의 제자에게 나타나다. 8절, 여덟 번째로 제자 등 7명에게 나타나다. 9절, 세상에 40일간 머무르다. 10절, 승천하다. 11절, 천사가 많은 성도들을 흩어지라고 깨우치다. 12절, 승천 성소(聖所). 13절, 성령 강림, 14절, 제자들이 만방에 가르침을 펼치다.

4. 의의 및 평가

그리스도교 경전과 전례서, 교리서의 번역은 16세기 중반부터 예수회 선교사에 의해 이루어졌다. 한문 전교서의 경우, 교리교육서, 기도서, 신앙해설서가 대부분이지만 명 숭정(崇禎) 8년(1635)부터 숭정 10년(1637) 사이에 출간된 『천주강생언행기략』, 포르투갈 출신 선교사 마누엘 디아즈(Manuel Diaz, jr, 陽瑪諾)가 번역한 주일과 축일의 복음서 본문 해설집인 『천주강생성경직해(天主降生聖經直解)』, 예수의 탄생부터 승천까지를 그림으로 표현한 알레니의 『천주강생출상경해(天主降生出像經解) 등 복음서가 출간되었다. 이들 저서는 예수의 생애 전체를 포괄하며, 복음서의 상당 부분을 한문으로 번역하였다. 그 점에서 이 시기를 중국 선교와 한문 성경 번역사에서 획기적인 전환점이라고 평가할 수 있다. 『천주강생언행기략』은 '최초의 중문 조화복음서'이자 최초의 중문 조화복음서 해설서'라고 할 수 있다.

『천주강생언행기략』은 네 복음서에 나오는 예수 그리스도의 전체 생애를 하나의 복음서로 엮었다. 서구의 조화 복음서의 전통을 따른 하나의 조화 복음서라고 할 수 있지만, 단순히 복음서 본문만을 제시하는 역할에 그치지 않고 본문에 대한 해설을 담아냈다. 다시 말하자면 '조화복음서 해설'이라 할 수 있다. 복음서 본문 외에도 역사적 배경이나 교리 해설, 단어와 어구 주해, 본문 묵상 등 다양한 형태로 본문에 대한 설명을 담았다. 더욱이 성경에 포함되지 않은 아부가르 왕의 이야기나 부활한 예수가 성모 마리아와 베드로 앞의 현신, 승천 성소 등 교회 전승도 포함하고 있다.

알레니는 1607년에 출간된 바르톨로메오 리치의 『복음서에서 뽑은 우리 주 예수의 생애』를 참조하였다. 예수 사건 배열이나 복음 조화

본문 구성에서 리치의 저서에 크게 의존한 것은 틀림없지만, 중국 선교 상황에 맞게 변용하였다. 다시 말하면 알레니는 복음 내용에 낯선 중국인들의 이해를 돕기 위해 다양한 부연 설명을 추가하여 복음의 진수를 드러냈다. 서구의 그리스도 문헌을 참조하고 그 체제를 수용하면서도, 실제 중국 선교를 위해서는 상황에 맞춰 자유롭게 응용하는 능력을 보여준 것이다.

알레니는 『예수의 생애를 탄생부터 승천까지 그림으로 표현한 『천주강생출상경해(天主降生出像經解)』의 배열을 『천주강생언행기략』과 일치시켰다. 이러한 측면에서 보더라도 『천주강생언행기략』은 17세기 예수회 선교사들이 문화 전수에서 보여준 번안(adaptation)의 또 하나의 사례로 평가할 수 있을 것이다.

『천주강생언행기략』으로 시작된 성경 번역 시도와 노력은 이후의 가톨릭 중국 선교에서 적극적으로 계승되지는 못하였다. 1615년 교황청의 전례서와 성경의 한문 번역 승인에도 불구하고, 예수회 선교사들은 본래적 의미의 성경 번역에 큰 부담을 느꼈던 것이다. 하지만 제한적이기는 하지만 『천주강생언행기략』은 최초의 복음서 번역으로, 후대의 복음서와 신약성경 번역에도 영향을 준 것은 틀림없는 사실이다.

5. 조선에 끼친 영향

『정조실록(正祖實錄)』 권33, 정조 15년(1791) 11월 계미조에 의하면, 外奎章閣形止案은 모두 13冊이 있으며 정조 6년·8년·9년·15년의 形止案에는 26件의 西學書가 列記되어 있다. 정조 19년(1795)에는 「因內閣關辛亥十二月上送本閣燒火」라는 註記가 있고, 同 形止案에 실려 있는 西學書目에 『천주강생언행기략』 등 26件 48冊이 기록되어 있다.

배현숙은 「조선에 전래된 천주교서적」(『한국교회사 논문집 I』, 한국교회사연구소, 1984. p. 6)이라는 논문에서, "규장각에서 정조 6년(1782)에 강화도 소재 외규장각으로 이봉(移奉)된 도서목록 속에 『천주강생언행기략』이 들어 있었다"고 하였다. 그런 까닭으로 이 시기에 이벽 성조도 이 문헌을 충분히 읽을 수 있었고, 『성교요지』에 반영한 그 흔적들(특히 29장)을 볼 수 있다. 정약종의 『주교요지』(하편 1과 5)에서도, 『천주강생언행기략』 권8 제12절의 「승천성소(升天聖所)」의 거룩한 발자국 흔적을 언급하는 것으로 보아, 이 서적을 읽은 것으로 판단하였다.

이러한 점에서 『천주강생언행기략』은 늦어도 1782년 이전에 북경을 다녀왔던 연행사(燕行使)에 의해 조선에 도입되어 유자들 사이에서 읽혀졌을 것으로 판단하였다.

반면에 소순태는 그 시기를 더 일찍 잡았다. 그는 「성교요지」의 용어 출처 발굴 조사서에서 『천주강생언행기략』, 『야소언행기략(耶蘇言行紀略)』 등은 1590년대부터 1650년대 사이에 대거 국내에 대거 수입하였고, 일부 서적의 서문은 예서체로까지 별도로 정성을 다하여 써서 지켰다고 분석하였다.

〈해제 : 서인범〉

참 고 문 헌

1. 사료

『天主降生言行紀機略』

Aleni, Giulio, 艾儒略, 艾儒略 漢文著述全集: The Collection of Jules Aleni's Chinese Works, vol. 2, 葉農ed., 桂林: 廣西師範大學出版社, 2011.

2. 단행본

소순태, 『가톨릭 교회의 말씀 전례에 따른 성경공부』, 가톨릭출판사.

최소자, 『동서문화교류사연구』, 서울: 삼영사, 1987.

徐宗澤 편저, 『明淸間耶穌會士譯著提要』, 臺北: 中華書局, 1949.

榮振華 著, 耿昇 譯, 『在華耶穌會士列傳及書目補編』, 北京: 中華書局, 1995.

3. 논문

서원모·곽문석, 「17세기 초 예수회 선교사의 복음서 한문 번역 연구 –『天主降生言行紀略』과 『天主降生聖經直解』와 『天主降生出像經解』를 중심으로」, 『장신논단』 49-2, 2017.

____________, 「성경 도해와 문화전수 : 『천주강생출상경해』 (天主降生出像經解, 1637)를 중심으로」, 『韓國教會史學會誌』47, 2017.

서원모·김창선, 「『천주강생언행기략』(天主降生言行紀略)의 성격 및 그 저본 규명에 관한 연구」, 『성경원문연구』43, 2018.

代國慶, 「『天主降生言行纪略』中的玛利亚形象初探」, 『基督宗教研究』 2011.

余雅婷, 「聖書福音書の漢訳をめぐって–『天主降生言行紀畧』から『古新聖経』へ」, 関西大學 东アジア文化交涉研究(松浦章教授古稀记念号)10책, 2017.

孫玲, 「明末来华传教士艾儒略探究」, 河南大学 硕士学位论文, 2017.

宋剛, 「從經典到通俗 :《天主降生言行紀畧》及其清代改編本的流變」, 『天主教研究學報』「聖經的中文翻譯」 2011-2.
審鳳娟, 「述而不譯? 艾儒略《天主降生言行紀略》的跨語敍事初探」, 『中國文哲研究集刊』34, 臺灣 中央研究院中國文哲研究所, 2009.
李奭学, 「中西会通新探:明末耶稣会著译对中国文学与文化的影响」, 国际汉学, 台湾中央研究院中国文哲研究所, 2015.

『기하원본(幾何原本)』

분류	세부내용
문헌종류	한문서학서
문헌제목	기하원본(幾何原本)
문헌형태	목판본, 필사본
문헌언어	한문
간행년도	1605년
저자	마태오 리치(Matteo Ricci, 利瑪竇, 1552~1610)
형태사항	전 6권(1,076면)
대분류	과학
세부분류	수학
소장처	金陵大學 소장 天學初函本 서울대학교 규장각한국학연구원
개요	유클리드의 기하학원본(Elementary)의 앞부분 6권을 번역한 책으로서 서양 수학, 특히 기하학의 기본 원리 등을 담고 있는 수학서이다.
주제어	수학(數學), 서양과학(西洋數學), 기하학(幾何學), 마태오 리치(利瑪竇), 유클리드, 산학(算學)

1. 문헌제목

『기하원본(幾何原本)』

2. 서지사항

『기하원본』은 마태오 리치(Matteo Ricci, 利瑪竇, 1552～1610)가 서광계(徐光啓, 1562～1633)와 더불어 유클리드(Euclid, B.C. 330～B.C. 275)의 Elements의 전반부를 한문으로 번역하여 1605년 베이징(北京)에서 6권으로 출간한 수학서이다. 당시 마태오 리치가 번역의 대본으로 사용하였던 판본은 독일인 수학자 클라비우스(Christopher Clavius, 1537～1612)가 교정하고 주석한 판본(Euclidis Elementorum Libri, xv)이었다.[1] 이 판본은 전체가 15권으로 이루어져 있는데, 마태오 리치와 서광계는 이 중에서 앞부분의 6권만 한역하였다. 이 당시 번역되지 못했던 Elements의 나머지 9권은 250년이 지난 후인 청말(清末)에 이르러서 영국인 선교사 와일리(Alexander Wylie, 1815～1887)가 중국인 수학자 이선란(李善蘭)(1810～1882)과 협력하여 번역되었으며, 그 결과 『기하원본』 전역본(全譯本)이 1857년(咸豐 7)에 비로소 출판되었다.(15권)

마태오 리치와 서광계가 1605년에 간행한 판본의 구성은 맨 앞에 서광계가 쓴 「각기하원본서(刻幾何原本序)」와 마태오 리치가 쓴 「역기하원본인(譯幾何原本引)」이 실려 있고, 다음으로 서광계가 쓴 「기하원본잡의(幾何原本雜議)」와 「제기하원본재교본(題幾何原本再校本)」이 등장한다. 이어서 본문이 6권으로 구성되어 있는데, 각 권마다 권수(卷首) 부분들이 앞에 수록되어 있다.

현재 일반적으로 알려져 있는 『기하원본』의 판본은 1965년에 대만의 대만학생서국(台灣學生書局)에서 영인, 간행한 『천학초함(天學初函)』(53권) 속에 포함된 판본이다.[2] 『천학초함』은 이지조(李之藻, 1564～

1) 클라비우스는 마태오 리치의 스승이기도 하다.

1630)가 1629년에 간행한 총서로서 마태오 리치의 『천주실의(天主實義)』(1607) 이래 예수회 선교사들에 의해 번역, 간행된 여러 서학서들 20종을 체계적으로 모아서 총서화(叢書化)하여 간행한 것이다. 마태오 리치가 번역한 『기하원본』은 『천학초함』의 기편(氣篇)에 포함되어 있다.

현재 한국에는 마태오 리치의 『기하원본』은 초간본 및 이지조가 편찬한 『천학초함』에 포함된 판본 모두 전하지 않으며, 단지 몇 가지 필사본들이 전하고 있을 뿐인데, 서울대학교 규장각한국학연구원에 소장된 古 7030-1(3권 2책)이 그 중 하나이다. 한편 규장각한국학연구원에는 와일리가 1857년에 완역하여 간행한 판본(함풍7년 간행본)이 15권 8책본으로 소장되어 있다.[3]

[저자]

마태오 리치(Matteo Ricci, 1552～1610)의 중국명은 이마두(利瑪竇)로, 자는 서태(西泰)이며 호는 서해(西海), 태서(泰西) 등을 사용하였다. 마태오 리치는 1552년 이탈리아의 안코네(Ancone)주 마체라타(Macerata)에서 태어났다. 1571년에 당시 신대륙 선교와 탐험에 열중이었던 예수회에 입회하여 로마대학(Università di Roma)에서 5년간 수학, 천문학, 지리학 등의 자연과학 분야 지식을 학습하였다. 당시 그를 가르친 스승이 바로 당대의 대수학자 클라비우스(C. Clavius)였다. 그는 이후 극동 선교를 자원하여 1578년에 인도의 고아로 파견되었으며, 1580년에는 사제 서품을 받았다. 1582년에 중국 선교사로 정식으로 임명되어 마카오(Macao, 澳門)에 도착하였고, 거기서 중국어와 중국문화를 집중적으로 학습한 이후

2) 1965년 대만학생서국(臺灣學生書局)에서 간행한 『천학초함(天學初函)』은 남경의 금릉대학(金陵大學)에 소장되어 있는 판본을 영인한 것이다.

3) 서울대학교 규장각한국학연구원 소장번호 奎中 3430 - v.1 - 8

드디어 1583년 광동성(廣東省)의 조경(肇慶)에 도착하여 선교 활동을 시작하였다. 그는 자신이 머물던 지역의 여러 유학자들 및 관료들과 교유를 하여 차츰 선교 활동의 허가 범위를 넓혔으며, 그 결과 1589년에는 소주(韶州), 1595년에는 남경(南京)에 자리를 잡고서 선교를 할 수가 있었다. 결국 그는 1601년에 북경(北京)에 들어가는 것을 허락받고서 명나라의 숭정제(崇禎帝)를 만나서 북경에서의 선교를 허락받았으며, 이후 카톨릭 교리뿐만 아니라 서양의 천문학과 수학, 지리학 지식 등에 관한 책들을 저술하고 번역하여 출간하였다. 이러한 업적을 통해서 그는 중국 교회의 창시자이자 동서양 문화 교류의 초석을 놓은 인물로서 높게 평가된다.

마태오 리치는 기독교를 중국에 전파하기 위해서 특히 지식인 선교에 주력하였다. 이를 위해 그는 서양의 천문학과 지리학, 수학 지식을 담은 책들을 적극적으로 번역하고 저술하였으며, 세계 지도를 간행하여 중국의 지식인 관료들의 마음을 사로잡았다. 또한 그는 기독교의 교리가 유학의 진리와 크게 다르지 않으며 오히려 보완하는 것이라는 보유론적(補儒論的) 선교방식을 채택하여 많은 성공을 거두었다. 마태오 리치는 이러한 방법으로 당대의 유학자들인 구태소(瞿太素)와 이지조(李之藻), 서광계(徐光啓) 등을 개종시켰으며, 자신이 사망하기 전까지 약 2,000여명의 중국인들을 기독교도로 개종시킬 수 있었다.

마태오 리치는 1602년 「곤여만국전도(坤輿萬國全圖)」를 만들어 중국의 유학자 및 관료들에게 선물하였는데, 이를 통해 지구설을 포함한 세계지리에 관한 지식이 중국 및 조선에 전해지게 되었다. 그는 당시 유학의 주요 경전인 『사서(四書)』를 라틴어로 처음 번역하였으며, 기독교 교리를 설명하기 위해 『천주실의(天主實義)』(1595, 2권)와 같은 여러 교리서들을 한문으로 편찬하였다. 또한 그는 『건곤체의(乾坤體義)』(1605, 2권)와 『혼개통헌도설(渾蓋通憲圖說)』(北京, 1607, 2권) 같은 서학서를 편찬하여 서양의 천문학과 지리학 지식을 중국인들에게 전파하였다.

이외에도 그는 여러 교리서들과 과학서들을 편찬하였는데, 그 목록은 다음과 같다. 『교우론(交友論)』(1595), 『서국기법(西國記法)』(南昌, 1595), 『이십오언(二十五言)』(北京, 1604), 『기인십편(畸人十篇)』(2권, 1608), 『변학유독(辨學遺牘)』(北京, 1609), 『서금팔곡(西琴八曲)』(北京, 1608), 『동문산지(同文算指)』(北京, 1614, 11권), 『측량법의(測量法義)』, 『구고의(勾股義)』, 『환용교의(環容較義)』(이상 北京 1614), 『경천해(經天該)』, 『만국여도(萬國輿圖)』(이상 肇慶, 1584), 『서학기적(西學奇跡)』(北京 1605), 『사노행론(四老行論)』, 『측량이동(測量異同)』, 『산해여지전도(山海輿地全圖)』, 『곤여만국전도(坤輿萬國全圖)』, 『양의현람도(兩儀玄覽圖)』.

서광계(徐光啓, 1562～1633)는 송강부(松江府) 상해(上海) 사람으로서, 자는 자선(子先), 호는 현호(玄扈)이며, 시호는 문정(文定)이다. 서광계의 세례명은 바오로(保祿)이다. 그는 1596년 광동(廣東)에서 가정교사를 하다가 천주교를 처음 접하게 되었다. 이후 1597년에 북경(北京)의 향시(鄕試)에서 수석으로 합격하였으나 다음해의 회시(會試)에 낙방하여 귀성(歸省) 도중에 마태오 리치의 세계지도를 보고 그의 존재를 알고 남경(南京)에서 그를 만나 천주교의 원리를 들었다. 이후 그는 1601년(萬曆 29) 다시 시험에서 낙방한 후 1603년에 남경에서 기독교로 개종하고 세례를 받았다.

1604년(萬曆 32)에 진사가 되었고, 한림원(翰林院) 서길사(庶吉士)를 거쳐서 찬선(贊善)에 올랐다. 북경에서 그는 자주 마태오 리치를 방문하여 강의를 들었는데, 『기하원본』을 같이 번역한 것은 이때의 일이다. 그는 마태오 리치에게서 서양 천문학과 수학을 배우고 구술하는 것을 받아 적는 방식으로 『기하원본』을 번역하였다.

그는 천계(天啓) 연간에 승진을 거듭하여 예부우시랑(禮部右侍郎)에 이르렀는데, 이후 위충현(魏忠賢)의 탄핵을 받아서 파직이 되었다가,

다시 숭정(崇禎) 원년(1628)에 소환되어 예부상서에 발탁되었다. 이후 그는 서양 선교사들이 만든 역법(曆法)을 채용할 것을 주청하고, 아담 샬(Adam Schall, 湯若望, 1591～1666), 자코모 로(Giacomo Rho, 羅雅谷, 1592～1638) 등 서양 선교사들과 함께 『숭정역서(崇禎曆書)』를 총 5차례에 걸쳐(1629～1634) 편찬하여 황제에게 진상하였다.(137권) 서광계는 『기하원본』 말고도 마태오 리치와 함께 『측량법의(測量法義)』·『측량이동(測量異同)』·『구고의(勾股義)』 등의 책을 번역하여 편찬하였다. 한편 그는 경학에도 정통하여 『모시육첩강의(毛詩六帖講義)』와 『시경육첩중정(詩經六帖重訂)』 등을 저술하였으며, 농학서인 『농정전서(農政全書)』를 편찬하기도 하였다.

3. 목차 및 내용

[목차]

없음

[내용]

『기하원본』은 유클리드의 Elements를 순서대로 번역한 것이다. 앞서 말한 바와 같이 마태오 리치와 서광계가 번역한 『기하원본』은 클라비우스 주석본(Euclidis Elementorum Libri, xv) 전체 15권 중에서 앞의 6권이었다. 그 내용을 권별로 간략히 설명하면 다음과 같다.

유클리드의 Elements는 매 권마다 처음에 정의(Definition)를 내리는 것으로 시작한다. 그리고 이 정의를 설명하는 명제(Proposition)들이 여러 개 제시되는데, 이 명제들에는 예제 문제와 풀이들이 서술되어 있다.

그런데 제1권에는 다른 권들과 달리 정의(Definition) 다음에 공리(Postulate)가 덧붙여져 있고 이후 명제(Proposition)들이 제시되고 있다. 제1권에는 36개의 정의(Definition)들이 제시되는데, 이를 통해 점과 선, 직선, 면, 평면, 각, 둔각, 예각, 둘레, 도형, 원, 중심, 지름, 다각형, 삼각형, 정삼각형, 이등변삼각형, 직각삼각형, 예각삼가경, 정사각형, 직사각형, 마름모, 평행사변형, 평행선 등의 용어들을 정의하고 있다. 이는 기하학의 기초에 해당하는 내용들이다. 마태오 리치는 이 36개의 정의를 第一界～第三十六界라고 번역하였다.

이후 19개의 공리(Postulate)들이 제시되는데, 마태오 리치는 이를 '公論'이라는 단어로 번역하였으며, 第一論～第十九論이라고 번호를 붙이고 있다. 공론들의 맨 앞에는 '공론이라는 것은 의심할 수가 없는 것이다'라고 적혀 있다.

공론에 이어서 제1권에는 모두 48개의 명제(Proposition)들이 이어지는데, 여기에서 직선과 각, 여러 가지의 삼각형과 사각형의 형태들을 설명하고 있다. 마태오 리치는 이를 第一題～第四十八題로 이름을 붙이고 있다. 이때 명제들 내에서 설명, 또는 풀이 부분을 '法日'이라는 단어로서 시작하고 있는데, 이러한 '法日'이라는 표현은 『구장산술(九章算術)』 이래로 동아시아 수학에서 문제 풀이 부분의 용어로서 사용하던 것이다.

제2권은 도형의 넓이를 다루고 비교하는 과정을 통해 여러 도형들 사이의 관계를 이해하는 과정을 담고 있다. 그 과정에서 여러 도형들을 대수들로서 설명하고 정리하고 있다. 제2권에는 2개의 정의(Definition)과 10개의 명제(Proposition)들이 서술되어 있다.

제3권에서는 원(Circle)을 다루고 있다. 원과 직선의 관계, 원과 도형의 관계, 호와 현, 부채꼴, 닮은꼴 호들과 관련된 문제들, 접선과 수직의 문제, 현과 할원, 원심각, 원주각 등의 문제들을 다루면서 정리하고 있다. 여기에는 10개의 정의와 37개의 명제들이 포함되어 있다.

제4권은 원과 각에서는 다각형과 원을 이용한 도형과 문제들을 다루고 있다. 다각형들 사이의 내접과 외접, 다각형과 원들 사이의 내접과 외접 등의 경우들을 작도하고 계산하는 문제들을 다루고 있다. 여기에는 7개의 정리와 34개의 명제들이 포함되어 있다.

제5권은 비례의 문제들을 다루고 있는데, 그 속에서 양과 크기, 크고 적음, 비율, 다양한 비례식의 문제들을 서술하고 있다. 여기에는 19개의 정의와 34개의 명제들이 서술되어 있다.

제6권은 닮은꼴의 문제들 기술하는 부분이다. 여기에서는 비례의 속성과 닮은꼴의 개념, 도형을 나누고 합쳐서 닮은꼴을 만드는 문제 등을 다루고 있다. 여기에는 6개의 정의와 33개의 명제들, 그리고 15개의 추가 명제(補題)들로 구성되어 있다.

4. 의의 및 평가

사실 기하(幾何)라는 단어는 중국 고대의 수학서인 『구장산술』에서 이미 사용된 용어로서 '얼마인가?'라고 질문하는 말이었다. 마태오 리치는 이 용어를 영어 'Geometry'의 번역어로 채택하여 사용하였다.

마태오 리치의 『기하원본』 6권은 비록 완역본은 아니지만 중국과 조선에 서양의 수학 지식을 처음으로 전래한 역사적인 서적이다. 이 책을 통해서 동아시아 지식인들은 서양 수학, 특히 기하학의 기본적인 원리를 습득할 수가 있게 되었다.

이후 중국과 조선의 지식인들은 『기하원본』을 중심으로 서양 수학의 내용을 이해하고 스스로 수학서들을 편찬하기 시작하였다. 청(淸)나라의 강희제(康熙帝)는 이 책에 포함되어 있는 서양 수학과 기하학의 중요성을 이해하여 스스로 서양선교사들로부터 기하학 강의를 들었으며, 나아가 『기하원본』을 만주어(滿洲語)로 번역하여 간행하도록 명하기도 하였다. 이 책은 이후에도 여러 차례 중국에서 간행되어 유학자들 사이에서 널리 읽혔다. 이러한 영향으로 이미 청초(淸初)에 이르면 방중통(方中通)의 『기하약(幾何約)』(1661), 매문정(梅文鼎)의 『기하통해(幾何通解)』(1692) 등과 같은 기하학, 수학 관련 저술들이 편찬되었으며, 조선에서는 최석정에 의해 『구수략(九數略)』(1700)과 같은 수학서가 저술, 간행되는 등 동아시아 수학이 새롭게 발전하는 계기가 마련되었다.

『기하원본』은 단지 서양 수학 지식을 중국 및 동아시아 사회에 전래하였을 뿐만 아니다. 이 책은 중국 및 동아시아 수학 전반, 혹은 지식인들의 수리적 관념에 중요한 변화를 일으켰다. 이러한 변화는 이 책의 서문들에서 마태오 리치와 서광계가 과거 중국의 유학자들이 펼쳤전 전통적인 수리관과 다른 새로운 형태의 수리관을 제시하면서부터 시작되었다. 마태오 리치에 따르면,

> "幾何라고 하는 것은 전적으로 사물의 分限을 관찰하는 것이다. 分이라고 하는 것은 만약 경계를 잘라 數로 삼으면 사물이 얼마나 많은지를 드러내고, 전체로써 度를 삼으면 사물이 얼마나 큰지를 드러낸다. 그 數와 度가 물체로부터 떨어지면 공허한 이론이 된다. 그러므로 數라고 하는 것은 算法을 세우는 것이고 度라고 하는 것은 量法을 세우는 것이다."[4]

이 『幾何原本』 한 책은 度數之學의 으뜸이다.[5]

여기서 마태오 리치가 말하는 수(數)의 개념은 전통적으로 성리학자들이 언급하던 수리(理數)로서의 수의 개념과는 다르다. 그는 수를 리(理)의 발현으로서 파악하는 것이 아니라 사물을 크기와 숫자를 측정하고 계산하고 도구로서 파악할 뿐이다. 이런 관점에서 그는 "물체로부터 유리된 수(數)와 도(度)"에 관한 논의는 공허한 것일 뿐이라고 말하고 있으며, 그에 반해 『기하원본』에 실린 수학은 실제 사물의 크기와 양을 다루고 계산하는 '올바른 수학'임을 주장하고 있는 것이다.

흥미로운 것은 마태오 리치를 비롯한 선교사들과 그들의 영향을 받은 서광계와 같은 학자들은 이러한 논의의 과정에서 상수지학(象數之學)이라는 용어를 함께 사용하고 있으며, 나아가 상수(象數)의 개념을 새롭게 정의하기 시작하고 있다는 점이다. 즉 그들에게 상수지학이란 『기하원본』에서 실려 있는 수학을 일반적으로 지칭하는 말로 사용되고 있는 것이다.

> "格物과 窮理의 가운데에 다시 일종의 象數之學이 나온다. 象數之學 중 큰 것은 曆法과 律呂이지만 기타 形質과 度數가 있는 사물에 이르기까지 이에 의뢰해 쓰임이 되지 않는 것이 없으며, 이를 사용하여 사물의 지극히 묘한 것을 살피는 데 다하지 못함이 없다."[6]

---

4) 마태오 리치, 「譯幾何原本引」, 朱維錚 主編, 『利瑪竇中文著譯集』(상해: 復旦大學出版社, 2002), 298쪽, "幾何家者, 專察物之分限者也. 其分者若截而爲數, 則顯物幾何衆也, 若完以爲度, 則指物幾何大也. 其數與度或脫於物體而空論之, 則數者立算法家, 度者立量法也."

5) 서광계, 「刻幾何原本序」, 朱維錚 主編, 『利瑪竇中文著譯集』, "幾何原本者, 度數之宗."

6) 서광계, 「泰西水法序」, 朱維錚 主編, 『利瑪竇中文著譯集』, "格物窮理之中, 又復旁出一種象數之學. 象數之學, 大者爲曆法爲律呂, 至其他有形有質之物, 有度有數之事, 無不賴以爲用, 用之無不盡巧極妙者."

"河圖洛書의 數는 전한 것이 진실이 아니며, 元會運世의 편은 말에 근거가 없다. 이들 책들은 數學의 이단이고, 藝術의 양묵이다."7)

서광계에 따르면, 중국에서는 "유학자들이 리(理)를 말하면서 수(數)를 말하지 않았고, 술사(術士)들은 수를 말하면서 리를 말하지 않았으며 그 결과 명(明)나라 말기(末期)에 이르러 수학(數學)이 몰락했다."8) 그들에 따르면, 중국에서 수학이 몰락한 것은 수를 사물과 유리되어서 논의했기 때문이다. 하지만 서양의 수학은 사물 자체의 수치와 측량과는 무관한 리(理)와 도서(圖書) 자체에 몰두하지 않는다는 것이다. 이런 관점에서 그들은 자신들의 상수지학이나 도수지학(度數之學)이 「하도(河圖)」, 「낙서(洛書)」에 토대를 둔 수학이나 소옹(邵雍)의 상수학과 구별되는 것이라고 말하고 있다.

"格物과 窮理의 가운데서 또 일종의 象數之學이 나오니, 象數之學으로서 큰 것은 曆法과 律呂이다. 이 학문은 形質이 있고 度數가 있는 사물에 이르러서 쓰임에 의지하지 않는 바가 없고, 그 쓰임의 교묘함이 지극하지 않는 바가 없는 것이다."9)

이처럼 마태오 리치와 그의 영향을 받은 서광계는 '상수지학'이라는 용어로부터 역학(易學), 혹은 도서학(圖書學), 원회운세와 관련된 부분을 제거하고 그것을 순전히 자연세계에 대한 수리적 탐구로만 제한시

7) 阮元, 「疇人傳序」, "先古聖人 咸重其事 兩漢通才大儒 若劉向父子 張衡鄭元之徒 纂續微言 鈎稽典籍類 皆甄明象數洞曉天官. 河圖洛書之數 傳者非眞 元會運世之篇 言之無據. 此皆數學之異端, 藝術之楊墨也."
8) 서광계, 「刻同文算指序」, "儒者言理而不言數, 術士言數而不言理, 及明末數學妄."
9) 서광계, 「泰西水法序」, "格物窮理之中, 又復旁出一種象數之學. 象數之學, 大者爲曆法爲律呂. 至其他有形有質之物, 有度有數之事, 無不賴以爲用, 用之無不盡巧極妙者."

켜서 정의하려고 하였다. 그 결과 이제 상수지학의 의미는 천문역산(天文曆算)이나 산학(算學)과 같은 분야를 지칭하는 것으로서 축소되었다.[10] 이처럼 『기하원본』 등의 책을 통해서 마태오 리치와 서광계는 중국과 동아시아 유학자들이 공유하였던 전통적 수리 관념에 새롭고 도전하고 비판하고 있었던 것이다.

5. 조선에 끼친 영향

『기하원본』이 조선에 언제부터 전해졌는지는 확실하게 알 수가 없다. 다만, 17세기 말에 이르면 이 책이 조선에 전래되었음이 분명하다. 예를 들어, 최석정은 서양 수학의 내용을 참고하여 이를 동아시아 전통 수학과 융합하고자 『구수략(九數略)』(1700)이라는 책을 편찬한 데서 이 점을 알 수 있다. 또한 이익(1681~1763)은 『성호사설』에서 『기하원본』의 서문을 소개하고 있기도 하였다. 18세기 중엽에 이르면 조선의 여러 학자들이 『기하원본』을 읽었음을 알 수 있는데, 홍대용(洪大容, 1731~1783)이 지은 『주해수용(籌解需用)』 같은 책들이 그러한 영향을 드러내는 저술이다.

18세기 후반까지 조선의 유학자들이 지녔던 수에 대한 일반적 관념은 상수학적(象數學的) 수리관(數理觀)이라고 할 수 있다. 상수학적 수리관에 따르면 수학은 단순히 산술적 계산이나 측량의 도구를 의미하는 것이 아니라 자연에 대한 보다 근본적인 통찰과 이해의 도구로서 취급되었으며, 역학(易學)과 도서(圖書)의 수와 긴밀히 결합되어 있는

10) 명말 청초 시기 서양선교사들의 수리관에 대해서는 張永堂, 『明末淸初理學與科學關係再論』, 臺北 : 臺灣學生書局, 1994, 239~264쪽을 참고할 것.

것이었다. 이와 같은 수에 대한 관념은 장현광으로부터 최석정, 김석문, 서명응과 같은 유학자들에 의해 함께 공유된 것이었으며, 18세기 후반 상수학적 해석의 정교화를 가능하게 한 배경이 되었다.

그런데 이와 같은 수에 대한 전통적 관념은 서양의 기하학과 서양 수학서들의 전래로 변화하기 시작하였다. 18세기 후반 이후 역학(易學)과 역산학(曆算學)이 별개의 지식분야라는 인식이 등장한 데에는 수에 대한 이와 같은 새로운 관념이 주요한 배경으로 작용하고 있었다. 그리고 이러한 새로운 관념의 등장에는 마태오 리치와 서광계가 함께 번역한 『기하원본』과 『동문산지』의 전래와 학습이 자리잡고 있었다.

18세기 후반 이후 조선의 유학자들이 상수학에 대한 비판을 시작한 데에는 그들이 『기하원본』에 실린 마태오 리치와 서광계 등의 학자들의 글들을 읽은 데에서부터 비롯되었을 가능성이 크다. 18세기 이후 대량으로 전래되기 시작한 서학서를 통해 조선의 유학자들은 한역(漢譯)된 『기하원본』의 내용을 접하였을 뿐만 아니라 마태오 리치와 서광계 등이 전개한 수학과 상수지학에 대한 새로운 개념적 논의들도 읽었을 것이기 때문이다. 한역 서학서를 통해 전래된 서양선교사들의 논의의 영향은 아래에서 소개하는 서호수나 이가환, 홍대용의 '수'에 대한 논의들을 읽어보면 어렵지 않게 발견할 수가 있다.

우선 서호수는 『수리정온보해(數理精蘊補解)』의 서문에서 역법(曆法)의 바탕으로서 수를 양웅(楊雄)이나 소옹(邵雍) 등이 이야기하는 수, 나아가 괘(卦)나 시책(施策)에서 사용되는 수와는 분명하게 다른 것으로 구분을 짓고 있는데, 그러면서 그는 수를 사물에 유리되는 허수(虛數)와 사물에 칙(則)하는 진수(眞數)의 두 가지로 나누어서 구별하고 있다.

"옛부터 楊子雲(楊雄, 필자)이 數를 안다고 하였으나 太玄은 物과 事를 이루지 못하였고, 邵堯夫(邵雍, 필자)도 數를 알았다고 하나 加

> 倍法은 끝내 실제의 쓰임이 없었다. 대저 卦와 蓍策을 끌어다 합치는 것과 氣運에 부회하는 일은 그 말이 광활하고 그 이치가 황홀할 뿐이니, 내가 말하는 數가 아니다. 物에는 많고 적음, 가벼움과 무거움, 크고 작음이 있다. 數로써 행하면서 사물에 유리되어 數를 말하면 이는 虛數가 되고, 사물에 즉해서 수를 말하면 이것은 眞數가 된다. 一과 一은 二가 되고, 二와 一은 三이 되니, 曆을 공교하게 하는 자가 이것을 궁구할 수 없다면 多少의 수를 뜻하는 게 아니겠는가? 한 자의 채찍을 하루에 반씩 잘라 나가면 만년이 되어도 다 없어지지 않는다는 것은 大小와 輕重의 수가 아니겠는가?"[11]

그에 따르면, 양웅이 『태현경』에서 논의한 수나 소옹이 『황극경세서』에서 서술한 수는 '그 말이 광활하고 이치가 황홀한' 허수이다. 그에 비해 사물을 측정해서 나오는 수가 바로 진수이며 이것이 역법의 바탕이 되어야 한다는 것이다. 진수와 허수를 비교하는 서호수의 언급은 "수(數)와 도(度)가 물체로부터 떨어지면 공허한 이론이 된다"라고 하는 마태오 리치의 언급과 그다지 차이가 나지 않는다. 수학에 대한 서호수의 이와 같은 인식은 전문적인 천문학자와 수학자로서의 활동으로부터 가능해진 것이며 『동국문헌비고(東國文獻備考)』「상위고(象緯考)」와 『수리정온보해(數理精蘊補解)』, 『역상고성보해(曆象考成補解)』, 『역상고성후편보해(曆象考成後編補解)』, 『율려통의(律呂通義)』, 『비례약설(比例約說)』, 『혼개통헌도설집전(渾蓋通憲圖說集箋)』 등의 역산서를 저술하는 과정에서 더욱더 강화

---

11) 서호수, 『私稿』, 「數理精蘊補解序」, "古稱 楊子雲知數而太玄不成物事 邵堯夫知數而加倍竟沒實用. 大抵牽合卦蓍 傳會氣運 其言宏闊 其理恍惚, 非吾所謂數也. 物有多少輕重大小. 而數以之行, 離物而言數 是爲虛數 卽物而言數 是爲眞數. 一與一爲二 二與一爲三, 巧曆不能窮者 非多少之數乎. 一尺之捶, 日取其半 萬世不竭者 非大小輕重之數乎."

되었을 것으로 짐작된다.[12] 이들 저술의 대부분은 현재 전하지 않고 있고 서호수의 문집의 일부를 묶은 『사고(私稿)』라는 책에는 「수리정온보해서(數理精蘊補解序)」를 비롯하여 「역상고성보해서(曆象考成補解序)」와 「역상고성후편보해서(曆象考成後編補解序)」, 「비례약설서(比例約說序)」 등의 서문들만이 실려 있을 뿐이지만, 분명한 사실은 서호수의 저술의 대부분을 차지하는 것은 천문학 관련 저술이라는 점이다.[13]

한편 역법(曆法)의 기본이 되는 수학에 대한 새로운 인식은, 서호수와 마찬가지로 당대의 학자들에 의해 도수학(度數學), 혹은 천문역산(天文曆算)에 대한 깊은 안목을 지닌 것으로 평가되었던 이가환에게서도 거의 똑같은 방식으로 드러나고 있다.[14] 이가환은 정조가 내린 천문역산의 진흥과 관련해서 내린 책문에 답안서를 작성하면서 다음과 같이 주장한다.

> "무릇 度數之學이라고 하는 것은, 경방이나 이순풍 등이 占驗에 견강부회한 것을 말하는 것은 아니라 오로지 물체의 分限을 관측한 것을 말한다. 그 分限이라고 하는 것은 경계를 끊어서 數를 삼

---

12) 이들 저술 중 『수리정온보해(數理精蘊補解)』는 1723년 중국에서 강희제의 명으로 편찬된 수학서인 『수리정온(數理精蘊)』을 해설한 책이며, 『역상고성보해(曆象考成補解)』와 『역상고성후편보해(曆象考成後編補解)』는 중국에서 편찬된 『역상고성(曆象考成)』(1721)과 『역상고성후편(曆象考成後編)』(1742)을 각각 해설한 책으로 짐작된다. 한편 『율려통의(律呂通義)』는 1713년에 중국에서 간행된 『율려정의(律呂正義)』를 해설한 책이며, 『비례약설(比例約說)』은 『수리정온(數理精蘊)』의 이론을 요약 정리한 책이라고 추측된다. 마지막으로 『혼개통헌도설집전(渾蓋通憲圖說集箋)』은 이지조가 저술한 『혼개통헌도설(渾蓋通憲圖說)』을 해설한 책이라고 짐작된다. 현재 이들 서적 중 『수리정온보해(數理精蘊補解)』 만이 규장각에 전해지고 있으며, 그 나머지 책들은 전해지지 않고 있다.
13) 서호수의 천문학 문헌과 천문학 활동에 대해서는 문중양, 「18세기 말 천문역산 전문가의 과학활동과 담론의 역사적 성격」, 『동방학지』 121, 2003.
14) 天文曆算에 대한 이가환의 관점에 대해서는 최상천, 「이가환과 서학」을 참고할 것.

으면, 사물의 많고 적음을 관찰하는 바가 되고, 전체로 이어서 度로 삼으면, 사물의 크고 적음을 지시하게 된다. 數라고 하는 것은 加減乘除가 비롯하는 것이고, 度라고 하는 것은 높이와 깊이, 넓이와 거리를 측정하는 것이다."[15]

올바른 수학에 반하는 잘못된 이론을 세운 인물로서 서호수가 양웅과 소옹을 거론하였다면, 이가환의 경우에는 경방과 이순풍을 거론하였다. 진수, 혹은 올바른 도수지학에 대비되는 인물은 다르지만 그들이 공통적으로 지적하는 바는 역법(曆法)에서 사용되는 수를 점(占)과 역(易), 악(樂)의 이론과 억지로 연결시켜서는 안된다는 점이다. 흥미로운 점은 정조에게 제시한 이 답안에서 이가환이 서술한 "분한(分限)이라고 하는 것은 경계를 끊어서 수를 삼으면, 사물의 많고 적음을 관찰하는 바가 되고, 전체로 이어서 도(度)로 삼으면, 사물의 크고 적음을 지시하게 된다"는 구절은 마태오 리치가 「역기하원본인(譯幾何原本引)」에서 언급한 구절을 그대로 차용한 것이라는 점이다.

한편 서양 천문학과 서양 수학의 정밀함을 높이 평가하면서 '상수지학'의 의미를 새롭게 정의하는 모습은 홍대용에서도 나타나고 있다. 홍대용은 『담헌서(湛軒書)』에 실려 있는 「연행기」 속에서

"이제 서양의 法은 算數로써 근본을 삼고 儀器로써 참작하여 온갖 형상을 관측하므로, 무릇 天下의 멀고 가까움, 높고 깊음, 크고 작음, 가볍고 무거운 것들을 모두 눈앞에 집중시켜 마치 손바닥을 보는 것처럼 하니, '漢唐 이후 없던 것이라'함은 망령된 말이 아니

15) 이가환, 『금대전책』, 「천문책」, 24~25쪽, "夫所謂度數之學者 非如京房李淳風等, 牽合占驗之謂也 卽專察物體之分限者也. 其分者若截以爲數, 則所以觀物之多少也. 完以爲度 則指物之大小也. 數者乘除加減之所由起也. 度者高深廣遠之所有測也."

리라."[16]

라고 하면서 서양 천문학의 우수함에 감탄하고 있다. 그러면서 그는 서양 천문학의 토대가 수학이며 이와 같은 올바른 수학을 배워야만 한다고 생각하였다. 또한 홍대용은 1765년의 연행(燕行)의 과정에서 천주당을 방문하여 흠천감정(欽天監正)과 흠천부감(欽天副監)의 벼슬을 하고 있던 서양선교사 유송령(劉松齡)과 포우관(鮑友官)을 만난 자리에서 "저희는 대방가(大方家)에게 유학하여 상수(象數)를 배우려 생각하였으나 국경이 제한된 까닭에 한갓 마음만이 간절했을 뿐이었습니다" 라고 말하였는데, 여기서 그는 상수를 천문역산과 수학을 지칭하는 말로 사용하고 있었다.[17] 이처럼 홍대용에게 있어서 역산학(曆算學)의 기초가 되는 수학은 이제 과거처럼 오행(五行)이나 도서(圖書)들과 결합한 수학이 아니었다. 그는 이러한 과거의 수학을 술수(術數)라고 지칭하며 새로운 수학과 구분하고자 하였다.

이러한 사실들을 통해 조선의 유학자들이 마태오 리치와 서광계가 번역한 『기하원본』 등의 한역 수학서들을 읽고서 전통적인 성리학 수리관(數理觀)으로부터 벗어나기 시작하였으며, 수(數)에 대한 새로운 인식을 얻게 되었음을 알 수 있는 것이다.

〈해제 : 박권수〉

16) 홍대용, 『담헌서』 外集 권7, 「燕記」, 「劉鮑問答」, "今泰西之法, 本之以算數 參之以儀器." 한편 홍대용의 과학사상에 대한 연구로는 박성래, 「洪大容의 科學思想」, 『韓國學報』 23, 1981, 159~180쪽; 임종태, 「17·18세기 서양 지리학에 대한 朝鮮·中國 學人들의 해석」, 269~275쪽을 참고할 것.

17) 홍대용, 『담헌서』 外集 권7, 「燕記」, 「劉鮑問答」, "鄙等, 思遊大方, 理窮象數, 惟疆域有限, 徒切蘊結."

참 고 문 헌

1. 단행본

『幾何原本』

2. 논문

구만옥, 「마태오 리치(利瑪竇) 이후 서양 수학에 대한 조선 지식인의 반응」, 『한국실학연구』 20, 2010.

김문용, 「조선 후기 서양 수학의 영향과 수리 관념의 변화」, 『한국실학연구』 24, 2012.

박권수, 「조선후기 상수학의 발전과 변동」, 서울대학교 박사학위논문, 2006.

오영숙, 「徐浩修(1736~1799)의 數理精蘊補解 研究」, 『17, 18세기 동아시아에서의 과학교류 - 템플턴 한중워크숍 자료집』, 2013.

전용훈, 「조선후기 서양천문학과 전통천문학의 갈등과 융화」, 서울대학교 박사학위논문, 2004.

張永堂, 『明末清初理學與科學關係再論』, 臺北 : 臺灣學生書局, 1994.

『건곤체의(乾坤體義)』

분 류	세부내용
문헌종류	한문서학서
문헌제목	건곤체의(乾坤體義)
문헌형태	목판본
문헌언어	漢文
간행년도	未詳
저 자	마태오 리치(Matteo Ricci, 利瑪竇, 1552~1610)
형태사항	上·中·下 3卷, 총 57張, 圖가 첨부되어 있다.
대 분 류	과학서
세부분류	自然哲學書(우주론, 천문학, 수학)
소 장 처	『四庫全書』에 수록
개 요	마테오 리치가 저술한 자연철학 저술로 3권으로 구성되어 있다. 상권 4편에서는 지구와 천체의 구조를 논했다. 중권 10편에서는 지구와 일월오성의 상호관계의 원리를 논하였는데, 그 가운데 6편은 '題'라는 이름을 붙인 관측 준칙의 기하학 定理이다(第1題~題6題). 하권에서는 기하 문제 18개를 나열하여 겉으로 드러난 시각 실체의 추상도형 중에서 원형이 최대의 포용성을 가지고 있다는 것, 그러므로 일체의 측량 가능한 도형과 비교해서 가장 완전하다는 것을 증명했다.
주 제 어	자연철학, 지구, 행성구조론, 천체관측, 기하학

1. 문헌제목

『건곤체의(乾坤體義)』

2. 서지사항

『건곤체의』의 분량에 대해서는 상이한 기록이 있다. 『사고전서』에 수록된 『건곤체의』는 상·중·하 3권으로 구성되어 있다. 그런데 『四庫全書總目』에는 '兩江總督採進本' 『건곤체의』를 소개하면서 상하 2권이라고 하였다.[1] 그 내용을 보면 『사고전서』본의 상·중권을 상권으로 묶은 것임을 알 수 있다. 실제로 『사고전서』본 『건곤체의』 상권과 중권의 분량은 각각 22장으로 두 권을 분량을 합해도 하권의 분량(55장)에 미치지 못한다.

『건곤체의』의 편찬 시점도 분명하지는 않다. 일찍이 今井湊는 萬曆 33년(1605)설을, 方豪는 1615년 설을 제시한 바 있다.[2] 李之藻(1564~1630)가 1629년에 편찬한 『天學初函』 器編에는 『건곤체의』의 하권만이 『圜容較義』라는 제목으로 수록되어 있고, 『건곤체의』라는 서명은 보이지 않는다. 그렇다면 1629년 이전에 『건곤체의』 전체가 간행되지는 않았다고 할 수도 있다. 다만 『圜容較義』는 1608년에 번역된 것이 확실하다. 이지조가 「圜容較義序」에서 "10일 간 번역해서 책을 완성하여 이름을 『圜容較義』라고 했다. …… 때는 戊申年(1608) 11월이다."[3]라고 분명히 기록하고 있기 때문이다.

---

1) 『欽定四庫全書總目』 卷106, 子部 16, 天文算法類, 乾坤體義二卷(兩江總督採進本), 16ㄴ~17ㄴ ; 『欽定四庫全書簡明目錄』 卷11, 子部 6, 天文算法類, 乾坤體義二卷, 2ㄴ~3ㄱ. 이 밖에도 『欽定續文獻通考』, 『欽定續通志』 등에서 『건곤체의』를 2권으로 기록하고 있다[『欽定續文獻通考』 卷182, 經籍考, 子(天文·推算·五行·占筮·形法), 利瑪竇乾坤體義二卷, 5ㄱ~ㄴ ; 『欽定續通志』 卷161, 藝文畧, 天文類第7, 天文, 1ㄴ. "乾坤體義二卷(明西洋人利瑪竇撰)."].

2) 今井湊, 「乾坤體義雜考」, 『明清時代の科學技術史』, 京都: 京都大學 人文科學研究所, 1970, 35~47쪽 ; 方豪, 『李之藻硏究』, 臺北: 臺灣商務印書館, 1966, 200쪽.

3) 李之藻, 「圜容較義序」, 3ㄴ(사고전서본 『圜容較義』). "譯旬日而成編, 名曰圜容較義. …… 時戊申十一月也."

『건곤체의』의 편찬 시점과 관련해서 또 하나 주목해야 할 것은 上卷의 내용 가운데 「四元行論」을 제외한 전문이 이지조에 의해 병풍으로 제작된 마태오 리치의 세계지도, 즉 「坤輿萬國全圖」의 명문으로 기록되어 있다는 사실이다. 이지조가 「곤여만국전도」를 제작한 것은 1602년의 일이니, 그때 이미 상권의 대부분이 번역되어 있었던 것이다. 그렇다면 『건곤체의』의 내용은 지금까지 학자들이 추정한 것보다 상당히 이른 시기에 번역되어 있었을 가능성도 있다.[4]

이외에도 마태오 리치에게서 수학을 배운 王肯堂(1549~1613)이 일찍이 『건곤체의』 중권(지금의 하권) 首篇을 그의 문집인 『鬱岡齋筆塵』에 수록하였다는 사실을 통해서 『건곤체의』 내의 일부 편목들이 일찍이 단행본이나 傳寫本으로 유전되고 있었음을 알 수 있다. 다만 이미 간행되거나 간행되지 않은 여러 원고들을 모아 3권본 『건곤체의』로 편찬한 것이 언제인지는 확실한 기록이 없다.[5]

上海圖書館에 소장되어 있는 청초 孔氏嶽雪樓抄本은 玄자를 元자로 피휘하고 있는 등 글자 모양을 보면 청 강희 연간이나 그 이후에 초록한 것임을 알 수 있다. 다만 청에서 편찬한 『四庫全書』 子部, 天文算法類에 수록된 본과 서로 교감해 보면 孔氏抄本과 사고전서본의 문자가 서로 다른 곳이 42곳이나 있음을 발견할 수 있는데, 사고전서본과 王肯堂, 李之藻 두 책의 부분은 문자가 완전히 같고, 강희제의 휘[玄燁]를 피하지 않았으니, 이로 인해 사고본이 근거하고 있는 그 내력을 설명하지 않은 고본, 혹은 초본은 반드시 청 조정 내에 소장되어 있던 것이나 明末에 이미 유전되고 있던 것과 관련이 있다는 것을 단정할 수 있다.

4) 이상의 내용에 대해서는 安大玉, 『明末西洋科學東伝史 - 『天學初函』器編の研究』, 東京: 知泉書館, 2007, 163~164쪽 참조.

5) 이하의 내용은 朱維錚 主編, 『利瑪竇中文著譯集』, 上海: 復旦大學出版社, 2001, 515~517쪽의 『乾坤體義』의 「簡介」 참조.

孔氏抄本의 異文을 상세히 고찰해 보면 마테오 리치의 여러 책의 관용어와 합치되지 않는 것이 많고, 이따금 억지로 고친 흔적이 나타나며, 일부 증보하여 사고전서본과 비교하면 의미가 신장된 곳도 있다.

[저자]

『건곤체의』의 저자는 마태오 리치(Matteo Ricci, 利瑪竇, 1552～1610)이다.[6] 그는 1552년 이탈리아 중부의 교황령 마체라타에서 태어났다. 일본에서 선교 활동을 하며 중국 입국을 기획하였으나 뜻을 이루지 못했던 예수회 선교사 프란시스코 사비에르(Francisco Xavier, 方濟各, 1506～1552)가 죽은 해였다. 리치는 고향의 예수회 학교에서 공부하고 로마에서 법학을 공부한 다음 1571년 로마의 예수회 수련원에 들어가 예수회에 입회하였다. 이듬해인 1572년부터 1577년까지 예수회 신학교(콜레지오 로마)에서 공부했는데, 이때 천문학과 수학에 뛰어난 크리스토퍼 클라비우스(Christopher Clavius, 1538～1612)에게 배우게 된다. 클라비우스는 그레고리력(Gregorian calendar)을 창시한 인물로 유명하다.

리치는 1577년 로마를 떠나서 이듬해 3월 말에 13명의 선교사와 함께 리스본을 출발하여 인도로 향했다. 6개월의 항해 끝에 1578년 9월 인도의 고아에 도착한 리치는 1582년 4월까지 인도에 머물렀다. 1582년 4월 고아를 출발한 리치는 8월 마카오에 도착하였고-그는 이때 미켈레 루제리(Michele Ruggieri, 羅明堅, 1543～1607)의 요청에 따라 인도의 관구장으로부터 중국의 고관에게 선물할 시계(=자명종)를 가져왔다-, 우여곡절을 거듭한 끝에 이듬해 9월부터 광동성의 肇慶에 거주

6) 마태오 리치의 생애에 대해서는 히라카와 스케히로(노영희 옮김), 『마태오 리치 - 동서문명교류의 인문학 서사시 -』, 동아시아, 2002 ; 朱維錚, 「導言」, 『利瑪竇中文著譯集』, 上海: 復旦大學出版社, 2001, 1～44쪽 참조.

를 허락받고 중국 선교에 나섰다. 肇慶에 머문 6년 동안 리치는 중국어와 한문, 중국의 문화와 풍속을 익히는 데 전념하였다.

리치가 북경에 거주 허가를 받은 것은 1601년 5월이었다. 그는 황제의 후대 속에 천주교의 전파에 주력하는 한편 저술과 번역 사업을 추진하였다. 『交友論』(1595), 『서국기법』(1596), 『天主實義』(1603), 『二十五言』(1605), 『幾何原本』(1607), 『畸人十篇』(1608) 등의 책을 편찬했고, 세계지도인 「山海輿地全圖」, 「坤輿萬國全圖」를 제작하였다. 이외에도 李之藻(1565~1630)가 필술한 『同文算指』, 『渾蓋通憲圖說』(1607)과 徐光啓(1562~1633)가 필술한 『測量法義』 등을 남겼다.

리치는 죽음이 다가오고 있음을 의식한 1608년 말부터 자신의 중국 체험을 이탈리아어 『보고서』로 정리하기 시작하였다. 5권으로 구성된 『보고서』의 제1권은 현지 관찰에 근거한 정밀한 지역 연구의 성격을 지닌 보고이고, 제2권에서 제5권까지는 1582년 마카오를 거쳐 중국에 입국한 사실부터 肇慶과 韶州, 南昌과 南京을 거쳐 北京에 이르는 도정이 순서대로 기록되어 있다. 이는 그의 사후에 라틴어와 프랑스어 등으로 번역·간행되었다.

리치는 1610년 5월 초 병에 걸려 앓다가 5월 11일 저녁에 선종하였다. 그의 시신은 萬曆帝가 하사한 북경의 阜城門 밖 柵欄 묘지에 안장되었다. 이 일을 주선한 것은 리치의 조력자 가운데 한 사람이었던 李之藻였다.

리치는 적응주의적 선교 방식을 확립하여 예수회의 중국 진출 통로를 마련한 인물로 유명하다. 리치를 비롯한 예수회 선교사들이 중국에서 성공을 거둘 수 있었던 것은 그들이 르네상스 시대의 여러 과학기술적 성과를 체득하고 있었기 때문이다. 리치는 처음으로 중국에 들어간 예수회 선교사이며, 처음으로 명의 수도 北京에 진입한 예수회 선교사였다. 그가 선교 활동 과정에서 작성한 수많은 편지와 보고서는 유럽 사회에 중국 문화를 전파하는 중요한 역할을 하였다. 유럽의 중국학은 마태오 리치에 의해 시작되었다고 해도 과언이 아니다.

3. 목차 및 내용

[목차]

『사고전서』에 수록된 『건곤체의』는 상·중·하 3권으로 구성되어 있다. 그 구체적 내용은 다음과 같다.

卷上(22張)

天地渾儀說
地球比九重天之星遠且大幾何

* 渾象圖
渾象圖說

* 乾坤體圖
四元行論
* 四元行圖
* 三域圖(四行本處及氣)

卷中(22張)

日球大於地球, 地球大於月球

* 測量月離地幾何式

* 제목 없는 그림: 遠近物等而近者覺大 / 近物小, 遠者大, 而兩覺等 / 近物小, 遠者大, 而近者反覺大

第一題: 物形愈離吾目, 愈覺小.

解曰

論曰

* 제목 없는 그림 2

第二題: 光者照, 目者視, 惟以直線已.

解曰

論曰

後論曰

* 제목 없는 그림

第三題: 圓尖體之底必爲環. 使眞切之數節, 其俱乃環, 而環彌離底者彌小, 而皆小乎底環者.

解曰

論曰

* 제목 없는 그림: 光體 / 受光體 / 景於受光體, 等而無窮

第四題: 圓光體者, 照一般大圓體, 必明其半, 而所爲影廣於體者, 等而無盡.

解曰

論曰

* 제목 없는 그림: 光體 / 受光體小 / 景愈離受光體, 愈小而卒無

第五題: 光體大者, 照一小圓體, 必其大半明, 而其影有盡, 益近原體益大.

解曰

論曰

* 제목 없는 그림: 光體小 / 受光體 / 景愈離受光體, 愈大而無窮

第六題: 光體小者, 照圓體者大, 惟照明其小半, 而其影益離原體, 益大而無盡.

解曰

論曰

徵日球大於地球, 地球大於月球, 皆由日月之蝕, 故先須明二蝕之所以然……

* 月蝕圖
* 日蝕圖
* 제목 없는 그림
* 或問曰……

論日球大於地球

* 設日小於地
* 設日等於地
* 又地球之影, 益遠地益小, 則日球大於地球者也……

論地球大於月球

* 제목 없는 그림

附徐太史地圜三論[正論·戲論·別論]

卷下(55張: 마지막 55張은 내용 없음)

容較圖義

* 제목 없는 그림

凡兩形外周等，則多邊形容積，恒大於少邊形容積

* 제목 없는 그림

凡同周四直角形，其等邊者，所容大於不等邊者

* 제목 없는 그림

試作直角長方形，令中積三十六，同前形之積，然周得三十，與前周二十四者迥異，今以此周作四邊等形，則中積必大於前形.

* 제목 없는 그림 2

凡同周四角形，其等邊等角者，所容大於不等邊等角者

(以上四則，見方形大於長形，而多邊形更大於少邊形，則圜形更大於多邉形，此其大畧，若詳論之，則另立五界說及諸形十八論於左)

〈五界說〉

第一界，等周形

第二界，有法形

第三界，求各形心

第四界，求形面

第五界，求形體

* 제목 없는 그림

第一題: 凡諸三角形, 從底線中分作垂線, 與頂齊高, 以中分線及高線, 作矩內直角方形, 必與三角形所容等.

解曰

先論曰

次論曰

* 제목 없는 그림

第二題: 凡有法六角等形, 自中心到其一邊之半徑線, 作直角形線, 其半徑線及以形之半周線, 舒作直線, 爲矩內直角長方形, 亦與有法形所容等.

解曰

論曰

* 제목 없는 그림

第三題: 凡有法直線形, 與直角三邊形, 並設直角形, 傍二線一長一短, 其短線與有法形半徑線等, 其長線與有法形周線等, 則有法形與三邉形正等.

解曰

論曰

* 제목 없는 그림 2

第四題: 凡圜取半徑線及半周線, 作矩內直角形, 其體等.

解曰

論曰

* 제목 없는 그림 2

第五題: 凡直角三邊形, 任將一銳角, 于對邊作一直線, 分之其對邉線之全, 與近直角之分之比例，大於全銳角與所分內銳角之比例.

解曰

論曰

* 제목 없는 그림 3

第六題: 凡直線有法形，數端但周相等者，多邊形必大於少邊形.

解曰

論曰

* 제목 없는 그림 2

第七題: 有三角形，其邊不等，於一邊之上，另作兩邊等三角形，與先形等周.

解曰

* 제목 없는 그림 2

第八題: 有三角形二，等周等底，其一兩邊等，其一兩邊不等，其等邊所容，必多於不等邊所容.

解曰

論曰

* 제목 없는 그림 2

第九題: 相似直角三邊形，併對直角之兩弦線，爲一直線，以作直角方形，又以兩相當之直線四并二直線，各作直角方形，其容等.

解曰

論曰

* 제목 없는 그림 3

第十題: 有三角形二, 其底不等而腰等, 求於兩底上, 另作相似三角形二而等周, 其兩腰, 各自相等

解日

法日

論日

* 제목 없는 그림 4

第十一題: 有大小兩, 底令作相似平腰三角形相併, 其所容, 必大于不相似之兩三角形相併, 其底同, 其周同, 又四腰俱同, 而不相似形併, 必小於相似形併.

解日

論日

* 제목 없는 그림 2

第十二題: 同周形, 其邊數相等, 而等角等邊者, 大於不等角等邊者.

先解日

論日

次解日

論日

* 제목 없는 그림 2

第十三題: 凡同周形, 惟圜形者, 大於衆直線形有法者.

解日

論日

* 제목 없는 그림

第十四題: 銳觚全形所容, 與銳頂至邊垂線, 及三分底之一, 矩內直角立形等.

解曰

論曰

* 제목 없는 그림

第十五題: 平面不拘幾邊, 其全體可容渾圜切形者, 設直角立形, 其底得本形三之一, 其高得圜半徑, 即相等(可容渾圜切形者, 必圜形, 與諸面相切若長廣, 不切諸面者, 不在此論).

解曰

論曰

* 제목 없는 그림 2

第十六題: 圜半徑及圜面三之一, 作直角立方形, 以較圜之所容等.

解曰

論曰

又論曰

* 제목 없는 그림

第十七題: 圜形與平面, 他形之容圜者, 其周同, 其容積, 圜爲大.

解曰

論曰

* 제목 없는 그림 2

第十八題: 凡渾圜形, 與圜外圜角形等周者, 渾圜形必大於圜角形.

解曰

論曰

[내용]

『乾坤體義』는 『四庫全書』의 子部, 天文算法類에 수록되어 있다. 提要에서는 『건곤체의』의 내용과 가치를 다음과 같이 평가하였다.

"이 책의 上卷과 中卷은 모두 天象에 대해 말했다. 사람들이 거처하는 춥고 따뜻한 곳을 五帶라고 했고, 해와 달과 별이 운행하는 하늘을 아홉 겹[九重]이라고 했으며, 해와 달과 지구의 그림자 셋으로 일월식[薄蝕]을 정했다. 恒星과 七曜와 지구가 각각 倍數가 있다는 것이나 해와 달이 뜨고 질 때 각각 映蒙이 있다는 것에 이르러서는 앞사람이 발명하지 못한 것을 많이 발명하였다. 그 여러 가지 방법은 비유할 것이 드물고[罕譬] 또한 모두 자세하고 빠짐이 없으며 상세하고 분명하다[委曲詳明]. 下卷은 모두 算術에 대해 말했다. 邊線·面積과 平圜·撱圜을 서로 容較하여 옛날의 方田이 미치지 못한 바를 보충하였고, 지금 線·面·體의 실마리[造端]가 되었다. 비록 책의 篇과 帙이 많지 않으나 그 말이 모두 實測에 증험하고, 그 법이 모두 變通을 갖추고 있으니 이른바 "말은 간단하지만 뜻은 갖추어졌다[詞簡而義該]"는 것이다. 우리나라의 『御製數理精蘊』은 그 학설에 인하여 그것을 미루어 천명한 것이 많다. 명나라 말기에 역법이 어그러진 나머지 (명나라 종실) 鄭王의 世子인 載堉과 邢雲路 등 여러 사람이 모두 그 그릇됨을 힘써 배척했지만 배운 바가 서로 부합할[相勝] 수 없었다. 徐光啓 등이 新法을 고쳐 사용하면서부터 점점 성긴 데에 말미암아 정밀함으로 들어가게 되었고, 本朝에 이르러 더욱 연구해서 비로소 精微함을 다하게 되었으니, 이 책은 진실로 또한 "큰 수레[大輅]의 시초[椎輪]"[7]라고 할 수 있다.[8]"

위의 인용문에서 알 수 있듯이 『건곤체의』의 상권과 중권은 天象에 대해, 하권은 算術에 대해 논하였다. 『건곤체의』는 주로 클라비우스의 *In Sphaeram Ioannis de Sacrobosco Commentarius*(『사크로보스코 天球論 注解』, 1570)[9]를 저본으로 했는데, 「容較圖義」는 수학적으로는 여러 가지 等周圖形(같은 길이의 주위를 가진 도형)의 면적과 체적을 비교하는 것으로, 원의 면적과 구의 체적이 등주도형 가운데 최대라는 것을 증명하는 내용인데, 클라비우스가 『天球論』의 "하늘이 구형이라는 것"을 증명하는 부분에 주석의 일부로서 부가했던 것으로, 실제로는 등주도형론을 상세하게 논함으로써 수학적으로 圓과 球가 가장 완전한 까닭을 논증하려고 시도한 부분이다.[10] 그는 이 같은 수학적 논

7) '大輅'는 크고 화려한 수레, '椎輪'은 바퀴살이 없는 원시적인 수레를 가리킨다. 椎輪으로부터 大輅로 사물이 진화, 발전하는 과정을 이르는 말이다. 여기에서는 『乾坤體義』를 椎輪, 『數理精蘊』을 大輅에 비유하였다.

8) 『乾坤體義』, 提要, 1ㄱ~2ㄱ(787책, 755쪽 - 영인본 『文淵閣 四庫全書』, 臺灣商務印書館, 1983의 책수와 쪽수. 이하 같음). "是書上中卷, 皆言天象, 以人居寒煖爲五帶, 日月星天爲九重, 以水火土氣爲四大元行, 以日月地影三者, 定薄蝕. 至於恒星七曜與地, 各有倍數, 日月出入, 各有映蒙, 多發前人所未發. 其多方罕譬, 亦皆委曲詳明. 下卷皆言算術, 以邊線面積, 平圜撱圜, 互相容較, 補古方田之所未及, 爲今線面體之造端. 雖篇帙無多, 而其言皆驗[驗]諸實測, 其法皆具得變通, 所謂詞簡而義賅[該]者. 我御製數理精蘊, 多因其說而推闡之. 當明季曆法乖舛之餘, 鄭世子載堉, 邢雲路諸人, 皆力斥其非, 而所學未足以相勝, 自徐光啓等改用新法, 乃漸由疏入密, 至本朝而益爲研究, 始盡精微, 則是書固亦大輅之椎輪矣."

9) 여기에서 『天球論』이란 중세 유럽에서 초기 근대에 걸쳐서 가장 일반적인 천문학 개설서였던 *De Sphaera*를 가리키는 것인데, 그 저자는 13세기 영국의 사크로보스코의 존(John of Sacrobosco)이었다. 이에 대해서는 安大玉, 『明末西洋科學東伝史 -『天學初函』器編の研究』, 東京: 知泉書館, 2007, 166~167쪽 참조. 이 책에 대한 클라비우스의 주석 작업과 그 의미에 대해서는 James M. Lattis, *Between Copernicus and Galileo: Christoph Clavius and the collapse of Ptolemaic cosmology*, The University of Chicago Press, Chicago and London, 1994의 2장(Jesuit Mathematics and Ptolemaic Astronomy)과 3장(The Defense of Ptolemaic Cosmology) 참조.

증을 통해 "造物者는 天이고, 造天者는 圜이다. 둥글기 때문에 수용하지 못하는 것이 없으며, 수용하지 못하는 것이 없기 때문에 하늘이 된다"[11]라는 도리를 설명하고자 한 것이다.

『사고전서』의 편찬자들은 상권과 중권의 내용 가운데 중요한 것으로 五帶說, 十一重天說, 四元行論, 日月蝕論, 淸蒙[曚]氣說 등을 거론하였다. 그들은 이러한 내용들 가운데는 "앞사람이 발명하지 못한 것을 발명"한 것들이 많았다고 보았는데, 아래에서는 이에 대해 살펴보고자 한다.

1) 地球說과 五帶說

마태오 리치의 지구설이 상세하게 소개된 글은 『乾坤體義』 卷上에 수록된 「天地渾儀說」이다. 그 冒頭에서 리치는 다음과 같이 말하고 있다.

> 땅과 바다는 본래 원형으로 합쳐져서 하나의 球가 되어 천구의 가운데 위치한다. 마치 계란의 노른자가 흰자 안에 있는 것과 같다. 땅을 일컬어 모나다고 하는 것은 그 德이 靜하여 움직이지 않는 성질을 말한 것이지, 그 형체를 말한 것은 아니다.[12]

그는 땅이 둥글다는 증거로 남북극의 고도 변화를 제시하였다. 즉 북쪽으로 250里 올라가면 북극의 고도가 1度 높아지고 남극의 고도는 1도 낮아지며, 반대로 남쪽으로 250리 이동하면 북극의 고도는 1도 낮아지고 남극의 고도는 1도 높아진다는 것이다. 이것은 땅의 형체가

---

10) 安大玉, 『明末西洋科學東伝史 - 『天學初函』器編の研究』, 東京: 知泉書館, 2007, 164~165쪽.

11) 『乾坤體義』 卷下, 「容較圖義」, 1ㄴ(787책, 779쪽). "故造物者天也, 造天者圜也, 圜故無不容, 無不容故爲天."

12) 『乾坤體義』 卷上, 「天地渾儀說」, 1ㄱ(787책, 756쪽).

구형이 아니라면 있을 수 없는 일이었다. 따라서 이것을 통해 땅이 구형이라는 사실과 지구상의 매 1도는 250리에 해당한다는 사실을 확인할 수 있다고 하였다.[13]

리치는 天勢로 山海를 나누어 5帶를 설정하였고, 地勢로 輿地를 나누어 5大州로 구분하였다. 전자는 위도의 변화에 따라 발생하는 기후의 차이를 하나의 熱帶와 각각 두 개의 寒帶 및 正帶로 구분한 것이고, 후자는 지구 전체의 대륙을 歐邏巴·利未亞·亞細亞·南北亞墨利加·墨瓦蠟泥加의 다섯 지역으로 구분한 것이었다.[14]

이어서 그는 東西緯線[緯度]과 南北經線[經度]의 설치 및 그 용도에 대해서 설명하였다.[15] 緯線은 각 지역의 북극(또는 남극) 出地高度가 얼마인가를 나타내기 위하여, 經線은 한 지역과 다른 지역의 시간차가 얼마인가를 나타내기 위하여 설치한 것이다. 따라서 위도가 같은 지역은 그 極出地度數가 같고, 사계절과 주야의 시간 수가 동일하며, 경도가 같은 지역은 시간이 같고 日月蝕을 동시에 볼 수 있다.[16]

이상과 같은 리치의 지구설과 거기에 포함된 5帶說·5大州說 및 지구설의 근거로 제시된 남북극의 고도 변화, 經緯說 등이 이후 다양한 형태로 제기되는 지구설의 원형을 이루었다. 세부적인 내용에는 조금씩 차이가 있었지만 그 대체적 모습은 형태를 유지하면서 18세기까지 이어진다고 볼 수 있다.

---

13) 『乾坤體義』 卷上, 「天地渾儀說」, 1ㄴ~2ㄱ(787책, 756~757쪽).

14) 『乾坤體義』 卷上, 「天地渾儀說」, 2ㄴ~3ㄱ(787책, 757쪽).

15) 전통적으로 經·緯라는 용어는 각각 南北과 東西를 가리키는 개념으로 사용되었다[『大戴禮記』 卷13, 易本命 第81, 8ㄱ(70쪽 - 영인본 『四部叢刊正編』, 法仁文化社 所收 『大戴禮記』의 쪽수). "凡地東西爲緯 南北爲經"]. 따라서 經線이란 南北을 연결하는 線, 緯線이란 東西를 연결하는 線을 뜻하며, 經度란 하나의 經線과 다른 經線 사이의 각도를, 緯度란 하나의 緯線과 다른 緯線 사이의 각도를 의미하는 것이다.

16) 『乾坤體義』 卷上, 「天地渾儀說」, 3ㄱ~5ㄱ(787책, 757~758쪽).

2) 九重天說

『건곤체의』에 소개된 우주구조론은 기본적으로 9重天說이었다. 그 형태는 「乾坤體圖」[17]를 통해서 확인되며, 구체적 설명은 「地球比九重天之星遠且大幾何」[18]에 자세하다. 그 구조는 다음과 같다.

〈표 1〉 利瑪竇의 九重天說

순서	명칭	地心으로부터의 거리(里)	크기 비율(각 천체 : 지구)
1	月天	48,2522	38 1/3 : 1
2	辰星(水星)天	91,8750	2,1951 : 1
3	太白(金星)天	240,0681	36 1/27 : 1
4	日輪天	1605,5690	1 : 165 3/8
5	熒惑(火星)天	2741,2100	1 : 1 1/2
6	歲星(木星)天	1,2676,9584	1 : 94 1/2
7	塡星(土星)天	2,0577,0564	1 : 90 1/8
8	列宿天	3,2276,9845	
9	宗動天	6,4733,8690	

위의 표에서 알 수 있듯이 하늘은 아홉 겹의 하늘로 구성되어 있으며, 그것은 양파 껍질처럼 지구를 둘러싸고 있다. 각각의 천구는 딱딱하여 日月星辰은 그 하늘에 붙어서 회전한다. 모든 천구는 맑고 투명해서 유리나 수정처럼 빛을 통과시키는 데 아무런 장애가 없다.[19] 이것은 널리 알려진 바와 같이 그리스 천문학 이래의 '수정천구설'로서, 아리스토텔레스와 프톨레마이오스를 거치면서 정립된 지구 중심의 우주

17) 『乾坤體義』 卷上, 「乾坤體圖」, 9ㄱ~ㄴ(787책, 760쪽).
18) 『乾坤體義』 卷上, 「地球比九重天之星遠且大幾何」, 5ㄱ~6ㄴ(787책, 758~759쪽).
19) 『乾坤體義』 卷上, 「地球比九重天之星遠且大幾何」, 6ㄱ(787책, 759쪽). "此九層相包 如葱頭皮焉 皆硬堅 而日月星辰定在其體內 如木節在板 而只因本天而動 第天體明而無色 則能通透光 如琉璃水晶之類 無所碍也"

구조론이었다. 일찍이 李睟光(1563~1628)이 보았다고 한 서양의 「天形圖」는 바로 이것을 가리킨 것으로 추정된다.[20]

3) 四行論

지구설이나 행성구조론 못지않게 전통적 우주론에 커다란 영향을 끼친 것은 서양의 '四行說'이었다. 그것은 우주 전체를 구성하고 있는 기본적 물질(원소)을 무엇으로 볼 것인가 하는 문제였는데, 서양에서는 그리스의 자연철학 이래로 '물·불·공기·흙'을 우주 만물을 구성하는 근본적 물질로 간주하는 4원소설=四行說이 통설이었다. 이와 같은 서양의 4원소설은 그 구성과 내용에서 중국의 전통적 五行說과 마찰을 일으킬 수밖에 없었다. 동양의 전통적 우주생성론이 '太極→陰陽→五行→萬物'이라는 생성론적 도식에 입각해 있었다는 점을 고려해 볼 때 오행설에 대한 문제 제기는 우주생성론 자체에 대한 의문으로 연결될 수 있었던 것이다. 실제로 당시의 상황은 그런 방향으로 전개되고 있었다.

서양의 4원소설은 리치에 의해 본격적으로 소개되었다. 그것은 「坤輿萬國全圖」 類의 세계지도 상에 註記의 형태로 소개되기도 하고,[21] 『天主實義』(1595, 1601, 1604, 1605년 刊)에서도 단편적으로 언급하였지만,[22] 본격적 논의는 『乾坤體義』의 「四元行論」에 상세히 수록되어 있

20) 『芝峰類說』 卷1, 天文部, 天, 3ㄱ(5쪽). "余嘗見歐羅巴國人馮寶寶所畵天形圖 曰天有九層 最上爲星行天 其次爲日行天 最下爲月行天 其說似亦有據"

21) 金良善, 앞의 책, 1972, 206쪽의 '四行論略' 참조.

22) 『天主實義』 卷上, 第二篇 「解釋世人錯認天主」, 15ㄴ(118쪽 - 영인본 『天學初函』, 亞細亞文化社, 1976의 쪽수. 이하 같음) ; 『天主實義』 卷上, 第四篇 「辯釋鬼神及人魂異論而解天下萬物不可謂之一體」, 43ㄴ(132쪽). '物宗類圖' 참조 ; 『天主實義』 卷上, 第四篇 「辯釋鬼神及人魂異論而解天下萬物不可謂之一體」, 46ㄱ(133쪽). "未知氣爲四行之一 而同之于鬼神及靈魂 亦不足怪 若知氣爲一行 則不難說其體用

다. 여기서 그는 중국의 전통적 五行說을 철저히 비판하고, 서양의 四行說을 적극적으로 주장하였다.[23]

리치가 「四元行論」을 통해 제기하고 있는 오행설에 대한 비판은 크게 두 가지로 분류된다. 하나는 五行의 구성 요소에 대한 비판이었다. 行이란 '萬象之所出'을 뜻하는 것이므로 元行이라고 할 때는 至純·無雜[無相雜·無相有]해야 한다는 것이다. 이런 기준에 비추어 볼 때 水·火·木·金·土라는 오행 가운데 水·火·土는 行이 될 수 있지만, 金과 木은 行이 될 수 없다는 것이다. 왜냐하면 金·木은 水·火·土가 섞여서 만들어진 것으로 至純·無雜이라는 元行의 조건에 위배되기 때문이었다.[24]

또 하나의 비판은 오행이 생성하는 순서에 대한 것이었다. 전통적으로 五行相生의 순서는 水→木→火→土→金으로 간주되었다. 리치는 이러한 오행상생의 순서에 대해 경험적 사실을 들어 신랄하게 비판하였다. 그가 제기한 비판의 논거를 몇 가지 들어보면 다음과 같다.

① 木은 水·火·土가 뒤섞여 만들어진 것인데, 어떻게 水로만 말미암아 생길 수 있겠는가?

② 火·土가 생기지 않았을 때 어떻게 木이 저절로 생성될 수 있겠는가? 木이란 먼저 종자를 땅[土]에 심은 후에 물[水]을 대주고 햇빛[火]으로 따뜻하게 해 주어야만 아래로 뿌리를 내리고 위로 싹이 돋아 장성하게 되는 것이다. 木이 생겼을 때 土가 생기지 않았다면 나무는 어느 땅에 심을 것이며, 水만 있고 土·火가 없다면 어떻게 木을 발육시키겠는가?

③ 木의 성질은 至熱하고, 水의 성질은 至冷하다. 어떻게 至冷한

矣 且夫萬[氣]者 和水火土三行 而爲萬物之形者也"

23) 『乾坤體義』 卷上, 「四元行論」, 10ㄱ~22ㄱ(787책, 761~767쪽).

24) 『乾坤體義』 卷上, 「四元行論」, 10ㄱ~ㄴ(787책, 761쪽).

것이 至熱한 것을 생성할 수 있겠는가?

④ "水生木, 木生火"라고 한다면 水는 할아버지가 되고 火는 손자가 된다. 할아버지가 어떻게 이처럼 不仁하여 항상 손자를 滅하려 하겠는가?

⑤ 처음에 土·木·金이 없고 홀로 水만 있다면, 어떤 그릇으로 水를 담을 수 있겠는가?

⑥ 金이 土에 말미암아 생기는 것이라면 木은 어찌 이와 다른 것이겠는가? 金은 土內에서 생기고, 木은 土上에서 생기는 것으로 모두 土로부터 나오는 것이다.

⑦ 『易』에 "天一生水, 地二生火, 天三生木, 地四生金, 天五生土"라고 하였으니, 先後에 일정한 數가 있다. 그런데 이것은 五行相生의 순서와 일치하지 않는다.[25]

이처럼 리치는 경험적 사실에 기초하여 五行相生의 순서에 대해 의문을 제기하였다. 그가 제기한 논거들이 모두 정당한 것이라고 할 수는 없지만, 그 가운데는 전통적 오행설이 안고 있는 모순[26]을 적절하게 지적한 것들도 있었다. 그러한 문제점들은 중국이나 조선의 사상계에서 이전부터 논의의 대상이 되기도 하였다. 이제 서양의 사행설이 제기됨으로써 오행설의 내적 문제점은 본격적 검토를 요구받게 되었다.

리치는 五行說의 문제점을 지적하는 한편으로 四行說의 정당성을 역설하였다. 그것은 '火·氣·水·土'의 四元行이야말로 不相生·不相有한 존재이며, 이들의 결합을 통해 우주 만물이 구성된다는 설명이었다.[27] 四

25) 『乾坤體義』 卷上, 「四元行論」, 10ㄴ~11ㄴ(787책, 761쪽).

26) 예컨대 五行相生의 순서와 『太極圖說』, 『周易』의 「河圖」, 「繫辭傳」 및 『尙書』 「洪範」 등에 수록되어 있는 五行의 순서가 일치하지 않는 것이 그것이다.

元行의 고유한 性情과 四行에 소속되는 만물을 도표로 나타내면 다음과 같다.[28]

〈표 2〉 四行의 性情과 萬物의 소속

四行	火	氣	水	土
四行의 性	甚熱次乾	甚濕次熱	甚冷次濕	甚乾次冷
四行의 情	至輕	不輕不重	比土而輕	至重
七政	太陽·熒惑	歲星	太陰·太白	辰星·鎭星
十二房[宮]	白羊·獅子·人馬	雙兄·天秤·寶瓶	巨蟹·天蝎·雙魚	金牛·磨羯·室女
四季	夏	春	冬	秋
中國의 四方	南	東	西	北
四液	黃痰(黃液)	血(紅液)	白痰(白液)	黑痰(黑液)

리치는 오행설 비판의 연장선에서 불교의 '四大說'(地·水·火·風)도 비판하였다. 불교의 사대설은 서양의 四元行說을 차용한 것으로 그 가운데 地와 風은 純體가 아니기 때문에 元行이 될 수 없고, 따라서 火·氣·水·土라고 하는 것만 같지 못하다는 것이 비판의 핵심이었다.[29]

한편 리치는 四行의 性情을 기초로 하여 우주 내에 사행의 적합한 위치를 설정하고자 하였고, 그를 통해 사행의 위치를 기존의 우주론적 도식과 합치하려고 하였다. 그에 따르면 사행 가운데 가장 가벼운 火는 우주의 가장 바깥에 위치하며, 가장 무거운 土는 우주의 중심에 위치한다. 그것이 바로 지구다. 土에 비해 비교적 가벼운 水는 지구 위에 실려 있게 된다. 이것은 종래 땅이 물 위에 실려 있다고 보는 인식

27) 『乾坤體義』 卷上, 「四元行論」, 11ㄴ~12ㄱ(787책, 761~762쪽). "吾西庠儒謂自不相生不相有 而結萬像質 乃爲行也 天下凡有形者 俱從四行成其質 曰火氣水土是也"

28) 도표의 내용은 『乾坤體義』 卷上, 「四元行論」, 12ㄱ~14ㄴ(787책, 762~763쪽)을 참조하여 작성한 것이다.

29) 『乾坤體義』 卷上, 「四元行論」, 14ㄴ~15ㄴ(787책, 763쪽).

과는 다른 것이었다.[30] 어쨌든 水와 土로 이루어진 지구와 火로 이루어진 외곽의 하늘 사이에는 넓은 공간이 자리하게 되며, 바로 이 공간을 채우고 있는 것이 氣였다.[31] 이 가운데 氣의 영역은 다시 上·中·下의 三域으로 구분된다. 외곽의 火와 가까운 上域은 매우 뜨겁고, 아래의 水·土와 가까운 下域은 水·土가 태양빛을 받으므로 그 영향을 받아 따뜻하고, 그 가운데 위치한 中域은 매우 한랭하다는 것이다.[32] 이상의 내용을 도해한 것이 바로 '三域圖'였다.[33]

4) 측량 준칙의 기하학 定理

중권에서는 "해[日球]는 지구보다 크고, 지구는 달[月球]보다 크다"는 명제로 시작한다.[34] 이를 증명하기 위해서는 측량법에 대한 상세한 설명이 필요하다. 따라서 그 뒤에 이어지는 第1題부터 제6제까지는 측량 준칙의 기하학적 정리에 대해 설명하였다. 그 상세한 내용은 다음과 같다.[35]

■ 제1제: 사물의 형체가 나의 눈에서 멀어질수록 더욱 작게 보인다[物形愈離吾目愈覺小].

---

30) 이것은 이후 전통적인 '地下水載之說'과 마찰을 일으키며 朝鮮後期 自然觀 분야에서 전개된 사상 논쟁의 중요한 한 부분을 차지하게 된다.

31) 『乾坤體義』 卷上, 「四元行論」, 13ㄱ(787책, 762쪽). "火情至輕 則躋於九重天之下而止 土情至重 則下凝而安天地之當中 水情比土而輕 則浮土之上而息 氣情不輕不重 則乘水土而負火焉"

32) 『乾坤體義』 卷上, 「四元行論」, 17ㄴ(787책, 764쪽). "夫氣處所 又有上中下三域 上之因邇火 則常太熱 下之因邇水土 而水土恒爲太陽所射 以光輝有所發煖 則氣並煖 中之上下遐離熱者 則常太寒冷 以生霜雪之類也"

33) 『乾坤體義』 卷上, 「四元行論」, 18ㄴ(787책, 765쪽).

34) 『乾坤體義』 卷中, 「日球大於地球, 地球大於月球」, 1ㄱ(787책, 767쪽).

35) 『乾坤體義』 卷中, 5ㄱ~17ㄱ(787책, 769~775쪽).

- 제2제: 빛이 비추고 눈이 보는 것은 오직 直線일 뿐이다[光者照, 目者視, 惟以直線已].
- 제3제: 원뿔[圓尖體]의 바닥은 반드시 둥글다. 몇 개의 마디로 자르면[使眞切之數節] 모두 원이 되며, 원은 바닥으로부터 멀어질수록 더욱 작아지는데, 모두 밑바닥 원보다는 작다[圓尖體之底, 必爲環. 使眞切之數節, 其俱乃環, 而環彌離底者彌小, 而皆小乎底環者].
- 제4제: 둥근 광체는 크기가 같은 원체를 비추면 반드시 그 반이 밝아지고, 원체에 그림자가 지는 것은 똑같은 너비로 끝이 없이 펼쳐진다[圓光體者, 照一般大圓體, 必明其半, 而所爲影廣於體者, 等而無盡].
- 제5제: 커다란 광체가 작은 원체를 비추면 반드시 그 大半이 밝아지고 그 그림자는 끝이 있는데 原體에 가까울수록 (그림자가) 더욱 크다[光體大者, 照一小圓體, 必其大半明, 而其影有盡, 益近原體益大].
- 제6제: 작은 광체가 큰 원체를 비추면 그 小半만을 밝게 비추고, 그 그림자는 원체에서 멀어질수록 더욱 커지고 끝이 없다[光體小者, 照圓體者大, 惟照明其小半, 而其影益離原體, 益大而無盡].

그 다음으로 논하고 있는 것은 "해가 지구보다 크다는 것을 논함"과 "지구가 달보다 크다는 것을 논함"이다.[36] 각각 "해는 지구보다 크거나 같거나 작다. 만약 크다고 한다면 변론할 필요가 없지만 같거나 작다고 하면 변론하지 않을 수 없다."와 "지구가 달보다 크다면 그것을 어떻게 증명할 것인가?"라는 질문을 제시하고 이에 대한 해답을 논한 것이다.

36) 『乾坤體義』 卷中, 「論日球大於地球」, 17ㄱ~19ㄱ(787책, 775~776쪽) ; 『乾坤體義』 卷中, 「論日球大於地球」, 19ㄱ~ㄴ(787책, 776쪽).

이 증명의 진의는 어디에 있는가? 리치는 수학 계산과 관측의 경험이라는 두 가지 실증을 통해서 당시 중국인들이 커다란 관심을 기울이고 있던 일월식을 정확하게 예보할 수 있다는 것을 보여줌으로써 예수회 선교사들이 천지의 신비함을 홀로 터득하고 있으며, 帝國의 안정에 도움을 줄 수 있다고 여겨지도록 하고자 하였다.

5) 圜容較義

『사고전서』에 수록된 『건곤체의』 권하의 제목은 '容較圖義'이다. 그런데 마태오 리치의 저술 가운데 『圜容較義』가 있다. 이는 리치가 전수해 주고 李之藻가 부연해서 편찬한 것으로 일종의 수학책[算書]이다. 주목할 것은 『건곤체의』 권하의 내용과 『圜容較義』의 내용이 동일하다는 것이다.

이지조가 1614년에 작성한 중간본의 서문(「圜容較義序」)에 따르면 이 책은 1608년 그가 북경에서 마태오 리치와 더불어 천체 운행의 문제를 연구하고 '圜容'을 논한 산물로서, 그의 번역을 거쳐 간행했다고 한다. 그 1년 전인 1607년에는 리치가 서광계와 함께 『기하원본』 6권을 번역하였는데, 『圜容較義』의 '解'와 '論'에는 "幾何原本 一卷八", "一卷三十五", "一卷 十九 又三十四" 등과 같이 『기하원본』의 "몇 卷, 몇 則"이라는 형식의 夾注가 자주 등장한다. 이는 『圜容較義』의 번역이 이지조의 『기하원본』 학습과 밀접한 관련이 있음을 보여주는 것이다. 이지조는 리치와 함께 원형이 어째서 구라파의 기하학에서 가장 완미한 세계도식으로 인식되는지를 토론하였다. 서문에서는 이 번역이 리치가 답안을 입으로 전수해 줄 때 반드시 모종의 서양 저작물에 근거하고 있음을 암시하였다.

'圜容'이란 원형이 수용할 수 있는 角形, 삼각형으로부터 다각형에 이르기까지를 뜻하는데, 角邊은 가히 무한에 이르러 영원히 끝이 없게 된다. 이는 당연히 천주교에서 믿고 있는 '天主創世說'을 드러내고 있는데, 특별히 창조한 천구와 지구가 어째서 모두 원형일까? 그것이 至善[완전무결]한 데 이르렀기 때문이다. 결국 아담의 자손인 인간이 비록 人工을 窮極한다고 할지라도 조물주가 창조한 완전무결함에는 영원히 도달할 수 없다는 것을 보여주고자 하였다.[37] 이지조의 「圜容較義序」를 보면 그 역시 이와 같은 저술의 의도를 어느 정도 파악하고 있었던 것으로 보인다.[38]

4. 의의 및 평가

『건곤체의』는 아리스토텔레스의 우주 모델을 동아시아에 최초로 소개한 책으로 주목된다. 앞에서 살펴본 바와 같이 『건곤체의』가 언제부터 『사고전서』에 수록된 책의 형태로 편찬되었는지는 알 수 없지만, 그 내용은 「곤여만국전도」에 기재되어 있는 명문의 형태로, 또는 『圜容較義』라는 단행본의 형태로 이미 유통되고 있었다. 그 내용은 서양 천문학의 개설로서 명말청초의 중국인들과 조선후기 지식인들에게 많은 영향을 끼쳤다.

37) 이상의 내용은 朱維錚 主編, 『利瑪竇中文著譯集』, 上海: 復旦大學出版社, 2001, 555~556쪽 『圜容較義義』의 「簡介」 참조.

38) 李之藻, 「圜容較義序」, 『圜容較義』 序, 2ㄱ~ㄴ(四庫全書 所收本). "凡厥有形, 惟圜爲大, 有形所受, 惟圜最多. 夫渾圜之體難明, 而平面之形易晰. 試取同周一形以相參考, 等邊之形必鉅於不等邊形, 多邊之形必鉅於少邊之形. 最多邊者圜也, 最等邊者亦圜也, 析之則分秒不億. 是知多邊聯之, 則圭角全無. 是知等邊不多邊, 等邊則必不成圜. 惟多邊等邊, 故圜容最鉅. 若論立圜渾成一面, 則夫至圜何有周邊. 周邊尚莫能窺, 容積奚復可量. 所以造物主之化成天地也, 令全覆全載, 則不得不從其圜, 而萬物之賦形天地也, 其成大成小, 亦莫不鑄形于圜. 即細物可推大物, 即物物可推不物之物, 天圜·地圜·自然·必然何復疑乎."

조선후기 학자들의 저술에서 『건곤체의』라는 서명을 확인하는 것은 쉽지 않다. 그러나 비록 『건곤체의』라는 서명을 직접 언급하지는 않았지만 그 내용을 인용한 경우는 찾아볼 수 있다. 李圭景의 『五洲衍文長箋散稿』가 바로 그것이다. 이규경은 「三際辨證說」에서 五帶說을 인용하였는데,[39] 이는 『乾坤體義』 卷上의 「天地渾儀說」에 수록된 내용을 편집한 것이다.[40] 寒帶를 冷帶라고 표현한 것이 다르기는 하지만 전체 내용은 동일하다.

이규경은 「測量天地辨證說」에서도 하늘과 땅의 크기를 언급하면서 利瑪竇의 주장을 인용하였다. "여러 하늘을 주재하는 宗動天은 6,4733,8690里이고 諸星列宿天은 3,2276,9845리이며, …… 月天은 48,2522리이니, 이것이 9重天이다. 地心으로부터 9중천까지의 높이는 각각 里程으로 측량하면 이와 같다."[41]는 구절과 "지(구)의 둘레는 9,0000里이고 직경은 2,8636里零33丈이며 …… 經星은 6等이 있고 모두 지(구)보다 크다."[42]라는 구절이

39) 『五洲衍文長箋散稿』 卷1, 「三際辨證說」(上, 12쪽). "晝夜平線爲中, (以)天勢分山海, 自北而南爲五帶. 一在晝長晝短二圈之間, 其地甚熱帶, 近日輪故也. 二在北極圈之內, 三在南極圈之內, 此二處地俱冷帶, 遠日輪故也. 四在北極晝長二圈之間, 五在南極晝短二圈之間, 皆謂之正帶, 不甚冷熱, 日輪不遠不近故然也."

40) 『乾坤體義』 卷上, 「天地渾儀說」, 2ㄴ(787책, 757쪽). "以天勢分山海, 自北而南爲五帶. 一在晝長晝短二圈之間, 其地甚熱, 則謂熱帶, 近日輪故也. 二在北極圈之內, 三在南極圈之內, 此二處地俱甚冷, 則謂寒帶, 遠日輪故也. 四在北極晝長二圈之間, 五在南極晝短二圈之間, 此二地皆謂之正帶, 不甚冷熱, 日輪不遠不近故也."

41) 『五洲衍文長箋散稿』 卷28, 「測量天地辨證說」(上, 788쪽). "利馬竇以爲諸天主宰宗動天, 六萬四千七百三十三萬八千六百九十里, 諸星列宿天, 三萬二千二百七十六萬九千八百四十五里, 土曜天, 三[二]萬零五百七十七萬零五百六十四餘里, 木曜天, 一萬二千六百七十六萬九千五百六[八]十四餘里, 火曜天, 二千七百四十一萬二千一百里, 日天, 一千六百零五萬五千六百九十里, 金曜天, 二百四十萬零六百八十一里, 水曜天, 九十一萬八千七百五十里, 月天, 四十八萬二千五百二十二里, 是爲九重天. 自地心至九重天之高, 各以里程測量, 則如是矣."

42) 『五洲衍文長箋散稿』 卷28, 「測量天地辨證說」(上, 788쪽). "利西泰又言, 地周九萬里, 徑二萬八千六百三十六里零三十六丈. 日徑大於地一百六十五倍又八分之三, 木

그것이다. 전자는 『乾坤體義』 卷上에 수록된 「地球比九重天之星遠且大幾何」의 내용을 축약한 것이고,[43] 후자는 『乾坤體義』 卷上의 모두에 수록된 「天地渾儀說」과 「地球比九重天之星遠且大幾何」에 나오는 내용을 재편집한 것이다.[44] 이는 조선 사회에 『건곤체의』의 내용이 유통되었다는 방증으로 주목할 만하다.

〈해제 : 구만옥〉

星大於地九十四倍半, 土星大於地九十倍又八分之一, 金星小於地三十六倍又二十七分之一, 月小於地三十八倍又三分之一, 水星小於地二萬一千九百五十一倍. 經星有六等, 皆大於地."

43) 『乾坤體義』 卷上, 「地球比九重天之星遠且大幾何」, 5ㄱ~6ㄱ(787책, 758~759쪽). "夫地球既每度二百五十里, 則知三百六十度爲地一週九萬里. 又可以計地面至其中心, 隔一萬四千三百一十八里零十八丈. 地心至第一重, 謂月天, 四十八萬二千五百二十二餘里. 至第二重, 謂辰星即水星天, 九十一萬八千七百五十餘里. 至第三重, 謂太白即金星天, 二百四十萬零六百八十一餘里. 至第四重, 謂日輪天, 一千六百零五萬五千六百九十餘里. 至第五重, 謂熒惑即火星天, 二千七百四十一萬二千一百餘里. 至第六重, 謂歲星即木星天, 一萬二千六百七十六萬九千五百八十四餘里. 至第七重, 謂填星即土星天, 二萬五百七十七萬零五百六十四餘里. 至第八重, 謂列宿天, 三萬二千二百七十六萬九千八百四十五餘里. 至第九重, 謂宗動天, 六萬四千七百三十三萬八千六百九十餘里. 此九層相包如葱頭皮焉."

44) 『乾坤體義』 卷上, 「天地渾儀說」, 2ㄱ(787책, 757쪽). "……則地之東西南北各一週有九萬里實數也 …… 夫地厚二萬八千六百三十六里零三十六丈" ; 『乾坤體義』 卷上, 「地球比九重天之星遠且大幾何」, 6ㄱ~ㄴ(787책, 759쪽). "若二十八宿星, 其上等每各大於地球一百零六倍又六分之一 …… 其六等之各星, 大於地球十七倍又十分之一. 夫此六等皆在第八重天也. 土星大於地球九十倍又八分之一, 木星大於地球九十四倍又一半分, 火星大於地球半倍, 日輪大於地球一百六十五倍又八分之三, 地球大於金星三十六倍又二十七分之一, 大於水星二萬一千九百五十一倍, 大於月輪三十八倍又三分之一, 則日大於月."

참 고 문 헌

1. 사료

『乾坤體義』

2. 단행본

具萬玉, 『朝鮮後期 科學思想史 研究Ⅰ-朱子學的 宇宙論의 變動-』, 혜안, 2004.

徐良子, 『16세기 동양선교와 마태오 리치 신부』, 성요셉출판사, 1980.

安大玉, 『明末西洋科學東伝史-『天學初函』器編の研究』, 東京: 知泉書館, 2007.

히라카와 스케히로(노영희 옮김), 『마태오 리치-동서문명교류의 인문학 서사시-』, 동아시아, 2002.

徐宗澤, 『明清間耶穌會士譯著提要』, 北京: 中華書局, 1949(『中國學術叢書』 第一編, 11, 上海書店, 1994).

朱維錚 主編, 『利瑪竇中文著譯集』, 上海: 復旦大學出版社, 2001.

James M. Lattis, *Between Copernicus and Galileo: Christoph Clavius and the collapse of Ptolemaic cosmology*, The University of Chicago Press, Chicago and London, 1994.

3. 논문

김문용, 「조선후기 한문서학서의 사행론과 그 영향」, 『시대와 철학』 제16권 1호, 한국철학사상연구회, 2005(김문용, 『조선후기 자연학의 동향』, 고려대학교 민족문화연구원, 2012에 재수록).

문중양, 「전근대라는 이름의 덫에 물린 19세기 조선 과학의 역사성」, 『한국문화』 54, 서울대학교 규장각한국학연구원, 2011.

이봉호, 「홍대용, 전통적 세계관을 쏘다」, 『인문과학연구』 16, 덕성여자대학교

인문과학연구소, 2011.
전용훈, 「서양 사원소설에 대한 조선후기 지식인들의 반응」, 『한국과학사학회지』 제31권 제2호, 한국과학사학회, 2009.

『동문산지(同文算指)』

분 류	세 부 내 용
문헌종류	한문서학서
문헌제목	동문산지(同文算指)
문헌형태	필사본
문헌언어	한문
간행년도	1614년
저 자	마태오 리치(Matteo Ricci, 利瑪竇, 1552~1610) 이지조(李之藻, 1571~1630)
형태사항	전 11권
대 분 류	과학
세부분류	수학
소 장 처	대만 國立故宮博物院 도서관 부산대학교 도서관 (청구기호 3-6-2A, 필사본)
개 요	마태오 리치(Matteo Ricci)와 이지조(李之藻)가 독일의 수학자 클라비우스(Christopher Clavius)가 지은 수학서 Epitome Arithmeticae Practicae(1585)를 토대로 중국 전통서들을 참고해서 1614년에 편역하여, 출간한 수학서이다.
주 제 어	산학(算學), 수학(數學), 서학(西學), 산학(筆算), 서양과학(西洋科學), 역산(曆算), 클라비우스(Christopher Clavius), 마태오 리치(Matteo Ricci), 이지조(李之藻)

1. 문헌제목

『동문산지(同文算指)』

2. 서지사항

『동문산지(同文算指)』는 마태오 리치(Matteo Ricci, 利瑪竇, 1552~1610)와 이지조(李之藻, 1571~1630)가 독일의 수학자 클라비우스(Christopher Clavius, 1537~1612)가 지은 『실용산술개론(實用算術槪論)(Epitome Arithmeticae Practicae)』(1585)을 중심으로 중국 전통의 여러 수학서들을 참고해서 1614년에 편역하여 출간한 수학서이다.

『동문산지』는 〈前編〉 2권, 〈通編〉 8卷, 〈別編〉 1권의 3부분으로 구성되어 있는데, 그 내용은 사칙연산과 분수의 계산 방법 등을 포괄하고 있다. 이 책에서 마태오 리치와 이지조는 Epitome Arithmeticae Practica의 저자 '클라비우스'를 "丁先生"이라는 이름으로 번역되고 있는데, 이는 클라비우스(Clavius)라는 이름의 'Clavio'의 원래 뜻이 '못'을 의미하는 데에 착안해서 '丁'로 상형한 결과이다. 이 클라비우스는 마태오 리치가 예수회 입교 후에 로마대학에서 배우던 시절에 그에게 천문학과 수학을 가르친 스승이기도 하였다.

『동문산지』의 초간본(1614)은 현재 대만의 국립고궁박물원(國立故宮博物院) 도서관과 절강성(浙江省) 도서관에 소장되어 있다. 『동문산지』의 또다른 판본으로는 『천학초함(天學初函)』에 수록된 판본이다. 『천학초함』은 이지조(李之藻, 1571~1630)가 1629년에 간행한 총서로서 마태오 리치의 『천주실의(天主實義)』(1607) 이래 예수회 선교사들에 의해 번역, 간행된 여러 서학서들 20종을 체계적으로 모아서 총서화(叢書化)하여 간행한 것이다. 『동문산지』는 『천학초함』의 기편(氣篇)에 포함되어 있다. 현재 한국의 도서관과 기관들에 『천학초함』은 1965년에 대만의 대만학생서국(台灣學生書局)에서 영인, 간행한 판본(53권)으로 한국의 여러 도서관들에도 소장되어 있다.[1)]

다음으로 중요한 판본은 사고전서본(四庫全書本)이다. 『동문산지』는 1781년(건륭(乾隆) 46)에 1차로 편집이 완료된 『사고전서』 자부(子部) 천문산법류 속에 포함되었다. 『동문산지』의 또다른 주요 영인본으로는 1936년에 상해의 상무인서관(商務印書館)에서 영인한 『총서집성초편(叢書集成初編)』에 수록된 판본이다.[2)]

천학초함본을 포함한 사고전서본, 총서집성초편본 모두 『동문산지』의 전편 2권과 통편 8권만을 담고 있다. 별편 1권이라고 알려져 있는 抄本 1권은 현재 프랑스 파리도관 소장본에만 포함되어 있을 뿐이다.[3)]

현재 한국에 『동문산지』은 초간본 및 이지조가 편찬한 『천학초함』에 포함된 판본들이 모두 전하지 않으며, 단지 몇 가지 필사본들이 전하고 있을 뿐이다. 예를 들어, 부산대학교 도서관에 소장된 판본이 그 중 하나이다.[4)]

[저자]

마태오 리치(Matteo Ricci, 1552～1610)의 중국명은 이마두(利瑪竇)이며 자는 서태(西泰)이다. 그는 1552년 이탈리아의 안코네(Ancone)주 마체라타(Macerata)에서 태어났다. 1571년에 당시 신대륙 선교와 탐험에 열중이었던 예수회에 입회하여 로마대학(Università di Roma)에서 5년간 수학, 천문학, 지리학 등의 자연과학 분야 지식을 학습하였다. 당시

1) 1965년 대만학생서국에서 간행한 『천학초함』은 남경의 금릉대학(金陵大學)에 소장되어 있는 판본을 영인한 것이다.
2) 상무인서관편, 『총서집성초편』 (상해:상해상무인서관, 1936)
3) 주유쟁(朱維錚) 주편(主編), "동문산지 간개(簡介)", 『이마두중문저역집(利瑪竇中文著譯集)』, 상해 : 복단대학출판사(復旦大學出版社), 2001, 645쪽.
4) 부산대학교 도서관에 통편 중에서 권3과 권4가 필사본으로 소장되어 있다. 청구기호 3 - 6 - 2A

그를 가르친 스승이 바로 당대의 대수학자 클라비우스(C. Clavius)였다. 그는 이후 극동 선교를 자원하여 1578년에 인도의 고아로 파견되었으며, 1580년에는 사제 서품을 받았다. 1582년에 중국 선교사로 정식으로 임명되어 마카오(Macao, 澳門)에 도착하였고, 거기서 중국어와 중국문화를 집중적으로 학습한 이후 드디어 1583년 광동성(廣東省)의 조경(肇慶)에 도착하여 선교 활동을 시작하였다. 그는 자신이 머물던 지역의 여러 유학자들 및 관료들과 교유를 하여 차츰 선교 활동의 허가 범위를 넓혔으며, 그 결과 1589년에는 소주(韶州), 1595년에는 남경(南京)에 자리를 잡고서 선교를 할 수가 있었다. 결국 그는 1601년에 북경(北京)에 들어가는 것을 허락받고서 명나라의 숭정제(崇禎帝)를 만나서 북경에서의 선교를 허락받았으며, 이후 카톨릭 교리뿐만 아니라 서양의 천문학과 수학, 지리학 지식 등에 관한 책들을 저술하고 번역하여 출간하였다. 이러한 업적을 통해서 그는 중국 교회의 창시자이자 동서양 문화 교류의 초석을 놓은 인물로서 높게 평가된다.

마태오 리치는 기독교를 중국에 전파하기 위해서 특히 지식인 선교에 주력하였다. 이를 위해 그는 서양의 천문학과 지리학, 수학 지식을 담은 책들을 적극적으로 번역하고 저술하였으며, 세계 지도를 간행하여 중국의 지식인 관료들의 마음을 사로잡았다. 또한 그는 기독교의 교리가 유학의 진리와 크게 다르지 않으며 오히려 보완하는 것이라는 보유론적(補儒論的) 선교방식을 채택하여 많은 성공을 거두었다. 마태오 리치는 이러한 방법으로 당대의 유학자들인 구태소(瞿太素)와 이지조(李之藻), 서광계(徐光啓) 등을 개종시켰으며, 자신이 사망하기 전까지 약 2,000여명의 중국인들을 기독교도로 개종시킬 수 있었다.

마태오 리치는 1602년 〈곤여만국전도(坤輿萬國全圖)〉를 만들어 중국의 유학자 및 관료들에게 선물하였는데, 이를 통해 지구설을 포함한 세계지리에 관한 지식이 중국 및 조선에 전해지게 되었다. 그는 당시 유학의 주요 경전인 『사서(四書)』를 라틴어로 처음 번역하였으며, 기독교 교리를 설명하기 위해 『천주실의(天主實義)』(1595, 2권)와 같은 여러 교리서들을 한문으로 편찬하였다. 또한 그는 『건곤체의(乾坤體義)』(1605, 2권)와 『혼개통헌도설(渾蓋通憲圖說)』(北京, 1607, 2권) 같은 서학서를 편찬하여 서양의 천문학과 지리학 지식을 중국인들에게 전파하였다.

이외에도 그는 여러 교리서들과 과학서들을 편찬하였는데, 그 목록은 다음과 같다.

> 『교우론(交友論)』(1595), 『서국기법(西國記法)』(남창(南昌) 1595), 『이십오언(二十五言)』(北京, 1604), 『기인십편(畸人十篇)』(2권, 1608), 『변학유독(辨學遺牘)』(북경(北京), 1609), 『서금팔유(西琴八曲)』(북경, 1608), 『동문산지』(북경, 1614, 11권), 『측량법의(測量法義), 구고의(勾股義), 환용교의(環容較義)』(북경, 1614), 『경천해(經天該), 만국여도(萬國輿圖)』(조경(肇慶), 1584), 『서학기적(西學奇跡)』(북경, 1605), 『사노행론(四老行論)』, 『측량이동(測量異同)』, 『산해여지전도(山海輿地全圖)』, 『곤여만국전도(坤輿萬國全圖)』, 『양의현람도(兩儀玄覽圖)』

저자이자 간행자인 이지조(李之藻, 1571～1630)는 명나라 말기에 절강성(浙江省) 항주(杭州)에서 태어났다. 그의 자는 진지(振之), 또는 아존(我存)이고, 호는 순암거사(淳菴居士), 또는 존원수(存園叟)이다. 1598년(만력(萬曆) 26)에 진사(進士)가 되었고, 남경공부원외랑(南京工部員外郎)과 공부(工部) 수사낭중(水司郎中), 복건학정(福建學政) 등의 벼슬을 하였다. 이후 그는 1601년 서광계(徐光啓)와 함께 이탈리아 선교사 마태오 리치에게서 서양과학을 배웠고, 1610년에 세례를 받고 카톨릭교도가 되었다. 세례명은 Leo이다.

그는 1621년(천계(天啓) 원년) 광록시소경(光祿寺少卿)으로 나아가서 대포를 연구하고 제작하는 일을 수행하였다가 1623년 사직한다. 다시 숭정(崇禎) 초인 1629년(숭정 2년)에 천거를 받아 역국감독(曆局監督) 등의 관직을 역임했다. 역국감독(曆局監督)에서 역국(曆局)은 흠천감(欽天監)을 의미하는데, 당시 그는 역서(曆書)의 수정에 참여하고 지구의(地球儀)와 같은 천문관측기구들을 제작하였다. 그는 마태오 리치와 『곤여만국전도』를 수정하기도 하였다. 이지조는 만년에 한 쪽 눈이 실명하였고 나머지 눈도 시력이 약해졌으나 책을 읽고 연구하는 일을 그만두지 않았다고 한다.

이지조는 마태오 리치가 『건곤체의(乾坤體義)』와 『혼개통헌도설(渾蓋通憲圖說)』 등을 번역하고 편찬하는 작업을 함께 수행하였으며, 마태오 리치 사후에는 롱고바르디(Nicolò Longobardo, 龍華民, 1559~1654), 아담 샬(Adam Schall, 湯若望, 1591~1666) 등과 함께 서양의 과학서적과 논리학 서적을 번역하여 소개하는 작업을 계속하였다. 이지조는 서광계와 아담 샬을 도와서 『숭정역서(崇禎曆書)』를 총 5차례에 걸쳐(1629~1634) 편찬하여 황제에게 진상하는 작업을 함께 수행하였으며(137권), 清朝의 入關 이후에는 이 책을 『서양신법역서(西洋新法曆書)』라는 이름으로 바꾸어서 청 황제에게 진상하여 시헌력의 시행이 이루어지도록 하였다. 1629년에는 마태오 리치의 『천주실의』(1607) 이래 예수회 선교사들에 의해 번역, 간행된 여러 서학서들 20종을 체계적으로 모아서 총서화(叢書化)하여 『천학초함』이라는 이름으로 간행하였다. 이 책은 후대 연구자들이 명말 청초의 서양과의 동아시아 전래를 연구하는 데에 중요한 자료로 사용되고 있다.

그 밖에도 그는 『원용교의(圜容較義)』와 『신법산서(新法算書)』, 『천경해(天經該)』와 같은 천문역산서와 『명리탐(名理探)』, 『환유전(寰有詮)』 등의 철학책을 편찬하였으며, 중국의 예법을 깊이 연구하여 『반궁예

악소(頓宮禮樂疏)』라는 책을 짓기도 하였다.

3. 목차 및 내용

[목차]

〈前編〉 2권

上卷 : 筆算法, 定位法, 加法, 減法, 乘法, 除法

下卷 : 約分과 通分의 방법

〈通編〉 8권

권1 : 三率準測法, 變測法, 重測法

권2 : 合數差分法

권3 : 合數差分法, 和較三率法, 借衰互徵法

권4 : 疊借互徵法

권5 : 雜和較乘法, 遞加法, 倍加法

권6 : 測量三率法, 開方平方法, 開方奇零法

권7 : 積較和開平方法

권8 : 帶縱諸變開平方法, 開立方法, 廣諸乘方法, 奇零諸乘方法

[내용]

『동문산지』의 맨 앞부분에는 서광계(徐光啓)가 만력 갑인년(1614)에 작성한 것으로 적혀있는 〈각동문산지서(刻同文算指序)〉가 실려 있고, 이어서 이지조가 쓴 〈동문산지서〉가 실려 있다.

『동문산지』의 본문은 크게 3부분으로 나뉘어져 있는데, 〈전편(前編)〉 2권과 〈통편(通編)〉 8卷, 〈별편(別編)〉 1권이 그것이다. 그런데 별편 1권이라고 알려져 있는 초본(抄本) 1권은 현재 프랑스 파리도관 소장본에만 포함되어 있어서 그 내용을 파악할 수가 없다. 별편을 제외한 『동문산지』의 목차와 내용을 간략히 정리해보면 다음과 같다.

〈前編〉 2권

上卷 : 筆算法, 定位法, 加法, 減法, 乘法, 除法

下卷 : 約分과 通分의 방법

〈通編〉 8권

권1 : 三率準測法, 變測法, 重測法

권2 : 合數差分法

권3 : 合數差分法, 和較三率法, 借衰互徵法

권4 : 疊借互徵法

권5 : 雜和較乘法, 遞加法, 倍加法

권6 : 測量三率法, 開方平方法, 開方奇零法

권7 : 積較和開平方法

권8 : 帶縱諸變開平方法, 開立方法, 廣諸乘方法, 奇零諸乘方法

『동문산지』의 전편 2권에서는 주로 정수(整數)와 분수(分數)의 가감승제 산법과 기법(記法)을 소개하고 있다. 그런데, 여기서 아주 특히 중요한 점은 전편 앞부분을 통해서 처음으로 필산법을 소개하고 있다는 점이다. 당시 주산(籌算), 즉 주판을 이용한 계산법을 사용하던 중국인들에게 현대와 같은 방식의 필산법을 처음 도입하여 소개하고 있는 것이다.

뒷부분의 통편 8권에서는 각종 비례를 이용한 계산법, 비례분배, 급

수(級數)를 이용한 계산법, 다원일차방정식(多元一次方程式), 개방법(開方法), 개입방법(開立方法), 그리고 평방근과 일반근 계산법 등을 개괄적으로 소개하고 있다. 통편에서 마태오 리치와 이지조는 당시 서양 수학의 여러 계산법들을 소개하면서 동아시아 전통의 계산법들을 함께 재발굴하여 소개하고 있기도 하다.

4. 의의 및 평가

『동문산지』는 17세기 당시 서양 수학의 내용과 그 계산법을 자세히 소개하여 동아시아인들의 산학과 수학 계산에서 새로운 계기를 마련한 책이라고 할 수 있다. 우선 앞서 설명한 대로 중요한 『동문산지』에서는 당시 유럽에서 사용하던 필산법(筆算法)을 처음 중국에 전하였다. 당시까지만 하더라도 중국과 동아시아에서는 계산의 과정에서 주로 주산(籌算), 즉 주판을 이용한 계산법과 산가지(算木)를 이용한 계산법을 주로 이용하였다. 이 중에서 중국에서는 고대로부터 사용하던 산가지를 이용한 계산법이 사라져 버렸고 오직 주판을 이용한 계산법만을 사용하고 있었다. 이에 비해 조선에서는 여전히 산가지를 이용한 계산법이 주로 사용되고 있었다. 따라서 『동문산지』에 이르러 비로소 동아시아인들은 오늘날 우리가 사용하는 것과 유사한 필산법을 사용하기 시작하였다.

한편 『동문산지』의 전편 2권에는 분수와 약수, 통분 등에 대한 내용이 서술되어 있는데, 흥미로운 점은 그가 분수를 적을 때에 분모를 분수의 위에다 위치시키고 분자를 아래에다 위치시켰다는 사실이다. 이러한 방식은 당시 유럽의 분수 표기법과 오늘날 우리가 사용하는 분수 표기법과는 정반대의 방식이다.

『동문산지』의 전편과 통편에는 "평방(平方)", "입방(立方)", "개방(開方)", "승방(乘方)", "통분(通分)", "약분(約分)" 등의 수학적 용어들이 사용되었는데, 이들 용어들은 모두 이지조가 클라비우스의 수학서를 번역하면서 새롭게 만들어낸 용어들이었다.

또한 이지조는 통편의 내용 속에서 서양의 수학 계산법과 동아시아 전통의 계산법을 계속 비교하고 있는데, 이러한 이유로 사고전서총목제요(四庫全書總目提要)에서는 이러한 모습을 "서양의 계산술을 가지고서 『구장산술(九章算術)』의 계산법을 논하고 있다(以西術論九章)"고 적고 있다. 이와 같은 제요의 평가는 『동문산지』의 통편 8편의 목차와 내용은 『구장산술』의 내용을 이용하고 설명하고 있음을 통해서 확인할 수가 있다. 즉 통편의 각 권들의 내용은 쇠분(衰分), 영육(盈朒), 방정(方程), 구고(勾股), 소광(少廣), 적교(積較) 등 『구장산술』의 내용과 대응시킬 수가 있는 것이다.

이지조는 서양의 계산법을 소개하고 이를 이용하여 동아시아 전통의 계산법을 풀이하는 작업을 수행하면서 정대위(程大位)의 『산법통종(算法統宗)』과 같은 중국의 여러 수학서들을 참고하였다. 이러한 이유로 『동문산지』는 서양 수학과 중국의 수학의 결합을 시도한 책으로서 평가된다.

한편 『동문산지』의 맨 앞에 실린 〈각동문산지서〉에서 서광계는, 중국에서는 "유학자들이 이(理)를 말하면서 수(數)를 말하지 않았고, 술사(術士)들은 수(數)를 말하면서 이(理)를 말하지 않았으며 그 결과 명나라 말기에 이르러 수학(數學)이 몰락했다."[5]고 평가한다. 그에 따르면, 중국에서 수학이 몰락한 것은 수를 사물과 유리되어서 논의했기

5) 서광계, 「刻同文算指序」, "儒者言理而不言數, 術士言數而不言理, 及明末數學妄."

때문이다. 하지만 서양의 수학은 사물 자체의 수치와 측량과는 무관한 리와 도서 자체에 몰두하지 않는다는 것이다. 이런 관점에서 서광계와 이지조 등은 마태오 리치로에 의해 전래되기 시작한 서양의 수학, 혹은 기하원본의 수학은 「하도(河圖)」와 「낙서(洛書)」에 토대를 둔 전통적인 수학이나 소옹(邵雍)의 상수학과 구별되는 것이라고 말하고 있다.

5. 조선에 끼친 영향

『기하원본』과 마찬가지로 『동문산지』가 조선에 정확히 언제부터 전해졌는지는 알 수가 없다. 다만, 17세기 말에 이르면 조선의 유학자들이 서양의 수학 계산법을 소개하고 필산법을 소개하기 시작하였음을 볼 때에 이 무렵부터 『동문산지』가 조선에 전래되었음을 알 수가 있다. 예를 들어, 최석정은 서양 수학의 내용을 참고하여 이를 동아시아 전통 수학과 융합하고자 『구수략(九數略)』(1700)이라는 책을 편찬한 데서 이 점을 알 수 있다. 특히 18세기 중엽에 이르면 조선의 여러 학자들이 『동문산지』에 나오는 서양식 필산법을 소개하고 사용하고 있음을 알 수 있는데, 황윤석(黃胤錫)의 『산이수신편(理藪新編)』에 포함되어 있는 『산학입문(算學入門)』이나 홍대용(洪大容, 1731～1783)이 지은 『주해수용(籌解需用)』, 남병길(南秉吉, 1820～1869)의 『산학정의(算學正義)』과 같은 책들을 통해 그러한 영향을 확인할 수가 있다. 이들 서적들에는 수학의 기초 계산법으로 가법, 감법, 승법, 제법, 명분법(命分法), 약분법(約分法), 통분법(通分法), 개평방법(開平方法), 대종평방법(帶縱平方法), 개입방법(開立方法), 대종입방법(帶縱立方法) 등을 소개하고 있는데, 이는 모두 『동문산지』의 편역과정에서 비롯된 것들이다.

한편 『동문산지』는 『기하원본』과 더불어 조선의 유학자들 사이에 공유하고 있었던 성리학적 수리관, 혹은 전통적인 상수학적 수리관의 변화를 가져오게 만들었다고 말할 수 있다. 특히 18세기 후반에 이르면 조선의 유학자들 중에서 전통적인 상수학적 수리관을 비판하는 논설들이 등장하기 시작한다.

18세기까지 조선의 유학자들이 공유하였던 수에 대한 일반적 관념은 성리학에 토대를 둔 상수학적 수리관이라고 할 수 있다. 상수학적 수리관에 따르면 수학은 단순히 산술적 계산이나 측량의 도구를 의미하는 것이 아니라 자연에 대한 보다 근본적인 통찰과 이해의 도구로서 취급되었으며, 역학(易學)과 도서(圖書)의 수와 긴밀히 결합되어 있는 것이었다. 이와 같은 수에 대한 관념은 장현광으로부터 최석정, 김석문, 서명응과 같은 유학자들에 의해 함께 공유된 것이었으며, 18세기 후반 상수학적 해석의 정교화를 가능하게 한 배경이 되었다.

그런데 이와 같은 수에 대한 전통적 관념은 서양의 기하학과 서양 수학서들의 전래로 변화하기 시작하였다. 18세기 후반 이후 역학(易學)과 역산학(曆算學)이 별개의 지식분야라는 인식이 등장한 데에는 수에 대한 이와 같은 새로운 관념이 주요한 배경으로 작용하고 있었다. 그리고 이러한 새로운 관념의 등장은 마태오 리치와 서광계가 함께 번역한 『기하원본』과 더불어 이지조의 『동문산지』의 내용이 전래되고 학습되었기에 가능한 일이었다. 앞서 설명한 바와 같이 『동문산지』의 맨 앞에 실린 〈각동문산지서〉에서 서광계가 중국의 수학을 평가하면서 "유학자들이 理를 말하면서 數를 말하지 않았고, 술사(術士)들은 數를 말하면서 理를 말하지 않았으며 그 결과 명나라 말기에 이르러 수학이 몰락했다."고 평가한 것이 그러한 내용이다.

마태오 리치와 이지조, 서광계 등은 중국에서 수학이 몰락한 것은

數를 사물과 유리되어서 논의했기 때문이라고 보았기 때문이다. 하지만 그들이 보기에 서양의 수학은 「하도(河圖)」와 「낙서(洛書)」와 같은 도서(圖書)와 역학(易學), 소옹(邵雍)의 상수학과는 무관하고 보다 실용적인 것과 사물에 밀접히 관련되는 것이라고 보았다. 그리고 이러한 평가들은 조선의 학자들에게도 그대로 읽혔음이 분명하다.

즉 18세기 후반 이후 조선의 유학자들은 『기하원본』와 『동문산지』에 실린 마태오 리치와 서광계, 이지조 등의 중국 학자들의 글들을 읽고서 그로부터 영향을 받아서 전통적인 상수학적 관념에 대한 비판을 시작한 것이다. 한역 서학서를 통해 전래된 서양선교사들의 논의의 영향은 아래에서 소개하는 서호수나 이가환, 홍대용의 '數'에 대한 논의들을 읽어보면 어렵지 않게 발견할 수가 있다. 그들은 전통적인 상수학의 관념들을 비판하거나 혹은 소옹의 선천역과 결합한 수학적 논의들을 비판하는 논설들을 제출하기 시작하였던 것이다.

〈해제 : 박권수〉

참 고 문 헌

1. 사료

『國朝寶鑑』

『星湖先生全集』

『順菴先生文集』

『五洲衍文長箋散稿』

『存齋集』

『職方外紀』

줄리오 알레니, 천기철(역), 『직방외기: 17세기 예수회 신부들이 그려낸 세계』, 2005, 일조각.

2. 단행본

도날드 베이커, 김세윤(역), 『조선후기 유교와 천주교의 대립』, 일조각, 1997.

方豪, 『中國天主教人物傳』, 香港, 1970.

方豪, 『李之藻輯刻天學初函考』, 臺灣: 華岡學報, 1966.

徐宗澤, 『明淸間耶蘇會士譯著提要』, 臺北: 中華書局, 1949.

李之藻, 『天學初函』 第一卷, 臺北: 學生書局, 1965.

3. 논문

김귀성, 「J.aleni 著 漢譯西歐教育資料가 아시아 교육에 미친 영향 : 『西學凡』, 『職方外紀』를 중심으로」, 『한국교육사학』 제21집, 한국교육사학회, 1999.

안외순, 「서학수용에 따른 조선실학사상의 전개양상」, 『東方學』 제5집, 동양고전연구소 1999.

이원순, 「성호이익의 서학세계」, 『교회사연구』 제1집, 한국교회사연구소, 1977

______, 「職方外紀와 愼後聃의 西洋教育論」, 『역사교육』 제11·12집, 역사교육연구회, 1969.
차미희, 「17·18세기 조선 사대부의 독서 양상과 서양 교육 이해」, 『한국사연구』 제128집, 2005.

『수리정온(數理精蘊)』

분류	세부내용
문헌종류	한문서학서
문헌제목	수리정온(數理精蘊)
문헌형태	동활자본, 목판본, 석판본
문헌언어	漢文
간행년도	1723년
저자	매곡성(梅瑴成, 1681~1763), 하국종(何國宗, ?~1766)
형태사항	총 53권
대분류	과학
세부분류	수학
소장처	서울대학교 규장각한국학연구원
개요	17세기 초반 서양에서 전래된 수학지식들을 번역하여 집대성한 일종의 수학백과전서이다. 유클리드 기하학과 더불어 유럽의 대수학과 삼각법, 로그법, 방정식 등이 소개되어 있다. 맨 앞부분에 동아시아의 전통적인 수리 관념을 표방하는 내용을 담고 있기도 하다.
주제어	산학(算學), 수학(數學), 서양수학(西洋數學), 기하학(幾何學), 삼각법(三角法), 방정식(方程式), 수리(數理)

1. 문헌제목

『수리정온(數理精蘊)』

2. 서지사항

『수리정온(數理精蘊)』(Essential principles of mathematics, 1723)은 총 53권의 거질로 만들어진 算學書이다. 이 책은 1723년(옹정, 擁正 1)에 간행된 『율력연원(律曆淵源)』(Source of the pitch-pipes and the calendar)의 제 3부에 해당하는 것으로 나머지 두 부분은 음악학 서적인 『율려정의(律呂正義)』(Exact meaning of pitch-pipes, 5권)와 역법 서적인 『역상고성(曆象考成)』(Compendium of computational and observational astronomy, 42권)이다.[1] 『율력연원』의 편집은 중국인 학자들인 매곡성(梅瑴成, 1681~1763), 하국종(何國宗, ?~1766), 진후요(陳厚耀,1648~1722) 등에 의해 이루어졌는데, 그들은 강희제(康熙帝, 1654~1772, 재위 1662~1772)의 명을 받은 이후 몽양재(蒙養齋)에 산학관(算學館)을 세우고 11년간의 편집을 거쳐서 이 시리즈를 완성하였고 1723년 10월에 판각을 완료하여 간행하였다.

『율력연원』의 편집이 완료되고 간행된 해는 옹정제가 등극한 이후인 1723년이지만, 애초 『율력연원』의 편찬 기획은 1713년(강희, 康熙 52)에 시작되었고, 그 계기는 『수리정온』의 편집 계획에서부터 비롯되었다.

그동안 한국에서는 조선에서 유학자들에 의해 『수리정온』이 어느 정도 읽히고 영향을 주었는지 등에 연구는 어느 정도 이루어졌지만, 『수리정온』의 여러 판본들과 기관별 소장 현황 등에 대한 서지학적 연구는 아직 제대로 이루어지지 않은 상태라고 할 수 있다. 본 연구를 통해 현재까지 파악한 바에 따르면, 『수리정온』의 주요 판본들은 다음과 같은 것들이 있다.

---

1) 여러 해제들에서 『율력연원』이 1722년에 간행된 것으로 적고 있는데, 이는 오류이다. 이 책이 처음 간행된 것은 1723년이다.

1) 청(淸)나라 강희-옹정(康熙-擁正) 연간의 내부(內府) 동활자본(銅活字本)

전체 53권(卷) (상편5권 「입강명체(立綱明體)」, 하편 40권 「분조치용(分條致用)」, 표사종(表四種) 8권)

9행(行) 20자(字)를 기본으로 하고, 상도하문(上圖下文)의 경우 9행 15자로 되어 있다.

이 판본은 강희제 말년(1722)에 『수리정온』의 편집을 완료하고 『율력연원』의 일부분으로서 1723년(옹정 1년) 10월에 간행된 동활자본이다. 따라서 이 판본은 『역상고성』 42권과 『율려정의』 5권과 동시에 간행이 이루어진 판본이라고 할 수 있다. 현재 대만의 국립고궁박물원(國立故宮博物院)에 45권이 소장되어 있다.

현재 서울대학교 규장각한국학연구원에 42책(40권)으로 소장되어 있는 奎中(규중) 3391이 이 판본이라고 판단된다.

2) 사고전서본(四庫全書本)

사고전서는 1781년(건륭, 乾隆 46)에 1차로 편집이 완료되었다. 목판으로 만들어진 이 판본의 『수리정온』 편집 체제는 강희 연간의 동활자본과 거의 일치한다.(53권, 9행20자)

3) 광서(光緖) 8년 (1882) 강녕심서(江甯瀋署) 장판[2] / 9행 20자

광서제(德宗)의 서문이 붙어 있다.

이 판본은 현재 서울대학교 규장각한국학연구원에 소장번호 규중 2777으로 8권 40책이 소장되어 있다. 8책만 남아 있는데, 아마도 마지막 표부분만을 포함하고 있는 듯하다.[3]

---

2) 光緖8年(1882) 跋文이 붙어 있다.

3) 규장각한국학연구원에는 이 판본을 포함해서 총 6종의 중국본 판본이 소장되어

4) 선통(宣統) 3년 (1911) 석인본(石印本) / 18행 20자 / 1면에 상하 2면을 인쇄

광서 8년본을 저본으로 삼아 다시 상해의 문서루(文瑞樓)에서 간행한 석인본이다.

현재 이 판본은 한국의 몇몇 대학과 기관들에 소장되어 있다. 한국은행에도 21책이 일락본으로 소장되어 있으며, 국립도서관에는 8책본으로 소장되어 있는 듯하다. 경상대학교에도 8권 1책이 남아 있는 듯한데, 표 부분일 듯하다.[4] 또한 경기도 안양에 있는 역학도서박물관(사설)에도 소장이 되어 있는 듯하다.

5) 한국본

규장각한국학연구원 古510.2-Eo42 (7책)

이 판본은 1816년(순조 16) 박종경(朴宗慶)이 만든 동활자 전사자(全史字)를 사용해서 간행한 판본이다. 전체 53권 중에서 7책만 남은 영본이다.

[저자]

매곡성(梅穀成, 1681~1763)의 자는 옥여(玉汝), 호는 순재(循齋), 유하거사(柳下居士) 등이다. 청나라 안휘성(安徽省) 의성현(宣城縣) 사람이다. 매문정(梅文鼎, 1633~1722)의 손자로서, 좌도어사(左都御史) 등의 관직을 역임하였다. 1713년에 『율력연원』의 편찬에 참여하여, 『수리

있다. (奎中 2727, 38冊(零本), 圖, 9行 20字 / 奎中 3037, 8卷 8冊 / 奎中 3231, 8卷 45冊, 圖 / 奎中 3507, 2冊(零本), 表, 9行 20字)

4) 경상대학교 도서관 소장번호 C8B - 성75ㅇ - v.表 (數理精蘊表)

정온』과 더불어 『역상고성』(42권), 『율려정의』(5권)의 편찬 작업을 수행하였다.

그는 서양의 방정식 계산법을 곽수경(郭守敬)의 『수시역초(授時曆草)』와 이야(李冶)의 『측원해경(測圓海鏡)』 등의 책에 전개된 천원술(天元術)의 방법을 토대로 연구하여 1761년에 『적수유진(赤水遺珍)』이라는 책을 저술하였다. 그는 이 책을 『매씨역산총서집요(梅氏曆算叢書輯要)』의 61권에 포함시켰다. 매문정은 이외에도 『겸제당역산총서간무(兼濟堂曆算叢書刊繆)』(1권), 『유하구문(柳下舊聞)』(16권)을 지었으며, 『산법통종(算法统宗)』(11권)을 증삭하였다. 또한 자신과 조부 매문정의 천문학, 산학 저술들을 함께 모은 『매씨역산총서집요』(62권)를 증편하였으며, 1739년에는 명과학(命科學) 선역(選擇) 서적인 『협기변방서(協紀辨方書)』 53권을 편찬하기도 하였다.

또다른 저자인 하국종(何國宗, ?~1766)의 자는 한여(翰如)이다. 그는 직예순천부(直隸顺天府) 대흥현(大興縣) 사람으로서, 1712년(강희 51)에 진사(進士)로 등과하여 서길사(庶吉士)를 거쳐서 예부좌시랑(禮部左侍郎), 한림원시강학사(翰林院侍講學士), 국자감산학총재(国子監算學總裁), 좌도어사(左都御史) 등을 역임하였으며, 예부상서(禮部尚書)에까지 이르렀다. 하국종은 1713년에 강희제로부터 『律曆淵源』의 편찬을 명받아 매곡성 등과 함께 『수리정온』, 『역상고성』, 『율려정의』의 편찬 작업을 수행하였다. 강희와 옹정, 건륭제의 치세를 거치는 동안 그는 천문학, 지리학, 산학 등과 관련 학술활동을 주도하고 참여하였으며, 운하건설과 치수, 축성 등의 작업을 수행하기도 한 관료학자였다. 하국종은 천문역산 연구와 더불어 천문을 관측하고 및 지도의 제작하는 활동을 수행하기도 하였는데, 1744년(건륭10)에 흠천감(欽天監) 정(正)의 벼슬을 맡았던 경력이나 1762년에 명안도(明安圖) 등과 함께 천문관측 활동을 수행하고 관측하여 〈건륭내부황여도(乾隆內府皇輿圖)〉를 편찬한 사실 등이 그것이다.

3. 목차 및 내용

『수리정온』은 크게 상편인 입강명체(5권)와 하편인 분조치용(40권), 表(8권) 세 부분으로 구성되어 있는데, 그 세부 목차는 다음 표와 같다.

편	권	상위 표제	하위 표제
상편	1	數理本源, 河圖, 洛書	
	2	幾何原本 권1~권5	
	3	幾何原本 권6~권10	
	4	幾何原本 권11, 권12	
	5	算法原本1, 2	
하편	1	首部1	度量權衡, 命位, 加法, 減法, 因乘, 歸除
	2	首部2	命分, 約分, 通分
	3	線部1	正比例, 轉比例, 合率比例, 正比例帶分, 轉比例帶分
	4	線部2	按分遞析比例
	5	線部3	按數加減比例
	6	線部4	和數比例, 較數比例
	7	線部5	和較比例
	8	線部6	盈朒
	9	線部7	借衰互徵, 疊借互徵
	10	線部8	方程
	11	面部1	平方, 帶縱平方
	12	面部2	句股
	13	面部3	句股
	14	面部4	三角形
	15	面部5	割圓
	16	面部6	割圓
	17	面部7	三角形邊線角度相求

편	권	상위 표제	하위 표제
	18	面部8	測量
	19	面部9	各面形總論, 直線形
	20	面部10	曲線形
	21	面部11	圓內容各等邊形, 圓外切各等邊形
	22	面部12	各等邊形, 更面形
	23	體部1	立方
	24	體部2	帶縱較數立方, 帶縱和數立方
표	25	體部3	各體形總論, 直線體
	26	體部4	曲線體
	27	體部5	各等面體
	28	體部6	球內容各等面體, 球外切各等面體
			各等面體互容, 更體形
		體部7	各體權度比例, 椎垛
	29	體部8	借根方比例
	30	末部1	借根方比例
	31	末部2	借根方比例
	32	末部3	借根方比例 線類
	33	末部4	借根方比例 面類
	34	末部5	借根方比例 體類
	35	末部6	難題
	36	末部7	對數比例
	37	末部8	比例規解
	38	末部9	比例規解
	39	末部10	八線表上, 八線表說
	40	上, 下	八線表下
	1	上, 下	對數闡微上, 對數闡說, 對數闡微1～5
	2	1～5	對數闡微下, 對數闡微6～10
	3	1～5	對數表說, 對數表上,
	4	1, 2～5	對數表下, 定率對數表說
	5	1～5	八線對數表說, 八線對數表上, 八線對數表下
	6	上, 下	八線對數表下
	7	上, 下	
	8		

입강명체이름이 붙여진 상편 5권은 다시 〈수리본원(數理本源)〉과 〈기하원본(幾何原本)〉, 〈산법원본(算法原本)〉으로 나누어진다. 이 중에서 우선 〈수리본원〉은 수학의 기원과 근본적 원리를 하도(河圖)와 낙서(洛書) 등의 역학(易學), 상수학적(象數學的) 이론으로 설명하는 부분과 〈주비경해(周髀經解)〉 부분으로 구성되어 있다. 〈수리본원〉의 내용은 『수리정온』의 주요한 특징을 보여주는 흥미로운 부분이라고 할 수 있다. (이 점에 대해서는 이후 상술한다.)

이어지는 〈기하원본〉 3권은 마태오 리치(Matteo Ricci, 利瑪竇, 1552～1610)가 Euclid의 Elements(1607, Clavius 판본)를 번역한 『기하원본』이 아닌 Gaston Ignace Pardies(1636～1673)가 지은 프랑스어 수학서 Elémens de géométrie(1671)을 번역한 것이다. 이 책은 Antoine Thomas(1644～1709)와 Jean～Francois Gerbillon(1654～1707, 장성(張誠)), Joachim Bouvet(1656～1730, 백진(白晉))에 의해 제안되었고 강희 황제에 의해 수용되었다.

『수리정온』에 포함된 〈기하원본〉은 모두 12장으로 구성되어 있는데, 삼각형과 사변형, 원 각각에 내접하고 외절하는 다변형들에 대한 문제들, 입체기하(立體幾何)의 문제들, 각종 비열(比例)와 관련한 문제들, 상사형(相似形)에 대한 문제들, 구고(勾股)에 대한 정리(定理)들, 원추체(圓錐體)과 구형(球形), 타원체(橢圓體) 등의 표면적과 체적을 구하는 문제들, 그리고 여러 도형의 작도법(作圖法)에 대한 내용들로 구성되어 있다.

다음으로 〈산법원본〉의 부분은 24항으로 구성된 〈산법원본 일(一)〉과 36항으로 구성된 〈산법원본 이(二)〉로 이루어져 있다.[5] 〈산법원본〉 부분

5) 마태오 리치와 서광계가 함께 번역한 『幾何原本』은 모두 6권으로 구성되어 있고, C. Clavius가 교정(校訂)한 *Euclidis elementorum libri* (15권)의 앞부분 6권을 번역한 것이다.

은 자연수의 성질, 공약수, 공배수, 비례, 급수 등의 기본적인 성질을 다루고 있는데, 기실 그 내용은 마태오 리치와 서광계(徐光啓, 1562~1663)가 번역한 『기하원본』 이후의 Elements 제7권의 대부분 내용을 포함하여 서술한 것이다. 〈산법원본 1〉과 유클리드의 Elements 제7권 부분을 서로 비교하면 다음 표와 같다.

항목	내용	Elements 7권
第一	大數, 小數	정의 1-5
第二	奇數, 偶數, 偶分之偶數, 奇分之偶數, 奇分之奇數	정의 6-10
第三	乘法定義	정의 15
第四	平方數, 正方數	정의 18
第五	兩數(線)相乘得面	정의 16
第六	有零分的兩數(線)相乘	
第七	立方數, 正立方數	정의 19
第八	三數(線)相乘得體	정의 17
第九	除法定義	
第十	平方數, 正方數(逆敘述)	
第十一	兩數(線)相乘得面(逆敘述)	
第十二	有零分的兩數(線)相乘(逆敘述)	
第十三	立方數, 正立方數(逆敘述)	
第十四	三數(線)相乘得體(逆敘述)	
第十五	小數(因數)可以度盡大數(倍數)의 種類 1. 大數惟一數可以度盡者 2. 大數用兩數三數可以度盡者 3. 兩大數或三大數用一小數俱可以度盡者 4. 一小數可以度盡幾大數, 將此幾大數相加為一總數, 此小數亦可以度盡此總數 5. 一小數可以度盡幾大數, 將大數不拘幾分分之, 此小數可以度盡一分, 亦必可以度盡其餘幾分也.	명제 31, 명제 32
第十六	度不盡의 種類 1. 兩大數或三大數用小數彼此不可以度盡者;	명제 27

항목	내용	Elements 7권
	2. 有彼此不能度盡之數, 或將一數自乘或將兩數俱自乘, 彼此仍俱不可以度盡也.	
第十七	輾轉相減法求最大公因數	명제 2, 3
第十八	凡兩數互轉相減, 至於一始可以減盡者, 一之外別無小數可以度盡此兩數也.(兩數互質, 三數互質的最大公因數為一)	명제 1
第十九	相當比例의 約分法(比例的化簡)	
第二十	凡有大分, 以分母乘之, 通為小分, 則為通分法.	
第二十一	凡有幾小數, 欲求俱可以度盡之大數, 則以此幾小數連乘之得數始為此幾小數度盡之一大數也.	
第二十二	凡有兩數彼此互乘所得之數與原數比例必同. (分數比化為整數比)	
第二十三	凡子母分有幾數, 而子數同為一者.(分數比化為整數比)	
第二十四	凡子母分有幾數, 而子母數俱不等者.(分數比化為整數比)	

분조치용의 이름이 붙은 하편 40권은 다시 수부(首部)와 선부(線部), 면부(面部), 체부(體部), 말부(末部)의 다섯 개 부분으로 나누어진다. 이 중에서 수부의 권1과 권2 부분은 도량권형(度量權衡), 명위(命位), 가법(加法), 감법(減法), 인승(因乘), 귀제(歸除), 명분(命分), 약분(約分), 통분(通分) 등으로 구성되어 있는데, 산술의 기본적인 원리 등을 담고 있다. 이어진 線部의 권3에서 권10까지의 내용은 각종 비례를 이용한 계산법에 대한 내용을 담고 있다.

면부를 이루고 있는 권11에서 권22까지의 내용은 구고에 대한 정리와 삼각형, 할원술(割圓術, 삼각함수), 삼각형의 선과 각에 관한 문제와 삼각 측량술(測量術), 직선형(直線形)과 유선형(曲線形), 원(圓) 등의 다변형에 내접하고 외접하는 여러 기하학적인 문제를 다루고 있다.

체부를 구성하고 있는 권23에서 30까지의 내용은 입방체(立方體), 직선체(直線體), 유선체(曲線體) 등의 다면체, 구와 여러 정다면체에 내접하고 외접하는 여러 도형들에 대한 기하학적인 문제들을 다루고 있으며, 마지막에는 퇴타술(堆垛術, 부피를 지닌 물체를 일정한 형식으로 쌓아갈 때의 전체 체적을 급수를 이용하여 구하는 문제들)로 구성되어 있다.

하편의 마지막 부분인 말부를 구성하는 권34에서 권40까지의 내용은 서양식 대수학의 지식들을 소개하고 있는데, 여기에는 차근방비례(借根方比例), 즉 각종 다원방정식을 이용한 대수(對數)의 계산 등에 관련된 문제들이 포함되어 있다.

부록인 표의 부분은 모두 8권에 걸쳐서 네 가지 종류의 표들을 수록하고 있는데, 삼각함수표(팔선표(八線表), 上下)와 비례수표(對數闡微, 上下), 대수표(對數表, 로그표, 上下), 삼각대수표(八線對數表, 上下)가 그것이다.

4. 의의 및 평가

『수리정온』은 1690년대에 강희 황제가 예수회 선교사들로부터 받았던 수학 강의에서 사용된 강의노트에 기원을 두고 있다. 당시 강희제에게 수학 강의를 행한 이들은 Antoine Thomas와 Jean~Francois Gerbillon 등의 예수회 선교사들이었다. 이들 중에서 가장 중심적인 인물은 Thomas로서 그는 강희 황제가 어릴 적부터 수학 교육을 받았던 Ferdinand Verbiest(1623~1688, 남회인(南懷仁))의 뒤를 이어서 강희제에 대한 수학 강의를 주도한 사람이었다. 토마스를 포함한 부베는 1688년부터 황제에게 행할 강의를 준비하였고 그 과정에서 마태오 리치가 번역한 『기하원본』이 아닌 당시 새롭게 유럽에서 편찬된 Elémens de géométrie (1671)를 번역하여 사용하기도 하였다.

사실 기하(幾何)라는 단어는 중국 고대의 수학서인 『구장산술(九章算術)』에서 이미 사용된 용어로서 '얼마인가?'라고 질문하는 말이었다. 마태오 리치는 이 용어를 'Geometry'의 번역어로 채택하였다. 그런데 『수리정온』의 편찬 과정에서도 비슷한 방식으로 번역어에 대한 취사선택이 일어난다. 그들은 Algebra를 '대수(對數)'라는 용어로서 번역하였고, 방정식에 해당하는 용어를 '차근방(借根方)'(borrowed root)이라는 용어를 사용한 것이다.

1709년에 이르러 Thomas와 Gerbillon이 죽고 나자 강희제와 예수회 선교사들과의 관계는 예전만 못해졌다. 특히 강희제는 중국인 학자들이 수학을 연구해서 책을 편찬하기를 원했지만, 황제가 보기에 매문정(1633~1721) 외에는 만족할 만큼 뛰어난 사람이 없었는데 매문정이 편집작업을 진행하기에는 너무 늙었던 것이다. 1713년에 이르러서야 황제는 새로운 중국인 젊은 학자들을 발굴할 수 있었고 그들을 지원하여 『수리정온』을 포함한 『율력연원』의 편찬 작업을 시작할 수가 있었던 것이다.[6)]

서양 예수회 선교사들의 강의노트에서 비롯되는 『수리정온』은 매곡성과 하국종 등 중국인 학자들에 의해 편집이 이루어지면서 흥미로운 부분이 추가되었다. 그것은 앞서 소개한 바와 같이 상편의 맨 앞에 〈수리본원〉이라는 이름으로 '수학의 기원'을 논의하고 있는 내용을 첨가한 것이다. 여기에는 하도와 낙서를 수의 기원으로 설명하는 부분과 나아가 『주비산경』을 산학의 기원으로서 설명하면서 수학(천문학)의 중국기원설을 주장하는 〈주비산해〉 부분이 포함되어 있다.

〈주비산해〉에는 매문정에 주장되기 시작한 '서양과학의 중국기원설'을 주장하는 내용들이 서술되어 있는데, 예를 들어, "주나라 말기에

6) Catherine Jami & Han Qi, "The Reconstruction of Imperial Mathematics in China during the Kangxi reign(1662~1722)", *Early Science and Medicine* 8, 2003.

주인(籌人)의 자제들이 관직을 잃고서 나누어 흩어져서 경문들을 이었는데. 진(秦)나라의 분서갱유(秦火)로 인해 중원의 책이 불타버렸고 문장이 모두 이지러지고 뜻을 잃게 되었으나 해외의 지류가 도리어 참된 학문을 전하게 되었다. 이것이 서학의 근본이 되는 바이다."라는 식의 서술이 그것이다.[7]

또한 그 앞부분에서 하도와 낙서를 수의 기원으로 설명함과 동시에 이들 도식들을 『주역』 〈계사전(繫辭傳)〉의 여러 구절들과 이어 붙여서 설명하는 내용을 적어놓음으로써 중국인 편집자들은 전통적인 상수학적 수리관을 표명하였던 것이다. 이런 점에서 그동안 몇몇 연구자들이 『수리정온』을 '중서(中西) 수학을 종합한 일대 거작'이라는 식으로 평가하기도 하였지만 기실은 당시 예수회 선교사들에 의해 전래된 서양식 수학의 내용에 동아시아 전통의 '역학/상수학적 관념의 껍데기를 앞에다 살짝 입힌 책'이라고 봐야 옳을 것이다.

5. 조선에 끼친 영향

『수리정온』은 여러 간행본들이 규장각을 비롯한 기관들에 소장되어 있으며 필사본들도 부분적으로 전한다. 이렇게 『수리정온』의 간본들이 많이 남아 있는 이유는 우선 이 책이 조선 정부의 차원에서 공식적으로 수입되었고 또한 연구되었기 때문이다.

『동문휘고(同文彙考)』 등에 따르면, 1729년(영조 5년) 관상감 관원인 이세징(李世澄)과 역관(譯官) 김유문(金裕門)이 청나라의 흠천감(欽天監)에서 『율력연원』 73권을 정은(正銀) 62냥을 주고서 간신히 구득했다는

7) 『數理精蘊』 권1, 「周髀算解」

기록이 있다.[8] 이 기록을 보건대 아마도 1729년에 수입된 『율력연원』 속에 『수리정온』이 포함되어 있었을 가능성이 높다. 한편, 이에 앞선 1728년의 『영조실록(英祖實錄)』에는 "역법이 중국과 차이가 나서 역관(曆官)을 중국에 보내 『어정역법(御定曆法)』을 구하여 배워오게 하였다"는 기록이 있다.[9] 아마도 이때 수입한 『어정역법』은 『역상고성』일 것으로 짐작된다.[10] 이렇게 중국 청나라에서 간행된 천문역산서들에 대한 조선 정부의 수입 노력은 이미 『서양신법역서(西洋新法曆書)』의 구입과정에서부터 행해졌던 바이다. 그리고 이와 같은 천문산서를 토대로 조선에서도 역서를 간행하는 방법을 새롭게 익히고 개정하였다.

그 결과 조선의 관상감(觀象監)에서 천문학 분과의 관원들을 뽑을 때에도 『수리정온』을 교재로 사용하였는데, 이는 아마도 영조대에 이미 시작된 일이고 정조대 후반에 들어서 제도적으로도 확립된 것이라고 짐작된다.

> "삼학의 과거시험과 취재 때 쓰는 책이름은 천문학은 『步天歌』, 『天文』, 『曆法』입니다. (중략) 그러나 천문학은 지금 시헌력을 쓰는데도 太初曆과 大衍曆을 강하고 있습니다 (중략) 과거시험은 법전에 실려 있는 것이라서 갑자기 의논하여 바꿀 수 없지만, 취재시험은 지금부터는 祿取才와 別取才를 막론하고 천문학은 『數理精蘊』과 『曆象考成』으로, 명과학은 『協吉通義』로 하고, 이전에 가하던 책이름은 모두 없애도록 합니다. 지리학은 옛 것 그대로 쓰도

---

8) 『同文彙考』 補編, 권4 「使臣別單」

9) 『英祖實錄』 4년(1728) 10월 24일(辛丑) 조

10) 전용훈, "조선후기 서양천문학과 전통천문학의 갈등과 융화"(서울대학교 박사학위 논문, 2004), 78쪽을 참고할 것. 그 외에 『數理精蘊』과 『曆象考成』 등 천문산서들의 수용과 영향에 대해서는 이 논문의 78~86쪽을 참고할 수 있다.

록 합니다." (辛亥釐正節目)[11]

위에서 인용한 구절은 〈신해이정절목(辛亥釐正節目)〉의 일부분이다. 이 절목은 정조 15년(1791) 들어서 관상감의 여러 제도들을 새롭게 개혁하는 중요한 조치들을 담고 있었다. 당시 절목의 주요한 내용은 관상감 내에서 명과학(命科學) 부분에 대한 지원을 강화하는 것들이었는데, 이러한 내용과 더불어 천문학 분과의 취재에서 『수리정온』과 『역상고성』을 사용하고 예전에 사용하던 책들은 더 이상 사용하지 않겠다고 선언한 것이다.

이러한 내용을 보건대, 최소한 1791년 이후에는 관상감 천문학 분과의 취재에서는 『수리정온』이 사용되었음이 분명하다. 또한 과거시험에 대한 규정은 『경국대전』 이래로 국가의 법전에 규정된 것이기에 조문 자체를 쉽게 고칠 수 없다고 말한 내용을 보건대, 관상감의 상위 관료를 뽑는 음양과(陰陽科)의 과학(科擧)시험에서도 『수리정온』이 실질적으로 사용되었을 가능성이 높다.

그런데 문제는 『수리정온』의 분량이 워낙 방대하여 그 내용 모두를 익히고 이해하기란 사실상 거의 불가능한 책이라는 점이다. 따라서 이 책은 비록 관상감의 천문학 분과에서 행해진 취재(取才)나 과학(科擧)에서 사용되었다고 하더라도 일부의 내용을 활용하였을 가능성이 높다.

이와 관련하여 서호수(徐浩修, 1723~1799)가 편찬한 『수리정온보해(數理精蘊補解)』에 대해 어쩌면 『수리정온』의 학습을 위한 참고서나 수험서로 만들어졌거나 이용되었을 것이라는 추측이 있다.[12] 필자가 생각하기에 『수리정온보해』를 단순히 『수리정온』의 학습을 위한 수험

11) 『書雲觀志』 권1, 「取才」
12) 홍영희, "朝鮮 算學과 數理精蘊", <한국수학사학회> 제19권 2호 (2006)

서로 보기에는 몇 가지 문제가 있다고 생각하지만, 그럴 가능성도 충분히 있다고 생각된다. 이 외에도 金泳(?~1812)이 편찬한 『국조역상고(國朝曆象考)』(1796)을 보면, 그 속에서 사용한 시각의 계산과 절기의 계산법은 『수리정온』에서 제시된 방법을 사용한 것을 알 수 있다. 이러한 점들을 보건대, 『수리정온』은 조선 정부에서, 구체적으로 말하자면 천문학 관서인 관상감에서 주요한 책으로 사용되었을 것이고 관상감 소속 천문학자들에게는 필수 학습서였음이 분명하다.

한편, 『수리정온』은 조선에 도입된 이후 관상감의 천문학자들뿐만 아니라 많은 유학자들에 의해 열람되고 학습되었다. 이러한 사실은 황윤석(黃胤錫)의 『산학입문(算學入門)』, 홍대용(洪大容)의 『주해수용(籌解需用)』, 최한기(崔漢綺)의 『습산진벌(習算津筏)』, 남병길(남병길)의 『산학정의(算學正義)』 등을 통해서 확인할 수가 있다.

특히 최한기의 『습산진벌』은 그 목차를 비롯하여 계산의 형식과 문제에 이르기까지 『수리정온』의 내용을 상당부분 가져온 것이다. 『습산진벌』에는 『수리정온』에 관한 인용이 없지만, 그 내용은 『수리정온』 하편의 권1 중에서 도량권형과 명위, 가법, 감법, 인승, 귀제(歸除), 권10 중에서 평방(平方), 대종(帶縱), 권23 중에서 입방(立方), 권24 중에서 대종교수입방(帶縱較數立方), 대종화수입방(帶縱和數立方) 등의 내용을 요약해서 옮긴 것이며, 최한기 자신이 새롭게 덧붙인 부분은 얼마 되지 않는다.

또한 남병길의 『산학정의』에는 『수리정온』의 영향이 확실하게 드러나 있는데, 그 내용 중에서 가법, 감법, 승법, 제법, 명분법, 약분법, 통분법, 개평방법(開平方法), 대종평방법(帶縱平方法), 개립방법(開立方法), 대종입방법(帶縱立方法) 등은 모두 『수리정온』의 내용을 따랐거나 옮긴 것이다.

위에서 언급한 경우는 조선의 유학자들이 『수리정온』의 내용을 그대로 차용하거나 이용한 경우라고 한다면, 다른 한편으로 『수리정온』의 내용을 새롭게 이해하거나 독자적인 견해나 계산법을 함께 제시한 학자도 있다. 그 대표적인 경우가 바로 徐浩修의 『수리정온보해』와 이상혁(李尙爀, 1810～?)의 『산술관견(算術管見)』(1855)이다. 이 중에서 서호수의 『수리정온보해』는 『수리정온』의 수부, 면부, 체부, 말부에 수록된 34개의 문제들을 "도를 늘리고 오류를 바로잡아 그 소이연(所以然)의 연고를 더하여 설명하는" 방식으로 보완하여 해설한 서적이다. 특히 서호수는 『수리정온보해』에서 『수리정온』의 여러 문제들을 구고법과 도형을 이용하여 보다 쉽게 풀어낼 수 있음을 보여주고자 하였다. 한편 이상혁의 『산술관견』에서는 『수리정온』에 수록된 '정다각형의 면적을 구하는 문제'와 '정다각형에 내접하는 원과 및 외접하는 원의 지름을 구하는 문제' 등을 보완하고 있다.

『수리정온』은 한편으로는 조선에 서양 수학의 지식들을 전해준 중요한 서학서이지만, 다른 한편으로는 조선 유학자들의 수리적 관념의 변화와 관련하여서도 중요한 서적이다. 즉 『수리정온』은 마태오 리치와 서광계, 이지조 등이 『기하원본』과 『동문산지』 등에서 비판하였던 '전통적 수리관념' 혹은 '상수학적 수리관념'을 조선의 유학자들이 다시 유지하고 강화하는 역할을 한 것으로 생각된다.

조선에서는 18세기 후반에 이르러 전통적인 수리의 관념과 상수학적(象數學的) 해석에 대한 비판적 인식이 시작되었는데, 이러한 인식들은 정약용과 서호수, 이가환의 저술들을 통해서 확인할 수 있는 바이다. 물론 그렇다고 해서 그러한 비판적 인식이 조선의 모든 유학자들에 의해 전반적으로 공유되거나 철저하게 견지되었던 것은 아니다. 심지어 정약용 또한 어떤 글에서는 역학과 천문역산을 서로 별개의 학문체계를 인식하는 듯이 보이지만, 다른 글에서는 여전히 역학을 학문의 중심으로 삼아 모든 학문을 포괄하려는 욕구를 드러내고 있기 때문이다. 게다가 서호수와 이가환, 홍대용과 같은 선배들과 동시대의

학자인 남병철의 비판에도 불구하고 전통적인 상수학적 관념은 18세기와 19세기의 유학자들의 논의 속에서 여전히 강하게 유지되고 있었다.

그 대표적인 예가 바로 서호수의 조부인 서명응(徐命膺, 1716～1787)의 『보만재총서(保晩齋叢書)』에 수록된 여러 과학 저술들이 그것이다. 또한 19세기 초반에 활동했던 이규경(李圭景, 1788～1856)의 글들은 그러한 상황을 보여주는 하나의 예라고 할 수 있다. 이규경은 유학의 경전인 "오경(五經) 가운데도 오직 『주역(周易)』이 가장 오래된 것이다"고 추켜세우고 있으며, 역학의 여러 이론들 중에서 "오직 선천도(先天圖) 하나만이 더욱 오래되어 실로 만물(萬物)을 개발하고 인문(人文)을 열었다"고 주장하였다.[13] 이규경은 또한 "무릇 수(數)는 낙서(洛書)에서 일어난다."[14]라고 하면서 전통적인 수리관(數理觀)을 여전히 견지하고 있었다. 18세기 후반과 19세기에 이르기까지 조선의 유학자들이 전통적인 상수학적 관념의 유지 및 강화에는 『수리정온』의 맨 앞부분에 덧붙여진 〈수리본원〉의 내용들이 중요한 역할을 하였다고 짐작된다.

〈해제 : 박권수〉

13) 이규경, 『五洲衍文長箋散稿』, 권34, 「周易辨證說」, "五經中惟易最古, 而復有古今之別, 惟先天一圖, 實啓萬物 而開人文."

14) 이규경, 『五洲衍文長箋散稿』, 권4, 「圓方數辨證說」, "凡數, 皆起於洛書, 其四正者三天之數也. (중략) 其四隅者兩地之數也."

참 고 문 헌

1. 사료

『數理精蘊』

2. 논문

구만옥, 「마태오 리치(利瑪竇) 이후 서양 수학에 대한 조선 지식인의 반응」, 『한국실학연구』 20권, 2010.

김문용, 「조선 후기 서양 수학의 영향과 수리 관념의 변화」, 『한국실학연구』 24권, 2012.

박권수, 「조선후기 상수학의 발전과 변동」, 서울대학교 박사학위 논문, 2006.

오영숙, 「徐浩修(1736~1799)의 數理精蘊補解 硏究」, 『17, 18세기 동아시아에서의 과학교류 - 템플턴 한중워크숍 자료집』, 2013.

전용훈, 「조선후기 서양천문학과 전통천문학의 갈등과 융화」, 서울대학교 박사학위논문, 2004.

홍영희, 「朝鮮 算學과 數理精蘊」, 『한국수학사학회』 제19권 2호, 2006.

Catherine Jami & Han Qi, "The Reconstruction of Imperial Mathematics in China during the Kangxi reign(1662~1722)", Early Science and Medicine 8, 2003.

『숭정역서(崇禎曆書)』

분류	세부내용
문헌종류	한문서학서
문헌제목	숭정역서[崇禎曆書, 서양신법역서(西洋新法曆書)]
문헌형태	활자본
문헌언어	漢文
간행년도	숭정역서: 1631~1634년 / 서양신법역서: 1646년
저자	서광계(徐光啓, 1562~1633), 이지조(李之藻, 1565~1630), 롱고바르디(Longobardi,龍華民, 1559~1654), 테렌츠(Terrenz, 鄧玉函, 1576~1630), 로(Roh, 羅雅各, 1592~1638), 아담 샬(Adam Schall von Bell, 湯若望, 1592~1666)
형태사항	숭정역서: 44종 136권 / 서양신법역서: 31종 100권
대분류	과학서
세부분류	천문, 역법, 수학
소장처	Bibliothèque Nationale de France 臺灣 中央硏究院 傅斯年圖書館 中國 古宮博物院 서울대학교 규장각 한국학연구원
개요	서양천문학 이론에 기초한 천체의 위치 계산법. 서양천문학을 중국역법에 채용하는 과정. 성도와 성표. 서양천문학의 역사.
주제어	치력연기(治曆緣起), 역지(曆指), 일전(日躔), 월리(月離), 교식(交食), 칠정(七政)

1. 문헌제목

『숭정역서(崇禎曆書)』

2. 서지사항

『숭정역서(崇禎曆書)』는 역산(曆算, 역 계산)에 필요한 각종 천문학적 이론과 계산법을 수록한 총서로 천문서적 44종 136권(卷)이다. 1631년(숭정 4) 초부터 1634년(숭정 7) 말까지 총 5차에 걸쳐 숭정황제에게 진정(進呈)되었다.

17세기 초반 명(明) 왕조에서는 당시까지 써왔던 대통력(大統曆)이라는 역법에 문제가 많다는 사실이 알려져 있었다. 이에 서광계(徐光啓, 1562～1633), 이지조(李之藻, 1571～1630) 등 중국인 관료의 주도로 명에서 활동하던 유럽의 예수회 선교사들에게 유럽의 천문학 지식을 도입하여 중국의 역법을 개혁하는 임무가 맡겨졌다. 이들은 유럽의 천문학 서적을 번역하거나 다양한 관련 서적들로부터 내용을 발췌하여 종합하는 등 서양천문학을 도입하여 새로운 역법을 수립하는 작업을 하였다. 그 결과 1631년부터 1634년 말까지 총 5차에 걸쳐 서적 44종 135권(卷), 성도(星圖) 1접(摺), 병풍 1가(架)가 숭정제에게 진정(進呈)되었다.

그러나 명(明) 말의 혼란스런 정치상황과 중국인 관료들의 서양천문학에 대한 반감 때문에 새로운 역법은 시행되지 못한 채, 명은 1644년 멸망을 맞았다. 숭정제에게 진정된 서적들은, 확정하기는 어렵지만, 1634～1643년 사이의 어느 시기에 『숭정역서(崇禎曆書)』라는 이름으로 출간되었다. 그리하여 서양천문학에 기초한 새로운 역산(曆算)의 체계를 담은 총서를 『숭정역서』라고 부르게 되었다. 하지만 현재 남아있는 『숭정역서』는 완본(完本)이 없어서, 총서의 정확한 구성과 권수를 확인할 수가 없다.

1644년 청조가 북경을 함락한 후, 『숭정역서』는 청조로 넘어가서, 1646년에 『서양신법역서(西洋新法曆書)』라는 이름으로 출판되었다. 청조는 『숭정역서』에 담긴 서양천문학과 그에 기초한 역법을 적용하여, 1645년부터 시헌력(時憲曆)이라는 새로운 역서를 발행하였다.

『서양신법역서』는 『숭정역서』에 속하는 여러 책들을 전면 교정한 것이 아니라, 책의 제목이 나오는 면이나 일부 면의 판면을 약간 수정하였을 뿐 내용은 거의 그대로 『숭정역서』를 답습하였다.

그 후 1673년에 남회인(南懷仁, Ferdinand Verbiest, 1623～1688)이 『서양신법역서』를 다시 편집하여 1백 권으로 만들어 『신법역서(新法曆書)』라는 이름을 붙였다. 『신법역서』는 건륭제(乾隆帝) 때 편찬된 사고전서(四庫全書)에 수록되었는데, 이 때 건륭제의 이름 '弘曆'을 피휘하여 『신법산서(新法算書)』로 개칭되었다. 현재 널리 이용되고 있는 판본은 문연각사고전서 천문산법류에 수록된 『신법산서』 100권이다.

『숭정역서(崇禎曆書)』는 법원(法原)·법수(法數)·법산(法算)·법기(法器)·회통(會通)의 기본오목(基本五目)과 일전(日纏)·항성(恒星)·월리(月離)·일월교회(日月交會)·위성(緯星)·오성교회(五星交會)의 절차육목(節次六目) 등 11부로 나뉘어 있다.

책 서두에는 역법 관련 상주문(上奏文), 천문관측의 진행경과, 서양역법에 대한 변론(辯論) 등을 기록한 『치력연기(治曆緣起)』를 수록하여 당시 수력(修曆) 업무의 시말을 알 수 있게 하였고, 산학(算學)과 천문기구에 관한 자세한 해설서도 여러 권 첨부하였다.

『숭정역서』 권수는 『명사(明史)』와 『서광계집(徐光啓集)』에는 136권,

서광계의 전기 『서문정공행실(徐文定公行實)』에는 132권, 완원(阮元)의 『주인전(疇人傳)』 「서광계전(徐光啓傳)」에는 126권으로 기록되어 있다. Hummel의 『청대명인전(Eminent Chinese of the Ch'ing Period 1633~1912, vol. 2. Govern Printing Office, 1943)』에서는 137권이라 하였다.

명(明) 말에 편찬된 『숭정역서』는 청(淸) 대에 들어와 『서양신법역서』와 『신법산서』로 재편집되면서 몇 종의 책이 빠지거나 통합되었으며, 또한 권수가 늘거나 줄어들었다. 그리하여 현존 『숭정역서』는 86권, 『서양신법역서』는 100권, 『신법산서』는 100권이다.

『숭정역서』는 현재 프랑스 파리 국립도서관(Bibliotheque Nationale de France), 대만 중앙연구원 부사년도서관(臺灣 中央研究院 傅斯年圖書館), 중국 고궁박물관(中國 古宮博物院), 한국 규장각한국학연구원 등에 각각 소장되어 있다.

[저자]

■ 서광계(徐光啓, 1562~1633)

상해(上海)인. 자(字): 자선(子先). 호(號): 현호(玄扈). 시호: 문정(文定). 세례명: 바오로. 명나라 말기의 문신. 학자. 천주교인.

서양의 학문과 과학 기술을 중국에 도입하고자 한 중국 서학의 선구자 중 한사람이다. 이지조(李之藻, 1565~1630)·양정균(楊廷筠, 1577~1627)과 더불어 중국 천주교의 3대주석(三大柱石)으로 불리며 그리스도교가 중국에 뿌리내리는 데에 지대한 공헌을 하였다. 숭정 초 예부상서(禮部尙書)로서 『숭정역서(崇禎曆書)』 편찬을 주도하였다.

■ 이지조(李之藻, 1565~1630)

절강성 인화(仁和) 지금의 항주(杭州)인. 자(字): 진지(振之), 아존(我

存), 양암(涼庵). 호(號): 양암거사(涼庵居士), 양암일민(涼庵逸民), 존원기수(存園寄叟). 세례명: 레오(Leo)

일찍부터 천문, 지리, 군사, 수리(水利), 음악, 수학, 화학, 철학, 종교 등 여러 분야에 관심을 갖은 명 말(明 末)의 학자로서, 특히 예수회 선교사에 의해 전래된 서양학문을 배우고 받아들이는 데 적극적이었다. 서양의 종교와 학술을 적극 수용하여 중국에 천주교가 뿌리내리게 하는 데에 초석이 되었고, 일부 중국 과학을 서양 과학 특히 천문, 역법 관련 분야 일부분을 개조하려고 한 학자이다. 마태오 리치의 조력자로서 당시 간행된 많은 한문서학서의 저술, 번역, 편찬, 감수를 맡았다.

■ **롱고바르디(Longobardi, 龍華民, 1559~1654)**

이탈리아인. 자(字): 정화(精華)

1597년 중국에 입국하여 1611년까지 소주(蘇州)에서 선교활동.

1610년 마태오 리치가 사망하자 그 뒤를 이어 1622년까지 중국 전교단(China Mission) 제2대 책임자로서 임무를 수행하였다.

■ **테렌츠(Terrenz, 鄧玉函, 1576~1630)**

스위스인. 자(字): 함박(涵璞).

1621년 중국 입국.

예수회 중국 선교사들 중 박학다재한 능력의 소유자로 손꼽힌다. 독일어, 영어, 프랑스어, 포르투갈어, 라틴어 등 외국어에 능통하였고, 철학, 의학, 수학, 천문학, 기계공학 등 다방면의 인문 과학 지식을 두루 갖추었다. 서광계(徐光啓)의 추천으로 1629년 9월 역법 수정작업에 처음부터 참여하여 『측천약설(測天約說)』 2권, 『대측(大測)』 2권, 『정구승도표(正球升度表)』 등을 번역하고, 칠정상한대의(七政象限大儀) 2기와 측량경한대의(測量經限大儀) 1기를 제작하는 등 숭정연간 개력사업의 중심인물 중 하나로 활약하던 중 1630년 병사하였다.

■ 로(Roh, 羅雅各, 1592~1638)

이탈리아인. 자(字): 미소(味韶)

1624년 중국 입국.

산서성 강주(絳州) 등지에서 선교활동. 수학과 천문학에 조예가 깊어 1630년 테렌츠 사망 후 그 후임으로 『숭정역서(崇禎曆書)』 편찬사업에 종사하였다. 「측량전의(測量全義)」, 「일전역지(日躔曆指)」, 「일전표(日躔表)」, 「월리역지(月離曆指)」, 「월리표(月離表)」, 「오위역지(五緯曆指)」, 「오위표(五緯表)」, 「주산(籌算)」, 「황적정구(黃赤正球)」, 「역인(曆引)」, 「비례규해(比例規解)」 등이 그의 편저로 알려져 있다.

■ 아담 샬(Adam Schall von Bell, 湯若望, 1592~1666)

독일인. 자(字): 도미(道未)

1622년 중국 입국

마태오 리치를 이은 중국 천주교회 제2 창립자로 17세기 중반 명·청(明淸) 왕조 교체기에 중국 천주교회의 유지 발전에 지대한 공헌을 했으며, 서양 선교사로는 최초로 정식 중국 관료가 되어 중국의 역법(曆法) 및 과학 발전에 기여하였다.

1629년 9월에 서광계의 건의로 역국(曆局)이 개설되자 아담 샬은 1631년 1월 3일부터 수력(修曆)에 참여하였고 숭정황제에게 상정된 『숭정역서(崇禎曆書)』 중 「교식역지(交食曆指)」, 「항성출몰표(恒星出沒表)」 등 19권을 편역(編譯)하였다. 또한 1634년에 혼천구(渾天球), 지평일구(地平日晷), 망원경(望遠鏡), 천구의(天球儀), 나반(羅盤), 관상의(觀象儀) 등 천문의기와 관측의기를 제작해 황실에 진상하였다.

1644년 청(淸) 왕조가 건립되자 아담 샬은 천문역법에 관한 능력을 인정받아 1644년 11월 25일 국가 역법을 총관하는 흠천감 감정(欽天監監正)에 임명되었다. 이후 아담 샬은 『숭정역서』를 수정 편찬한 『서양신법역서(西洋新法曆書)』 편찬의 구심적 역할을 하였다.

3. 목차 및 내용

[목차]

1631년(숭정 4) 초부터 1634년(숭정 7) 말까지 총 5차에 걸쳐 진정(進呈)된 목차.
(괄호 안은 권수).

제1차: 1631년(崇禎 4) 정월:

曆書總目(1)
日躔曆指(1)
測天約說(2)
大測(2)
日躔表(2)
割圓八線表(6)
黃道升度表(7)
黃道距度表(1)
通率表(2)

제2차: 1631년(崇禎 4) 8월:

測量全義(10)

恒星曆指(3)

恒星曆表(4)

恒星總圖(1摺)

恒星圖像(1)

揆日解訂訛(1)

比例規解(1)

제3차: 1632년(崇禎 5) 4월:

月離曆指(4)

月離曆表(6)

交食曆指(4)

交食曆表(2)

南北高弧表(12)

諸方半晝分表(1)

諸方晨昏分表(1)

제4차: 1634년(崇禎 7) 7월:

五緯總論(1)

日躔增(1)

五星圖(1)

日躔表(1)

火木土二百年表 + 周歲時刻表(3권)

交食曆指(3)

交食諸表用法(2)

交食表(4)

黄平象限表(7)

土木加減表(2)

交食簡法表(2)

方根表(2)

恒星屛障(1架)

제5차: 1634년(崇禎 7) 12월:

五緯曆指(8)

五緯用法(1)

日躔攷(2)

夜中測時(1)

交食蒙求(1)

古今交食攷(1)

恒星出沒表(2)

高弧表(5)

五緯諸表(9)

甲戌乙亥日躔細行(2)

[내용]

『숭정역서』는 역산(曆算, 연월일시를 정하고 천체들의 위치를 알기 위한 계산)에 필요한 각종의 천문학적 이론과 계산법을 수록하였다. 유럽의 천문학 서적을 번역하거나 내용을 발췌해 종합하여 서양천문학에 기초한 새로운 역산의 체계를 담은 총서이다.

1644년 청(淸) 건국 후, 1646년 출간된 『서양신법역서』는 『숭정역서』에 속하는 여러 책들을 전면 교정한 것이 아니라, 책의 제목이 나오는

면이나 일부 면의 판면을 약간 수정하였을 뿐 내용은 거의 그대로 『숭정역서』를 답습하였다.

그 후 1673년에 페르비스트가 『서양신법역서』를 다시 편집해 1백 권으로 만든 『신법역서(新法曆書)』가 건륭제(乾隆帝) 때 편찬된 사고전서(四庫全書)에 수록되며 건륭제의 이름 '홍력(弘曆)'을 피휘하여 『신법산서(新法算書)』로 개칭되었다.

따라서 현재 널리 이용되고 있는 문연각 사고전서 천문산법류에 수록된 『신법산서』 100권이다. 아래 〈표〉에서 보는 것처럼 『숭정역서』 → [서양신법역서』 → 『신법산서』로 재편집되면서 몇 종의 책이 빠지거나 통합되었으며, 또한 권수가 늘거나 줄어들었다.

〈표 1〉 현존본 『숭정역서』, 『서양신법역서』, 『신법산서』의 구성 비교표

崇禎曆書	卷	西洋新法曆書	卷	新法算書(四庫全書에 수록)	卷
治曆緣起		奏疏(治曆緣起)	8	緣起	8
		新曆曉或	1	大測	2
		曆法西傳	1	測天約說	2
曆引	1	新法曆引	1	測食略	2
		新法表異	2	學算小辨 (曆을 피휘)	1
交食曆指	7	交食曆指	7	渾天儀說	5
交食表	9	交食表	9	比例規解	1
古今交食考	1	古今交食考	1	籌算	1
測食	2	測食	2	遠鏡說	1
恒星曆指	3	恒星曆指	3	日躔曆指	1
恒星經緯圖說	1	恒星經緯圖說	1	日躔表	2
恒星經緯表	2	恒星經緯表	2	黃赤正球	1
恒星出沒表	2	恒星出沒表	2	月離曆指	4
黃赤道距度表	1	黃赤距度表	1	月離表	4
正球升度表	1	正球升度表	1	五緯曆指	9
五緯曆指	8	五緯曆指	9	五緯表	11
五緯表	10	五緯表	10	恒星曆指	3

崇禎曆書	卷	西洋新法曆書	卷	新法算書(四庫全書에 수록)	卷
日躔曆指	1	日躔曆指	1	恒星表	2
日躔表	2	日躔表	2	恒星圖說	1
月離曆指	4	月離曆指	4	恒星出沒表	2
月離表	4	月離表	4	交食曆指	7
測天約說	2	測天約說	2	古今交食考	1
幾何要法	4	幾何要法	4	交食表	9
割圓八線表	1	割圓八線表	1	八線表	2
遠鏡說	1	遠鏡說	1	幾何要法	4
比例規解	1	比例規解	1	測量全義	10
渾天儀說	5	渾天儀說	5	新法曆引	1
測量全義	10	測量全義	10	曆法西傳	1
大測	2	大測	2	新法表異	2
		學曆小辨	1		
籌算	1	籌算	1		
	86		100		100

* 『숭정역서』와 『서양신법역서』는 祝平一(2008)에 따랐고, 『신법산서』는 문연각사고전서 수록 본을 순서대로 정리.

『신법산서』에 수록된 각종 책들의 내용은 다음과 같다.

- 「연기(緣起)」: 숭정(崇禎) 2년(1629) 명조에서 개력 논의가 시작되던 때부터, 서양천문학 이론을 도입하여 [숭정역서]가 순차적으로 편찬되어 5차까지(1634) 황제에게 진헌된 과정, 그리고 이후 숭정말(1644)까지 개력논의가 계속되면서 벌이진 개력 과정의 전말을 시간별로 서술하였다. 도입된 서양천문학의 핵심 주장들, 전통적 역법 이론과 서양천문학에 기초한 역법이론과의 차이, 서양천문학 도입 반대자들에 대한 논박의 근거들도 서술되어 있다.
- 「대측(大測)」: 천체의 위치와 운동을 계산하는 데에 필요한

지름과 원주, 원주각, 원과 호, 각과 변, 각과 호의 관계 등 삼각법의 원리를 담고 있다.

- 「측천약설(測天約說)」: 천구를 구면으로 보고, 구면상에서의 각(角), 변(邊), 호(弧)의 관계를 서술하였다. 구면을 평면에 투영했을 때의 각, 변, 호의 관계에 대해서도 서술하였다.
- 「측식략(測食略)」: 일월식이 일어나는 공간구조적인 원리와 일월식의 관측법, 천체까지의 거리와 크기의 관계 등을 서술하였다.
- 「학산소변(學算小辨, 혹은 學曆小辨)」: 숭정역서에 도입된 서양 천문학에서 근거로 삼는 여러 역법이론들이 전통역법의 그것과 어떻게 다른지, 또 왜 이것이 우수한지를 변호하였다.
- 「혼천의설(渾天儀說)」: 혼천의가 구현하는 우주의 구조와 천체운동의 원리를 서술하였다. 황도와 적도의 구조와 천구상에서의 배치 상황, 지구상 관측자의 위도에 따라 천체운동이 관측되는 원리, 천체의 출몰위치의 변화, 태양의 일출입시각(뜨고지는 시각)과 주야각(낮의 길이와 밤의 길이)의 변화, 교식 방위의 변화 등에 대해 서술하였다. 혼천의를 사용한 관측으로 얻어 낼 수 있는 각종의 수치들, 기구의 눈금자의 구성 등에 대해 서술하였다.
- 「비례규해(比例規解)」: 비례규(比例規)라고 불리는 수치 환산자는 두 개의 각기 다른 눈금을 지닌 두 쪽의 자를 서로 겹쳐 측정된 하나의 값으로부터 면적, 체적, 시각 등 다른 값을 환산해 낼 수 있는데, 이 비례규에 그려진 각종 눈금의 구성 원리와 이의 사용법에 대해 서술하였다.
- 「주산(籌算)」: 주(籌)라고 불리는 수가 표시된 막대를 서로 겹쳐서 사칙 연산, 제곱근 연산 등을 하는 방법, 즉 서양식

격자산(格子算)에 대해 서술하였다.

- 「원경설(遠鏡說)」: 달의 지형, 금성의 위상 변화 등 망원경 관측으로 알아낸 각종의 사실과 함께, 빛의 굴절과 렌즈의 원리 등에 관하여 서술하였다.
- 「일전역지(日躔曆指)」: 이심궤도 위를 움직이는 태양의 운동 특성, 관측으로부터 태양의 운동 상수를 얻어내는 방법, 세차, 황도경사각의 변화 등 태양의 운동에 대해 기술하였다.
- 「일전표(日躔表)」: 태양운동의 계산에 쓰이는 각종의 수표들을 얻어내는 원리, 수표에 수록한 각종 수치의 의미 등을 서술하고 각종의 수표를 제시하였다. 태양 근지점의 위치를 연도별로 예측하여 표시한 이백항년표(二百恒年表), 태양의 평균운동에서 실제운동을 얻어내기 위해 필요한 보정수치를 적은 영축차표(盈縮差表) 등 다양한 수표들이 실려 있다.
- 「황적정구(黃赤正球)」: 황도 기준의 수치와 적도 기준의 수치 사이의 변환 원리, 표의 사용법 등을 간단히 서술하였고, 주로 30도씩 적도를 분할하여 적도상의 수치를 황도상의 수치로 변환하는 표들로 이루어져 있다.
- 「월리역지(月離曆指)」: 이심궤도 상을 움직이는 달의 운동 특성, 본륜(本輪, 주원)과 소륜(小輪, 주전원)의 결합으로 달의 운동을 기술하는 방법, 관측으로부터 달의 운동 상수를 얻어내는 방법, 달의 부등속 운동이 일어나는 궤도 원리, 부등속 운동의 기술방법, 교점의 변화, 황도와 백도의 관계, 달운동의 관측치와 시차(視差)와의 관계, 달 운동 관측법, 서양에서 달 운동 관측의 역사, 달 운동 관측을 통해 달의 운동 상수를 얻어내는 방법 등을 기술하였다.
- 「월리표(月離表)」: 달 운동의 계산에 사용되는 각종의 수표

들을 얻어내는 원리, 수표에 수록한 각종 수치의 의미 등을 서술하고 수표를 제시하였다. 달의 운동은 특히 부등속 요소가 많아서 여러 가지 수표들이 필요하다. 해마다 달라지는 달의 위치 상수(동지점까지의 거리, 교점 등)를 연도별로 예측하여 표시한 이백항년표(二百恒年表), 달의 평균운동 위치표(周歲平行表), 달의 위치별 부등속표(加減表), 황도와 백도의 거리표(黃白距度表), 교점의 위치표(交均距限表), 달의 부등속 보정량을 나타낸 표(均數表) 등이 실려 있다.

- 「오위역지(五緯曆指)」: 행성 운동이 태양과 달의 운동과 다른 특징, 우주의 구조 속에서의 행성의 궤도 위치, 티코 브라헤의 행성운동 체계, 행성 운동을 본권(本圈, 주원)과 균권(均圈, 주전원)으로 기술하는 방법, 행성 운동을 기술하는 다양한 이론들을 서술하였다. 후반부에서는 관측으로부터 각 행성의 운동 상수(궤도요소: 이심률, 근지점 위치, 주원의 크기, 주전원의 크기 등)를 얻어내는 방법을 행성별로 나누어 서술하였다. 행성 운동의 위도 요소를 관측으로 얻어내는 방법, 행성과 다른 천체와의 접근과 침범(凌犯), 순행(順行)·역행(逆行)·유(留) 등 불규칙 운동이 일어나는 원리, 지구로부터 각 행성까지의 거리 등에 대해 서술하였다.
- 「오위표(五緯表)」: 행성 운동의 계산에 사용되는 각종의 수표들을 작성하는 원리, 수표의 사용법을 기술하고, 수표를 수록하였다.
- 「항성역지(恒星曆指)」: 항성을 관측하는 방법, 항성을 기준으로 일월오성을 관측하여 원하는 수치를 얻어내는 구면삼각법의 원리, 항성관측 기구, 세차에 의한 항성의 위치 이동, 성도(星圖)를 작도하는 원리와 방법 등을 서술하였다.

- 「항성표(恒星表)」: 각 항성의 위치표를 수록하였다.
- 「항성도설(恒星圖說)」: 원형성도인 현계총성도(見界總星圖), 양반구형 성도인 적도남북양총성도(赤道南北兩總星圖)와 황도남북양총성도(黃道南北兩總星圖), 20면 분할 성도인 황도이십분성도(黃道二十分星圖)의 작도원리를 서술하고, 성도를 수록하였다. 문연각사고전서본에는 현계총성도가 빠진 채 편집되었다.
- 「항성출몰표(恒星出沒表)」: 기준위치(북경)에서 관측되는 각 절기별 혼효중성(昏曉中星, 새벽과 초저녁에 남중하는 별), 각 절기별 항성의 출몰과 남중의 시간표 등을 수록하였다.
- 「교식역지(交食曆指)」: 교식이 발생하는 원리, 천체의 크기와 거리의 관계, 대기굴절, 태양의 운동궤도의 크기와 구조, 달의 운동궤도의 크기와 구조 등 태양과 달 운동의 기본 원리를 설명하고, 일식 계산에서 시차(視差)와 대기굴절차(清蒙氣差)를 고려하는 방법, 교식의 계산에 사용되는 구면삼각법의 원리, 교식 시간과 교식의 정도(食分)를 계산하는 방법, 기구를 이용하여 일월식을 관측하는 방법 등을 서술하였다.
- 「고금교식고(古今交食考)」: 『서경(書經)』의 기록을 비롯하여 중국 역대의 교식에 관한 기록을 검토하였다.
- 「교식표(交食表)」: 교식의 계산에 사용되는 각종의 수표와 사용법을 수록하였다. 태양과 달의 궤도의 교점의 이동을 계산한 표, 태양과 달의 시반경표(視半徑表), 지구상의 위도에 따른 황도십이궁의 위치표, 지구상의 위도에 따른 태양의 고도표, 태양시차표(太陽視差表) 등을 수록하였다.
- 「팔선표(八線表)」: 사인(sine), 코사인(cosine), 탄젠트(tangent)

등 8가지 삼각함수표를 수록하고 이의 사용법을 서술하였다.

- 「기하요법(幾何要法)」: 천문학적 계산, 천문기구의 제작 등에 사용되는 기하학적 원리를 서술하였다.
- 「측량전의(測量全義)」: 삼각법을 이용한 측량법과 측량을 통해 원하는 수치를 얻어내는 원리에 대해 서술하고, 구면삼각법을 중심으로 각, 호, 변의 관계를 통해 원하는 수치를 얻어내는 방법을 서술하였다. 측량에 사용되는 기구, 천문학적 관측에 사용되는 기구의 구조와 사용법에 대해서도 서술하였다.
- 「신법역인(新法曆引)」: 지구의 모양과 이로부터 비롯되는 천문학적 원리, 천체의 궤도, 구면삼각법, 교식의 원리, 행성 운동의 원리 등 역법 개정을 위해 도입된 서양천문학의 기초 개념들에 대해 서술하였다.
- 「역법서전(曆法西傳)」: 알폰소10세, 티코 브라헤 등 주요 업적을 남긴 서양의 천문학자를 중심으로 서양천문학의 역사에 대해 서술하였다. 중국천문학의 이론적 문제점을 지적하고 서양천문학의 이론이 더 우수하다는 주장을 하였다.
- 「신법표이(新法表異)」: 중국의 전통천문학과 서양천문학의 이론적 차이에 대해 서술하고, 서양천문학의 이론이 우수함을 주장하였다.

하시모토 케이조(Hashimoto Keizo)에 따르면, 『숭정역서』나 『서양신법역서』에 수용된 서양의 천문학은 우주론적인 면보다는 위치천문학적인 면이 강조된, 이른바 중국화된 서양천문학이었다고 한다. 물론 우주의 체계는 티코 브라헤(Tycho Brahe, 1546～1601)의 지구-태양중심설(geo-heliocentric system)을 채용하였으며, 천체운동의 계산법이나 계산에 사용된 각종의 수치들은 티코와 동시대의 유럽 천문학자들의 것을 많이 차용했다고 한다. 티코의 우주체계에서는 우주의 중심에 정지한 지구를 두고, 태양이 지구를 중심으로 공전운동을 한다. 그런데 수성, 금성, 화성, 목성, 토성의 오행성은 지구를 중심으로 하지 않고 태양을 중심으로 공전운동을 한다. 『숭정역서』와 『서양신법역서』는 이와 같은 티코의 우주체계를 기초로 하여, 각 천체들의 운동을 구현하는 기하학적인 모델을 사용하여 위치를 계산한다. 가장 기초적인 기하학적 구조는 천체의 주궤도에 해당하는 주원(主圓; 本天)과 원의 중심이 그 주원의 위를 움직이는 주전원(周轉圓; 本輪, epicycle)로 구성된다. 천체가 이 주전원 상에서 움직이는 사이 주전원의 중심이 주원상을 움직여가기 때문에 전체적으로는 타원궤도와 비슷한 궤적을 만들게 된다. 주원은 완전한 원이기는 하지만, 관측자(지구)는 원의 중심에서 약간 벗어난 위치에 있다고 보기 때문에, 이 주원은 이심원(離心圓)이 된다. 이 이심원의 이심률(兩心差의 1/2)이 궤도 운동의 가장 기본적인 상수로 주어지는 것은 이 때문이다.

『숭정역서』와 『서양신법역서』에서는 행성들의 역행(逆行), 순행(順行), 유(留), 복(伏) 등 천체들의 부등속 운동과 태양과의 거리 변화를 기술하기 위하여 몇 가지 기본운동을 상정한다. 첫째는 천체가 단위시간에 움직이는 거리를 의미하는 평균운동인데 이를 평행(平行, mean motion)이라고 한다. 둘째는 천체가 궤도의 기준점(원지점)에서 궤도를 따라 이동한 거리를 의미하는 자체 운동인데 이를 자행(自行; anomaly)이라 한다. 셋째는 천체와 태양과의 이각(離角)을 의미하는 태양과의 거리인데 이를 거일행(距日行; elongation)이라고 한다.

『숭정역서』와 『서양신법역서』에 도입된 천체운동의 기하학적 모형에서는, 천체들의 궤도가 결과적으로 약간 찌그러진 타원궤도를 그리게 된다. 이 때문에 이러한 천체의 궤도상에서의 위치를 계산하기 위해서는 궤도상의 운동속도와 위치의 기준점이 되는 근지점(最高衝, 혹은 最卑)과 원지점(最高)의 위치를 확정하고, 이들의 이동 속도(最高行)를 파악하는 것이 중요하다. 중국천문학에서는 전통적으로 적도좌표계를 사용해 왔는데, 반면 실제로 천체들은 황도와 약간의 경사각을 지닌 채 황도를 따라서 운동한다. 때문에 천체들의 위치를 계산하기 위해서는 황적도 경사각을 확정해야 하며, 변화된 황적도 경사각은 다시 항성의 위치값에도 영향을 미친다.

『숭정역서』와 『서양신법역서』의 구성은 천체운동의 계산을 통해 역서를 만들고 일월식과 오성의 위치를 예측하는 목표에 비추어서 이해할 수 있다. 『숭정역서』는 크게 서양천문학의 기초적 원리와 천체운동의 계산법이라는 두 부분으로 이루어져 있는데, 사고전서에 수록된 『신법산서(新法算書)』의 제요(提要)에 따르면, 이들은 ①기본오목(基本五目)과 ②절차육목(節次六目)이다. 먼저 기본오목은 ㉮법원(法原), ㉯법수(法數), ㉰법산(法算), ㉱법기(法器), ㉲회통(會通)이다. 여기에서는 서양천문학의 기초적 원리를 다루고 있는데, 이것은 서양천문학에서 사용하는 각종의 개념과 이론을 이해하기 위한 기초적인 내용으로 이루어져 있다. 역법의 계산을 위한 기초지식이라고 할 수 있다. 두 번째 절차육목은 ㉮일전(日躔), ㉯항성(恒星), ㉰월리(月離), ㉱일월교회(日月交會), ㉲오위성(五緯星), ㉳오성교회(五星交會)이다. 여기에서는 천체의 운동을 계산하는 방법과 절차를 다루고 있다. 이는 역산법의 핵심이 되는 내용으로 이것을 도입하고 적용하기 위하여 앞서의 서양천문학의 기초적인 내용을 이해하는 것이 필요하다. 『숭정역서』를 편찬해가던 명 말부터 중국의 서광계(徐光啓)나 예수회 선교사들이 중국에 도입하고자 했던 지식은 바로 이 부분에 있다고 할 수 있다.

4. 의의 및 평가

천문 역법은 유가의 정치사상적 관점에서 국가의 통치에 특별한 의미를 지니고 있는데, 천체와 관련된 여러 현상에 현세의 통치자에게 중대한 의미를 지니는 것으로 여기기 때문이다. 따라서 정확한 천문학과 역법의 운용은 국가의 운영에서 가장 핵심적인 과제로 인식되었다. 이와 같은 중요성 때문에 중국의 역법은 이미 고대부터 상당히 높은 수준에 이르렀으며, 왕조를 거듭하면서 정밀도가 높아가는 방향으로 발전하였다. 중국의 역대 역법 가운데 가장 정밀한 역법으로 손꼽히는 것이 원나라에서 수립한 『수시력(授時曆)』이며, 서양천문학을 도입하여 중국의 전통역법의 정밀성을 넘어 선 것이 명 말에 편찬된 『숭정역서(崇禎曆書)』라고 할 수 있다.

『수시력(授時曆)』은 원(元)나라 때 곽수경(郭守敬), 왕순(王恂), 허형(許衡) 등이 세조(世祖, 재위: 1260～1294, 쿠빌라이 칸)의 명을 받아 편찬한 역법(曆法)으로 1276년 편찬에 착수, 1281년 완성되어 시행되었다. 이 역법은 명(明)나라에서도 대통력(大統曆)으로 이름만 바꾸어 그대로 시행되어 1645년 시헌력(時憲曆)이 새로 만들어질 때까지 364년 동안 사용되었다.

한편, 『숭정역서(崇禎曆書)』는 원대로부터 명대까지 오랜 기간 시행되어 온 역법의 대대적 개혁을 위해 편찬된 역법서로, 유럽의 새로운 천문학과 역법 지식을 도입하여 이루어진 총서라는 데 큰 의미가 있다. 나아가 『숭정역서(崇禎曆書)』로 인해 중국을 위시한 중국문화권에 속한 여러 나라 특히 조선에 새로운 역법이 소개, 도입되었으며, 그로써 서양의 새로운 학문과 지식이 동양에 소개되고 알려지게 되었다는 의미가 크다. 대표적 예로 명확한 지구 개념을 비롯, 지리상의 경도

(經度)와 위도(緯度), 구면천문학(球面天文學; spherical astronomy), 시차(視差; parallax), 대기굴절 원리 등 각종 중요한 과학 개념과 계산법이 수입되었다. 『숭정역서(崇禎曆書)』는, 그 편찬 과정에 당시 서양에서 최고의 교육을 받은 지식인이며 과학전문가였던 선교사들이 활약하였기 때문에 동서 학술문화 교류 상에서의 역할도 대단히 크다고 할 수 있다.

5. 조선에 끼친 영향

청은 1645년(順治 2)부터 새로운 역법인 시헌력(時憲曆)을 적용하여 매년 역서를 제작하였다(매년 발행된 역서의 이름도 시헌력이다.). 사실 1645년 청의 순치제(順治帝)에게 진헌된 『서양신법역서』는 명 말에 역법의 개혁을 위해 마련된 『숭정역서』를 거의 그대로 싣고 이름만 바꾼 것이었다. 조선은 1637년 이후 청과 조공책봉 관계를 맺고 있었기 때문에, 청이 시헌력으로 개력하자, 시헌력을 조선도 따라야 하는 역법이 되었다.

청의 개력은 조선에서의 개력 논의를 촉발하였다. 병자호란 이후 청에 볼모로 간 소현세자(昭顯世子)는 북경에서 아담 샬과 교유하였으며, 1645년 1월에 귀국하면서 조선에서의 개력을 의도하였지만, 그의 급서(急逝)로 이루지 못했다. 심양에서 봉림대군(鳳林大君)을 수행했던 한흥일(韓興一, 1587~1651)은 1645년 6월에 귀국하여 국내에서는 공식적으로 맨 처음 시헌력으로의 개력을 주장했다. 관상감 제조였던 김육(金堉, 1580~1658)도 역법 개혁의 필요성을 진언했다. 조선에서는 사은사(謝恩使)를 파견할 때 시헌력과 관련 지식을 습득해 오려고 노력하는 한편, 1648년에는 천문관원 송인룡(宋仁龍)을 청나라에 보내 일전(日躔, 태양의 행도)을 계산하는 방법을 배워왔다. 1651년에 관상감원 김상범(金尙範)이 북경에 파견되어 많은 성과를 얻었고, 1652년 3월에 김상범은 시험적으로 시헌력서를 만들 수 있게 되었다. 이어 청의 역서와 김상범의 계산 결과를 비교/검토하는 작업을 거친 후, 1653년 1월에 다음 해인 1654년(효종 5)부터 시헌력을 반포하기로 결정하였다.

그러나 효종 때에 『서양신법역서』에 포함된 지식 가운데 조선의 천문관원들이 습득한 것은 태양과 달의 운동을 계산하여 역서를 만들 수 있는 정도의 것이었다. 교식과 오행성의 위치는 계산할 수 없었다. 시헌력에 대한 관심이 많지 않은 가운데 현종 대에는 1667년부터 1669년까지 3년간 시헌력을 폐지하고 대통력을 다시 채용하였다. 이것은 청나라에서 시헌력과 서양천문학에 대한 반감과 공격이 거세지면서 시헌력을 폐지하고 대통력으로 회귀한 것을 조선에서도 따랐기 때문이다.

조선에서는 1700년대 초반부터 다시 『서양신법역서』에 수록된 교식과 오행성의 위치 계산에 관한 지식을 습득하려는 노력이 시작되었다. 조선에서 계산한 1705년 역서에서 11월·12월의 대소가 청나라의 그것과 달랐던 것이 계기였다. 정부에서는 관상감원 허원(許遠)을 북경에 여러 차례 파견하여 관련 지식을 습득하였다. 그리하여 1708년(숙종 34)부터 『서양신법역서』의 계산법에 따라 일월식과 오성의 위치를 계산해낼 수 있게 되었다. 허원이 편찬한 『현상신법세초류휘(玄象新法細草類彙)』(1711)는 태양과 달, 교식, 오행성의 운동을 계산하는 계산의 단계와 과정을 자세히 서술하고 있다.

18세기 초까지 조선의 천문관원들은 『서양신법역서』에 포함된 우주론, 천체운동론, 천문의기, 기하학 등의 지식에는 거의 관심을 두지 않았다. 그들이 관심을 둔 것은 역서 제작에 필요한 기술적이고 기능적인 지식에 한정되었다. 앞서 사고전서에서 언급한 절차 6목에만 관심을 집중한 것이다. 이 점은 허원의 『현상신법세초류휘』의 서술방식에서 잘 드러나는데, 그는 각 계산 단계에서 『서양신법역서』의 이백항년표, 주세평행표, 가감차표 등에서 수치를 찾는 방법과 필요한 수치를 환산해내는 방법만을 서술할 뿐, 서양천문학의 이론적 측면에 관한 서술은 전혀 하지 않았다.

조선이 정부 차원에서의 시헌력을 채용하려는 노력을 기울인 것과는 별도로 조선의 지식인 사회에서도 명 말부터 『숭정역서』와 『서양신법역서』를 입수하고 이것을 학습하였다. 1631년(인조 9) 7월 정두원(鄭斗源, 1581～?) 일행이 명에서 돌아와 국왕에게 올렸다는 서적 가운데 『치력연기(治曆緣起)』가 있는 것으로 보아 『숭정역서』에 속하는 서적들이 순차적으로 만들어지는 과정이 조선에도 알려져 있었다는 것을 알 수 있다. 청조에서 1645년부터 시헌력이 시행되었고, 조선에서도 1646년부터는 『서양신법역서』를 구하려고 노력하였다. 1654년(효종 5)부터 조선에서도 시헌력을 채용하였으므로, 이 무렵에는 『서양신법역서』가 조선에 수입되어 학습되고 있었을 것으로 짐작할 수 있다. 1705년(숙종 31)에는 「일전표(日躔表)」와 「월리표(月離表)」를 조선에서 새로 인쇄했다는 기록도 있다.

17세기 후반에는 유학자들 가운데서도 『서양신법역서』를 읽고 공부한 기록을 많이 볼 수 있다. 김석주(金錫胄, 1634～1684), 김만중(金萬重, 1637～1692), 최석정(崔錫鼎, 1646～1715), 김석문(金錫文, 1658～1735) 등의 기록에서 이를 확인할 수 있다. 이들 사례를 통해 볼 때, 17세기 후반에는 『서양신법역서』가 서운관의 천문관원들은 물론 지식인들에게도 상당히 널리 읽히고 있었을 것으로 짐작된다.

〈해제 : 전용훈〉

참 고 문 헌

1. 사료

編纂小組, 『淸史稿校註』, 國史館 民國 75年.

『中國科學技術典籍通彙』 天文 卷8, 河南教育出版社, 1994.

2. 단행본

유경로, 이은성(역주), 『국역증보문헌비고 상위고(增補文獻備考 象緯考)』, 세종대왕기념사업회, 1980.

이면우, 허윤섭, 박권수(역주), 『서운관지(書雲觀志)』, 소명출판, 2003.

이은희, 문중양(역주), 『국조역상고(國朝曆象考)』, 소명출판, 2004.

Hummel, A. W.(ed.), Eminent Chinese of the Ch'ing Period, Washington, 1943.

Keizo Hashimoto, Hsu Kuang~ch'i and Astronomical Reform: The Process of the Chinese Acceptance of Western Astronomy 1629~1635, Kansai University Press, 1988.

3. 논문

전용훈, 「조선후기 서양천문학과 전통천문학의 갈등과 융화」, 서울대학교대학원 박사학위논문, 2004.

祝平一, 「崇禎曆書考」, 『明代研究』 11 , 2008.

______, 「서울대학교 규장각 소장 『崇禎曆書』와 관련 사료 연구」, 『규장각』 34, 2009.

Pingyi Chu, "Archiving Knowlege: A Life History of the Chongzhen lishu (Calendrical Treatises of the Chongzhen Reign)," Extrême Orient, Extrême Occident 6, 2007.

『신제영대의상지(新製靈臺儀象志)』

분류	세부내용
문헌종류	한문서학서
문헌제목	신제영대의상지(新製靈臺儀象志)
문헌형태	목판본(?)
문헌언어	漢文
간행년도	1674년(康熙 13)
저자	南懷仁(Ferdinandus Verbiest, 1623~1688)
형태사항	목판본(?) 16권
대분류	과학서
세부분류	천문의기
소장처	『續修四庫全書』에 수록
개요	남회인은 黃道經緯儀, 赤道經緯儀, 地平經儀, 象限儀, 紀限儀, 天體儀 등 여섯 개의 서양식 천문의기를 제작하였다. 이것이 완성되고 난 후 각 의기의 제작법과 사용법을 그림을 붙여 설명한 것이다. 아울러 이 의기들을 사용해서 얻은 데이터를 표로 작성하였다.
주제어	황도경위의(黃道經緯儀), 적도경위의(赤道經緯儀), 지평경의(地平經儀), 상한의(象限儀), 기한의(紀限儀), 천체의(天體儀)

1. 문헌제목

『신제영대의상지(新製靈臺儀象志)』

2. 서지사항

조선후기 奎章閣의 皆有窩와 西庫에 『영대의상지』가 소장되어 있었음을 확인할 수 있다.[1)] 중국본 서적을 閱古觀과 皆有窩에, 한국본 서적을 西庫에 소장하였다는 사실을 염두에 둘 때 청으로부터 수입한 『의상지』뿐만 아니라 그것을 토대로 조선에서 간행한 『의상지』도 소장하고 있었음을 알 수 있다.

현재 국내에는 서울대학교 규장각한국학연구원, 한국학중앙연구원 도서관, 영남대학교 도서관, 전남대학교 도서관 등에 『신제영대의상지』가 소장되어 있다. 각각의 서지 사항은 아래의 표와 같다.

〈표 1〉 국내 소장 『신제영대의상지(新製靈臺儀象志)』의 서지 사항

표제	판사항	발행사항	형태사항	소장처	청구기호
靈臺儀象志	筆寫本 (일본본)	未詳	線裝16卷20冊 26.0×18.5cm	한국학중앙연구원	J3-226
儀象志	韓構字 多混木 活字版	未詳	線裝, 5卷4冊(卷 5, 8, 11, 12, 13) 四周雙邊, 半郭20×13.8cm, 有界, 半葉9行字數不定, 註雙行, 內向二葉花紋魚尾; 27×17.5cm	한국학중앙연구원	K3-408
新製靈臺 儀象志	木版本 (중국본?)	1674년 (序文)	14卷14冊 上下單邊 左右雙邊 半郭 20.0×13.5cm, 有界, 9行17字, 花	전남대학교 도서관	3J-의51ㄴ

1) 『奎章總目』 卷3, 皆有窩丙庫子, 曆籌類, 儀象志十四本(210쪽 - 영인본 『朝鮮時代書目叢刊』, 北京: 中華書局, 2004의 쪽수. 이하 같음). ; 『西庫藏書錄』, 天文類, 靈臺儀象志二件, 各四冊(645쪽).

표제	판사항	발행사항	형태사항	소장처	청구기호
			口, 上下向黑魚尾 ; 24.9×15.5cm		
儀象志	木活字本	숙종 연간(?)	7책(零本) 四周雙邊 半郭 19.9×13.6cm, 10行18字 註雙行, 板心: 上下花紋魚尾; 29.0×18.8cm	서울대학교 규장각 한국학연구원	奎2257
儀象志	木板本	1674년 (序文)	14卷14册 25.0×16.0cm 卷頭書名: 靈臺儀象志	서울대학교 규장각 한국학연구원	奎3351
儀象志	金屬 活字本 (韓構字)	未詳	4册(零本): 5, 8, 11, 12, 13 四周雙邊 半郭 20.0×13.8cm, 9行21字 註雙行, 上下花紋魚尾; 29.7×18.8cm	서울대학교 규장각 한국학연구원	奎2255
儀象志	木活字本	숙종 연간(?)	7卷7册 四周雙邊 半郭 20.0×13.8cm, 10行18字 註雙行, 板心: 上下花紋魚尾 29.0×18.8cm	서울대학교 규장각 한국학연구원	奎2147
儀象志	木活字本	未詳	全7卷7册 四周單邊 半郭 20.3×13.8cm, 有界, 10行18字 註雙行, 上下內向4瓣黑魚尾; 26.4×17.3cm	영남대학교 도서관	古南443-남회인
儀象圖	筆寫本	1674년	2册: 圖; 37.8× 28.8cm	국립중앙도서관	한貴古朝66-23

이 글에서 이용한 『신제영대의상지』는 『續修四庫全書』에 수록되어 있는 판본이다.2)

[저자]

『신제영대의상지』의 저자 남회인(Ferdinandus Verbiest, 南懷仁, 1623~1688)은 벨기에 출신의 예수회 선교사이다. 18세 때인 1641년 예수회에 입회하고, 벨기에·에스파냐·로마 등지에서 5년 동안 공부했다. 1657년 중국 선교사로 명령을 받고, 1659년 청나라로 들어가 陝西 지방에서 전교 활동을 했다. 1660년 5월 康熙帝의 명으로 北京에 들어가 湯若望(Adam Schall von Bell)과 함께 天文·曆算 서적들을 편찬하고, 관직에 올라 欽天監監正을 지냈다. 1664년에 楊光先(?~1669) 등 보수파가 주도한 '曆獄'으로 한때 흠천감에서 추방당하고 감옥에 갇힌 일도 있었으나, 곧 복직되어 청나라 曆書 제작을 감독하였다. 1669년 강희제의 명을 받들어 工部와 欽天監의 관리들과 함께 천문의기를 제작하기 시작하여 1673년에 6건의 의기를 완성하였고, 太常寺 卿에 봉해졌다. 남회인은 1672년부터 '治理曆法'의 직무를 맡아서 죽을 때까지 수행하였는데, 이는 그가 수학에 정통하고, 천문의기의 제작에 뛰어났으며, 역법의 推算과 천문 관측에 밝아서 조정에서 명성을 얻었기 때문이다.

'吳三桂의 亂' 때에 대포를 만들어 황제의 환심을 샀는데, 그 공로로 工部侍郎이 되어 1692년 그리스도교를 公認받는 데 큰 역할을 하였다. 1678년 러시아와의 회담에서는 통역자로 일하면서 얻은, 시베리아를 통해 러시아를 가로지르는 陸路에 대한 정보는 그 후 중국으로 오는 예수회 선교사들이 이용하였다. 저서에는 『教要序論』 1권(1669), 『聖體答疑』 1권, 『道學家傳』 1권(1686), 『妄占辨』 1권, 『妄推吉凶之辨』 1권, 『告解原義』 1권(1730), 『善惡報略說』(1670) 등이 있고, 세계지도인 『坤輿全圖』(1674)와 지리지인 『坤輿圖說』(1672), 『(康熙)永年曆法』(1678), 『新製

2) 『續修四庫全書』, 上海: 上海古籍出版社, 2002의 1031~1032책에 수록.

靈臺儀象志』(1674) 등이 있다.

3. 목차 및 내용

[목차]

※ 일러두기

- 「目錄」의 제목과 본문의 제목이 다른 경우에는 [ ] 안에 본문의 제목을 표기.
- 「目錄」의 제목에는 있는데 본문의 제목에 없는 글자는 ( )으로 표시.
- 「目錄」의 제목에는 없는데 본문의 제목에 있는 글자는 〈 〉으로 표시.

(卷首?)

南懷仁, 新製靈臺儀象志 序(1ㄱ~13ㄴ): 13張

新製靈臺儀象志 題稿(133ㄱ~137ㄱ): 5張

新製靈臺儀象志 目錄(1ㄱ~5ㄴ): 5張

卷1

新製[制]六儀

黃道經緯全儀

赤道經緯全儀

地平經儀

象限儀

紀限儀

天體儀

窺表

地平儀之用法

象限儀之用法

紀限儀之用法

赤道儀之用法

黃道儀之用法

卷2

諸儀之用條目

地平經緯儀之用

紀限儀之用

赤道經緯儀之用

黃道經緯儀之用

天體儀之用

新儀之適於用

新儀體鉅極分秒之明晰

新儀分法之細微

新儀堅固之理

新儀輕重比例之法

〈異色之體輕重比例表〉

新儀之重心向地之中心

新儀座架之法

第一題

地面上度分〈秒〉變爲里數表

卷4

驗[驗]氣說

(測氣寒熱之分)

測氣燥濕之分

諸曜出入地平蒙氣廣度差表

氣水等差表

氣水差全表

論飛葭之無合于[於]曆

測中域雲之高度[高度之法]

測空際異色及[并]虹霓珥暈諸象

測水法

第一題

垂線球儀

測法三題

第一題

第二題

第三題

用法

第一題

第二題

第三題

第四題

第五題

第六題

第七題

作法

卷5

天體儀恒星出入表

時刻之分及赤道〈並〉地平分相應表

赤道〈度〉變時表

太陽及諸曜出入地平廣度表

卷6

地平儀表 北極出地二十二度至三十度[二十四度二十六度二十八度三十度三十二度]

卷7

地平儀表 北極出地三十二度至[三十四度三十六度三十八度]三十九度五十五分

卷8

黃赤二儀互相推測度分表 (自)降婁宮至娵訾宮

卷9

黃赤二儀(互相推測度分)表 自未宮至申宮

卷10

黃道(經緯)儀表 (自)降婁宮至鶉尾宮

卷11

黃道(經緯)儀表 (自)壽星宮至娵訾宮

卷12

赤道(經緯)儀表 自初度至一百七十九度

卷13

赤道(經緯)儀表 自一百八十度至三百五十九度

諸名星赤道經緯度加減表

卷14

「目錄」의 목차

增定附各曜之小星黃道經緯度表

增定附各曜之小星赤道經緯度表

黃道度天漢表

赤道度天漢表

「본문」의 목차

增定附各曜之小星黃赤經緯度表 及天漢表

增定附各曜之小星黃赤經緯度表

天漢界限表

天漢北黃道經緯度表

天漢南黃道經緯度表

蛇腹下氣黃道經緯度表

夾白下氣黃道經緯度表

天漢北赤道經緯度表

天漢南赤道經緯度表

蛇腹下氣赤道經緯度表

夾白下氣赤道經緯度表

[내용]

강희 8년(1669) 9월에 康熙帝는 南懷仁의 건의에 따라 6개의 의기를 제조해서 觀象臺에 설치하도록 했다. 남회인의 주관 아래 工部의 관리들과 欽天監의 관원 및 天文生 등 30인이 참여해서 작업을 했다. 강희 12년(1673)에 이르러 여섯 개의 의기를 완성해서 觀象臺에 설치하였다. 그것이 바로 赤道經緯儀, 天體儀, 黃道經緯儀, 地平經儀, 象限儀, 紀限儀이다.[3]

※ 觀象臺의 모습은 〈부록〉으로 수록한 〈그림 1〉의 '觀象臺圖'를, 6종의 천문의기의 모습은 〈그림 2〉부터 〈그림 7〉을 참조.

1. 『靈臺儀象志』에 수록된 6건의 天文儀器

1) 赤道經緯儀

적도경위의는 赤經圈, 赤道圈, 子午圈과 象限弧 등으로 구성되어 있으며, 주로 眞太陽時(true solar time)나 천체의 赤經(right ascension)과 赤緯(declination)를 측량하는 데 사용하는 의기이다.

적도경위의의 가장 바깥에 있는 것은 子午圈으로 바깥지름이 6尺 1寸, 弧面의 두께가 1촌 3분, 側平面의 너비가 2촌 5분이다. 그 내부에는 赤道圈이 있는데 바깥지름이 5척 9촌으로 赤道面의 안에 설치되어 자오권과 수직으로 고정되어 있다. 또 象限弧가 있어서 적도면과 수직으로 연결되는데, 호의 꼭대기[弧頂]를 南極에 설치해서 적도권을 견고하게 고정한다-이는 티코 브라헤(Tycho Brahe)의 설계를 간소화하고 최적

3) 이하의 내용은 陳美東, 『中國科學技術史 - 天文學卷』, 北京: 科學出版社, 2003, 701~706쪽 참조.

화하여 춘·추분점에 가까운 곳에서의 관측 시야의 장애를 감소하였다 -. 남극과 북극 사이는 하나의 通軸으로 서로 연결되어 있다. 赤經圈의 바깥지름은 5척 6촌으로 남북 두 極軸(polar axis)을 관통하여, 적도면 안에서 두 극축을 둘러싸고 회전할 수 있다. 적도면과 적경권 위에 각각 游表 네 개를 부착하였다.

자오권 등은 半圓의 雲座에 의해 지탱되고, 운좌의 아래는 두 마리의 升龍이 떠받치고 있으며, 다시 十字交梁이 지탱하고 있다. 운좌의 가운데에는 하나의 구멍이 있어 垂球를 매달아서 십자교량의 四脚 볼트[螺栓]-십자 형태의 네 개의 다리에 설치된 볼트-를 조정해서, 垂球의 끄트머리[尖頂: 첨단]를 십자교량의 교점에 조준해서[정확하게 맞추어서] 전체 의기가 정확한 안치 상태에 놓이도록 한다.

자오권의 양면에는 모두 去極度가 새겨져 있는데, 0°에서부터 90°까지, 매 1°는 60′으로 나눈다. 적도권의 안쪽 弧面[內弧面]과 위쪽 면[上側面]에는 子初·子正·丑初·丑正 등 24시간이 새겨져 있는데, 매 1시간은 또 4각으로 나누고, 매 1각은 또 3개의 직사각형[長方形]으로 평분하고, 매 1 직사각형은 또 5分으로 평분해서, 매 1분을 대각선의 비례를 사용해서 다시 12細分으로 나누면 매 1細分은 5秒와 같다[1/12分=1/12×60(秒)=5秒 ← 1분=60초]. 만약 游表의 도움을 빌리면 1초의 숫자까지 읽을 수 있다[읽을 수 있는 숫자는 1초에 달할 수 있다]. 적도권의 바깥 호면[外弧面]과 아래쪽[下側]에는 모두 360°를 새기고, 매 1°는 또 6개의 직사각형으로 평분하고[1개의 직사각형은 10′ ← 1°÷6=60′÷6=10′], 매 1 직사각형은 대각선의 비례를 사용해서 10분으로 나누면 매 1분은 1′과 같다[10′÷10=1′]. 만약 游表의 도움을 빌리면 15″의 숫자까지 읽을 수 있다. 적경권의 각도는 적도권 바깥 호면[外弧面]과 같다.

- **진태양시의 측량 방법**

  적도권 위의 游表를 이동하여 유표 틈의 그림자가 通軸 위에 곧바로 직사하도록 하면, 이때 유표가 가리키는 시각이 곧 진태양시이다.

- **천체의 적위와 적경을 측량하는 방법**

  적경권을 회전시키고 그 위의 游表를 이동하여, 游表와 通軸 중앙의 橫表가 천체와 일직선상에 정확하게 위치하게 하면, 유표가 가리키는 곳에 의해 해당 천체의 적위를 읽을 수 있다. 두 사람의 관측자가 따로 적도권 위의 游表를 이동시켜, 한 관측자는 游表와 通軸 중앙이 그 적경(P)을 이미 알고 있는 천체와 정확히 일직선상에 위치하게 하고, 다른 한 관측자는 유표와 통축 중앙이 측정하고자 하는 천체와 일직선상에 위치하게 하면, 두 유표가 가리키는 곳에 의해 수치를 읽으면 두 천체의 적경 차(H)를 얻을 수 있으니, 측정하고자 하는 천체의 적경은 P±H가 된다.

  적도경위의의 原型(모델)은 티코 브라헤의 분해식[可折式] 渾儀에서 취했는데,[4] 그것의 주요 개량은 象限弧로 티코 브라헤의 全圓弧를 대치하여, 의기의 안정적 구조에 결코 영향을 주지 않는 상황하에서 시야를 넓혔다는 것이다.

2) 天體儀

천체의는 무게가 약 2톤인 속이 빈 청동의 天球儀로 120여 개의 많은 부품을 조립해서 이루어진다. 하나의 지지대[支架] 위에 地平圈을 설치하는데, 높이가 지면으로부터 4척 7촌, 지평권의 너비는 8촌이며,

---

4) 티코 브라헤의 赤道儀式 渾天儀 참조.

그 위에 세 종류의 각도가 있다. 안쪽은 360°로 나누니 地平經度이며, 가운데는 12時辰으로 나누고, 매 1시진은 또 8刻으로 나누니 매 1刻은 15分과 같다. 바깥쪽은 32方位로 나눈다. 안쪽과 가운데 사이에는 周渠[원형의 도랑]를 새겨서 지지대 하부에 설치된 4개의 볼트와 호응해서(협동하다, 맞물리다, matching) 지평권이 수평에 위치하도록 조정하는 용도를 제공한다.

자오권은 지평권과 수직으로 서로 맞닿는데, 그 양면에는 去極度數를 새기는데, 매 1°는 대각선의 비례를 사용해서 60分으로 나누고, 매 1분은 또 4小分으로 평분하면 1小分은 15″에 상당한다. 0°와 180° 지점은 각각 북극과 남극이 된다. 자오권의 가장 높은 곳에는 火球 모양의 표지가 있는데, 이는 천정을 가리키는 것이다. 북극에 가까운(접하는) 곳에 時盤圈을 설치하는데, 그 직경은 2척, 권의 측면에는 24小時를 새기는데, 매 1小時는 또 4刻으로 나누고, 매 1각은 또 15分으로 나누고, 매 1分은 대각선의 비례를 사용해서 6小分으로 나누니, 매 1小分은 10秒에 상당한다. 시반권의 위에는 游表를 설치하는데 自轉할 수 있어서 日度를 지시하는 데 사용하며, 또 銅球(청동 천구의)의 회전에 따라서 시각을 지시하는 데 사용할 수 있다. 자오권의 하부에는 象限의 齒弧가 있고, 그 옆에는 齒輪이 있어 이것과 함께 서로 맞물려 있어서, 치륜을 회전시키면 자오권의 북극이 하늘의 북극[北天極]을 정확하게 가리키도록 조정할 수 있다.

赤極이나 黃極, 또는 天頂에 따로 부착할 수 있는 1 象限弧 길이의 緯弧가 있는데, 그 위에는 90°의 눈금이 있고, 매 1°는 대각선 비례를 사용해서 60분으로 나눈다. 위호의 위에는 이동할 수 있는 횡표가 있어서 赤緯, 黃緯, 또는 地平緯度를 측정하는데 사용할 수 있다.

천체의의 주요 부분은 직경 6척의 가운데가 비어 있는 銅球인데, 동구의 양극은 자오권의 남북 양극 위에 배치되어 있고, 양극 사이에는 하나의 강철 축[鋼軸]이 꿰어져 있어서 강철 축을 둘러싸고 회전할 수 있으며, 동구의 반은 지평권의 위에 드러나 있고, 반은 지평권의 아래에 숨겨져(가려져) 있다. 동구의 표면 위에는 강축에 수직인 赤道, 그리고 적도와 서로 23°31′30″로 교차하는 黃道가 새겨져 있다. 적도와 황도는 모두 360°로 고르게 나누어져 있고, 매 1°는 또 60分으로 나누어져 있다. 양극으로부터 각각 39°55′ 떨어진 곳에 恒見[顯]圈과 恒隱圈이 새겨져 있다. 황도와 적도의 升交點(춘분점)을 시작으로 매 30° 간격마다 12宮의 이름을 표시하고, 이 12궁의 마디 점[節點]과 황극을 통과하는 12줄의 黃經圈을 새기고, 또 황도상의 매 15° 간격마다 24절기의 이름을 명시했다. 이와 같은 기본 圈의 틀 내에 관계 있는 항성의 좌표 값에 따라 6등성 이상의 1876개의 동으로 된 星點[銅星點]을 표시하고, 아울러 282개의 별자리를 구성하였다. 동성점에는 대소 6등의 구별이 있어서 각 항성의 등급이 같지 않다는 것을 보여준다. 별의 이름과 별자리의 명칭은 중국의 전통적 명칭을 위주로 하였다.

천체의의 용도는 천체의 日周운동과 年周운동, 천체의 출몰, 남중 등의 상황-이미 알고 있는 시간으로 상응하는 위치를 구하거나, 이미 알고 있는 위치로 상응하는 시간을 구하는 것-, 그리고 천체의 赤道·黃道와 地平의 세 가지 종류의 좌표 값의 전환 등등을 보여주는 것이다.

3) 黃道經緯儀

황도경위의는 子午圈, 黃道圈, 黃道經圈, 極至圈 등의 고리[環圈]로 구성되어 있으며, 천체의 黃道座標를 측량하고 節氣를 정하는 데 사용된다.

가장 바깥은 子午圈인데, 치수[尺寸]는 적도경위의 자오권과 같고, 그 위에 새긴 것 또한 같다. 그 내부에는 極至圈과 黃道圈이 있는데, 극지권은 적도의 남·북 양극과 황도상의 동지·하지 二至點을 통과하는 大

圈이니, 그것은 이미 자오권과 남북의 赤極에서 교접하고, 또 황도권과 이지점에서 교접하며, 황도권은 또 자오권과 서로 교접한다. 극지권과 황도권의 바깥지름[外徑], 弧面의 폭과 側平面의 너비는 각각 5척 5촌, 2촌 3분, 1촌 1분으로 한다. 극지권의 눈금은 자오권과 같고, 황도권 내외 弧面 위에는 각각 24절기와 12宮度를 새기는데, 매 宮은 30°, 매 1°는 60분으로 나누어, 游表를 사용할 경우 15″까지 읽을 수 있다.

다시 내부에 황도경권을 설치하는데 강철 축[鋼軸]으로 황도의 남북 양극에 연결하고, 가운데 橫表를 설치한다. 그 외경은 5척 1촌 4분, 호면의 두께는 2촌 3분, 측평면의 너비는 9분이다. 내외 호면의 눈금은 황도를 0°로 하고, 남북의 황극을 90°로 하며, 눈금을 새기는 방법은 극지권과 같다.

자오권의 아래에는 반원형의 雲座를 설치하여 그것을 지지하고(지탱하고), 그 아래에는 또 乘龍으로 떠받치면서 십자 모양으로 교차한 다리에 접하게 한다. 수평을 조정하는 방법은 적도경위의와 서로 같다.

- **황도경위도를 측정하는 방법**

  먼저 측정하고자 하는 항성의 동쪽이나 서쪽에 이미 그 황도좌표를 알고 있는 항성을 선정해서 距星으로 삼는다. 황도권 위의 游表를 거성의 황도경도 값 위에 설정하고, 동시에 거성을 조준하고, 곧바로 다른 하나의 유표를 사용해서 측정하고자 하는 항성을 조준하면, 유표가 황도권 위에서 가리키는 宮度가 측정하고자 하는 항성의 황도경도이다. 황도위도의 측량 또한 이와 같은데, 다만 황도경권 위에서 진행된다.
- **절기를 측정하는 방법**

  절기를 측정하고자 하면 먼저 황도권을 회전시켜 그 측면으로 태양을 보이지 않게 하고, 다음으로 游表를 잡고 東西로 움직여서 표 위의 그림자[隙影]가 通軸을 직사하게 하면 유표가 가리키는 눈금이 절기의 宮度이다.

4) 地平經儀

지평경의는 천체의 地平經度를 측량하는 데 사용된다. 거기에는 하나의 地平圈이 있고, 권의 내부에는 동서로 通徑을 설치하며, 중간은 원반으로 되어 있고, 아래에는 雲柱가 지탱하고 있으며, 네 모퉁이에는 또 龍柱를 설치해서 지탱한다. 그 아래에는 십자 모양으로 교차한 다리[十字交梁]가 있고, 나사[볼트]가 있어 수평을 정할 수 있다. 동서의 운주 위에는 또 두 개의 기둥을 세우는데, 높이가 약 4m이고, 각각 한 마리의 용이 꿈틀꿈틀 위로 기어 올라가는데, 상단에서 각각 하나의 발톱을 내밀어 함께 하나의 火球를 받드는데, 화구의 중심은 곧 天頂을 표시한다. 화구의 중심과 그 아래 지평권 원반의 중심 사이에는 하나의 立表가 있는데, 높이는 4척 4촌이며 지평권과 수직이다. 입표는 가운데가 비어있는데, 상단과 하단에는 각각 작은 기둥이 있어서 화구 중심과 원반 중심이 회전할 수 있다. 입표의 아래에는 하나의 橫表를 설치하는데, 길이는 지평권의 외경과 같고, 또한 원반의 중심을 감싸고 회전할 수 있다. 입표와 횡표의 양쪽 끝에는 작은 구멍이 있는데, 입표 양단의 구멍 사이를 한 가닥 가는 선으로 꿰고(연결하고), 입표의 상단과 횡표의 양단 구멍 사이를 또한 각각 한 가닥 가는 선으로 꿴다(연결한다). 지평권의 바깥지름은 6척 2촌, 위 평면의 너비는 2촌 4분이며, 4象限의 눈금에 의거해서 정남과 정북을 0°로 하여 각각 90°를 새긴다. 매 도는 또 60′으로 나눈다. 가장자리 弧面의 두께는 1촌 2분, 윗면은 正東과 正西를 시작으로 각각 90°를 새긴다. 아랫면은 正西로부터 남쪽으로 가면서 순서대로 주천도수 360°를 새긴다.

천체의 지평경도를 측정하려면 먼저 횡표를 회전시켜 세 가닥의 가는 선과 측량하고자 하는 천체를 하나의 평면 내에 위치시키면 횡표가 지평권 위에서 가리키는 도수가 곧 지평경도이다.

5) 象限儀

상한의는 地平緯儀라고도 불리는데, 천체의 지평고도, 또는 천정거리[天頂距: zenith distance]를 측량하는 데 쓰인다. 象限環弧의 반경은 6척이고, 면의 두께는 1촌 1분, 옆 평면[側平面]의 너비는 2촌 6분이다. 정면에는 90°를 새기고, 매 1°마다 하나의 격자[方格]로 구분하고, 하나의 격자는 또 12개의 작은 격자로 나누는데, 각각의 작은 격자의 밑줄은 대각선의 비례에 의거하면 5分이 되니[1°=60′, 60′÷12=5′], 매 1°는 모두 60분이고, 游表를 사용한다면 10″까지 읽을 수 있다. 안쪽 호면의 눈금 숫자는 위에서 아래로 0°부터 90°까지이며, 천체의 지평고도를 읽을 때 사용한다. 바깥 호면의 눈금 숫자는 아래에서 위로 0°부터 90°까지이며, 천정거리를 읽을 때 사용한다.

環弧 1상한의 양단에는 각각 1반경이 수직으로 호의 중심과 교차한다. 이 두 개의 반경과 環弧가 구성하는 평면의 안에는 雲龍으로 장식을 해서 의기를 아름답게 하는 한편 그 구조를 견고하게 한다. 象限環은 뒷면의 한가운데에 있는 세로축 위에 연접하는데, 세로축과 상한환의 세로 반경은 서로 평행하고, 그 길이는 9척 6촌, 폭은 2촌 1분, 두께는 1촌 7분이다. 그 바깥에는 동서로 각각 높이 7척 4촌의 세로 기둥이 하나씩 있는데, 그 사이의 거리는 7척 8촌으로, 위아래 도리[橫梁]를 서로 연결하는데, 도리의 중간 부분에는 각각 둥근 구멍이 있어서 세로축을 안치하고, 세로축의 양단은 원형으로 상한환을 함께 회전시킬 수 있다. 호의 중심으로부터 하나의 橫軸이 밖으로 뻗어 나오는데 길이는 3촌 1분이다. 횡축의 위에는 하나의 窺衡이 걸쳐져 있는데 그 폭은 2촌 1분, 두께는 2분여, 길이는 반경과 같고, 규형의 하단에는 立耳가 있다.

규형을 이동시켜 입이·횡축과 측정하고자 하는 천체를 일직선상에 위치시키면, 규형과 游表가 상한환 위에서 가리키는 곳을 따라 천체의 지평고도, 또는 천정거리를 읽을 수 있다.

6) 紀限儀

기한의는 距度儀라고도 불리며, 두 천체 사이의 角距離(angular distance)를 측정하는 데 쓰인다. 이는 티코 브라헤의 유사한 의기의 기초 위에서 만들어진 비교적 크게 개량한 신형 기한의이다. 紀限環弧는 원주의 1/6이고, 弧弦의 길이는 6척, 면의 너비는 2촌 5분이며, 그 중앙을 따라서 좌우 양쪽 가장자리로 각각 30°를 새기는데, 매 度는 60분으로 나눈다. 또 1장 6척의 中干(즉 기한환호의 반경)이 있는데, 중간의 상단이 바로 호의 중심이고, 그 하단과 환호의 중앙은 서로 연결되어 있으며, 또 약 2척의 자루가 뻗어 나가고, 자루의 끝에는 작은 고리[小環]가 있어 도르래[滑車]의 갈고리[鉤]를 받는다. 중간의 양측에는 흘러가는 구름무늬 장식[流雲紋飾]을 설치해서 의기를 아름답게 하는 한편 環弧를 튼튼히 연결한다. 中干의 상단에는 또 하나의 橫軸이 밖으로 뻗어 나가는데, 窺衡을 거는 데 사용하며, 규형의 길이 또한 6척이다. 이러한 構材(=部材: 构件)의 배후에는 樞軸이 하나 있는데, 마음대로 높였다 낮췄다 할 수 있는 것은 반원의 톱니바퀴[齒輪]가 지탱하고(받치고) 있기 때문이며, 반원의 톱니바퀴가 자루의 바퀴[柄輪]를 회전시킨다. 樞輪(추축의 바퀴) 아래에는 支柱가 있어서 圓座를 기둥 가운데 삽입해서 사방으로 회전시킬 수 있다. 원좌의 높이는 4척, 아래 기단의 직경은 3척이다. 승천하는 용[游龙]으로 장식한다.

甲, 乙 두 항성의 각거리를 측정하고자 하면 먼저 전체 의기를 회전시켜 中干이 두 항성의 중간(=가운데)을 향하게 하고, 다음으로 도르래[滑車]를 이용해서 중간을 높거나 낮게(위아래로) 이동시키고, 자루의 바퀴[柄輪]를 흔들어서 의기의 면을 위아래로 이동시켜 正斜(똑바르거나 기울어진)의 상황이 두 항성과 서로 같도록 한다. 즉시 한 사람이 窺衡을 이용해서 甲 항성을 조준하고, 동시에 다른 한 사람이 游表를 이용해서 乙 항성을 조준하면, 규형과 유표의 사이의 각거리가 곧 갑, 을 두 항성의 각거리가 된다.

2. 『靈臺儀象志』의 편찬 과정과 그 내용

위와 같은 6건의 천문의기가 완성된 지 얼마 되지 않은 강희 13년(1674) 정월에 남회인은 『영대의상지』를 간행할 것을 주청하였고, 이듬해(1675) 강희제는 조서를 내려 허락하였다. 『의상지』의 편찬은 대략 의기를 제작하기 시작한 초기에 이미 시작되었음을 알 수 있다. 책의 署名을 보면 "治理曆法極西南懷仁著, 右監副劉蘊德筆受, 春官正孫有本·秋官正徐瑚詳受"라고 되어 있다.[5] 『의상지』 각 권의 편찬에 참가한 사람으로는 博士 鮑選, 殷鎧, 張登科, 劉應昌 등 29인이 있다.[6] 이들 중국 학자 가운데는 그 당시 『崇禎曆書』의 편찬에 참가했던 인물이 적지 않다.

『영대의상지』는 위에서 서술한 천문의기의 구조, 설치, 용도, 사용방법 등에 대해 그림과 글로 상세하게 설명한 책이다. 이외에도 측량

5) 『新製靈臺儀象志』 卷1, 1ㄱ. 卷1부터 卷5까지와 卷12는 동일 인물이다.

6) 卷6에 孫有容, 鮑英齊, 焦秉貞, 卷7에 鮑英華, 張問明, 寗完璧, 卷8에 鮑選, 殷鎧, 張登科, 卷9에 朱世貴, 劉應昌, 薛宗胤, 卷10에 蕭盡禮, 李文蔚, 馮方慶, 卷11에 席以恭, 李穎謙, 張文臣, 卷13에 張士魁, 林昇霽, 李式, 劉瀛(?), 권14에 封承?, 蕭盡性, 魏起鳳, 馮邁, (?)鎮 등의 이름이 기재되어 있다.

용의 天文數表, 星表, 蒙氣差表 등의 실용적 내용을 포괄하고 있다. 전체 16권이며, 각 권의 대략적 내용은 다음과 같다.

- 卷首: 남회인이 쓴 서문이 있는데 정밀한 천문의기의 제작이 역법의 제정에서 지니는 중요성 등을 논하고 있다. 이를 통해 남회인이 의기를 제작한 최초의 지향이 중국 고대의 천문가와 다르지 않음을 알 수 있다. 아울러 의기 제작과 관계 있는 상주문과 강희제의 聖旨 등이 수록되어 있다.
- 卷1: 6건의 천문의기의 구조, 조작과 관측 방법, 수치를 읽는 방법 등이 소개되어 있다. 그 설명문은 티코 브라헤의 저작으로부터 번역한 것이고, 湯若望·羅雅谷 등의 관련 번역서를 참고한 것도 적지 않다.
- 卷2: 6건 천문의기의 각종 용도, 특징, 재질, 제작법 등과 함께 比重, 무게중심[重心] 등의 문제에 이르기까지 소개하고 있다.
- 卷3: 6건의 천문의기를 설치하는 방법과 이와 관련한 定向法 등을 소개하고 있다. 아울러 무지개[彩虹]와 光暈 등의 현상과 단진자(simple pendulum)를 이용한 시간 측정[單擺測時] 등의 문제에 대해서도 논하고 있다.
- 卷4: 大氣와 蒙氣가 관측의 정밀도에 끼치는 영향과 온도·습도의 측량 방법과 기구에 대해 논술하였다.
- 卷5: '天體儀恒星出入表'와 '時刻之分及赤道並地平分相應表'는 天體儀를 사용해서 시각 등을 정하는 용도를 제공하는 표이다.
- 卷6~7: '地平儀表'는 地平經儀와 象限儀를 사용하는 데 제공되는 보조용 표이다.
- 卷8~9: '黃赤二儀互相推測度分表'는 황도좌표와 적도좌표의 환

산용 표이다.

- 卷10～11: '黃道經緯儀表'는 1367개 항성의 星表를 포함하고 있으며, 이들 항성의 등급(1～6등), 금목수화토 五行의 속성, 황도의 남쪽과 북쪽 어디에 위치하고 있는가와 黃道 經緯度의 수치 등을 제시하였는데, 표명하고 있는 정밀도는 1′(360° 제도에 따라)이고, 항성의 命名은 중국의 전통적 명칭을 사용하였으며, 降婁宮으로부터 시작해서 黃經의 小大를 순서로 일일이 열거하였으며, 성표의 曆元은 康熙 壬子年(1672)을 취했고, 나열한 항성의 황도좌표의 수치는 대부분 『崇禎曆書』의 星表에 의거해서 歲差를 더해 개정해서 간단하게 구했으며, 황도세차치는 매년 51″를 취했다.
- 卷12～13: '赤道儀表'에서 나열한 항목은 '黃道經緯儀表'와 서로 같다. 황도를 적도로 바꿔서 기준으로 삼았고, 나열한 항성의 이름은 같다. 다만 별의 개수를 비교하면 1개가 더 많은데, 그 순서는 적경 0°부터 360°에 이르기까지 점차 늘려가면서 배열하였고, 성표의 역원은 康熙 癸丑年(1673)을 취했다. 열거된 항성의 적도좌표의 수치는 대체로 상응하는 황도좌표의 수치를 환산해서 얻었다. 권13의 말미에는 '諸名星赤道經緯度加減表'가 첨부되어 있는데, 天倉 등 70개의 가장 밝은 항성의 적도경위도를 1년이 경과할 때마다 그에 상응해서 가감한 적도경위도의 수치로 제시하고 있다. 그밖에도 28수의 距星 가운데 위의 표('諸名星赤道經緯度加減表')에 수록되지 않은 17개-亢·尾·箕·斗·牛·女·危·奎·胃·畢·觜·井·鬼·柳·張·翼·軫-에 대해서도 같은 종류의 데이터(經度加減之數와 緯度加減之數)를 제시하였다.
- 卷14: '增定附各曜之小星黃道經緯度表'와 '增定附各曜之小星赤道經

緯度表'는 전후 두 종류의 도표를 포괄하고 있다. 앞의 한 종류는 '황도경위의표', 혹은 '적도의표'와 같고, 뒤의 한 종류는 '天漢表'이다.

앞의 한 종류는 남회인이 일찍이 측정한 '小星' 509개이다. 여기에는 5등성 4개와 '氣'(星雲이나 星團) 5개, 6등성 500개가 포함되어 있다. 그 항목은 오행의 속성을 열거하지 않았다는 것을 제외하고는 '黃道經緯儀表'나 '赤道儀表'와 동일하다. 그것들은 1876(또는 1877)개의 항성을 종합한 것으로 『영대의상지』 星表라고 할 수 있다. 그 성표는 천체의 상의 항성 위치와 서로 표리가 되어, 서로 참조해서 사용할 수 있다. 그 항성의 전체 숫자는 『숭정역서』 중의 「赤道南北兩總星圖」의 수량(1812개)과 엇비슷한데(상당하고), 다만 『숭정역서』의 성표와 비교해 보면 514성이 증가하였는데, 그 가운데 남극에 가까운 별이 23座 150星이고, 별의 숫자는 『숭정역서』의 성표와 비교해 보면 24개가 증가하였다. 이와 같은 상황은 남회인이 탕약망 등의 방식에 따라서 항성 관측과 성표의 편찬 작업을 계속 진행하고 있었다는 것을 분명하게 보여준다. 기존의 연구에 따르면 『영대의상지』 성표의 적도경위도와 황도경위도의 평균 오차는 각각 4.6′과 7.5′, 8.7′과 8.5′이어서 그 정밀도는 도리어 『숭정역서』의 성표에 미치지 못했다고 한다.[7] 이외에도 이 책이 비교적 급작스럽게 출판(편찬)되었기 때문에 자료가 분산되어 있고(흩어져 있고), 중복과 착오가 비교적 많은 것이 그 결점으로 지적될 수 있다.

---

7) 潘鼐, 『中國恒星觀測史』, 上海: 學林出版社, 1989, 383쪽.

뒤의 한 종류는 '天漢表'인데 銀河 南·北界의 일련의 標識點[标志点, marking point]의 黃·赤道經緯度의 수치를 제시하였고, 그 가운데 약간의 8등성의 위치도 제시하였다. 天漢北黃道經緯度表, 天漢南黃道經緯度表, 天漢北赤道經緯度表, 天漢南赤道經緯度表 등이 그것이다.

■ 卷15~16: 정밀하고 아름다운 揷圖 117폭을 수록하였다. 觀象臺 위에 6건의 천문의기를 배치한 그림[배치도]을 포함하여 6건 천문의기의 總圖와 약간의 부품의 分圖, 의기의 제작에 쓰이는 약간의 기구의 그림[器具圖], 의기의 조립, 배치, 조정에 대한 그림[調整圖] 등등 내용이 풍부하고 다채로우며, 그림이 상세·확실하고 정밀·자세하여 소송의 『新儀象法要』와 비교해 보면 더 높은 기계 制圖(=製圖) 수준과 더욱더 명백한 참고의 가치를 구비하고 있다.

현재 『속수사고전서』에 수록되어 있는 『신제영대의상지』에는 권15와 권16이 수록되어 있지 않다. 현재 『영대의상지』에서 설명한 천문의기의 그림을 확인할 수 있는 자료로는 국립중앙도서관에 소장되어 있는 『儀象圖』(청구기호: 한貴古朝66-23)를 들 수 있다. 책의 전체 구성은 다음과 같다.

「諸儀象弁言」(南懷仁)

(이하의 그림은 두 개의 면에 하나씩)

觀象臺圖

第一圖 黃道儀

第二圖 赤道儀

第三圖 地平經儀

第四圖 象限儀

第五圖 紀限儀

第六圖 天體儀

第七圖 黃赤二儀臺式

第八圖 象限儀臺式

第九圖 紀限儀臺式

第十圖 渾天儀臺式

十一圖

十二圖

十三圖

十四圖

十五圖

十六圖

十七圖

十八圖

十九圖

二十圖

二十一圖

二十二圖

二十三圖

二十四圖

二十五圖

二十六圖

二十七圖

二十八圖

二十九圖/三十圖/三十一圖

三十二圖/三十三圖

三十四圖

三十五圖

三十六圖

三十七圖

三十八圖

三十九圖/四十圖

四十一圖

四十二圖

四十三圖

四十四圖

四十五圖

四十六圖

四十七圖

四十八圖

四十九圖

五十圖

五十一圖

五十二圖

五十三圖

五十四圖

五十五圖

五十六圖/五十七圖/五十八圖

면수로 환산하면 「諸儀象弁言」부터 57·58圖가 그려진 면까지 모두 108면이다. 대체로 하나의 그림은 두 면에 걸쳐 도해하였는데, 29~31

圖와 56~58圖는 두 개 면에 세 개의 그림을 그렸고, 32~33도와 39~40도는 두 개 면에 두 개의 그림을 그렸다. 「觀象臺圖」부터 제10圖까지는 그림의 제목이 있으나 이후 11도부터 58도까지는 제목이 없다.

『의상도』의 제작 이유와 목적은 南懷仁이 강희 13년(1674)에 작성한 「諸儀象弁言」에 상세히 기술되어 있다. 그는 먼저 『의상도』의 제작 목적으로 천문의기의 제작법, 사용법, 설치법에 대한 이해를 돕기 위한 것이라고 하였다. 이미 각 의기의 제작법 등에 대해서는 앞에서 상세히 설명했지만 그림으로 그것을 분명히 보여주고, 그에 따라 부연해서 확대하지[推廣] 않으면 깊은 이해에 도달하기 어렵다고 보았기 때문이다.

그렇다면 다른 책들과 마찬가지로 설명문 다음에 그림을 삽입하지 않고 따로 『의상도』를 제작한 이유는 무엇일까? 남회인 역시 기존의 책들이 설명문 아래에 바로 그림을 붙여서 책을 이리저리 펼쳐보는[翻閱] 수고로움을 줄이고자 하였음을 알고 있었다. 그렇지만 글에는 번거롭고 간편함[繁簡]이 있고, 그림에는 차이[參差]가 있다는 것을 알지 못하고, 글과 그림을 한곳에 배치하면 양자가 뒤섞여 아득하여 알 수 없게 되니[汗漫] 이해하기 어려운 면이 있다고 보았다. 따라서 남회인은 『영대의상지』의 설명문과 그림을 별도로 구성함으로써 서로 섞이지 않도록 하였다.[8)]

『의상도』에는 여섯 개의 천문의기에 대한 그림 이외에 각종 기구에 대한 그림도 포함되어 있다. 그 이유는 무엇일까? 남회인은 그 이유를 두 가지로 들었다. 하나는 여러 의기의 강령을 밝히고 前篇에서 인용한 輕重學의 여러 이치를 해석하기 위함이었고, 다른 하나는 여러 의

8) 「諸儀象弁言」. "然諸書之有圖者, 多綴于其說之下, 以爲覩其文, 卽尋其象, 不勞翻閱也. 而不知文有繁簡, 圖有參差, 使序列而共處于一篇之中, 則必交互汗漫, 未有能快于目者也. 故此編也, 說自爲一類, 而圖又自爲一類, 不相混也."

기의 合法을 반복해서 밝힘으로써 지역과 때에 따라 그것을 사용하는 데 마땅하지 않음이 없도록 하기 위함이었다.[9)]

하늘을 관측하는 의기[測天之儀]는 그 종류가 여러 가지였다. 觀象臺에 설치되어 있는 것처럼 한곳에 고정해서 이동하지 않고 사용하는 것도 있고, 각각의 지역마다 다른 交食이나 節氣 시각, 日出入 시각, 밤낮의 길이 등을 측정하기 위해 몸에 휴대하고 다니면서 편리하게 이용하는 것도 있으며, 陸路에서 고정해서 사용하는 것과 물가[水次]에서 걸어놓고 사용하는 것이 있고, 天·地·水·氣 등 각각의 관측 대상과 山嶽의 높이, 구름[雲]의 원근, 氣의 輕重, 寒熱燥濕 등 각각의 관측 종류에 따라 사용하는 의기가 달랐다. 따라서 그것의 제작법과 사용법을 모두 구비하기 위해서는 다양한 기구의 용법을 그림으로 설명할 필요가 있었던 것이다.[10)]

4. 의의 및 평가

남회인이 제작한 6건의 천문의기는 티코 브라헤의 저작인 *Astonomiae Instauratae Mechanica*(1598)를 주요 참고 자료로 삼아 그 일부를 개량하고, 중국의 전통적 조형 예술을 흡수하여 제작한 것이다. 남회인은 유럽의 기계 제작 기술과 중국의 주조 기술을 결합하여 그 설계와 제작을 성공적으

9) 「諸儀象弁言」. "且六儀之外, 又廣之以各器各法者何. 盖一以明諸儀之綱領, 而釋前篇所引輕重學之諸理, 一以反覆明夫諸儀之合法, 隨地隨時用之而無不宜之."

10) 「諸儀象弁言」. "盖測天之儀, 有定于一處而不移者, 如在于觀象臺者, 是也. 亦有可携而隨身以便用者, 如在天下各省, 凡所以測交食·節氣·日之出入·晝夜之長短, 各地不同者, 是也. 有陸路所用而定者, 有水次所用而懸者, 有測天·測地·測水·測氣, 測山嶽之高, 雲之近遠, 氣之輕重, 寒熱燥濕諸類, 各有所測之儀, 而其所爲作與用之法, 于是乎備已."

로 완수하였다고 평가된다. 따라서 이 6건의 천문의기를 통해서 서양의 고전 천문의기가 어떤 방식으로 중국의 천문학에 도입되었는지, 아울러 중국과 서양의 고전 천문의기가 어떠한 방식으로 결합되었는지 확인할 수 있을 것이다.

『영대의상지』는 조선후기 천문역산학의 전개 과정에서도 큰 영향을 끼쳤다. 숙종 대 천문의기의 정비 과정에서는 崔錫鼎(1646~1715)의 역할이 주목된다. 그는 숙종 13년(1687) 국왕의 명을 받들어 李敏哲과 함께 渾天儀 개수 작업을 했고,[11] 그 일련의 상황을 「齊政閣記」를 통해 정리하였다.[12] 이 과정에서 그는 천문의기의 정비 문제에 관심을 갖게 되었던 것으로 보인다. 그 연장선에서 최석정이 중국에 使行하는 관상감 관원에게 『儀象志』를 구입해 오도록 하였고, 이를 토대로 日影儀·半天儀 등을 제작해서 진상했다는 사실[13]을 검토해 볼 필요가 있다. 여기에 등장하는 『의상지』는 康熙 13년(1674)에 서양 선교사 南懷仁(Ferdinandus Verbiest)이 편찬한 『新製靈臺儀象志』(16권)를 뜻한다. 이 책에는 康熙 12년(1673)에 제작된 6종류의 천문의기, 즉 赤道經緯儀, 黃道經緯儀, 天體儀, 地平經儀, 象限儀, 紀限儀의 구조와 원리, 사용 방법이 소개되어 있다.[14] 실제로 관상감 관원 許遠이 중국에서 『의상지』를 구

11) 『肅宗實錄』 卷18, 肅宗 13년 7월 15일(辛卯), 32ㄱ(39책, 106쪽). 이미 숙종 5년(1679)에 金錫胄가 渾天儀를 보수해야 한다고 건의했고, 숙종은 弘文館으로 하여금 보수하게 한 후 承政院에서 검사하여 大內에 들이라고 명령한 바 있다[『承政院日記』 第269冊, 肅宗 5년 3월 27일(壬戌). "(金)錫胄曰, 璿璣玉衡, 在於何處, 而今何如. 上曰, 今已破碎矣. 錫胄曰, 改造似當. 上曰, 何時改爲耶. 錫胄曰, 臣待罪玉堂時, 見璿璣有刻皮矣. 上曰, 使於玉堂改造, 可矣.……上曰, 渾天儀, 畢修補後, 政院看品入之."].

12) 『明谷集』 卷9, 「齊政閣記」, 1ㄱ~3ㄴ(154책, 4~5쪽).

13) 「先考議政府領議政府君行狀」, 『昆侖集』 卷19, 30ㄴ(183책, 360쪽). "占象之器, 闕而不備, 稟送書雲官燕京, 購得儀象志, 按圖作占晷測遠之器·日影儀·半天儀以進." ; 「領議政明谷崔公神道碑銘」, 『西堂私載』 卷6, 41ㄱ(186책, 334쪽).

14) 『欽定大淸會典則例』 卷158, 欽天監, 時憲科. "十三年, 編著新儀製法用法圖說, 並

입해 온 것은 숙종 35년(1709)이었다. 당시 사행단은 『의상지』뿐만 아니라 다른 여러 서적들도 구매하였고, 日星定晷와 日影輪圖라는 천문의기도 구입하였다.[15]

숙종 39년(1713) 穆克登이 淸의 勅使로 조선에 올 때 五官司曆을 대동했다.[16] 당시 오관사력 何國柱는 관측을 위해 '測候儀器'를 가지고 왔는데 이는 '半圓儀器'인 象限儀였다.[17] 이에 조선 정부는 허원을 보내 오관사력에게 儀器와 算法을 배우게 하였다. 당시 관상감에서는 『의상지』 간행을 추진하고 있었는데 圖本 제작에 어려움을 겪고 있었기 때문에 오관사력의 出來를 계기로 이 문제를 해결하고자 했던 것이다.[18] 이는

恒星經緯度表十六卷, 名曰, 新製靈臺儀象志." ; 張柏春, 『明淸測天儀器之歐化』, 沈陽: 遼寧敎育出版社, 2000, 170～175쪽 참조.

15) 『承政院日記』 第447冊, 肅宗 35년 3월 23일(甲午). "又所啓, 因觀象監草記, 本監官員許遠, 別爲入送, 而管運餉銀二百兩, 亦出給矣. 所謂金水星年根未透處及日月蝕法, 可考諸冊, 幸得貿來, 而竝與中間通言人所給情債, 其數爲一百兩. 欽天監人, 又送言以爲, 尙有他冊可買者, 欲買則當許賣云. 故臣使之錄示其冊名, 則乃是戎軒指掌·儀象志·精儀賦·詳儀[祥異]賦·七十二候解說·流星撮要及日星定晷·日影輪圖兩器也. 此皆我國所未見者, 故盡爲買之, 而此外天文大成·天元曆理等書, 亦頗要緊, 且日月蝕測候時, 所用遠鏡, 每每借來於閭家云. 故亦皆貿得以來, 餘銀尙爲四十兩五錢, 故歸時還置於管運餉矣. 雖涉煩瑣, 而初出於朝命, 故敢此仰達."

16) 『肅宗實錄』 卷53, 肅宗 39년 5월 16일(壬辰), 39ㄱ(40책, 499쪽).

17) 『承政院日記』 第478冊, 肅宗 39년 윤5월 15일(辛酉). "(趙)泰耈啓曰, 臣待罪觀象監提調, 故敢達. 頃見遠接使狀啓, 則五官司曆, 以測候事, 持來測候儀器云……上曰, 遠接使狀啓中, 其所持來者, 半圓儀器一件, 而術業頗精云……." ; 『增補文獻備考』 卷2, 象緯考 2, 北極高度, 10ㄴ(上, 34쪽). "臣謹按, 右漢陽北極高度, 肅宗癸巳, 淸人穆克登, 率五官司曆來到實測者也." ; 『國朝曆象考』 卷1, 北極高度, 4ㄴ(362쪽). "肅宗三十九年, 淸使何國柱, 用象限大儀, 測北極高度于漢城鐘街, 得三十七度三十九分一十五秒, 此乃曆象考成所載朝鮮北極高度也." ; 『書雲觀志』 卷3, 故事, 45ㄴ～46ㄱ(260～261쪽).

18) 『承政院日記』 第478冊, 肅宗 39년 윤5월 15일(辛酉). "(趙)泰耈曰, 本監, 方有儀象志開刊之役, 其中雖有圖本制法, 有未能瑩然者云……." ; 『肅宗實錄』 卷54, 肅宗 39년 7월 30일(乙亥), 17ㄱ(40책, 511쪽). "(趙)泰耈曰, 五官司曆出來時, 許遠學得儀器·算法, 仍令隨往義州, 盡學其術矣."

숙종 대에 새로운 천문의기 제작의 필요성이 대두하였고, 당시 정부에서는 이 문제를 해결하기 위해 淸으로부터 최신 서적인 『의상지』를 수입했으며, 『의상지』의 간행·보급과 그에 기초한 천문의기 제작 사업을 추진했다는 사실을 말해준다.[19] 숙종 39년에 시작한 『의상지』 출간 사업은 해를 넘겨 숙종 40년(1714)에 완료되었다.[20]

정조 13년(1789)에는 金泳 등에게 명하여 赤道經緯儀와 地平日晷를 제작해서 진상하게 하고, 여벌을 제작하여 관상감에 비치하였다.[21] 당시 천문의기 제작의 목적은 사도세자의 묘인 永祐園을 水原의 花山으로 이전하는 문제와 관련이 있었다. 그것은 遷園 예식을 거행할 때 필요한 정확한 시간 측정[諏日]을 위해 미리 中星과 更漏를 바로잡기 위한 작업이었다.[22] 정조는 李德星과 金泳을 시켜 『新法中星紀』를 편찬한 뒤 지평일구로 해그림자를, 적도경위의로 중성을 측정하게 하여 서로 맞추어 보게 하였다.[23] 『新法漏籌通義』와 『신법중성기』의 편찬, 지평일구와 적도경위의의 제작은 긴밀히 연결된 사업이었다.[24]

---

19) 『肅宗實錄』 卷54, 肅宗 39년 7월 30일(乙亥), 17ㄱ(40책, 511쪽). "(趙)泰耈曰, 五官司曆出來時, 許遠學得儀器·算法, 仍令隨往義州, 盡學其術矣. 儀器之用, 有儀象志·黃赤正球等冊. 筭書及此等冊, 使之印布, 儀器亦令造成, 而司曆又言, 爾國所無書冊·器械, 當歸奏覓給云, 日後使行, 許遠使之隨往好矣."

20) 『肅宗實錄補闕正誤』 卷55, 肅宗 40년 5월 23일(癸卯[亥]), 2ㄱ(40책, 547쪽). "儀象志及圖成. 初, 觀象監正許遠, 入燕購得而來, 觀象監刊志以進, 書凡十三冊, 圖二冊, 亦依唐本模出焉."

21) 『國朝曆象考』 卷3, 儀象, 37ㄴ(554쪽) ; 『書雲觀志』 卷4, 書器, 7ㄱ~ㄴ(323~324쪽).

22) 『正祖實錄』 卷28, 正祖 13년 8월 21일(甲戌), 5ㄴ~6ㄱ(46책, 51~52쪽).

23) 『弘齋全書』 卷58, 遷園事實 2, 諏日 第4, 21ㄱ~ㄴ(263책, 404쪽). "爰命雲觀生李德星·金泳等, 以予御極後七年癸卯, 恒星赤道經緯度, 用漢陽北極高三十七度三十九分一十五秒, 推步名節候之各時刻中星, 編爲新法中星紀. 又制地平日晷·赤道經緯儀. 至是日, 使德星·泳等, 以日晷測日影, 以赤道儀測中星, 與中星紀相准, 則日躔在寅宮五度, 小雪初候, 而亥初初刻, 奎宿第一星, 正當午位爲中星."

24) 『弘齋全書』 卷183, 羣書標記 5, 命撰 1, 新法漏籌通義一卷刊本, 29ㄱ~ㄴ(267책,

적도경위의는 앞에서 살펴본 바와 같이 『의상지』에 소개된 여섯 종류의 의기 가운데 하나로서 子午規, 赤道規, 四游規로 구성되어 있다. 적도경위의의 전래 시기는 분명하지 않은데 북경의 觀象臺에 비치되어 있었으므로 연행 사절의 견문록을 통해 국내에 그 존재가 일찍부터 알려져 있었다고 볼 수 있다.[25)]

〈해제 : 구만옥〉

568쪽). "歲己酉, 旣定遷園大禮吉辰, 董事之大臣奏言吉辰適在夜時, 宜校正漏籌, 以求眞時. 予以舊法之止分二十四氣, 猶未免疎略, 命雲觀細分七十二候, 編爲新法漏籌通義, 以丁酉字摹印. 又製地平晷·赤道儀, 晝測太陽, 夜考中星. 及期, 吉辰之中星, 正當東奎大星, 此蓋自天祐之, 吉无不利, 以啓我億萬年文明之運也, 豈區區推步之所能致哉." ; 문중양, 「18세기 후반 조선 과학기술의 추이와 성격 - 정조대 정부 부문의 천문역산 활동을 중심으로 - 」, 『역사와 현실』 39, 한국역사연구회, 2001, 213~215쪽 참조.

25) 『湛軒書』 外集, 卷9, 燕記, 「觀象臺」, 17ㄴ(248책, 292쪽).

부록(儀象圖)

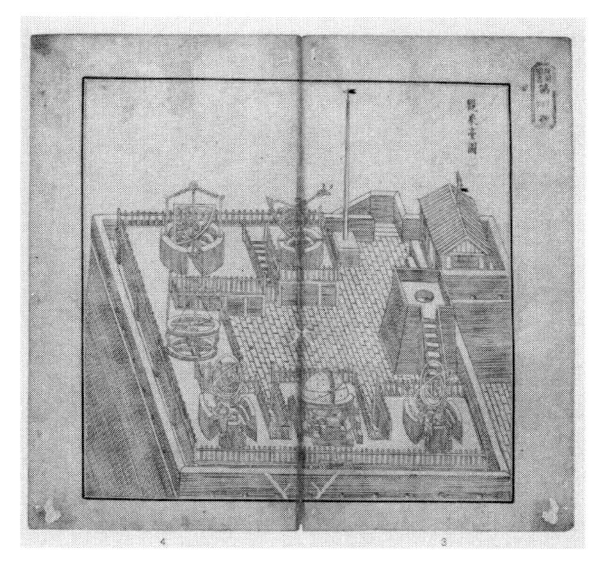

〈그림 1〉 觀象臺圖

〈그림 2〉 黃道經緯儀

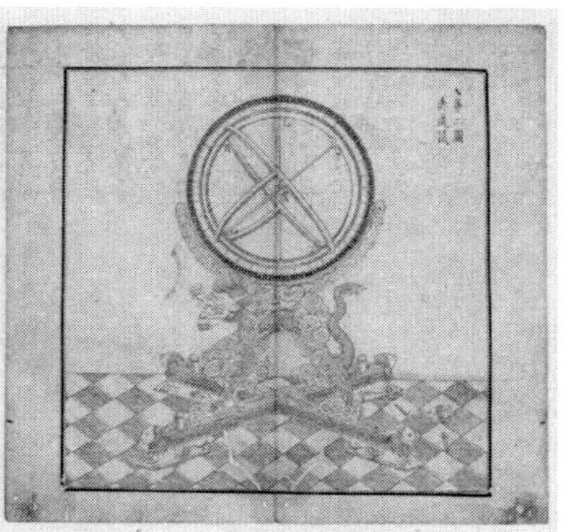

〈그림 3〉 赤道經緯儀

〈그림 4〉 地平經儀

〈그림 5〉 象限儀

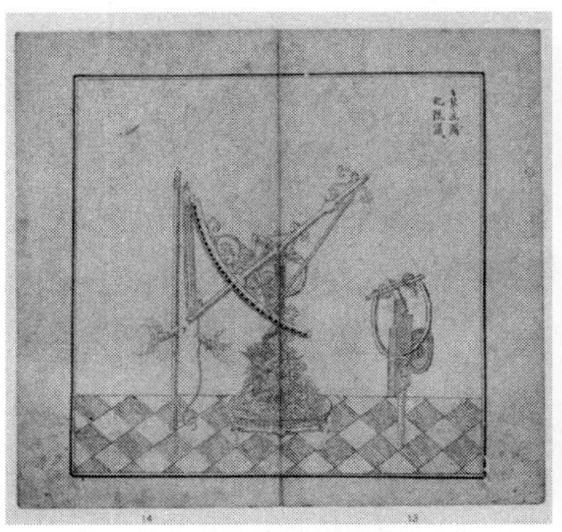

〈그림 6〉 紀限儀

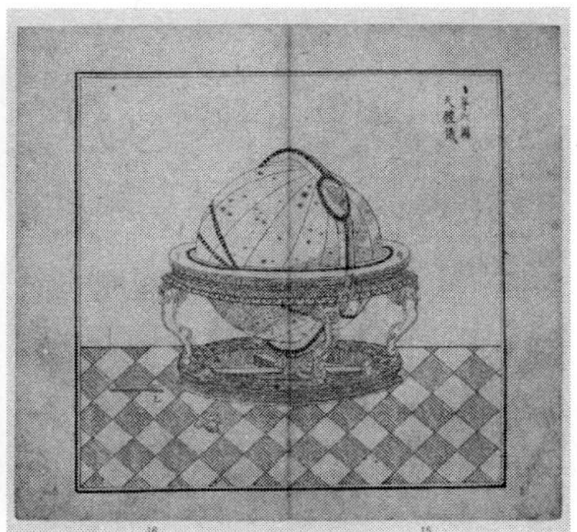

〈그림 7〉 天體儀

참 고 문 헌

1. 사료

『新製靈臺儀象志』

2. 단행본

徐宗澤, 『明淸間耶穌會士譯著提要』, 中華書局, 1949(『中國學術叢書』 第一編, 11, 上海書店, 1994).

陳美東, 『中國科學技術史-天文學卷』, 北京: 科學出版社, 2003.

張柏春, 『明淸測天儀器之歐化: 十七·十八世紀傳入中國的歐洲天文儀器技術及其歷史地位』, 瀋陽: 遼寧教育出版社, 2000.

3. 논문

구만옥, 「肅宗代(1674~1720) 天文曆算學의 정비」, 『韓國實學硏究』 24, 韓國實學學會, 2012.

『역상고성(曆象考成)』

분류	세부내용
문헌종류	한문서학서
문헌제목	역상고성(曆象考成)
문헌형태	목판본
문헌언어	漢文
간행년도	1724년
저자	淸朝
형태사항	全42卷 21册
대분류	과학
세부분류	천문학, 역법
소장처	서양천문학 이론에 기초한 천체의 위치 계산법. 서양천문학을 중국역법에 채용하는 과정. 성도와 성표. 서양천문학의 역사.
주제어	호삼각법(弧三角法), 일전(日躔), 월리(月離), 교식(交食), 가감차(加減差), 영축차(盈縮差)

1. 문헌제목

『역상고성(曆象考成)』

2. 서지사항

御製曆象考成(奎중 3390) ※ 이 외에도 異本과 零本이 다수 있음.

제목: 御製曆象考成 / 允錄(淸) 等受命編.

판사항: 木版本

발행사항: [刊地未詳] : [刊者未詳], 雍正2年(1724)

발행연도: 雍正2年(1724)

형태사항: 上編16卷, 下編10卷, 表16卷, 合21册 : 圖, 四周雙邊, 半葉匡郭: 20.5×14.5cm, 有界, 9行20字, 版心: 上白魚尾 ; 27.5×16.5cm.

표지서명: 曆象考成

일반사항: 序: 御製律曆淵原序…雍正元年(1722)十月朔敬書. 雍正二年(1724) 五月十七日奉…允祿[等諸臣職名]

일반사항: 규장각소장본 表卷9-13(5册)缺

주제분류: 子部 天文·算法類 天文

3. 목차 및 내용

『역상고성』은 상편(16권), 하편(10권), 표(16권)로 이루어져 있는 시헌력의 역산법을 담은 역산서이다. 이 책은 1722년에 초고가 완성되었고, 1724년에 간행되어, 여기에 담긴 역산법은 1726년부터 적용되었다. 이 책은 하국종(何國琮), 매곡성(梅瑴成, 1681～1764) 등 중국인 학자들이 중심이 되어 편찬하였다. 청의 강희제(재위: 1662～1722) 시기에 중국의 천문학자들이 서양천문학에 대해 깊이 있게 이해하게 되면서, 강희 말년에 중국인 학자들을 중심으로 『서양신법역서』의 체계를 개정하여 성립한 것이 『역상고성』이다.

[목차]

〈표 1〉「어제역상고성(御製曆象考成)」의 구성

역상고성 상편(16卷) 曆理總論		역상고성 하편(10卷) 明時正度		表(16卷)	
권1	曆理總論	권1	日躔曆法	권1	日躔表
권2	弧三角形上	권2	月離曆法	권2	月離表一
권3	弧三角形下	권3	月食曆法	권3	月離表二
권4	日躔曆理	권4	日食曆法	권4	月離表三
권5	月離曆理	권5	土星曆法	권5	交食表一
권6	交食曆理一	권6	木星曆法	권6	交食表二
권7	交食曆理二(月食)	권7	火星曆法	권7	交食表三
권8	交食曆理三(日食)	권8	金星曆法	권8	交食表四
권9	五星曆理一(五星合論)	권9	水星曆法	권9	土星表
권10	五星曆理二(土星)	권10	恒星曆法	권10	木星表
권11	五星曆理三(木星)			권11	火星表
권12	五星曆理四(火星)			권12	金星表
권13	五星曆理五(金星)			권13	水星表
권14	五星曆理六(水星)			권14	恒星表
권15	五星曆理七(五星合論)			권15	黃赤經緯互推表上
권16	恒星曆理			권16	黃赤經緯互推表下

[내용]

『역상고성』은 전체적으로 상편(16권), 하편(10권), 표(16권)로 이루어져 있다. 상편은 역산의 기초가 되는 천문학의 기초이론을 다루고 있으며, 하편은 상편에서 서술한 천문학 이론으로부터 얻어낸 천문상수를 이용하여 필요한 역산을 하는 과정을 서술하였으며, 표는 역산을 하는 과정에서 사용되는 각종의 수표를 수록하고 있다. 각 권의 구체적인 내용들은 다음과 같다.

〈상편 10권〉

권1

역리총론(曆理總論) : 중국의 전통천문학과 서양천문학의 이론적 차이에 대해 서술하고, 서양천문학의 이론이 우수함을 주장하였다. 서양천문학의 우수성을 보여주는 지표로, 천상(天象), 지체(地體), 역원(曆元), 황적도(黃赤道), 경위도(經緯度), 세차(歲差) 등을 제시하였다. 십이중천설(十二重天說)의 우주구조, 구체인 지구(地球)의 원리를 서술하고, 역산의 기준점이 되는 역원(曆元)을 1678년(康熙甲子)으로 삼았으며, 황적도의 경사각을 23.5도로, 절기점은 황도를 15도씩 분할한 점으로 삼고, 세차는 항성이 매년 51초씩 동쪽으로 이동하는 것으로 전제하였다.

권2~3

호삼각형(弧三角形) : 천문학적 계산에 사용되는 구면삼각법에 대해서 서술하였다. 구면삼각형의 변, 각, 호 등의 관계를 이용하여 알려진 요소로부터 미지의 요소를 얻어내는 방법인, 호각비례(弧角比例), 수호법(垂弧法), 차형법(次形法), 총교법(總較法) 등에 대해 서술하였다.

권4

일전역리(日躔曆理) : 태양 운동의 일반적인 특징과 이를 관측하는 방법, 나아가 태양의 부등속 운동을 구현하는 기하학적 모델에 대해 서술하였다. 태양의 운동으로 인해 나타나는 주야시각과 절기시각의 변화에 대해 서술하였다.

권5

월리역리(月離曆理) : 달 운동의 일반적인 특징과 이를 관측하는 방법, 달의 부등속 운동을 구현하는 기하학적 모델에 대해 서술하였다. 달의 운동으로 인해 나타나는 달의 위상변화, 달의 평균운동으로부터 부등속운동을 얻어내기 위해 보정하는 양인 균수(均數) 등 달 운동의 구현에 사용되는 각종 개념들을 서술하였다.

권6~8

교식역리(交食曆理) : 일월식이 일어나는 원리와 이것을 이해하는 데에 필요한 각종의 개념들, 교식을 계산하는 방법 등을 서술하였다.

권9~15

오성역리(五星曆理) : 권9에서는 오성 운동의 일반적 특징을 서술하였고, 오성 운동을 구현하는 기하학적 모델에 대해 설명하였다. 오성 전체에 공통되는 운동의 특성과 위치 계산법에 대한 서술이다. 이후에는 각 행성별로, 권10 토성, 권11 목성, 권12 화성, 권13 금성, 권14 수성의 운동 등을 다루었다. 권15는 다시 오성 전체에 대해 위도의 변화를 보이는 운동이 있음을 서술하고, 행성의 위도 변화가 일어나는 원리에 대해서 다루었다.

권16

항성역리(恒星曆理) : 항성 관측의 역사, 항성의 좌표와 관측법,

세차운동에 의한 항성위치의 미세한 변화, 절기별 남중성에 의한 시각(時刻)의 규정 등에 대해 서술하였다.

〈하편 10권〉

권1

일전역법(日躔曆法) : 동지점, 근지점, 1일간의 운동거리 등 태양의 운동 특성을 반영한 상수들을 사용하여 태양의 위치를 계산하는 방법과 과정을 서술하였다. 태양 운동의 계산에 필요한 수표는 표 권1의 일전표(日躔表)이다.

권2

월리역법(月離曆法) : 달 운동의 기하학적 모형에서 궤도 반경, 궤도 이심률, 本天(주원)의 반경, 均輪(주전원) 반경, 교점월, 근점월, 황백도 교각, 달의 일평균 이동거리 등의 상수를 가지고 달의 위치를 계산하는 방법과 과정을 서술하였다. 달 운동의 계산에 사용되는 수표는 표 권2-4의 월리표(月離表)이다.

권3

월식역법(月食曆法) : 태양운동의 상수, 달 운동의 상수 등을 이용하여 월식을 계산하는 방법과 과정을 서술하였다.

권4

일식역법(日食曆法) : 태양운동의 상수, 달 운동의 상수 등을 이용하여 일식을 계산하는 방법과 과정을 서술하였다. 권3-4의 월식과 일식의 계산에 쓰이는 수표는 표 권5-8의 교식표(交食表)이다.

권5~9

토성역법(土星曆法), 목성역법(木星曆法), 화성역법(火星曆法), 금성역법(金星曆法), 수성역법(水星曆法) : 오성행 각각에 대해 궤도운동의 상수들을 적용하여 행성의 위치를 계산하는 방법과 과정을 서술하였다. 여기에 쓰이는 수표는 표 권9-13의 각 행성표(行星表)이다.

권10

항성역법(恒星曆法) : 남중성을 관측하여 시각을 확정하는 방법, 천체가 항성에 접근하고나 항성을 지나치는 능범(凌犯) 현상을 계산으로 예측하는 방법 등을 다루고 있다. 항성관측과 관련하여 표 권14는 항성의 적도경위도와 황도경위도를 수록하고 있으며, 표 권15~권16은 항성 위치의 적도좌표와 황도좌표의 상호 변환을 위한 표이다.

『역상고성』을 분석한 하시모토 케이조(橋本敬造)에 따르면, 『서양신법역서와 비교해서 『역상고성』에서 달라진 점 가운데 가장 눈에 띄는 것은 황(적)도경사각의 변화이다. 『서양신법역서』에서는 황도경사각을 23°31′30″으로 하였으나 『역상고성』에서는 이것은 23°29′30″로 고쳤다. 현대 학자들의 계산에 의하면, 18세기 초기 당시의 황도경사각의 평균값은 정밀치가 23°28′42″인데, 『역상고성』에서 채용한 값이 상당히 근사하고, 『서양신법역서』에 비해 상당히 개선된 값이라고 한다. 이것은 1714년(강희53) 이후 하지 때 태양의 시고도(視高度)를 실측하고 여러 보정치들을 더하여 얻어낸 값이다. 이 새로운 값을 적용하여 『역상고성』 표 권15-16에 있는 황적도의 좌표변화표인 황적경위호추표(黃赤經緯互推表)가 작성되었다.

『역상고성』에서는 계산의 기준점이 되는 역원을 역산 적용 당시와 상당히 가까운 시기로 변경하였다. 『서양신법역서』에서 채용한 역원은 1628년(崇禎戊辰)이었으나 『역상고성』에서는 보다 가까운 과거인 1684년(康熙甲子)으로 채용하였다. 정확한 역원은 1684년 직전 동지일 다음날의 자정 시각(康熙二十三年甲子天正冬至次日壬申子正初刻)이다. 역원의 개정은 기본적으로 정확한 역산을 목적으로 한 것이지만, 여기에는 강희제의 업적과 제왕으로서의 권위를 높이려는 의도도 개입되어 있었다. 현대의 학자들은, 역원을 강희갑자(康熙甲子)로 삼은 것은 강희 시대에 이르러 서양의 역법을 흡수하여 중국인들이 능숙하게 다룰 수 있게 되었다는 것을 선언하고, 이것이 완전히 중국화된 역법이라는 것을 내외에 드러내는 의도였다고 보고 있다.

태양의 운동(『역상고성』 상편 권4)과 관련하여, 하시모토에 따르면, 천문학적 기술에서 용어가 중국화 되었다는 것과 궤도의 이심률을 의미하는 양심차(兩心差, 이심률의 2배)를 개정한 것, 그리고 태양 궤도의 기하학적 구조가 달라진 것이 주목된다. 기술 용어에서 가장 눈에 띄는 것은 원지점과 근지점인데, 『서양신법역서』에서는 원지점을 최고(最高)로 쓰고, 근지점을 최고충(最高衝)과 최비(最卑)로 혼용하던 것을, 『역상고성』에서는 근지점을 최비(最卑)로만 쓰기로 하였다. 태양 궤도의 양심차는 태양의 운동 속도 변화와 지구와의 거리에 관계되는 양인데, 『서양신법역서』에서는 e=0.0358415이던 것을 『역상고성』에서는 새로운 관측으로 얻은 값에 의거하여 e=0.0358977로 변경하였다. 태양의 근지점 위치도 다시 설정하였는데, 『서양신법역서』에서는 동지점 후 7도(度)06분(分)44초(秒)이던 것을 『역상고성』에서는 8도(度)38분(分)25초(秒)55미(微)로 변경하였다. 이렇게 된 이유는 『서양신법역서』에서 태양의 궤도를 주궤도(主圓)인 본천(本天)과 제1주전원(epicycle)인 본륜(本輪)의 결합으로 설정하였으나, 『역상고성』에서는 여기에 제2주전원인 균륜(均輪)을 도입하였기 때문이다. 즉 태양의 운동을 기술하는 기하학적 모형에서 수정이 이루어진 것이다.

달 운동의 계산(『역상고성』 상편 권5)과 관련하여, 하시모토에 따르면, 『역상고성』은 달 운동의 복잡성을 도식화하는 데에 성공했으며, 달의 시위치(視位置)를 추산하는 방법이 이전보다 정교해졌다고 한다. 달 운동은 다른 천체들에 비해 특히나 복잡한데, 『서양신법역서』에서는 본천(本天, 주원), 본륜(本輪, 1차 주전원), 균륜(均輪, 2차 주전원), 차륜(次輪, 3차 주전원), 차균륜(次均輪, 4차 주전원) 등 여러 유도원(誘導圓)과 주전원들을 결합하는 방식으로 달의 불규칙 운동을 서술하였기 때문에, 구조가 복잡하고 이해하기가 쉽지 않았다. 그런데 『역상고성』에서는 이들 궤도 요소 사이의 관계를 도식화하고, 각 주전원의 반지름, 회전 방향 등에 따라 달의 시위치를 결정할 수 있는 보조적인 수치들(均數)을 계산하는 방법을 제시하였다.

교식의 계산(『역상고성』 상편 권6-8)과 관련하여, 『역상고성』에서는 식의 한계 범위인 식한(食限)을 결정하는 문제와 식 방위를 기술하는 문제에서 『서양신법역서』에 비해 개선이 있었다. 『서양신법역서』에서는 실망(實望) 때의 식이 가능한 각도 범위인 가식한(可食限)을 12도(度)28분(分)으로, 식이 반드시 일어나는 범위인 필식한(必食限)을 11도(度)16분(分)으로 하였다. 『역상고성』에서는 이들을 각각 12도(度)16분(分)55초(初), 11도(度)16분(分)45초(初)로 수정하였다. 이 수치는 월식한의 수치에 영향을 미치는 지구의 그림자 반경(地影半徑), 달 반지름(太陰半徑), 태양 반지름(太陽半徑)의 최대치와 최소치를 수정하여 얻어진 것이다. 나아가 식 방위를 나타낼 때, 『서양신법역서』에서는 황도를 기준으로 동서남북으로 나타냈으나, 『역상고성』에서는 지평선과 자오선을 기준으로 상하좌우로 나타냈다. 하시모토에 따르면, 식방위를 이렇게 표시한 것은 매문정(梅文鼎, 1633~1721)의 영향 때문이라고 한다. 매문정은 다수가 이해할 수 있는 방식으로 천문학적 현상을 기술하여야 한다고 믿었는데, 그의 이러한 태도는 손자인 매곡성(梅瑴成)에게 전수되었고, 매곡성이 『역상고성』의 편찬을 담당하면서 이를 서술에 반영하였기 때문이다. 또 일식 계산에서 삼차(三差; 高下差, 東西差, 南北差)를 적용할 때 『서양신법역서』에서는 황도(黃道)만을 기준으로 하였으나 『역상고성』에서는 백도(白道) 요소도 함께 고려하여 계산하였다.

오성의 운동 계산(『역상고성』 상편 권9-15)과 관련하여, 행성운동의 모델은 『서양신법역서』에서는 오성이 태양을 중심으로 하는 궤도를 돈다고 본 티코 브라헤(Tycho Brahe, 1546～1601)의 이론 대신에, 오성의 본천(本天, 주원)이 지구를 중심으로 하고 있다는 것을 전제로 하여 오성의 위치를 계산하였다. 『역상고성』에서 행성의 운동을 주원과 주전원의 결합으로 설명하는 방식은 『서양신법역서』와 마찬가지이다. 오성총론에서는, 오늘날 내행성(수성, 금성)과 외행성(화성, 목성, 토성)으로 구분하는 것과 마찬가지로, 행성을 운동 방식에 따라 세 가지 운동 방식을 설정하여 분류하였다. 첫째는 평균운동을 의미하는 평행(平行), 두 번째는 자기 궤도의 기준점(원지점, 근지점)으로부터의 이각(離角)을 의미하는 자행(自行), 세 번째는 태양과의 이각을 의미하는 거일행(距日行)이다. 행성의 위치 계산 방법은, 모두 이 세 가지 기본 운동이 본천(主圓)과 소륜(小輪, 周轉圓)들의 결합으로 구현된다는 점에서, 오행성이 모두 공통된다. 따라서 내행성인 수성과 금성은 태양의 운동과 함께 하기 때문에 평균운동이 태양의 평행(平行)과 같다. 그리고 외행성은 태양의 평행과 무관하게 각각 다른 평균운동을 한다. 오성을 자행(自行)으로 분류하면, 토성, 목성, 화성, 금성이 같은 부류에 속하는데, 이들 행성의 차륜(次輪)의 중심이 이동하는 속도는 자행인수(自行引數)의 2배이다. 수성의 경우만 차륜(次輪) 중심의 이동 속도는 자행인수(自行引數)의 3배이다. 차륜(次輪) 반경의 크기는 토성, 목성, 금성, 수성의 경우는 항상 일정하지만, 화성의 경우는 변화하는데, 차륜의 중심이 본천(本天)의 원지점에 있을 때는 크고, 근지점에 있을 때는 작다.

특히 행성은 운동하는 가운데 위도(緯度)가 변하는데(『역상고성』 상편 권15), 위도 방향의 운동이 생기는 원리는 토성, 목성, 화성의 외행성과 수성, 금성의 내행성이 서로 다르다. 외행성은 각각의 궤도면(本天)이 황도와 경사각을 갖고, 차륜의 면은 황도와 평행이기 때문에, 위도 방향의 운동은 본천에서 발생한다. 반면, 수성과 금성은 태양과 함께 운동하기 때문에 태양의 궤도면인 황도면이 자신의 궤도면이다. 다만 이 경우에는 차륜이 황도와 경사각을 갖기 때문에 차륜의 운동으로부터 위도 방향의 운동이 생겨난다.

『역상고성』의 오성 위치 계산법은, 원래의 『서양신법역서』에서 채용한 이론을 기초로 하여, 행성 운동의 모델을 실측으로 확인한 후에 확정되었다. 청조에서는 1680년대 이후로 행성의 위치를 여러 차례 관측하였는데, 1720년까지 오성 각각에 대해 3회 이상의 실측이 수행되었다. 그리고 이 실측에 근거하여 오성 운동을 기술하기 위한 기본 수치들(원지점 이동, 교점 이동)를 수정하였다. 대표적으로 매년 원지점의 평균 이동량을 의미하는 매세최고평행(每歲最高平行)이 수정되었다. 예를 들어 화성의 경우, 『서양신법역서』에서는 1분(分) 17초(初)이던 것을 『역상고성』에서는 1분(分)14초(初)로 바꾸었다.

항성에 관한 기술(『역상고성』 상편 권16)과 관련하여, 『서양신법역서』에 기재된 항성은 1666개였지만, 『역상고성』에서는 1684년을 기준년으로 삼아 1878개의 항성을 수록하였다. 1등성 16개, 2등성 68개, 3등성 208개, 4등성 512개, 5등성 342개, 6등성 732개이다. 이 가운데 주요한 항성의 위치는, 1672년을 기준년으로 삼은 항성목록인 『영대의상지(靈臺儀象志)』에 수록된 값을, 1682년을 기준년으로 삼아 그 기간 동안의 세차를 계산하여 환산한 것이다. 하시모토에 따르면, 항성의 위치를 표시할 때에도 중국 전통의 적도좌표계를 중심으로 하고 서양식 좌표계인 황도좌표계를 부가하여 중국의 전통에 충실하려고 한 점이 주목된다. 나아가 『역상고성』에 앞서 성립한 성표인 『영대의상지(靈臺儀象志)』가 『역상고성』의 항성목록의 기본 데이터로 활용되었다는 점도 중요하다. 『역상고성』에서는 황적도경사각을 수정하였기 때문에, 모든 항성의 위치를 달라진 황적도경사각을 적용하여 다시 표시하기 위해서는 방대한 양의 계산이 필요했다. 『역상고성』의 성표는 『영대의상지』의 위치 데이터를 기초로 방대한 양의 새로운 계산을 통해 얻어진 것이다.

4. 의의 및 평가

『역상고성』은 청조의 중국인 관료학자들을 중심으로 서양천문학을 기반으로 한 시헌력의 역산체계를 확립한 책으로 의의가 있다. 『숭정역서』와 『서양신법역서』 체계의 부정확성을 인지하고, 이의 개선을 목표로 중국인 학자들이 중심이 되어 새로운 천문상수와 계산법을 적용하여 역법 계산의 정밀도를 높였다. 이 책은 강희(康熙) 시대를 중심으로 심화한 서양천문학에 대한 동아시아 지식인들의 이해를 집약한 것으로, 서양천문학이 중국화 하였다는 것을 보여준다. 『역상고성』은 영조 대 이후 조선의 시헌력 운용에서도 핵심적인 역할을 한 책으로 의미가 있다. 조선에서 『역상고성』을 수입, 학습, 적용하는 과정은 순탄치 않았으나, 영조 말 정조 시대에 안정화 한 조선의 시헌력 운용체제는 이 책에 기초하였다고 할 수 있다. 이 책은 조선 사대부들의 천문학적 탐구에도 지대한 영향을 미쳤다.

5. 조선에 끼친 영향

청이 1726년 역서를 작성할 때부터 역산의 기초가 되는 지식의 체계를 『서양신법역서』 대신에 『역상고성』으로 바꾸자, 조선에서도 이 조치를 따를 수밖에 없었다. 그러나 청은 시헌력의 근거 이론을 『역상고성』으로 바꾼다는 사실을 조선에 통보해주지 않았기 때문에, 조선은 1730년경에 이르기까지 『역상고성』 체계를 적용하지 못했다. 조선에서는 『역상고성』을 입수하고자 노력하였는데, 『영조실록』 4년(1728)의 기록과 『동문휘고(同文彙考)』의 기록에 따르면, 조선 정부가 청에서 성립한 『역상고성』을 완질로 구해온 것은 아마도 1729년 초였던 것으로 보인다.

조선에서 『역상고성』 체계를 이해하고 이를 역산에 적용하기까지는 더 많은 시간이 필요했다. 청에서는 1726년 『역상고성』 체계의 적용 이후, 1732년(옹정10, 영조8)에 『역상고성』의 역원을 강희갑자(康熙甲子, 1684)에서 옹정계묘(雍正癸卯, 1723)로 변경하여 이 역원을 1734년부터 적용하였다. 조선에서는 이러한 사실도 뒤늦게 알았기 때문에, 1736년에야 새로운 역원을 채용한 『역상고성』을 완전하게 적용하여 역서를 만들 수 있었다.

『역상고성』이 조선에 수입된 것은 두 가지 방면에서 큰 의미가 있다. 첫째는 국가의 천문학 운용에서 가장 중요한 텍스트를 확보하고 이것을 역산에 이용할 수 있게 되었다는 점이다. 『국조역상고』에서는 영조 1년(1725)에 처음으로 『역상고성』의 계산법을 적용하여 일월오성의 위치를 계산하였다고 기술하고 있는데, 이는 조선에서도 1726년의 역서를 만들 때 『역상고성』에 수록된 계산법을 적용하였다는 의미이다. 그러나 이것은 역사적인 사실과는 거리가 있다. 조선에서는 사실상 1736년 이후에야 완전하게 『역상고성』을 적용하여 일월오성의 위치를 계산하였다고 생각된다. 한편, 1742년부터 청조는 태양과 달의 운동을 계산하는 『역상고성』의 이론을 케플러의 타원궤도 운동이론으로 바꾼 『역상고성후편』을 적용하였다. 이것은, 조선에서 1726년 이후 『역상고성』의 습득에 노력을 기울여 가는 과정에서 벌어진 새로운 개정이었기 때문에, 조선에서는 1742년 이후 오행성 운동에 대해서는 『역사고성』을 적용하고, 태양과 달의 운동에 대해서는 『역상고성후편』을 적용하게 되었다.

둘째는 18세기 후반에 일반화 한 천문학 지식의 경학적 교양지식화의 과정에서 『역상고성』의 역할이 지대했다는 것이다. 매문정(梅文鼎)을 중심으로 한 청대의 학자들은 천문학과 수학이 경학을 위한 필수적인 지식이라는 점을 거듭 강조하였다. 이러한 태도는 18세기 청조학계의 공인을 얻었고, 나아가 이런 인식은 그의 손자 매곡성(梅瑴成)이 중심이 되어 편찬한 『역상고성』에 반영되었다. 조선에서는 청으로부터 각종의 최신 서적을 입수하는 가운데, 서울의 학계를 중심으로 천문학이 경학을 위한 필수지식이라는 인식이 퍼지게 되었다. 『역상고성』에는 천문학의 이론적 논의를 담은 역리(曆理)가 서술되어 있는데, 여기에 수록된 내용들은 조선의 지식인들에게 큰 자극을 주었다. 여기에는 동심천구론을 중심으로 한 우주론, 지구설, 천체운동의 기학학적 원리, 역원(계산의 기준점), 황적도 경사각의 변화, 세차(歲差) 등 경학적 지식과도 관련이 깊은 천문학의 이론적 논의가 많이 포함되어 있었다. 실제로 영조시대 말부터 서울의 지식인들은 자신들의 경학적 논의에 서양천문학 지식을 끌어들였고 이 과정에서 『역상고성』은 지식인들의 필수 참고서가 되었다.

〈해제 : 전용훈〉

참 고 문 헌

1. 사료

『同文彙考』, 국사편찬위원회 영인본, 1978.

『清史稿校註』, 國史館, 民國75年.

『中國科學技術典籍通彙』 天文 卷1～8, 河南教育出版社, 1994.

2. 단행본

유경로, 이은성 역주, 『增補文獻備考 象緯考』, 세종대왕기념사업회, 1980.

이면우, 허윤섭, 박권수 역주, 『書雲觀志』, 소명출판, 2003.

이은희, 문중양 역주, 『國朝曆象考』, 소명출판, 2004.

3. 논문

전용훈, 「조선후기 서양천문학과 전통천문학의 갈등과 융화」, 서울대학교대학원 박사학위논문, 2004.

橋本敬造, 「曆象考成の成立」, 『明淸時代の科學技術史』, 京都大學人文科學研究所, 1970.

『역상고성후편(曆象考成後編)』

분류	세부내용
문헌종류	한문서학서
문헌제목	역상고성후편(曆象考成後篇)
문헌형태	목판본
문헌언어	漢文
간행년도	1742년
저자	淸朝
형태사항	全10卷 8冊
대분류	과학
세부분류	천문학, 역법
소장처	세계 각지의 도서관에 널리 소장 국내: 서울대학교 규장각한국학연구원. 奎중 3192, 奎중 3540
개요	타원궤도 이론에 기초한 태양과 달의 위치 계산법. 타원궤도 이론에 기초한 일식과 월식 계산법. 타원궤도에서 천체의 위치를 계산하는 방법.
주제어	호삼각법(弧三角法), 일전(日躔), 월리(月離), 교식(交食), 가감차(加減差), 영축차(盈縮差)

1. 문헌제목

『역상고성후편(曆象考成後編)』

2. 서지사항

『역상고성후편』은, 시헌력의 계산법을 수록한 역산서로, 앞서 사용해오던 역산서인 『역상고성』의 체계 가운데, 태양과 달의 운동을 계산하는 방법과 교식을 계산하는 방법을 케플러의 타원궤도 이론으로 바꾸어 이를 적용한 새로운 계산 체계를 수록한 책이다. 여기에 수록된 계산법은 1742년부터 시헌력의 제작에 적용되었다.

① 曆象考成後編(奎중 3540)

제목: 御製曆象考成後編 / 允祿(淸) 等受命編.

판사항: 木版本.

발행사항: 『刊地未詳』 : 『刊者未詳』, 『淸版本(1616～1911)』

발행연도: 刊年未詳

형태사항: 卷首, 10卷, 合8册 : 圖 ; 28.4×17.7cm.

주기사항: 일반사항: 표지서명: 曆象考成後編.

일반사항: 卷首: 乾隆七年…總理允祿『等諸臣職名』

소장본주기: 印: 集玉齋, 帝室圖書之章.

주제분류: 子部 天文·算法類 天文

② 曆象考成後編(奎중 3192)

제목: 御製曆象考成後編 / 允錄(淸) 等受命編.

판사항: 木版本.

발행사항: 『刊地未詳』 : 『刊者未詳』, 『乾隆7年(1742)序』

발행연도: 乾隆7年(1742)序

형태사항: 6册(零本) : 圖 ; 27.3×17.6cm.

주기사항: 일반사항: 표지서명: 曆象後編.
일반사항: 卷首: 乾隆七年(1742)…總理允祿『等諸臣職名』
일반사항: 규장각소장 : 卷 1-6 (6冊)
소장본주기: 印: 觀甫, 摛文院, 帝室圖書之章.
주제분류: 子部 天文·算法類 天文

3. 목차 및 내용

[목차]

〈표 1〉『어제역상고성후편(御製曆象考成後編)』의 구성

역상고성후편(10卷)	
권1	日躔數理
권2	月離數理
권3	交食數理
권4	日躔步法, 月離步法
권5	月食步法
권6	日食步法
권7	日躔表
권8	月離表上
권9	月離表下
권10	交食表

[내용]

청에서는 1726년부터 『역상고성』의 계산법을 적용하였으나, 얼마 지나지 않아서 태양과 달의 운동, 그리고 이로 인해 발생하는 교식의 계산에 부정확한 점이 발견되었다. 청에서는 1730년 8월 1일의 일식에서 대진현(戴進賢, Ignatius Kogler, 1680~1746)과 서무덕(徐懋德, Andreas Pereira, 1690~1743)이 『역상고성』의 계산법을 적용한 계산이 실제와 차이가 난다는 사실을 확인하였다. 이들은 『역상고성』의 교정에 착수하였고, 1732년에 『역상고성』의 역원(1684, 康熙甲子)을 1723년(雍正癸卯)으로 변경하여 정확도를 높이고, 이 역원을 적용한 『일전표』와 『월리표』를 새로 만들었다. 그리고 이 역원을 적용한 계산을 1734년부터 적용하였다.

그러나 이 수정도 완전하지가 않아서, 계속해서 교식의 계산에 오차가 발견되었고, 청에서는 보다 근본적인 수정을 하기로 하였다. 그리하여 태양과 달의 운동을 구현하는 기하학적 모델 자체를 수정하여, 케플러의 타원궤도 운동이론을 적용하기로 하였다. 앞서 『서양신법역서』와 『역상고성』에서는 주원과 주전원의 결합으로 태양과 달의 궤도를 구현하였던 것에 비해, 원 대신에 타원궤도를 적용한 점은 천체운동의 기하학적 모델을 근본적으로 바꾼 것으로, 대단히 획기적인 변화였다. 그러나 케플러의 타원운동 이론이 태양중심설을 기초로 한 것에 반해, 『역상고성후편』에 도입된 타원궤도 이론은 지구를 우주의 중심에 둔 채, 태양과 달이 지구를 중심으로 한 타원궤도를 운동하는 지구중심설을 기초로 하였다. 이 새로운 타원궤도 운동이론의 원리와 이 원리에 따라 천체의 위치를 계산하는 방법을 수록한 것이 『역상고성후편』이다. 『역상고성후편』에서는 타원궤도 운동이론을 채용하는 것 이외에도, 태양과 달의 위치 계산에 사용되는 천문상수(지반경차, 대기굴절차)도 수정하였다.

『역상고성후편』의 내용은 크게 세 부분으로 구성되어 있다. 첫째 타원 궤도의 원리와 이로부터 천체의 위치를 어떻게 계산하는지를 서술한 수리 부분(권1 日躔數理, 권2 月離數理, 권3 交食數理)이다. 이 부분은 기존의 『서양신법역서』나 『역상고성』에서 채용한 천체 운동의 모델이 타원궤도 모델로 완전히 달라졌기 때문에, 타원궤도 운동의 원리를 이해하는 데에 필수적인 부분이다. 권1 일전수리(日躔數理)에서는, 태양의 운동에 타원 궤도 모델을 채용해야 하는 이유, 타원 운동으로 기술할 때에 필요한 각종의 개념들(이심률, 타원차각, 借積求積法, 借角求角法 등)을 설명한다. 권2 월리수리(月離數理)에서는, 달 운동을 타원으로 구현할 때, 『역상고성』에서의 각종 보정치들(均數)이 타원 운동에서는 어떤 방식으로 나타나는가를 서술하고, 그 수치를 구하는 방법에 대해서 서술한다. 권3 교식수리(交食數理)에서는, 타원운동을 적용하여 실망(實望; 실제의 망)의 지점을 구하는 방법, 타원운동에서 천체의 크기와 그림자의 크기를 구하는 방법, 식 시간과 식의 깊이를 구하는 방법 등에 대해 이론적인 설명을 한다.

『역상고성후편』의 두 번째 부분은 천체운동 계산 부분으로, 타원궤도 이론을 적용하여 실제의 역산을 하는 방법과 과정에 대한 서술이다(권4 日躔推步, 月離推步, 권5 月食推步, 권6 日食推步). 이 부분은 다른 역산서와 마찬가지로 해당 천체의 각종 기본상수를 가지고 필요로 하는 수치를 얻어내는 계산법과 계산 과정에 대한 서술이다. 예를 들어 태양의 경우, 역원(曆元), 태양매일평행(太陽每日平行), 최비매일평행(最卑每日平行), 태양본천반경(太陽本天半徑), 양심차(兩心差) 등이 기본 상수로 주어지고, 목표년의 천정동지(天正冬至), 동지 때의 태양의 위치 등을 구해가는 것이다. 『역상고성후편』의 세 번째 부분은, 각종의 역산에 사용되는 수표들이다(권7 日躔表, 권8~9 月離表, 권10 交食表). 이들 수표는 다른 역산서에서와 마찬가지도 역산을 수행하는 과정에서 필요한 수치들을 표로 정리한 것이다.

하시모토 케이조는, 『역상고성』에서 『역상고성후편』으로 넘어가면서 변화한 것을 크게 두 가지로 정리하였다. 첫째는 역산에 필요한 천문상수가 변했으며, 둘째로는 천체 운동을 구현하는 모델이 타원궤도 이론으로 변했다. 첫째 『역상고성후편』의 천문상수 가운데 회귀년(歲實)의 값에 대해 뉴턴 이후 새롭게 결정된 값을 채용한 것은 주목할 만하다. 『역상고성』에서 채용한 회귀년의 값은 365일 5시간 48분 45초였다. 『역상고성후편』에서는 이보다 13초 긴 365일 5시간 48분 58초로 정했다. 회귀년의 길이를 수정한 결과 역원(1723년 직전 동지)에서의 동지점의 위치가 『역상고성』에서 채용한 값보다 2각(30분)정도 늦어지게 되었다. 이 외에도 『역상고성후편』에서는 새로운 상수가 많이 채용되었는데, 태양의 양심차(兩心差, 이심률의 2배)가 6퍼센트 정도 작아졌다고 한다.

두 번째로 궤도 운동의 모델이 달라진 것이 더욱 근본적인 변화였다. 앞서 언급하였듯이, 『역상고성후편』에서는 케플러가 제안한 타원궤도 운동이론을 채용하였는데, 이는 『서양신법역서』나 『역상고성』의 모델과는 질적으로 다른 것이었다. 타원궤도 운동이론을 전개하기 위해서는 『역상고성』 등에서 채용한 원운동의 결합을 통한 계산과는 완전히 다른 수학적 원리가 필요하다. 케플러의 방정식에는 정밀해가 존재하지 않기 때문에 타원궤도 운동이론은 간단한 대수적 과정으로는 풀 수가 없고, 근사해 밖에 얻을 수 없다. 때문에 이 근사해를 구하기 위해 궤도를 기하학적으로 다루고 보조적인 수단을 동원하게 되는데(借積求積, 借角求角 등), 이 원리를 서술한 것이 『역상고성후편』의 권1 일전수리(日躔數理)와 권2 월리수리(月離數理)의 내용이다.

『역상고성후편』에서 특히 주목해야 하고 또 『서양신법역서』나 『역상고성』과 크게 다른 부분은 권1～3에 있는 타원궤도 운동이론을 설명한 부분이다. 권1 일전수리(日躔數理)에서는 왜 타원궤도 모델을 채용해야 하는지 그 이유를 『서양신법역서』와 『역상고성』에서 채용한 궤도 운동 모델과 비교하면서 서술하였다. 주원과 주전원을 결합한 본천(本天)-본륜(本輪) 모델, 그리고 주원과 여러 개의 주전원을 설정한 본천(本天)-본륜(本輪)-균륜(均輪) 모델이 결과적으로 어떻게 이심궤도를 만드는지를 서술하였다. 나아가 이런 모델들이 모두 태양의 부등속 운동과 지구로부터의 거리 변화를 설명하기 위해 도입된 모델이라는 점을 서술하였다. 이러한 모델은 관측으로 얻어낸 정확한 태양의 위치와 차이가 있기 때문에 보다 정확한 위치를 산출할 수 있는 새로운 모델이 필요하며, 타원궤도 모델은 정밀한 관측치를 설명하기 위해서 불가피하게 도입해야 한다는 점을 말하였다. 하시모토에 따르면, 『서양신법역서』에서 채용한 태양의 영축차(盈縮差) 값은 티코 브라헤의 2도3분11초(2°3′11″)였으나, 케플러에 의해 이 값이 1도56분12초(1°56′12″)로 개정되었고, 이것이 『역상고성후편』에 채용되었다고 한다. 이런 새로운 수치를 설명할 수 있는 방법으로 『역상고성후편』에서는 타원궤도 운동 모델을 도입하게 되었다. 그리고 이로 인해 천체의 위치 계산이 정밀해지게 되었고, 그 덕분에 일월식의 예측이 대단히 정확해질 수 있었다.

권1

권1 일전수리(日躔數理)에서는 타원궤도 운동을 하는 천체를 위치를 파악하는 방법, 즉 타원궤도 상에서의 위치를 얻어내는 수학적 방법에 대해서 서술한다. 여기에서는 먼저 타원궤도의 근지점과 원지점에서 실제 천체의 운동과 일치하는 속도로 운동을 하는 가상천체를 상정하고, 이 천체는 이 속도로 등속운동을 한다고 본다. 이것이 평균운동이다. 이 평균운동은 타원의 부채꼴의 면적에 대응한다. 케플러의 운동 법칙 가운데, '면적속도 일정의 법칙'에 해당한다. 가상천체와 타원의 한 중심을 잇는 선이, 타원의 근지점에서 출발하여 타원의 내부를 쓸고 지나갈 때, 이것이 쓸어낸 부채꼴의 면적이 일정하게 증가하는 것을 나타낸다. 하지만 우리가 관측으로 얻은 천체의 위치는, 이 등속운동이 나타내는 면적이 아니고, 진근점이각(眞近點離角)이라고 불리는 각도로, 이는 천체가 근지점에서 얼마나 떨어져 있는가를 나타내는 양이다. 그래서 관측된 이 각도를 부채꼴의 증가율로 환산하는데, 이것은 결국 평균운동의 양이다. 이론계산의 단계에서는, 역으로 평균운동에서 실제 운동을 계산해야 하는데, 『역상고서후편』의 권1과 권2는 각각 태양과 달에 대해 관측치로부터 실제 운동을 얻어내는 방법을 서술하고 있다. 여기에서는 타원궤도 운동을 기하학적 방식으로 해석하고, 원하는 수치를 얻어내기 위한 수학적인 조작법이 서술되어 있다. 여기에서 서술된 것이 각도로 면적을 구하는 법(以角求積之法), 면적으로 각도를 구하는 법(以積求角之法), 면적을 빌어 면적을 구하는 법(借積求積之法), 각을 빌어 각을 구하는 방법(借角求角之法) 등이다.

천체 운동을 관측하여 실제의 천체 위치를 구하는 과정은, 전통시대의 역산에서부터 널리 쓰여 온 과정과 다르지 않다. 우선 평균 위치를 구한 다음에 여러 가지 보정량을 주어서 실제의 위치를 구하는 것이다. 『역상고성후편』에서도 마찬가지로 타원운동의 성질을 이용하여 평균 위치를 구하고, 여기에 보정치를 더하여 준다. 전통적 역산서에서는 이 보정치를 태양의 경우에 영축차(盈縮差), 달의 경우에 가감차(加減差)라고 불렀지만, 『서양신법역서』 이후로는 균수(均數)라고 불렀다. 즉 평균태양의 위치에 이 균수(均數)를 가감하여 보정하면, 진태양의 위치가 구해지게 된다. 『역상고성후편』에서 타원궤도 모델을 적용하게 되면서, 원래 목표로 하는 값, 즉 태양의 실제 위치를 얻어내는 것은 다른 역산서와 동일하지만, 그 값을 얻어내는 방법이 조금 차이가 있게 되었다. 권1의 일전수리(日躔數理)에서는, 다른 모델과 비교하여, 타원법이 "이(理)"는 같지만, "법(法)"은 다르다고 말한다.

권2

권2 월리수리(月離數理)에서는 달의 운동을 타원궤도 모델로 파악하는 방법을 서술하였다. 그런데 다른 천체의 운동에 비해 달의 운동은 대단히 불규칙하고 복잡하여, 달의 실제 운동을 얻어내는 과정과 그 과정에서 사용되는 부등속 운동의 보정항도 매우 다양하다. 『역상고성후편』에서는 특히 타원궤도 모델을 채용하였기 때문에, 전체적으로 『역상고성』의 서술과는 크게 달라졌다. 하지만 애초부터 『서양신법역서』나 『역상고성』에서 얻어내려고 했던 값을 보다 정확하게 얻어내려 한다는 점에서 역산의 목표는 동일하다. 달의 궤도는 황도와 교차하고 있으므로, 황도를 기준으로 할 때, 달은 경도 방향과 위도 방향의 두 방향의 운동을 모두 가지게 된다. 달의 평균운동에 대해, 이 두 가지 방향에 각각 보정을 더해줌으로써 실제 운동을 얻어낸다.

『역상고성후편』이 성립하기 이전에 유럽에서는 티코 브라헤와 카시니(噶西尼, Giovani Cassini, 1625~1712)에 의해 달 운동이 매우 정밀하게 측정되었고, 이것을 케플러와 뉴턴이 타원궤도 이론으로 설명하게 되었는데, 이것이 『역상고성후편』에 반영된 것이다. 하시모토에 따르면, 달의 운동을 구성하는 요소로, 『역상고성』에서는 6가지가 필요했으나 『역상고성후편』에서는 10가지로 확대되었다. 이들은 대부분이 달의 평균운동에 보정해주어야 할 부등속 보정량이다. 『역상고성후편』에서는 전체적으로 달의 운동을 구성하는 요소로 10가지(一平均, 二平均, 三平均, 最高均, 初均, 二均, 三均, 末均, 正交均, 黃白交角)를 설정하고, 이들 요소에 영향을 미치는 변수로 다섯 가지(日引, 日距月最高, 日距正交, 月距日行, 自行)를 설정하였다. 달 운동의 계산에 앞서 미리 이들 변수를 계산할 수 있는 원래 수치의 변화표를 만들어 두고, 이를 사용하여 계산의 단계를 따라가면 임의의 시각에서의 달의 위치를 결정할 수가 있다. 이것이 『역상고성후편』 권7-8의 월리표상하(月離表上下)에 있는데, 권7 일전표(日躔表)나 권10 월식표(月食表) 등은 각각의 계산 과정에서 필요한 수치표들을 담고 있다.

권3

권3권 교식수리(交食數理)는, 태양과 달에 대해 타원궤도 모델을 채용하여 태양과 달의 운동 특성과 위치를 파악하고, 이것을 교식의 계산에 적용하는 방법을 서술한 것이다. 앞서 언급하였듯이, 태양과 달에 타원궤도 모델을 적용하여 필요한 계산을 수행하면, 『서양신법역서』나 『역상고성』을 적용하는 경우보다 훨씬 정확한 식 현상을 예측할 수 있게 된다. 실제로 『역상고성후편』을 적용한 1742년 이후에는 대단히 정확한 일월식 예측이 가능하게 되었다.

태양과 달의 관측자로부터의 거리와 크기에 관해, 관측천문학자인 카시니는 실측에 의거하여 매우 정밀한 값을 얻었다. 그리고 카시니의 관측치는 『역상고성후편』에 반영되어 식 현상의 예보가 전보다 훨씬 정확하게 되었다. 하시모토는, 『역상고성후편』의 천체의 시직경값이 이전보다 매우 정확해졌다고 지적한다. 그에 따르면, 『서양신법역서』에서는 태양의 직경을 지구 직경의 5배 남짓, 달의 직경을 지구직경의 100분의 27강(强)이라고 보았다. 또 태양까지의 거리와 삭망때에 달까지의 거리의 평균값은 각각 지구반경의 1142배와 56.72배였다. 『역상고성』에서도 이 값은 크게 변하지 않았다. 그런데 『역상고성후편』에서는 망원경을 사용한 관측으로 얻어낸 보다 정확한 값이 도입되었다. 달의 직경은 거의 변화가 없었지만, 태양의 직경은 지구의 96.6배로 19배나 늘어났다. 또 태양까지의 평균거리는, 지구반경의 20.626배로 18배나 늘어났다. 달까지의 평균거리도 지구반경의 59.78

배가 되어 상당히 늘어났다. 한편, 『역상고성후편』에서는 지반경차(地半徑差)와 청몽기차(淸蒙氣差)의 수치를 천문학자인 카시니와 플람스테드(法蘭德, John Flamsteed, 1644~1719)의 것을 채용하였다. 지반경차는 『역상고성』의 3분에서 10초로 바꾸고, 청몽기차는 『역상고성』에서 채용한 지평(地平)에서 34분, 고도 45도에서 5초를 지평에서 32분, 고도 45도에서 59초로 바꾸었다.

4. 의의 및 평가

『역상고성후편』은 동아시아에서 처음으로 케플러의 타원궤도 이론을 적용하여 태양과 달의 운동을 계산하는 체계를 수록하고 있다는 점에서, 동서양 천문학 교류사에서 큰 의미가 있다. 이 책이 나오면서 시헌력에서 일월식의 계산이 매우 정밀해졌고, 이후 청조에서는 더 이상의 역산법의 개정은 없었다. 이 체계는 조선후기 영·정조 시대의 시헌력 운용에서도 핵심적인 역할을 하였다는 점에서 한국천문학사에서도 큰 의미가 있다.

5. 조선에 끼친 영향

조선에서 시헌력을 채용할 때(1654)부터 1895년 태양력으로 개력하기 전까지 조선후기의 역산천문학의 전개는 크게 세 가지 체계를 중심으로 전개되었다. 첫째는 청조에서 1645년에 시헌력을 채용할 때에 기반으로 삼았던 『서양신법역서』이고, 두 번째는 청조에서 1726년부터 적용한 『역상고성』이며, 세 번째는 청조에서 1742년부터 적용한 『역상고성후편』이다. 조선후기의 천문학사는 대체로 이 세 가지 역산서를 중심으로 하여, 그 책에 담긴 역산의 체계를 조선에서 채용하고 적용해갔던 과정과 일치한다.

먼저 인조 때부터 한흥일(韓興一, 1587～1651) 등에 의해 시헌력을 도입하려는 노력이 시작되었으며, 이어서 김육(金堉, 1580～1658)의 주도와 천문관원 김상범(金尙範)의 활약에 의해 효종 5년(1654)부터 조선에서도 시헌력을 시행하였다. 그리고 이때 채용한 시헌력의 체계는 『서양신법역서』에 담긴 역산법이었다. 그러나 조선에서 시헌력을 시행한 초기에는 연월일의 날짜를 계산하여 역서를 발행할 수 있는 수준 정도였고, 교식과 오행성의 위치 계산에 대해서는 거의 이해하지 못했다. 숙종 34년(1708) 무렵부터 조선에서도 교식과 오행성의 위치를 계산할 수 있었다.

시헌력이 시행된 후 약 60여년이 지나, 청조에서는 『서양신법역서』의 내용 가운데 천체운동의 모델, 기본수치, 계산법 등을 약간 수정하여 『역상고성』으로 편찬하고, 이 계산법을 1726년부터 적용하였다. 여기에서는 천체운동 모델은 『서양신법역서』에서와 마찬가지로 티코 브라헤의 것을 유지하였지만, 역원과 여러 천문상수를 수정하였다. 조선에서는 『역상고성』의 계산법을 익히지 못한 채 수년 동안 혼란에 빠졌고, 1736년에야 겨우 『역상고성』의 계산법을 적용할 수 있었다. 하지만 이것도 태양과 달의 운동에 한해 『역상고성』을 적용할 수 있었을 뿐, 오성운동에 대해서는 여전히 『역상고성』을 적용하지 못했다. 이후 조선이 『역상고성』의 오성 계산법을 완전히 습득한 것은 1750년대가 되어서야 가능했을 것으로 생각된다.

청조에서는 『역상고성』을 적용한 후에도 일월식의 예측에서 상당한 오차가 발생하였다. 1742년부터 태양과 달의 운동에 한정해 케플러의 타원궤도 이론을 채용한 『역상고성후편』이 시행된 것은 이 때문이었다. 이 때에도 오행성의 운동에 대해서는 수정이 없었기 때문에, 행성의 위치 계산에는 계속해서 『역상고성』을 적용하였다. 『역상고성후편』은 편찬 당시부터 『역상고성』과 완전히 다른 역산체계라기보다는 『역상고성』과 연속되며 상호보완적인 것으로 인식되었다. 이 책의 제목이 『역상고성후편』인 것도 그런 이유에서이다. 당시의 청조 학자들은 『역상고성후편』이 『역상고성』에 실린 태양과 달의 위치 계산법을 약간 수정한 것에 불과하고, 오성운동에 대해서는 『역상고성』을 그대로 적용하는 것이기 때문에, 이 두 책은 일관된 체계를 수록한 상호보완적인 책이라고 생각하였다.

『역상고성후편』은 조선에서 『역상고성』을 습득하기 위해 노력하는 사이에 새롭게 만들어진 것이다. 따라서 영조대 초반 조선의 천문관원들은 『역상고성』과 『역상고성후편』을 동시에 습득해야 하는 어려움이 있었다. 『역상고성후편』이 나온 이후에는 청에서도 이전과 같이 역법 이론을 전면적으로 개정하는 일은 더 이상 없었다. 그 사이 조선에서는 『역상고성』을 적용한 오행성의 운동 계산법과 『역상고성후편』을 적용한 태양과 달의 운행과 일월식 계산법을 습득하기 위해 많은 노력을 기울였다. 조선에서는, 1750년대에 이르러 『역상고성』과 『역상고성후편』을 모두 소화고 서양천문학 이론을 구사하여 시헌력을 운용하는 일이 거의 완전해지게 되었다.

그리고 영조대 말인 1760년대부터는 조선에서 서양천문학을 기반으로 한 시헌력의 운용에 자신감을 갖게 되었다고 생각된다. 영조대 후반 관상감원들은 다가올 1백년간의 합삭(合朔)과 절기시각, 윤달 등을 미리 계산하여 수록한 『천세력(千歲曆)』을 편찬하려고 기획하였다. 그리고 이 기획은 1782년(정조6) 『천세력(千歲曆)』이 편찬으로 결실을 맺었다. 이것은 조선에서 영조말-정조대에 서양천문학에 기초한 시헌력 운용의 능력에 자신감을 가지게 되었다는 것을 말해준다.

〈해제 : 전용훈〉

참 고 문 헌

1. 사료

編纂小組, 『淸史稿校註』, 國史館, 民國75年.

『中國科學技術典籍通彙』 天文卷1-8, 河南教育出版社, 1994.

2. 단행본

유경로, 이은성 역주, 『增補文獻備考 象緯考』, 세종대왕기념사업회, 1980.

이면우, 허윤섭, 박권수 역주, 『書雲觀志』, 소명출판, 2003.

이은희, 문중양 역주, 『國朝曆象考』, 소명출판, 2004.

3. 논문

전용훈, 「19세기 조선의 曆算 매뉴얼 『推步捷例』」, 『규장각』 44, 2014.

______, 「조선후기 서양천문학과 전통천문학의 갈등과 융화」, 서울대학교대학원 박사학위논문, 2004.

橋本敬造, 「橢圓法の展開」, 『東方學報』 京都 42, 1972.

『원서기기도설록최(遠西奇器圖說錄最)』

분류	세부내용
문헌종류	한문서학서
문헌제목	원서기기도설록최(遠西奇器圖說錄最)
문헌형태	목판본
문헌언어	한문
간행년도	1627년
저자	테렌쯔(Joannes Terrenz Schreck, 鄧玉函, 1576～1630) 口授 왕징(王徵, 1571～1644) 譯繪
형태사항	205면
대분류	과학
세부분류	기술
소장처	北京 中國國家圖書館 서울대학교 규장각 숭실대학교 한국기독교박물관
개요	16세기 유럽에서 고안된 기계의 원리와 제작법 등을 다룬 책이다. 왕징이 테렌츠가 구술한 내용을 바탕으로 서양 기계의 원리와 제작법 등을 도설과 함께 설명하였다. 기계 부품을 서양 문자와 기호로 표시하여 서양 문자를 최초로 소개하였다는 점도 주목된다.
주제어	테렌츠(鄧玉函), 정조(正祖), 고금도서집성(古今圖書集成), 화성(華城), 거중기(擧重機), 정약용(丁若鏞), 이규경(李圭景), 최한기(崔漢綺)

1. 문헌제목

『원서기기도설록최(遠西奇器圖說錄最)』

2. 서지사항

『원서기기도록설록최』는 16세기 유럽에서 고안된 기계의 원리와 제작법 등을 다룬 책이다.[1] 일반적으로 줄여서 『기기도설』이라고 부르는데 테렌츠가 왕징(王徵, 1571～1644)과 함께 작업을 하여 1627년 북경에서 편찬하였다. 왕징은 테렌츠가 구술한 내용을 바탕으로 서양 기계의 원리와 제작법 등을 도설과 함께 설명하였다. 흥미로운 것은 기계 부품을 서양 문자와 기호로 표시하였다는 사실이다.

『기기도설』의 편찬에는 여러 유럽 서적들이 참고 되었다. 아그리콜라(Georgius Agricola, 1494～1555)의 『금속에 관하여(De Re Metallica)』(1556), 브쏭(Jacques Besson, 1530～1572)의 『수학적 도구의 무대(Théâtre des instruments mathématiques et mécaniques)』(1578), 라멜리(Agostino Ramelli, 1530～1600)의 『다양한 인위적 기계들(Diverse et Artificiose Machine)』(1588), 종카(Vittorio Zonca, 1568～1603)의 『기계의 새로운 무대(Novo Teatro di Machine et Edificii)』(1607), 베란지오(Fausto Veranzio, 1551～1617)의 『기계 발명(Machinae Novae)』(1616) 등이 그러한 책들이다.[2] 이들 서적은 르네상스 시대 이후의 학

1) 왕징은 서문에서 여러 기계 가운데 가장 중요하고 정묘한 것들을 기록했기 때문에 '록최(錄最)'라는 이름을 붙였다고 설명하였다.

2) 이들 책은 트리고가 로마 교황청에 특사로 파견되었다가 1619년 다시 중국에 돌아올 때 가지고 돌아온 것으로 짐작된다.

문적 성과를 대표하는 것들이다.

『기기도설』은 1627년에 편찬된 후 여러 차례 번각본이 제작되었다. 명대의 판본으로는 1628년에 출간된 무위중본(武位中本)과 연대를 알 수 없는 왕응괴본(汪應魁本)이 남아 있다.[3] 청대에는 무위중본을 대본으로 한 번각본이 만들어졌다. 1830년 판본은 무위중본의 내용을 그대로 따랐다. 1833년에 간행된 수산각본(守山閣本)은 무위중본을 대본으로 하였는데 무위본이 원본을 충실히 따랐던 것과 달리 서양 문자로 표시한 부분을 한자로 바꾸었다. 이 밖에 청대 간행본으로는 『고금도서집성(古今圖書集成)』과 『흠정사고전서(欽定四庫全書)』에 실린 것이 있다. 국내에는 서울대학교 규장각한국학연구원에 수산각총서본 『기기도설』이 소장되어 있으며, 정약용이 『기기도설』의 일부를 초록한 필사본이 숭실대학교에 소장되어 있다. 이는 『기기도설』 가운데 「전기도설(全器圖說)」과 「제기도설(諸器圖說)」 가운데 그림은 빼고 내용만 발췌한 것이다. 본 해제는 수산각본을 대본으로 삼았다.[4]

[저자]

테렌츠는 1576년 독일 연방인 바데[Bade] 대공국의 콘스탄츠에서 출생하였다. 본래 이름은 장 테렌츠(Jean Terrenz)인데, 요하네스 테렌츠 또는 요하네스 테렌츠 슈렉(Joannes Terrenz Schreck)이라고 하였다. 중국 이름은 등옥함(鄧玉函)이고 자(字)는 함박(涵璞)이다. 또 다른 중국 이름은 등유망(鄧儒望)이다.[5]

---

3) 이 두 책은 현재 북경 중국국가도서관에 소장되어 있다.

4) 『기기도설』의 판본에 대해서는 方豪, 「王徵之事蹟及其輸入西洋學術之貢獻」, 『六十自定稿』, 臺北 : 學生書局, 1969, 343~356쪽; 張栢春, 「王徵與鄧玉函《遠西奇器圖說錄最》新探」, 『自然辨證法通訊』 第18卷 第1期, 1996, 45~51쪽 참조.

테렌츠는 대학에서 의학을 공부하였으며, 로마에 있는 린체 아카데미(Accademia dei Lincei)에도 가입하여 활동하였다. 갈릴레오 갈릴레이가 당시 함께 활동한 회원이었다. 테렌츠는 어학에 뛰어나 영어·프랑스어·이탈리아·포르투갈어에 능통했으며 라틴어로 편지를 쓸 정도로 라틴어도 잘했고 그리스어·헤브리어·아랍어까지 익혔다. 또한 의학뿐 아니라 철학·수학 등 학문 다방면에 걸쳐 뛰어난 실력을 갖추고 있었는데 자연과학 분야에서는 유럽에서도 손꼽히는 학자였다. 테렌츠는 왕공들의 신임을 받았기 때문에 고위직에도 오를 수 있었지만 35세 때인 1611년 예수회에 들어갔으며 얼마 후에는 해외 전교 사업에 투신하였다.

중국에 가게 된 테렌츠는 벨기에 선교사 트리고(N. Trigault)를 만나 함께 준비를 하였다. 테렌츠는 1618년 리스본에서 출발하여 이듬해 마카오에 도착하였다. 테렌츠는 중국에 가는 도중에는 아시아의 동식물에 대한 박물학적 연구를 진행하기도 하였다. 1621년에는 항저우에 도착하였는데 그의 명성이 조정에도 알려져 1623년에 베이징으로 갔다. 1627년에는 그가 구술하고 왕징이 필록한 『원서기기도설록최』 3권을 출간하였다. 1629년에는 서광계(徐光啓)의 추천으로 역법 수정작업에 참가하기 위해 북경으로 와서 이탈리아 선교사 롱고바르디(N. Longobardi)와 함께 작업을 계획하고 관련 서적의 번역에 착수하였다. 그는 『측천약설(測天約說)』 2권, 『대측(大測)』 2권, 『정구승도표(正球升度表)』 등 천문 관련 서적을 번역하고, 칠정상한대의(七政象限大儀) 2기와 측량경한대의(測量經限大儀) 1기 등을 제작하였다. 1630년 5월에 병으로 세상을 떠났다.

---

5) 테렌츠에 대해서는 Aloys Pfister 著·馮承鈞 譯, 『入華耶穌會士列傳』, 中華教育文化基金董事會編譯委員會編輯 : 商務印書館, 1938, 182~186쪽; 方豪, 『中國天主教史人物傳』, 北京 : 中華書局, 1988, 217~225쪽 참조.

한편 테렌츠와 함께 『기기도설』을 편찬한 왕징은 경양(涇陽) 사람으로 1622년 진사에 오르고 관직은 양주부의 추관을 지냈다.[6] 테렌츠를 만난 후 천주교로 개종하여 필리푸스라는 세례명을 받았다. 젊어서부터 기계에 관심이 많았던 왕징은 1626년 『신제제기도설』을 저술하여 자신이 고안한 기계를 선보인 바 있는데 그로부터 1년 후 『기기도설』을 편찬하였다. 이로 보아 『신제제기도설』의 저술과 『기기도설』의 편찬 사이에 깊은 연관이 있음을 짐작할 수 있다.

3. 목차 및 내용

[목차]

없음

[내용]

제일 앞부분에는 『흠정사고전서』 편찬자들이 작성한 간단한 해제인 '흠정사고전서제요'가 실려 있다. 이어 왕징의 서문과 범례가 실려 있다. 서문에는 왕징이 서양 과학에 관심을 갖게 된 경위, 선교사들을 찾아가서 서양의 과학기술에 대해 배운 일, 테렌츠가 구술한 것을 번역하여 『기기도설』을 만들게 된 과정 등이 기록되어 있다. 먼 서방의

6) 왕징의 부친 왕응선(王應選)은 산학에 관한 저술 『산수가결(算數歌訣)』을 남기고 농사에도 관심이 많은 인물이었다고 한다. 정형민, 「기기도설(奇器圖說)의 기술도 분석」, 『한국과학사학회지』 제29권 제1호, 2007, 106쪽 참조.

학자를 그렇게 귀하게 여기느냐는 한 문객의 질문에 왕징이 "여기 기록된 것들이 비록 기예의 말단에 불과한 것이지만 실제 민생의 일용에 보탬이 되고 국가가 흥기하는 데 매우 긴급한 것이다."라고 답변하였다는 사실을 통해 『기기도설』의 편찬 동기를 살필 수 있다.

범례는 '인취(引取 : 『기기도설』을 작성하는데 참고한 문헌)',[7] '제기기(制器器 : 기계 제도를 보이는데 사용한 19종의 도구)', '기호(記號 : 기계의 각종 부분을 지칭하는 데 사용한 알파벳 기호)', '매소용물명목(每所用物名目 : 각종 기계에 필요한 66가지 부품)', '제기소용(諸器所用 : 인력·말·바람 등 기계를 움직이는데 필요한 29가지 요소)', '제기능력(諸器能力 : 기계의 11가지 능력)', '제기이익(諸器利益 : 기계를 사용하여 얻을 수 있는 7가지 효과)', '전기도설(全器圖說 : 15가지 종류의 도설 명칭)'으로 구성되어 있다.

권1

범례에 이어 머리말, '표성언(表性言)', '표덕언(表德言)', '사해(四解)' 등 성격상 서문에 해당하는 여러 가지 글들이 이어져 있다. 머리말에서 왕징은 『기기도설』에서 다루는 학문의 본래 이름이 '역예지학(力藝之學)'이며 '역예'는 '중학(重學)'이라고 하면서 '역'과 '예'의 기본 개념 등에 대해 설명하였다. 『기기도설』에서 다루는 내용이 단순한 말기라 아니라 하나의 학문임을 강조한 것으로 볼 수 있다.

'표성언'과 '표덕언'은 각각 '중학'의 내성(內性)과 내덕(內德)을 설명

---

7) 참고한 서적은 총 18종인데 이들은 『句股法義』·『圜容較義』·『蓋憲通考』·『泰西水法』·『幾何原本』·『坤輿全圖』·『簡平儀』·『渾天儀』·『天文略』·『同文算指』·『天主實義』·『畸人十篇』·『七克』·『自鳴鐘說』·『望遠鏡說』·『職方外紀』·『西學或問』·『西學凡』 등이다.

한 것인데, '표성언'에서는 '중학'의 기본 성격에 대해 언급하였고 '표덕언'에서는 '중학'의 10가지 특징에 대해 이야기하였다. 이 가운데 주목되는 것은 '표덕언'에서 기계의 사용이 모두 아담의 창제(創製)로부터 시작되었다고 하여 천주교적인 시각을 드러냈다는 사실이다. 많은 중국인들이 서양의 과학기술의 원류가 중국에 있다는 이른바 '서학중원설(西學中源說)'을 주장하였던 것과 비교가 된다.

'사해(四解)'는 무게에 대한 설명인 '중해(重解)', 기계에 대한 설명인 '기해(器解)', 역학에 대한 설명인 '역해(力解)', 동력에 대한 설명인 '동해(動解)'에 대한 설명이다. 왕징은 '역예지학'은 무거운 물체를 움직이는 것이 목적인데 무게가 없다면 필요도 없기 때문에 먼저 무게에 관한 '중해'를 한 권으로 다루고, 무거운 물체를 들어올리기 위해 여러 가지 기계들을 써야 하므로 '기해'를 한 권으로 다루며, 기계를 움직이기 위해서는 반드시 힘이 필요하므로 '역해'를 한 권으로 다루고, 무거운 물체를 높이 들어 올리고 멀리 보내고 돌리고 하는 것이 모두 운동이므로 '동해'를 한 권으로 다룬다고 설명하였다. 즉 제1권을 '중해', 제2권을 '기해', 제3권을 '역해', 제4권을 '동해'로 구성한다는 것이다. 하지만 『기기도설』의 편차는 이러한 애초의 의도와는 달리 전체가 3권으로 이루어져 있고 제1권에만 '중해'라는 제목이 붙어 있고 제2권과 제3권에는 제목이 붙어 있지 않다.

'사해'에 이어 '원서기기도설중해권제일(遠西奇器圖說重解卷第一)'로 표시된 부분이 나온다. 바로 사해에서 설명한 제1권 '중해'이다. 중해는 무게를 지닌 물체가 지니는 성질에 대해 해설한 부분으로 모두 61조로 이루어져 있으며 각 조목마다 그림과 설명이 함께 제시되어 있다. 앞부분에서는 무거운 지구가 중심에 위치하고 있고(제1조), 바다는 땅에 붙어 하나의 구를 이루고 있으며(제2조), 지구는 360도인데 1도의 거리가 250리(제3조)라는 등 우주 구조와 지구의 형태 등에 대한 내용이 설명되어 있다. 그 밖에 중력·무게중심·부력·비중 등에 대한 해설이 들어 있다.

권2

권2는 역학을 적용할 수 있는 기구에 대한 설명으로 총 92조에 관한 설명이 실려 있다. 제1조~9조에는 기계의 유용함(제2조), 기계의 재질(제3조), 기계의 모양(제4조) 등 기계의 기본적인 성격에 대한 설명이 포함되어 있다. 이어 기계를 구성하는 기본 도구들이 소개되어 있다. 저울의 기본 원리에 대한 설명인 천평해(天平解 : 제9~15조), 저울의 원리에 대한 설명인 등자해(等子解 : 제16~33조), 지렛대의 원리에 대한 설명인 공간해(槓杆解 : 제34~48조), 도드래의 원리에 대한 설명인 활차해(滑車解 : 제49~55조), 바퀴에 대한 설명인 윤반해(輪盤解 : 제56~71조), 나사에 대한 설명인 등선해(藤線解 : 제72~92조) 등 6가지 기본 도구를 소개하고 이를 조합하여 만든 92조의 기계에 대한 해설과 도설이 담겨 있다.

권3

권1, 2에서 해설한 각종 원리를 적용한 총 54종의 기계에 대한 도설로 이루어져 있다. 구체적으로는 '기중(起重)' 11도, '인중(引重)' 4도, '전중(轉重)' 2도, '취수' 9도, '전마(轉磨)' 15도, '해목(解木)' 4도, '해석(解石)', '전대(轉碓)', '서가(書架)', '수일구(水日晷)' 1도, '대경(代耕)' 1도, '수총(水銃)' 4도 등이다. 이 가운데 절반 정도가 직·간접으로 농사와 관련된 기계들이어서 왕징의 기본적인 관심은 농업에 있었음을 짐작할 수 있다. 각 도설을 간단히 설명하면 다음과 같다.

〈그림 1〉 (상) 종카의 『기계의 새로운 무대』 에 소개된 이동식 맷돌 삽화
(하) 『기기도설』의 전마(轉磨) 제5도. 종카의 책에 실린 삽화를 인용했음을 볼 수 있다.

① '기중'은 무거운 물체를 들어 올리는 기술에 대한 도설이다. 저울의 원리를 응용한 제1도에서 시작하여 들어 올리는 제2도, 도르래와 사슬을 이용하여 무거운 물건을 올리는 제3도 등 제2권에서 소개한 6가지 도구를 단계적으로 응용하고 있다. 제8도부터는 좀 더 복잡한 구조로 된 기계를 소개하였는데 이들 기계의 도설은 라멜리와 브쏭(Jacques Besson)의 저서를 많이 참고하였다. ② '인중'은 무거운 물체를 끌어당기는 기계에 관한 도설이다. 제1도는 톱니바퀴의 회전 동력을 이용하여 물체를 끌어당기는 기계 원리를 설명한 것이다. 제3도는 십자목 녹로를 이용하여 사슬을 풀고 감아 무거운 물체를 옮기는 기계 원리를 설명한 것이다. ③ '전중'은 아래에서 무거운 물건을 들어 올리는 기계에 관한 도설이다. ④ '취수'는 물을 끌어 올리는 기계에 대한 도설이다. 제2도는 벽돌의 구조물 안에 용미차를 설치해 강물을 위로 끌어올리는 기계이다. 제4도는 풍력을 이용하여 지하에서 물을 끌어올리는 작업으로 풍차의 회전에 의해 굴대를 돌려 지하수를 풍차의 지붕 부분으로 끌어 올리는 기계이다. ⑤ '전마'는 맷돌에 대한 도설이다. 제1도는 사람이 발의 힘을 이용하여 움직이는 맷돌, 제2도는 바퀴로 움직이는 쌍맷돌, 제3도는 두 사람이 수직축의

두 크랭크를 움직여 돌리는 맷돌, 제4도는 인력과 중력을 교대로 사용하는 맷돌, 제5도는 말이 끄는 수레 위에 두 개의 방아가 설치된 이동식 맷돌, 제6도는 한 사람에서 세 사람이 바퀴를 발로 밟아 움직이는 맷돌, 제7도에서 제12도, 제14도와 제15도는 모두 풍력을 이용하여 움직이는 맷돌에 대한 설명이다. ⑥ '해목'은 목재를 자르는 기계에 대한 도설이다. ⑦ '해석'은 돌을 자르는 기계에 대한 도설이다. 여러 개의 톱니바퀴의 회전 원리를 이용한 기계들인데 라멜리의 책을 모델로 삼았다. ⑧ '전대'는 사람의 힘을 이용한 기계식 방아에 대한 도설이다. ⑨ '서가'는 회전식 서가에 대한 도설이다. 여러 개의 작은 톱니바퀴가 연쇄적으로 작용하여 큰 바퀴를 회전하는 기술을 이용하여 움직이는 선반 앞에 앉아 책을 볼 수 있도록 고안되었다. ⑩ '수일구'는 기계식 물시계에 대한 도설이다. ⑪ '대경'은 사람의 힘을 이용한 일종의 쟁기에 대한 도설이다. ⑫ '수총'은 물 펌프에 대한 도설이다. 바퀴가 달리 수레에 물통을 올려놓고 물통 안에 수총을 장치하여 물을 펌프해낼 수 있는 기계이다.

끝에는 『기기도설』의 교감자인 전희조(錢熙祚, 1801~1844)[8]가 쓴 발문이 들어 있다. 전희조는 원본의 '사해'는 각각을 한 권으로 했는데 『기기도설』에서 세 권이 된 것은 처음에는 나누었다가 후에 합친 것 같다며 『기기도설』의 체제에 대한 자신의 견해를 제시하였다. 또 제3권은 이용에 대해 이야기하고 제1, 2권은 그 소이연(所以然)에 대해 설명하였는데 그 내용이 도수(度數)에서 벗어나지 않는 것을 통해 산학

8) 전희조는 청 대 강소성 출신으로 자는 석지(錫之), 호는 설지(雪枝)이다. 교감 및 목록학에 조예가 깊었다. 평생 많은 책을 모아 수산각(守山閣)에 보관하였는데 도광 연간에 사고전서에 누락된 것을 모아서 수산각총서(守山閣叢書)와 주총별록(珠叢別錄)을 편찬하였다. 임종욱 편, 『중국역대인명사전』, 이회문화사, 2010 참조.

(算學)이 중학의 근본이 된다고 강조하였다.

『신제제기도설』

『신제제기도설』은 『기기도설』을 편찬하기 1년 전인 1626년에 왕징 자신이 직접 고안한 기계에 대한 설명을 담은 책이다.9) 총 9종의 기계에 대한 설명과 11점의 그림이 실려 있는데 9종의 기계를 중심으로 내용을 살펴보면 다음과 같다. 먼저 '인수기(引水器)' 2종이 소개되어 있는데 ① '홍흡도설(虹吸圖說)'과 ② '학음도설(鶴飮圖說)'이 그것이다. 왕징은 '홍흡'을 이용하여 인력을 쓰지 않고 낮은 곳에 있는 물을 높은 곳으로 자동적으로 뽑아 올릴 수 있고, '학음'은 인력을 사용하지만 다른 기계에 비해 인력을 줄이고 효과는 배로 볼 수 있다고 설명하였다. 이어 생활필수품이 맷돌을 움직일 수 있는 세 가지 기술을 소개하였다. ③ '윤격도설(輪激圖說)'은 직각으로 맞물리는 한 쌍의 톱니바퀴를 이용하여 움직이는 인력으로 돌리는 방식의 맷돌에 대한 도설이다. ④ '풍애도설(風磑圖說)'은 풍력을 이용하여 돌리는 방식의 맷돌에 대한 도설이다. 왕징은 트리고가 가르쳐준 내용을 바탕으로 상상력을 더하여 풍애를 고안하게 되었다고 밝혔다. ⑤ '준자명종추작자행마도설(準自鳴鐘推作自行磨圖說)'은 수직으로 맞물린 톱니바퀴를 맷돌에 연결하여 움직이는 방식의 맷돌에 대한 도설이다. 다음으로 ⑥ '준자명종추작자행거도설(準自鳴鐘推作自行車圖說)'은 자행마와 마찬가지로 수직으로 매달려 있는 바퀴의 동력을 활용하여 자동으로 움직이는 차에 대한 도설이다. ⑦ '윤호도설(輪壺圖說)'은 『자명종설(自鳴鐘說)』을 참고

9) 왕징이 고안이 기계도 기본적으로 유럽의 기술을 모델로 한 것이었다. 이에 대해서는 정형민, 「기기도설(奇器圖說)의 기술도 분석」, 『한국과학사학회지』 제29권 제1호, 2007, 102쪽 참조.

하여 고안한 시계에 대한 설명인데 톱니바퀴를 이용하여 북과 종을 울려 시간을 알리도록 구상하였다. ⑧ '대경도설(代耕圖說)'은 인력으로 끄는 쟁기에 대한 설명이다. 마지막으로 ⑨ '연노산형도설(連弩散形圖說)'은 연속 발사가 가능한 무기인 쇠뇌에 대한 도설이다.[10]

4. 의의 및 평가

왕징이 테렌츠의 구술을 바탕으로 저술한 『기기도설』은 르네상스 이후 유럽에서 발전되어 온 기계 제도 등의 성과를 적극적으로 소개한 책이다. 유럽의 공학적 성과가 중국에 소개되기는 『기기도설』이 처음이다. 『기기도설』에는 서양의 각종 기계와 그 원리가 되는 역학적 지식이 들어 있는데 주목되는 것은 다양한 종류의 기계 도면이 함께 제시되었다는 사실이다. 중국의 책에 기술에 대한 그림이 없었던 것은 아니지만 그것은 기본적으로 회화의 성격이 강했던 데 반해 『기기도설』의 그림은 기계 자체의 원리를 보여주기 위한 것이었다. 그런 점에서 『기기도설』은 중국의 전통 기술서와는 차원이 다른 서적이라고 평가할 수 있다. 또한 『기기도설』은 서양의 문자와 서양의 부호를 사용하여 서양의 역학에 대해 소개한 첫 번째 서적이기도 하다.

『기기도설』은 유럽의 학문적 성과가 동아시아 사회에 접목되는 과정을 잘 보여준다는 점에서 의미가 있다. 『기기도설』에는 유럽의 학문적 성과를 수용하면서도 동시에 인력과 동물의 힘을 이용한 중국의 전통적인 기술도 이용하였다. 왕징은 서양의 새로운 지식을 적극 활

10) 왕징의 외삼촌 장감(張鑑)은 병기에 대한 지식이 풍부했다고 한다. (方豪, 앞 논문, 336~337쪽) 이를 보면 무기에 대한 왕징의 관심은 장감의 영향을 많이 받았다고 볼 수 있다.

용하면서도 그 원리를 해설하는 데 있어 전통적인 중국자연철학의 개념들도 사용하였다. 이를 통해 17세기 중국 지식인들이 서양의 과학기술, 특히 기계와 역학에 대해 어떠한 관념을 가지고 있었는가 하는 점을 확인할 수 있다.

『기기도설』이 편찬된 이후 중국에서는 『천공개물(天工開物)』(1637)·『농정전서(農政全書)』(1639)와 같은 기술서의 간행으로 이어졌다. 비록 기계 도면을 제시하는 시도는 곧바로 계승되지 못하고 청 말에 가서야 나타나지만 『기기도설』은 중국 과학기술사에서 중요한 지위를 차지하는 저술이라고 평가할 수 있다.

5. 조선에 끼친 영향

『기기도설』은 조선에 큰 반향을 일으킨 매우 중요한 서학서이다. 『기기도설』이 언제 조선에 전파되었는지는 확실히 알 수 없다. 현재 확인되는 바로는 정조 대에 입수된 『고금도서집성』 안에 포함된 『기기도설』이 가장 이른 시기의 것이다. 정조는 1792년 화성을 축조할 때 정약용(丁若鏞)에게 『기기도설』을 내려주어 인중법(引重法)과 기중법(起重法)을 연구하게 했고 정약용은 정조의 뜻을 받들어 거중기를 고안하였다. 정약용은 '기중도설'의 제8도와 제11도를 참고하고 일부분은 변통하여 거중기를 제작하였고 성역에 활용하여 4만 냥의 건축비를 절약할 수 있었다.[11] 정약용은 『목민심서』에서 대경기(代耕器)에 대해서도 언급하는 등 『기기도설』에 깊은 감명을 받았던 것으로 보인다.[12] 이용감 창설을 제의하면서도 거중기·해목·해석 등 『기기도설』

11) 丁若鏞, 『茶山詩文集』 권10, 「起重圖說」 권16, 「自撰墓誌銘」.

에 소개된 각종 기계의 제작법을 배워야 한다고 강조하였다.[13)]

정약용 외에도 『기기도설』에 관심을 가졌던 이들은 적지 않았다. 이덕무(李德懋)도 『기기도설』을 검토한 바 있으며, 서유구(徐有榘)는 『기기도설』을 소장하고 있었다. 조선 지식인들로서 『기기도설』의 내용을 이해하기 쉬운 것은 아니었지만 새로운 내용을 담고 있어 호기심을 자극하였던 것으로 생각된다.[14)]

19세기의 재야 지식인으로 서학에 관심이 많았던 이규경(李圭景)과 최한기(崔漢綺)도 『기기도설』을 주목하였다. 이규경은 『기기도설』을 『태서수법(泰西水法)』 등의 서적과 함께 이용후생의 도를 담고 있는 책이라고 칭송하였고, 『기기도설』에서 그림의 기호를 서양 문자를 사용한 사실도 언급하였다. 최한기는 『기기도설』에 특히 관심이 많았다. 그는 1834년에 『기기도설』을 참고하여 양수기에 대한 해설서인 『육해법(陸海法)』을 편찬하였고, 각종 기계를 소개한 『심기도설(心器圖說)』을 저술할 때도 『기기도설』을 많이 참조하였다. 최한기는 기용(器用)의 학문이 민생의 일용과 국가의 흥작에 보탬이 된다고 강조한 바 있는데 기용학의 개념을 구상하는데 『기기도설』이 많은 영향을 미쳤던 것으로 짐작된다.

〈해제 : 노대환〉

12) 丁若鏞, 『牧民心書』, 「戶典 : 勸農」.
13) 丁若鏞, 『經世遺表』 권2, 「冬官 工曹 : 利用監」.
14) 이덕무는 『기기도설』의 내용을 읽어 보았는데 이해하기 어려운 부분이 더러 있었다고 이야기하였다. 李裕元, 『林下筆記』 권34, 「華東玉糝編 : 水車」 참조.

참 고 문 헌

1. 단행본

方豪,『中國天主教史人物傳』, 北京 : 中華書局, 1988.

2. 논문

김영식,「17세기 중국의 기계와 力學에 대한 관념: 王徵의『(奇器圖說)』을 중심으로」,『한국과학사학회지』 제28권 제1호, 2006.

정형민,「기기도설(奇器圖說)의 기술도 분석」,『한국과학사학회지』 제29권 제1호, 2007.

方豪,「王徵之事蹟及其輸入西洋學術之貢獻」,『六十自定稿』, 臺北 : 學生書局, 1969.

張栢春,「王徵與鄧玉函《遠西奇器圖說錄最》新探」,『自然辨證法通訊』第18卷 第1期, 1996.

『태서수법(泰西水法)』

분류	세부내용
문헌종류	한문서학서
문헌제목	태서수법(泰西水法)
문헌형태	목판본
문헌언어	한문
간행년도	1612년
저자	사바틴 데 우루시스(Sabbathinus de Ursis, 熊三拔, 1575~1620)
형태사항	118면
대분류	과학
세부분류	기술
소장처	『天學初函』 수록본 - 서울대학교 규장각 - 성균관대학교 존경각
개요	하천의 물을 이용하는 방법과 용미차. 우물 및 샘물을 이용하는 방법과 옥형차와 항승차. 비나 눈을 모아 이용하는 장치인 수고(水庫). 고지에 우물을 만들 때 샘의 근원을 명확히 파악하지 못했을 때의 탐색 방법. 물로 병을 치료하는 방법. 다양한 수리 현상에 대한 문제 제시와 답변.
주제어	하천(河川), 용미차(龍尾車), 정천(井泉), 옥형차(玉衡車), 항승차(恒升車), 우설(雨雪), 수고(水庫), 수리 현상(水理 現象), 온천(溫泉), 약로(藥露)

1. 문헌제목

『태서수법(泰西水法)』

2. 서지사항

『태서수법』은 명(明) 만력(萬曆) 35년(1607)에 중국으로 건너 온 이탈리아 출신의 예수회 선교사 사비아틴 데 우루시스(Sabatino de Ursis, 熊三拔, 1575~1620)가 구술하고, 서광계의 필기와 이지조의 정정을 거쳐 간행된 유럽의 수리학(水利學. 특히 배수용 펌프)서적으로 아고스티노 라멜리(Agostino Ramelli, 1531~1610)의 수리학을 번역한 책이다. 『태서수법』 서문 말미에 '만력임자초하(萬曆壬子初夏)'라는 기록을 통해 만력 40년(1612)에 완성되었음을 알 수 있다. 판본은 다음 몇 종류가 있다. 명 만력 40년(1612)의 목판본, 명 숭정(崇禎) 2년(1629) 이지조(李之藻, 1565~1630)가 편집한 『천학초함(天學初函)』, 「기편(器編)」에 실린 판본, 서광계가 편찬하고 그의 사후 진자룡(陳子龍)의 교정을 거쳐 숭정 12년(1639)에 간행된 『농정전서(農政全書)』에 실린 판본, 『사고전서』 자부(子部) 「농가류(農家類)」에 실린 판본, 청(淸) 가경(嘉慶) 5년(1800) 석세신(席世臣)의 소협산방(埽叶山房) 판각본(板刻本)이다. 다만 『농정전서』에는 『태서수법』 권1~권4 및 권6만이 실려 있다.

본 해제에서는 만력본(萬曆本)을 저본으로 삼았다. 책 맨 첫 페이지에 만력 40년(1612) 춘월(春月)에 강소성(江蘇省) 오송(吳淞, 상해시) 출신인 서관계(徐光啟)가 쓴 「태서수법서(泰西水法序)』가 실려 있다. 이어 이 해 음력 5월 보름날 이과도급사중(吏科都給事中) 조우변(曹于汴)이 쓴 「태서수법서(泰西水法序)』가, 계속해서 이 해 이른 여름 강서성(江西省) 여릉(廬陵, 현 吉安) 출신으로 만력 39년(1611)에 형과급사중(刑科給事中)을 역임한 팽유성(彭惟成)[1]의 「성덕래원서(聖德來遠序)」, 강서성 상요(上饒) 출신으로 만력 5년(1577)에 예부상서(禮部尙書)를 지낸 정이위(鄭以偉)[2]의 「태서수법서(泰西水法序)』가 실려 있다. 이어 고정(考訂)·교각(校刻)한 이들의 성명이 나열되어 있다. 즉 산서성(山西省) 안읍현(安邑縣)의 조우변, 강서성 여릉의 팽유성, 상해의 요영제(姚永濟), 남직예(南直隶, 현 江蘇省) 서주(徐州)의 만숭덕(萬崇德), 사천성(四川省) 노주(瀘州)의 장건(張鍵), 절강성(浙江省) 평호(平湖)의 유정원(劉廷元), 남직예 화정(華亭)의 장내(張鼐), 하북성(河北省) 영년현(永年縣)의 이양지(李養志), 화정현(華亭縣)의 이능운(李凌雲), 귀주성(貴州省) 동인부(銅仁府)의 양여고(楊如皐) 등이 그들이다.

그 다음 면에는 만력 40년 초하(初夏)에 웅삼발이 쓴 「수법법론(水法本論」이 실려 있다. 본문은 웅삼발이 쓰고, 서광계가 필기하고, 절강성 무림현(武林縣) 출신인 이지조가 정정(訂正)하였다고 기록되어 있다.

『태서수법』 제1권에서 권4까지는 웅삼발 찬술(撰述), 서광계 필기(筆記), 이지조 정정(訂正)의 틀을 유지하고 있으나, 권5 「수법혹문(水法或問)』만이 웅삼발 술지(述旨), 서광계 연설(演說), 이지조 정정(訂正)의 형식으로 서술되었다. 다시 말하면 웅삼발이 취지를 서술하고, 서광계 자신이 견해나 주장을 진술하고 있는 것이다.

『태서수법』의 본문은 10행 21자로 구성되어 있고, 본문 서술이 끝

---

1) 팽유성(彭惟成) : 자(字)는 원성(元性), 강서성 여릉(廬陵) 출신이다. 만력연간에 진사가 되었고, 숭정(崇禎) 초에 태상사경(太常寺卿)을 역임하였다. 저서에 『간원존고(諫垣存藁)』가 있다.

2) 정이위(鄭以偉) : 강서성 상요현(上饒縣) 출신으로 만력 29년(1601)의 서길사(庶吉士), 숭정(崇禎) 5년(1632)에 예부상서 겸 동각대학사를 역임하였다. 시호는 문각(文恪)이다.

나면 “주왈(注曰)”이라고 하는 형식으로 서술되어 있다. 총 118면과 19개의 도판으로 이루어졌다.

현재 규장각(奎中 5116)은 만력 40년(1612)의 서문이 실려 있고, 5권(卷) 1책(冊) 79장(張)으로 된 청판본(淸版本)이, 성균관대 존경각에는 6권 1책(16행 35자)으로 된 판본이 소장되어 있다.

[저자]

우르시스는 이탈리아의 나폴리에서 1575년에 출생하였다. 자(字)는 유강(有綱)으로 중국에 서양의 과학 기술을 소개하였다. 예수회 전도사로, 만력 34년(1606) 중국에 도착한 후 마카오·남경을 거쳐 북경으로 들어가 마태오 리치로부터 중국어와 한문을 배웠다. 서광계·마테로 리치와 함께 유클리드 기하학의 한문 번역인 『기하원본(幾何原本)』(1607) 번역에도 협력하였다. 만력 38년(1610) 중국 역법에 의한 일식예보가 빗나가자, 서광계와 이지조는 유럽 천문학을 도입하여 역법을 고칠 것을 주장하였다. 이때 우르시스와 판토하(Didace de Pantoja, 龐迪我, 1571～1618)는 그들의 요청을 받고 유럽의 여러 천문학서를 번역하였다. 비록 이 사업은 중국 관료들의 방해를 받아 성공하지 못하였으나, 이를 통해 『간평의설(簡平儀說)』 1권(북경, 1611)이 완성될 수 있었다. 또한 그는 『표도설(表度說)』 1권(북경, 1614)을 구술하였는데, 이는 규표(gnomon)에 의한 관측법을 논하였다 그는 만력 44년(1616) 남경의 고위 관리 심각(沈㴶)의 선동에 의해 그리스도교는 박해를 받았다. 그는 마카오로 추방되었으며, 명 태창(泰昌) 원년(1620) 그곳에서 사망하였다.

3. 목차 및 내용

[목차]

序

卷一

用江河之水

龍尾車記

卷二

用井泉之水　爲器二種

玉衡车記[專筩車附]

恒升車記[雙升車附]

卷三

用雨雪之水　爲法一種

水庫記

卷四

水法附餘

卷五

水法或問

卷六

龍尾一圖

龍尾二圖

龍尾三圖

龍尾四圖

龍尾五圖

玉衡一圖

玉衡二圖

玉衡三圖

玉衡四圖

恒升一圖

恒升二圖

恒升三圖

恒升四圖

水庫一圖

水庫二圖

水庫三圖

水庫四圖

水庫五圖

藥露諸器圖

[내용]

권1은 하천의 물을 이용하는 방법에 대한 부분으로 용미차(龍尾車)를 다루었다. 권2는 우물 및 샘물을 이용하는 방법에 대한 부분으로 옥형차(玉衡車)와 항승차(恒升車)를 다루었다. 권3은 빗물이나 눈 녹은 물을 이용하는 방법에 대한 부분으로 수고(水庫)에 대하여 소개하고 있다. 권4는 보론(補論)으로 높은 곳에 우물을 뚫을 경우 샘물의 원천을 찾는 법, 우물을 뚫는 법, 수질을 판정하는 법, 그리고 물로 병을 치료하는 법에 대해 소개하고 있다. 권5는 이러한 여러 기술에 대해서 질문에 답변하는 형식으로 이루어져 있다.

우르시스는 이 책에서 "이 세상의 만물은 모두 전능한 조물주가 무(無)에서부터 만들어낸 것"이라고 하면서 예수회 선교사로서의 입장을 드러내고 있다. 또한 그는 당시 서구에서의 표준적 물질관이었던 아리스토텔레스의 사원소설에 따라 "모든 것은 물, 불, 흙, 공기의 사원소(四元行)에 의해 이루어져 있다"고 주장하였다.

권1 – 강과 하천의 물을 이용하는 기계 한 종류

■ **용미차 기술**

용미차는 아르키메데스·펌프를 가리킨다. 아르키메디안 스크루, 아르키메데스의 나선(螺旋)이라고도 한다. 이 아르키메데스·펌프는 서양 과학기술의 상징적인 존재이다. 제5권 말미에 용미차 도면이, 「용미1도」로부터 「용미5도」까지 상세하게 그려져 있다.

용미차는 나선형 스크루를 이용하여 물가에서 물을 퍼 올리는 기구이다. 용미의 주요한 부품은 여섯 개로 축(軸)·장(墻)·위(圍)·추(樞)·윤(輪)·가(架)가 그것이다. 축(軸)은 회전축으로 물을 아래로부터 위로 올라가게 한다. 장(墻)은 물을 차단하는 것으로, 스크루의 날이다. 물을 위로 올리는 역할을 한다. 위(圍)는 바깥 본체로 단단히 둘러싼다. 장(墻)을 축에 세우면 판(版)을 깎아 그 둘레를 두른다. 추(樞)는 회전을 매끄럽게 돌아가게 하는 것이다. 축의 양 끝단에 철로 만든 추를 박아 넣는다. 이 추는 스크루의 회전운동을 부드럽게 한다. 윤(輪)은 동력원을 스크루에 전달하는 수레바퀴이다. 가(架)는 높고 낮음을 제어하는 것으로, 추(樞)를 지탱시키면서 윤(輪)을 돌리게 한다. 이 여섯 개가 구비되어야 기계를 만들 수 있다.

권2 - 우물과 샘물을 이용하는 기계 두 종류

■ 옥형차 기술

옥형차는 실린더와 피스톤을 이용해 우물물을 끌어올리는 기계이다. 실린더에 들어온 물을 피스톤으로 압축해 뿜어내는 압축식 펌프이다. 제5권 말미 『용미5도』에 연이어 「옥형1도」로부터 「옥형5도」의 도면이 그려져 있다.

옥형의 부품으로는 일곱 가지가 있다. 첫째는 쌍용(雙筩)으로, 지금의 용어로는 실린더라 할 수 있다. 물을 번갈아 들이는 곳으로 두 개가 있어 쌍용으로 칭해졌다. 둘째는 쌍제(雙提)로, 실린더 안의 피스톤 부분을 말한다. 물을 번갈아 위로 올리는 장치이다. 셋째는 호(壺)로, 물이 모이는 곳이다. 실린더에서 보내어진 물을 임시로 받아 놓은 공간이다. 물이 계속 들어와 끊이지 않는다. 넷째는 중용(中筩)으로, 호(壺)의 물을 위로 올리는 장치이다. 호에서 배출된 물을 반(盤)으로 보내는 관이다. 다섯째는 반(盤)으로, 중용의 물이 나오는 장치이다. 호에서 올라온 물을 받아 놓는 공간이다. 여섯째는 형축(衡軸)으로, 쌍제를 위아래로 끌어내는 장치이다. 피스톤의 상하 운동을 시키는 부품이다. 일곱째는 가(架)로 여러 물품을 두는 장치이다. 완성된 옥형차를 설치하는 틀이다. 일곱 가지 물품이 갖추어지면 기계가 완성된다.

■ 항승차 기술

항승차는 옥형차와 마찬가지로 우물물을 끌어올리는 펌프로, 물을 빨아들이는 형식의 펌프로 그 원리는 약간 다르다. 옥형이 압축식 펌프라면 항승은 흡입식 펌프이다. 즉 실린더 안으로 들어온 물을 피스톤으로 밀어내는 것이 아니라 피스톤에 설치한 구멍을 통해서 물이 피스톤을 통과한 후 피스톤의 상승과 함께 당겨 올리는 기계이다.

항승차는 물이 아래로부터 들어가지만 나오지 않고 위로부터 나오는데 그침이 없다. 항승차의 부품에는 4개가 있다. 첫째는 용(筩)으로, 물이 들어가는 곳(관), 즉 실린더로, 물을 막아 위로 올린다. 둘째는 제주(提柱)로, 물을 항상 올리는 장치이다. 피스톤을 말한다. 셋째는 형축(衡軸)으로, 제주(提柱)를 위아래로 끌어대는 장치이다. 피스톤을 상하 운동시키는 부품이다. 넷째는 가(架)로, 모든 부품을 놓는 장치이다. 완성된 항승차를 가설하는 틀이다. 이 네 가지가 갖추어지면 기기는 완성된다.

항승차는 우물물을 끌어올리는 기기로, 옥형차와 비슷하나 더욱 빠르고 매우 간편하여 밭이랑에 물대고 밭을 가꾸는데 이익이 된다.

권3 - 빗물과 눈을 이용하는 방법 한 종류

■ **수고(水庫) 기술(記述)**

수고(水庫)는 비나 눈을 모아 이용하는 장치이다. 「옥형5도」 다음에 「수고1도」로부터 「수고5도」까지 도면이 있다. 저수지를 축조함에 있어서의 방석(方石)·석회(石灰)·모래 등의 재료 설명과 축조 방법 등 아홉 가지 사항에 대해서 상세히 논술하고 있다.

수고(水庫)는 저수지이다. 고(庫)는 그 아래를 견고하게 하여 물이 빠져나가지 않도록 한다. 그 사항으로 아홉 가지가 있는데, 하나는 具로 저수지의 물품에는 여섯 가지가 있고 이를 준비해야 한다. 쌓는 일, 덮는 일, 바르는 일이다. 쌓고 바르는 물품에 세 가지가 있다. 방석(方石)·영적(瓴甋)·석란(石卵)이며, 바르는 물품에 세 가지가 있다.

석회(石灰)·사(砂)·와설(瓦屑)이 그것이다.

둘째는 제(齊)로, 배합이다. 배합하는데 두(斗)와 곡(斛)으로 하며, 재료와 물을 적절하게 섞어야 한다. 셋째는 착(鑿)으로, 연못에는 집 연못과 들 연못이 있다. 가(家)는 가(家)를, 들은 들을 같이 한다. 집을 같이 하는 것은 음식을 만들고 세탁을 하며, 가(家)를 같이 하는 것은 축목과 관개이다.

넷째는 축(築)으로, 축은 두 개가 있다. 밑에 축저(築底)가, 옆에 축장(築墻)이 있다. 축저는 연못을 만들고 그 밑바닥을 평탄하게 하는 것이다. 연못 둘레에 장(墻)을 세우는데 방석(方石)이나 영적(瓴甋)으로 한다.

다섯째는 도(塗)로, 흙을 바르는 과정이다. 축이 완료되면 연못 바닥의 상태를 살펴 8/10 정도 마르면 청소를 하고, 마르면 물을 댄 후 바른다.

여섯째는 개(蓋. 덮개)로, 가지(家池)의 덮개는 두 개가 있다. 하나는 평탄하게 덮는 것이고, 하나는 아치형이다. 평탄하게 하는 데는 석판(石版)과 목판(木版)이 있다. 아치형에는 권궁(券穹)·두궁(斗穹)·개궁(蓋穹)이 있다. 네모난 연못은 모두 권궁이고, 정사각형 연못은 두궁이며, 둥근 연못은 모두 개궁이다.

일곱째는 주(注)로, 물을 대는 것이다. 가지(家池)는 대나무와 나무로 처마의 물을 받아 연못에 물을 채운다. 이를 노지(露池)라고 하는데 모여드는 물을 받아들여 잠깐 사이에 채워진다.

여덟째는 읍(挹)으로, 물을 퍼내는 것이다. 집 연못의 물이 깊으면 물을 끌어올리는데 용미차로 한다. 더욱 깊은 경우는 옥형차·항승차로 한다.

아홉째는 수(脩)로, 연못에 어떠한 원인 없이 물이 빠져나가면 곱고 윤기 나는 돌을 빻아 체로 걸러 회와 같은 양을 넣어 물을 끓여 투입한다.

권4 – 수법 부여(水法 附餘)

■ **고지(高地)에 우물을 만드는데, 아직 샘의 근원을 명확히 파악하지 못하였을 때 그것을 탐색하는 네 가지 방법**

즉 기시(氣試)·반시(盤試)·부시(缶試)·화시(火試)의 방법을 설명하고 있다.

첫째는 기시로, 밤이 되어 수증기가 늘 올라오다 날이 밝아 그치는 현상을 보고 水脈을 찾는 방법이다.

둘째는 반시로, 수증기로 찾는 방법은 광야에서는 가능하나, 성읍이나 집 옆에서는 불가능하다. 땅을 3척(尺, 약 93cm) 정도 파서 동석반(銅錫盤)을 사용하여 물을 찾아낸다.

셋째는 부시로, 병(瓶)이나 질그릇이나 배가 불룩하고 목 좁은 아가리가 있는 질그릇인 부(缶, 장군)·질그릇을 사용하여 동반법(銅盤法)처럼 물을 찾아낸다.

넷째는 화시로, 도자기 집 근처는 땅을 판 후 밑바닥에 모닥불을 피워 물을 찾아내고, 도자기 집이 근처에 없는 경우는 흙벽돌이나 양융(羊絨, 양의 솜털)으로 대신한다.

착정법(鑿井法), 우물을 파는 법에는 다섯 가지가 있다.

첫째는 택(擇)이다. 우물을 파는 곳으로 산록(山麓)이 최적지로 샘이 나오는 곳이다.

둘째는 얕고 깊음을 측량하는 것이다. 우물과 하천·강의 지맥이 관통하므로 물의 얕고 깊음의 기준은 반드시 같아야 한다.

셋째는 진기(震氣)를 피해야 한다. 땅 속의 맥은 조리(條理)가 서로 통하고 있어 기(氣)가 기어가고 있다. 지진이 일어나는 곳은 산향(山鄕)이나 지세가 높은 곳에 많이 발생한다.

넷째는 천맥(泉脈)을 살피는 일이다. 샘이나 우물을 팔 때 물이 어디로부터 오는지를 살펴 그 흙 색깔을 변별해야 한다.

다섯째는 징수(澄水)이다. 물을 맑게 한다. 우물 바닥을 만드는데 나무를 밑으로, 벽돌·돌·연(鉛) 순서로 쌓는다.

■ 물맛의 좋고 나쁨을 시험하고 물맛의 귀하고 천함을 변별하는 법 다섯 가지

강·하천·샘물·빗물·눈 녹은 물의 시험 방법도 동일하다.

첫째는 자시(煮試)이다. 물을 끓여 시험하는 방법이다. 맑은 물을 떠서 깨끗한 용기에 넣고 끓여 흰 자기에 부어 맑아지는 것을 기다려 판별한다. 좋은 물은 찌꺼기가 없다.

둘째는 일시(日試)로, 햇빛으로 시험하는 방법이다. 맑은 물을 자기에 담아 햇빛 아래 두고 햇빛이 물속을 비추게 하여 투명도를 살피는 방법이다.

셋째는 미시(味試)로, 물맛을 시험하는 방법이다. 맛이 없는 물이 순수한 물이다.

넷째는 칭시(稱試)로, 물을 재는 방법이다. 물맛의 좋고 나쁨을 알기 위해 여러 종류의 물을 쟀을 때 무게가 가벼운 것이 좋은 물이다.

다섯째는 지백시(紙帛試)로, 종이나 비단류를 가지고 시험하는 방법이다. 색깔이 투명하고 깨끗한 것을 물에 담갔다 말려 흔적이 없는 것이 좋은 물이다.

■ 물로 병을 치료하는 방법 두 가지

첫째는 온천(温泉)이다. 병을 다스리는 약은 모두 그 맛을 가지고 있다. 순수한 물은 약이 되지 않는다. 물이 약이 되려면 다른 맛에 의지해야 한다. 온천은 유황에서 나오고 유황은 약이 된다. 증세를 치료하지만 냄새는 대단히 짙다.

둘째는 약로(藥露)이다. 증류법으로 만든 약이다. 모든 약은 초목·

나무열매·풀 열매·곡식·채소와 관계가 있다. 모두 수성(水性)이 있다. 신선한 물료(物料)를 법식에 따라 증류하면 물을 얻을 수 있는데 이를 명명하여 로(露)라고 한다. 지금 사용하고 있는 장미로(薔薇露)는 장미꽃으로 만들었다. 그 밖의 약 만드는 것도 이와 비슷하다.

이 외에 수지(水地)를 측량하고, 지형의 높고 낮음을 헤아려 배수나 도랑 축조를 통해 대환(大患)을 막고 큰 이익을 가지고 오는 방법, 강·호수·하천·바다에 교량이나 성벽, 궁실·누대를 쌓아 오랜 세월 무너지지 않게 하는 방법, 성곽에서 아주 멀리 떨어진 산속의 샘이나 산골짜기의 시냇물을 도성이나 궁성·관부·동식물원 그리고 인가에서 마실 수 있게 하는 방법에 대해서는 자세히 언급하지 못하였다.

권5 - 수법혹문(水法或問)

다양한 수리(水理) 현상에 대해 문제를 던지고 답변하는 형식으로 이루어졌다. 그 사례는 다음과 같다.

1. 바다가 물의 본소(本所)가 된다고 하는데 무슨 뜻인가?(무엇을 말하는 것인가?)
2. 땅이 물 밑에 있다고 한다면 물 밑은 모두 완토(頑土, 생땅)인가?
3. 해수(海水)는 반드시 맛이 짠데 어째서인가?
4. 짜다는 것은 불 때문이고, 불은 해 때문이다. 해가 대지를 두루 비추고 있다. (그렇다면) 대지 아래는 모두 소금이 있는가?
5. 소금은 아래로 떨어지는데 蜀井이 증거가 될 만하다. 소금이 나는 곳은 아래(지하)에 있다. 염지(鹽池)·염택(鹽澤)은 땅으

로부터 멀지 않은데, 蜀 중의 우물 깊이가 수십 장(丈)인 것만 못한 것은 어째서인가?

6. 물이 불을 만나면 짠 기가 나는데 어째서 뜨겁지 않은가? 온천은 뜨거운데 불 때문이다. 어째서 짜지 않은가?
7. 짠 기(소금기)는 불이 만든 것으로, 어째서 화염 위로 따라 올라가지 않고 밑으로 떨어지게 하는가? 불은 위에 있는데 어떻게 억제시켜 땅 속에 있게 하는가? 조물주는 어찌 뜻이 있지 않겠습니까?
8. 해수의 조석(潮汐, 밀물과 썰물)이란 무엇인가?
9. 강하(江河)의 물은 불을 끌 수 있는데, 해수가 큰 불 속으로 들어가면 마치 기름을 붓는 것 같아 불을 끄지 못하고 도리어 불길이 치열해지는 것은 어째서인가?
10. 해수의 떠있는 물질(부유 물질)은 강하의 물보다 강하다. 일찍이 해주(海舟)를 보니 실은 물품을 증가시키지 않은 상태에서 강하에 들어가 그 물 묻은 흔적을 시험하는데 깊이가 한 척 정도 된다. 또 바닷가 전호(煎户)는 석련(石蓮)[3]으로 소금기를 시험하는데 소금기가 아직 만들어지지 않았을 때 석련을 던지면 반드시 가라앉는다. 소금기가 들게 되면 석련은 물 위에 뜬다. 세 번 던져 세 번 다 뜨면 뇌분(牢盆, 소금 굽는 기구)에 구워 염성(鹽性)이 더욱 무겁고 떠있는 물질도 더욱 강하게 되는데 이것은 무슨 까닭인가?
11. 소금물이 마르는 것은 잿더미에 의한 것으로 그러한 이치를 믿었다. 지금은 마른 회(灰) 1승(一升, 명대: 1.7ℓ)에, 별

3) 「껍질이 검고 물에 가라앉은 것을 석련이라 하며, 8~9월에 채취한다. 날것을 먹으면 사람의 뱃속을 붓게 하니 쪄서 먹어야 좋다(『증류본초』. 洪萬選, 『山林經濟』 권4, 治藥 「蓮實」).

도로 물 1승(一升)을 넣고, 물을 퍼서 회에 붓는다. 물을 다 부어도 가득차지 않고 회도 원래와 같다. 대개 한회(寒灰)는 어떻게 물을 줄일 수 있겠는가? 물이 줄지 않는다면 회는 어찌 성질(性質)이 없겠는가? 이생(二生, 둘의 생성)이 하나로 합치면 절대로 많아지지 않는다. 그 까닭은 무엇인가?

12. 사람이 소금 만드는데 골몰하면 사람의 땀도 짜다. 그 까닭은 무엇인가?
13. 사람이 열이 나면 땀이 나는 것은 이치로서 마땅하다. 사람이 병들면 역시 땀이 난다. 이는 어떤 까닭에서인가? 병 중의 땀은 오한과 신열로 나누는데, 오래된 병은 오한이고, 새로이 든 병은 신열이다. 무슨 까닭인가?
14. 바다는 수소(水所)가 된다. 수성(水性)은 낮은 데로 향하여 바다로 돌아간다. 강하(江河)의 땅은 바다와 비교하면 높다. 강하의 물은 반대로 높은 곳으로부터 흘러나오는데 (그렇다면 물은) 어디서부터 오는 것인가?
15. 산 밑에서 샘이 솟아 나오는 것은 어째서인가?
16. 우물을 파서 샘물을 얻는 것은 어째서인가?
17. 근해(近海)는 소금기를 함유하고 있어서 농사지을 수 없는 땅이다. 땅을 파면 샘물이 나오는데 짜기도 하고 달기도 한 것은 어째서인가?
18. 우물물은 여름에 차갑고 겨울에 따뜻한 것은 어째서인가?
19. 비란 무엇인가?
20. 구름이 생기면 반드시 비가 오는가? 짙은 구름(뭉게 구름)은 비가 되지 않고, 한운(旱雲, 가뭄에 뜨는 구름)은 더욱 가물게 하는 것은 어째서인가?
21. 빗물이 지상의 물보다 좋은 것은 어째서인가?

22. 눈이란 무엇인가?
23. 눈꽃(눈 결정체)이 여섯 개가 피는데 어째서인가?
24. 우수(雨水, 빗물)와 설수(雪水, 눈이 녹은 물) 중 어느 것이 좋은가? 빗물이다. 어째서인가?
25. 겨울에 구름은 눈이 된다. 이미 차가움이 극히 차가움과 만나는 데서 연유한다. 봄가을에 비가 되는 것은 찬 기운이 조금 줄어든 데서 연유한 것인가?
26. 기기(용기)중에 물을 담아 일찍이 물이 새지 않고. 얼음과 눈으로 담는데 바깥쪽이 젖어서 축축해지는 것은 어째서인가?
27. 초목에 물을 주는데 하천과 우물물을 따지지 않고 모두 아침이나 저녁에 주고 정오를 피하는 것은 어째서인가?
28. 이전에 수법(水法)은 편리함에 맡겼는데 힘이 적게 들고 효과는 컸다. 다만 강하(江河)는 정천(井泉)으로, 정천(井泉)은 비와 눈으로 이루어지는 것이 아니다. 강하와 정천에서 얻으려면 우운(雨雪)를 기다려 물이 많아져야 한다. 농민이 급하게 여기는 것은 비이다. 그런데 비와 햇볕이 제때에 내리고 나야 하는데 매년 그렇게 되는 것은 아니다. 홍수와 가뭄, 해충이 반절이나 된다. 어떠한 방법으로 미리 알아 대비할 수 있을지를 모름이여!
29. 농가에 방법이 있어 잠시 날이 개거나 비오는 것을 안다는 일이 있는가?
30. 아침에 해 뜰 때 빛이 암담하고 색이 창백하면 비가 내릴 징조이다. 무슨 까닭인가?
31. 해 뜰 때 구름이 많은 새벽 4시(破漏) 햇빛이 흩어지면 비올 징조이다. 무슨 까닭인가?
32. 짙은 구름이 사방에 걸쳐있고, 소와 양이 여느 때와 같이

풀을 뜯고 있으면 비는 내리지 않는다. 만약 마음껏 뜯는 일에 분주하여 재빨리 먹으려하면 비가 올 징조이다. 파리·모기·등에 등이 분주히 날아다니며 피를 빨면 비가 올 징조이다. 장구벌레가 다급하게 날면 비가 올 징조이다. 굴 속의 벌레가 떼로 나오면 비가 올 징조이다. 무슨 까닭인가?

33. 매월 음력 초하루에서 상현이 되는 날 달의 두 모퉁이를 보는데 태양의 한 모퉁이에 가까워져 조금 풍만해지면 비가 올 징조이다. 달무리의 백색은 날씨의 맑음을, 붉은 색은 바람을 주관한다. 색깔이 잿빛이면 비가 올 징조이다. 무슨 까닭인가?

권6

용미차의 도형 다섯 개, 옥형(玉衡)차의 도형 네 개, 항승차의 도형 네 개, 수고 도형 다섯 개, 水庫 도형 다섯 개, 약로제기도(藥露諸器圖) 한 개를 그려 넣었다.

4. 의의 및 평가

『태서수법』은 서양의 갈릴레오 이전의 아리스토텔레스 물리학 지식의 역저(譯著)로, 중국 과학자들에게 일정의 계시 작용을 하였다. 명말의 왕징(王徵, 1511～1644)의 『원서기기도설(遠西奇器圖說)』, 『신제제기도설(新制諸器圖說)』에서 수리계(水利器械) 부분은 『태서수법』을 인용하였고, 청대에 들어서는 정복광(鄭復光, 1780～1853?)이 『비은여지록

(費隱與知錄)』에서도 『태서수법』을 인용하였다.

『태서수법』에 보이는 세 가지 서양식 수차, 즉 용미차·옥형차·항승차는 이전 중국 원대(元代)에 간행된 왕정(王禎)의 『왕정농서(王禎農書)』의 수차 기록들과는 질적으로 다르게 기구들의 각 부품에 대한 상세한 그림과 설명이 덧붙여 있다. 이 서양식 수차들의 설계도는 『천학초함』(1610년대), 『도서집성(圖書集成)』(1628), 『수시통고(授時通考)』(1742)에 그대로 전재되어 중국 식자층에게 읽혀졌다.

용미차의 제작은 매우 정밀하게 이루어졌다. 특히 8개의 나선을 균일하게 긋거나 각 부품의 크기를 정하는데 구고법(勾股法, 즉 기하학)을 활용해서 정밀하게 계산할 것을 우르시스는 요구하였다. 이처럼 정교한 용미차가 중국에서 실제로 제작되어 널리 활용되었는지는 의문이다. 조지프 니덤(Joseph Needham)은 번차(飜車, 즉 용골차)와 같은 전통 수차가 널리 보급되어 관개에 비교적 효율적으로 사용되었기 때문에 굳이 용미차를 제작해서 사용하지는 않았을 것이라고 하였다.[4)]

이후 용미차의 제작과 활용은 일본에서 이루어졌다. 1630년 무렵에 광산에서 최초로 도입 사용된 이후 기내(畿內) 일부 지역에 보급되었다가 곧 사라졌다.

옥형의 원리인 압축식 펌프는 기원전 2세기경 체지비우스(Ctesibius)에 의해서 발명되어 헬레니즘 시기에 널리 사용되었다. 이후 구조가 너무 복잡하여 유럽에서는 거의 사용되지 않다가 16세기 중엽에 이르러 아고스티노 라멜리(Agostino Ramelli) 등에 의해 개량되어 다시 사용되기 시작하였다. 유럽에서 널리 보급된 압축식 펌프가 우르시스에 의해 옥형차로 제시된 것이다. 중국에도 풍상(風箱)이라 불리는 피스톤 펌프는 존재하였으나 물을 퍼 올리는 용도는 아니었다. 옥형차도 중국에서 제작되어

4) Joseph Needham, *Science and Civilisation in China*: Volume4, Physical Engineering, Part Ⅱ Mechanical Engineering, Cambridge, 1965.

사용되었는지는 의문이다.

5. 조선에 끼친 영향

조선의 지식인들은 수차와 수차를 근간으로 하는 수리학에 대해서 큰 관심을 표명하였다. 영조·정조 시대에 들어서 수차 제작과 보급 움직임이 일어났다. 종래에는 단지 수차라는 양수기의 제작과 활용이라는 실용적인 문제에 국한되었지만 이때부터는 수리학이라는 전문 분야의 일부분으로서 용미차·옥형차·항승차에 대한 논의가 제기되었다. 정조 19년(1795) 전 좌랑(佐郎) 이우형(李宇炯)은 물이 흐르는 곳에서는 용미차의 효능이 제일 좋고, 그 다음이 용골차라고 하였다. 반면 물이 멈춘 곳에서는 항승차·옥형차가 좋으니 전국에 유통시키자는 건의를 하였다.

이익(1681~1763)은 『성호사설』에서 용미차를 거론하였다. 그는 『태서수법』을 읽었을 것으로 보이며, 우물의 물을 퍼 올리는 것은 수차의 공으로 용미차의 이익이 매우 큰 데도 조선은 그 방식을 아직 모르고 있다고 아쉬워하였다.

한편 신경준(申景濬, 1712~1781)의 서양식 수차에 대한 지식도 『태서수법』에 기반을 두었다. 그는 용미차·옥형차·항승차의 원리를 분명하게 파악하고 있었다. 예를 들면 번차(飜車)의 부품인 체인의 연결부분인 '학등(鶴藤)'과 괄수판(刮水板)인 '두판(斗板)'이라는 전문 용어를 사용하고 있는데, 이는 『태서수법』에 처음으로 나타난 용어이기 때문이다. 나아가 그의 문집인 『여암전서(旅菴全書)』에 수록된 「수차도설(水車圖說)」은 『태서수법』의 내용을 그림과 함께 그대로 전재해 놓았다. 단지 제목을 「수차도설」로 바꾸었을 뿐이다.

조선 지식인층은 『왕정전서』를 통해 중국의 전통적 수리학을, 『태서수법』을 통해 서양의 수리학을 접하였다. 이러한 수리학 지식을 체계화시킨 인물이 서명응(徐命膺, 1716~1787)이다. 그의 저서 『본서(本書)』는 조선시대 농서로는 처음으로 수차와 같은 실용적이고 매우 효율적인 관개기구를 다룬 종합농서였다. 특히 수리를 서술한 「관개지(灌漑志)」에서 수차를 다루었다. 그는 『왕정농서』 「농기도보(農器圖譜)」 「관개문(灌漑門)」 과 『농정전서』에 수록된 『태서수법』의 기록을 12개의 조항으로 나누어 면밀히 검토하였다.

정조 말에는 박지원(1737~1805)의 『과농소초(課農小抄)』와 서호수(徐浩修, 1736~1799)의 『해동농서(海東農書)』가 편찬되었다. 이 두 책 모두 『왕정전서』와 『농정전서』의 기록을 선택적으로 발췌 인용하였다. 『과농소초』 말미의 4개 조항은 『태서수법』의 용미·옥형·항승·수고 등을 그림도 싣지 않고 단지 구조물들의 명칭과 그에 대한 설명을 덧붙였을 뿐이다. 『해동농서』에서는 오직 용미차에 대해서만 부록으로 다루었다. 용미차를 그림과 함께 전재하고 말미에 자신의 견해를 간략하게 적어 놓았다.

서양식 수차에 대해 박지원과 서호수 모두 활용도를 그리 높이 평가하지 않았다. 『태서수법』의 수차 지식은 조선 지식인층에게 비판적이고 선택적으로 수용되어, 서유구(徐有榘, 1764~1845)의 『임원경제지(林園經濟志)』와 최한기(崔漢綺, 1803~1877)의 『육해법(陸海法)』에서 총정리 되었다. 『임원경제지』 「관개도보(灌漑圖譜)」 편에 『태서수법』의 용미·옥형·항승차를 다루었고, 『육해법』은 『태서수법』의 기록을 선택적으로 발췌 인용하였다. 때로는 이해를 돕기 위해서 세주(細注)를 달았다.

체계적인 수차 지식이 조선에 도입된 이후에도 수차의 제작과 보급

시도는 있었지만, 실제로 활용되지는 못하였다.

〈해제 : 서인범〉

참 고 문 헌

1. 단행본

이광린, 『李朝水利史硏究』, 한국연구원, 1961.

전상운, 『한국과학기술사』, 정음사, 1976.

出水力, 『水車の技術史』, 京都, 1987.

2. 논문

노대환, 「正祖代의 西器受容 논의 : '중국원류설'을 중심으로」, 『한국학보』 25, 1999.

______, 「정조대 서양 과학기술의 수용과 정조의 서학 정책」, 『泰東古典硏究』 21, 2005.

이태진, 「조선시대 수우·수차 보급 시도의 농업사적 의의」, 『千寬宇先生還曆記念韓國史學論叢』, 1986.

方立松, 「中國傳統水車硏究」, 『農業考古』, 南京農業大學, 2010.

徐光台, 「徐光啟演說『泰西水法·水法或問』(1612)的歷史意義與影響」, 『清華學報』, 2008.

吴 卫, 「器以象制 象以圜生-明末中國傳統升水器械設計思想硏究」, 清華大學, 2004.

張柏春, 「明末《泰西水法》所介紹的三種西方提水機械」, 中国科学院自然科学史研究所, 1995.

華紅安, 「我国首部推介西方水利的著作——《泰西水法》」, 『水利天地』, 1998-3.

『태서인신설개(泰西人身說概)』

분류	세부내용
문헌종류	한문서학서
문헌제목	태서인신설개(泰西人身說概)
문헌형태	抄錄本
문헌언어	漢文
간행년도	1643년
저자	테렌츠 슈렉(Joannes Terrenz Schreck, 鄧玉函, 1576～1630)
형태사항	50면
대분류	종교, 과학
세부분류	의학서, 해부학서
소장처	Bibliothéque Nationale de France
개요	운동·근육·순환·신경·감각계통의 내용을 중심으로 구성되었다. 각 기관의 성질과 특징을 서술하였다.
주제어	골(骨), 연골[脆骨], 인대[肯筋], 힘줄[肉塊筋], 피부(皮膚), 정맥[絡], 뇌(腦), 임파선[亞特諾斯], 지방[膏油], 동맥[脈], 신경[細筋], 살, 혈(血), 눈, 귀, 코, 혀, 행동(行動), 언어(言語)

1. 문헌제목

『태서인신설개(泰西人身說概)』

2. 서지사항

『태서인신설개』는 명 말 중국에 건너온 스위스 출신의 선교사 테렌츠 슈렉(Joannes Terrenz Schreck, 鄧玉函, 1576～1630)이 서양의 해부생리학을 중국어로 번역한 최초의 서적이다. 이 책은 테렌츠가 항주(杭州)에 있을 때 아담 샬(Johann Adam Schall von Bell, 湯若望, 1591～1666)이 가져온 스위스 바젤(Basel)대학 보앵(Gaspard Bauhin, 包因, 1560～1624)의 『해부학론』을 이지조(李志藻) 집에서 구두 번역한 것이다. 처음에 『인신설(人身說)』이라는 제목으로 2권을 만들었는데 번역을 도왔던 사람의 수준이 낮아 번역문이 형편없었다.

명(明) 숭정(崇禎) 2년(1629) 테렌츠가 서광계(徐光啓)의 추천으로 북경으로 들어간 후 역법(曆法)을 만들다가 다음해에 사망하자, 그 원고는 아담 샬에게 넘겨졌다. 아담 샬은 보앵의 또 다른 저서인 『해부학사(解剖學史)』(1597년 출판)를 포함하여 『인신전서(人身全書)』를 발간할 계획이었다. 테렌츠가 죽었을 때 그는 섬서성(陝西省) 서안(西安)에 체재하고 있었다. 황제의 명을 받아 북경으로 들어와 서광계와 함께 역법서 수정에 작성에 정력을 쏟았다. 1633년 서광계가 죽자 아담 샬은 의학서를 번역할 여가가 나지 않았다. 1634년 북경에서 아담 샬과 교우하던 필공진[1](畢拱振, ?～1644)은 그에게서 이 책의 유고(遺稿)를 얻었다. 그는 테렌츠 번역본을 구해 윤색을 가하여 인신 해부 생리의 대략만을 서술하였다고 하여 『태서인신설개』라고 이름을 붙였다.

---

1) 필공진(畢拱振, ?～1644) : 필공신(畢拱宸)이라고도 하며, 자(字)는 성백(星伯), 호(號)는 찬제거사(羼提居士)이다. 산동 내주부(萊州府) 액현(掖縣)(현, 산동성 내주시) 출신으로 만력 44년(1616)에 진사가 되었고, 염성현(鹽城縣) 지현(知縣)·호부주사(戶部主事)·산서안찰사첨사(山西按察司僉事)·분순기녕도(分巡冀寧道)를 역임하였다. 1646년 산서에 있을 때 이자성(李自成)의 부하에게 살해당하였다.

판본으로는 유일하게 로마국립중앙도서관에 일종의 판각본(板刻本)을 소장하고 있고, 초본(抄本)의 교간본(校刊本)은 5개가 있어 쉽게 볼 수 있다. 장서가이자 의학자인 범행준(范行准, 1906~1998)의 장서실인 서분실(栖芬室)에 소장하고 있는 강희(康熙) 구초본(舊抄本), 건륭(乾隆) 구초본(舊抄本), 역사학자 장음린(張蔭麟, 1905~1942)의 초본(抄本), 서가회(徐家滙)의 장서루(藏書樓)에 연경대학(燕京大學)으로부터 다시 초록한 판본이 그것이다. 이 다섯 개의 초본 외에 중국국가도서관에 청초본(淸抄本)이 있다. 이 외에 일부 『인신도설』과 합본한 판본도 있으며, 대만 청화(淸華)대학 황일농(黃一農, 1956~) 교수가 프랑스 국가도서관에서 영인한 초본이 있다. 이 판본은 『태서인신설개』만 있고 『인신도설』은 없다. 후에 『인신도설』의 「정면전신지도(正面全身之圖)」와 「배면전신지도(背面全身之圖)」를 덧붙였다.

최근 간행된 일본 간사이대학(関西大學) 심국위(沈國威) 교수의 저술[2] 중에 1643년에 간행된 판본의 일부분을 싣고 있다. 그에 의하면 "등옥함(鄧玉函) 구술(口述) 1623, 필공진(畢拱振) 윤정(潤定) 1634, 간행(刊行) 1643"이라는 주(注)가 붙어 있다. 이 간본은 세상에 널리 퍼지지 않아 중국에서는 아직 볼 수가 없다.

『태서인신설개』는 운동·근육·순환·신경·감각계통의 내용을 주로 다루고 있다. 책의 구성을 보면, 필공진의 서문은 7면 8행으로 구성되었다. 서문은 목차가 2면, 본문은 총 2권으로 되어 있다. 본문의 권 상 첫머리에 야소회사(耶蘇會士) 등옥함(鄧玉函) 역술(譯述), 동래후학(東萊後學) 필공진(畢拱振) 윤정(潤定)으로 표기되어 있다. 권 상은 15장(章) 46면으로, 권 하는 8장(章) 50면으로 구성되었다. 본문은 8행 18자이다. 권 하의 본문 서술이 끝나면 「정면전신지도(正面全身之圖)」1면과

2) 沈國威, 『近代啓蒙の足跡ー東西文化交流と言語接觸: 「智環啓蒙塾課初步」の研究[A]』, 関西大学学術叢刊19, 関西大学出版部, 2002.

「정면전신도설(正面全身圖說)」 1면, 「배면전신지도(背面全身之圖)」 1면과 「배면전신도설(背面全身圖說)」1면으로 구성되어 있다. 권 하에 마태오 리치의 『서국기법(西國記法)』을 첨부하였고, 상권은 서술적 방법을, 하권은 문답체를 채택하였다.

[저자]

테렌츠의 원래 이름은 장 테렌츠(Jean Terrenz)로, 자(字)는 함박(涵璞)이다. 스위스 출신으로 의학자로 박학다재한 인물이었다. 독일어·영어·프랑스어·포르투갈어에 정통하였다. 저명한 물리학자 갈릴레오(Galileo Galilei, 1564~1642), 천문학자 브르노(Giordano Bruno, 1548~1600) 등과 친하였다. 그는 35세 되던 해에 예수교회에 몸을 바쳤고, 교회의 파견으로 동양으로 전도하러 왔다.

1618년 테렌츠는 포르투갈의 리스보아를 출발하여 선교사 트리고(Nicolas. Trigault, 金尼閣, 1577~1682) 신부의 인솔 하에 쟈코모 로(Jacobus Rho, 羅雅谷, 1593~1638) 등 22명과 함께 배를 타고 수마트라·安南 연안을 거쳐 天啓 원년(1621)에 마카오에 도착하였다. 중국에 들어온 선교사 중 첫 번째 의사라 할 수 있다. 이 해 마카오에서 일본인 신부 이메시의 시체를 병리 해부하였다. 이는 서양 의사가 중국에서 시체를 해부한 최초의 사례였다. 후에 가정부(嘉定府)로 가서 한어(漢語)를 학습하였다. 교난(教難) 시에는 항주로 피신하였으며, 이지조(李志藻) 집에 머물렀다. 이때 이지조가 소지하고 있던 『해부학론(解剖學論)』을 손에 넣었다. 한 문사(文士)가 그의 구술을 번역하여 『인신설(人身說)』 2권을 완성하였다. 대략 1622년에서 1623년의 일이었다. 책은 완성되었으나 상재(上梓)되지 못하였다. 이후 교무(教務)에 전념하였고, 崇禎 2년(1629) 서광계(徐光啓)의 추천으로 북경에 들어가 함께 역법 수정작업에 참여하였다. 그는 천문학을 전문적으로 연구하여 아담 샬·자코모 로 등과 함께 『숭정역법(崇禎曆法)』을 저술하였다. 그밖에도 천문학서인 『정구승도표(正球升圖表)』·『혼개통헌도설(渾蓋通憲圖說)』·『측천약설(測天約說)』·『황적구도표(黃赤矩圖表)』를 저술하였다. 『인신도설(人身圖說)』의 교열에도 참여하였다. 다음해인 1630년에 죽었다.

3. 목차 및 내용

[목차]

[내용]

권상

운동·근육·순환·신경·감각계통의 내용을 중심으로 구성되었다. 각 기관의 성질과 특징을 서술하였다.

1) 골부(骨部)

골(骨)의 물리학적 성질 및 작용에 대해 언급하고 있다. 전신골(全身骨)의 수량, 신체 각 부분의 골해(骨骸, 몸을 이루고 있는 온갖 뼈)의 수량, 형상 및 기능을 열거하였다.

골의 작용 및 작용에 대해서는 다음과 같이 서술하였다.

골은 사람 몸의 순수한 성분이다. 사람의 전신을 논하면 각 성분이라고 이름 붙일 수 있을 것이다. 예를 들면 골분(骨分)·육분(肉分)·혈분(血分)·근분(筋分)이 있고 이들이 하나로 모아져 사람의 몸을 만든다. 골 역시 몸의 한 성분이다. 그 성(性)은 견고하며, 색깔은 희다. 그 질(質)은 차고 건조하다. 하나의 몸을 만드는 바탕으로 제일의 효용에 속한다. 마치 대지가 물과 만물에 의지하는 것처럼 사람은 골이 바탕이 된다. 각 성분이 의지한다. 그 까닭에 골의 용도는 가장 많다. 혹은 운동한다면 골이 힘을 지탱할 수 있는 것은 아니다. 골이 몸을 보호할 수 있는 것은 아니다. 이러한 것들은 모두 골의 그다음 용도이다.

골의 수량의 경우 사람의 온몸의 뼈는 큰 것이 총 200여 개, 가늘고 작은 것이 100여 塊이다. 작은 것의 형태는 쌀알이나 깨알 같아 이를 연속해서 대골(大骨)이 맞닿는 곳에 접합시켜 전체를 만든다.

그 다음으로 구체적으로 뇌로골(腦顱骨, 두개골 혹은 뇌머리뼈)·권골

(顴骨, 광대뼈)·아치(牙齒, 치아)·마안골(馬鞍骨)·배척골(背脊骨, 등뼈)·척골(脊骨)·흉방근골(胸旁筋骨)·침골(釘骨)·견골(肩骨, 어깨뼈)·둔골(臀骨, 나둔 골)·대퇴골(大腿骨, 넙다리뼈)를 서술하였다

2) 취골부(脆骨部, 연골)

인신(人身) 상의 취골부의 형태, 성질과 기능을 묘사하였다. 긍근부(肯筋部)와 육괴근부(肉块筋部)의 서술은 바로 인체 내의 관절 인대 등의 결체(結締) 조직이다.

취골도 몸의 순수한 성분이다. 그 색깔은 희고 그 성(性)은 골(骨)로 부드럽게 하고, 근(筋)으로 단단하게 하여, 강하고 부드러운 사이에 위치하게 한다. 그래서 취(脆)라고 한다. 그 작용은 첫째, 인신을 보호한다. 둘째, 서로 육(肉, 살)과 골처럼 붙는다. 셋째는 외부를 보호한다. 넷째는 골을 대신할 수 있다.

끝으로 이(耳)·비(鼻)·후(喉)의 취골에 대해 설명하였다.

3) 긍근부(肯筋部, 인대)

긍근(肯筋)도 순수한 성분으로, 골 및 취골의 피부가 굳어져서 생겨나는 것이다. 물질의 단단함은 취골보다 심하지 않고, 피부보다 약하지 않다. 결코 지각(知覺)이 없다. 그 색깔은 희고 서로 움직이고, 포함하고, 덮고, 보호하여 각 부분과 서로 연결되어 있다.

4) 육괴근부(肉塊筋部, 힘줄)

형태·성질·기능·수목(數目)·효용을 다루었다.

육괴근도 순수한 성분으로 육괴(肉塊)의 말단이다. 물(物)을 움직이게 할 수 있으며, 들어 올릴 수 있는 큰 힘이 있다. 그 물질(물체)은

궁근보다 단단하지 않고, 사선근(絲線筋)보다 부드럽지 않다. 단 대략 지각이 있고, 취골처에서 오래 산다.

5) 피부(皮部)

피(皮)도 순수한 성분이다. 신체를 모두 감싸고 있다. 지각할 수 있다. 골과 취골, 순근(純筋)의 지각이 아주 없는 것과 다르다.

6) 아특낙사부(亞特諾斯部, 임파선, Adenos)

아특낙사도 순수한 성분이다. 그 성(性)은 기름지고 질(質)은 부드럽다. 그 형태는 길고 둥글다. 지각이 전혀 없다.

7) 고유부(膏油部, 지방)

지방의 성질과 효능을 다루었다.

고유도 순수한 성분이다. 그 물질은 습하고 따뜻하다. 습한 성분이 심한데 그곳에 피부·긍근(肯筋)이 있다. 육괴(肉塊)와 서로 표리를 이룬다. 사람의 몸이 싱싱한 것을 지켜주고, 원화(元火)가 없어지지 않도록 해준다. 만약 몸에 원화가 없으면 죽는다.

8) 육세근부(肉細筋部)

육세근도 순수한 성분이다. 사람의 살을 지켜줄 수 있다. 이 근은 살의 바탕이 된다.

9) 락부(絡部)

정맥의 성질과 기능, 몸 안에서의 분포를 서술하였다.

락(絡)은 순수한 성분이다. 후혈(厚血)을 분파(分派)시킨다. 순수한 성분과 비슷할지라도 순수한 성분은 아니다. 육(肉, 살)이 있고, 피부가 있고, 육세근(肉細筋)이 있다. 서로 합하여 락(絡)이 된다.

락(絡)에는 두 가지 형태 혹은 세 가지 형태가 있다. 첫째 형태는 대략으로 간으로부터 나온다. 이는 일종의 상강정맥(上腔靜脈)과 하강정맥(下腔靜脈)을 가리킨다. 두 번째 형태는 문락(門絡)으로 이 락(絡)은 수곡(水穀) 정화를 흡취한다. 이는 문정맥(門靜脈)을 일컫는다. 셋째는 그 락(絡)의 물체는 맥과 서로 비슷하다. 크고 두껍다. 이는 상대정맥(上大靜脈)을 가리킨다.

10) 맥부(脈部, 동맥)

동맥의 조성, 동맥혈의 성질, 동맥의 종류 및 분포를 서술하였다.

맥(脈) 역시 순수한 성분이다. 황혈(黃血)을 분파(分派)하고 그 물체에 육(肉)이 있고, 피부가 있고, 육세근(肉細筋)이 있다. 순수한 성분과 비슷하나 순수한 성분은 아니다.

맥에는 두 개가 있는데 하나는 락(絡)과 서로 유사하다. 맥피(脈皮)와 락피(絡皮)가 같기 때문이다. 또 하나는 대맥(大脈)이다.

11) 세근부(細筋部, 신경)

신경의 기능과 작용에 대해 서술하였다.

세근도 순수한 성분이다. 그 물체는 세 개를 합하여 이루어졌다. 즉 피부·골수·근육이 그것이다. 세근은 모두 머리 위에서 혹은 뇌로부터, 혹은 골수로부터 생겨난다. 뇌에는 7쌍이 있다.

경(頸, 목)에는 7쌍, 어개에는 12쌍이, 허리에는 5쌍이, 둔(臀, 볼기)에는 6쌍의 세근이 있다.

12) 외면피부(外面皮部)

피부의 감각 기능에 대해 언급하였다.

외면피는 포피(包皮)라고 한다. 이 역시 순순한 성분으로 신체를 둘러싸고 있다. 그 물질은 근과 살 같은 것으로, 이 또한 근도 아니고 육도 아니다. 그 때문에 피라 한다.

13) 육부(肉部)

육(肉)도 순수한 성분이다. 살덩이를 만드는 바탕이다. 육에는 세 가지가 있는데, 하나는 진절육(眞切肉)으로 살덩이의 육(肉)이 그것이다. 오장(五臟)의 육은 비록 육이라 할지라도 진절(眞切)은 아니다.

14) 육괴부(肉塊部)

육괴는 雜分(순수하지 않은 성분)이다. 삼조육(三槽肉)으로부터 육괴 및 피와 서로 합한다. 전적으로 운동을 주관한다. 기구(器具)가 된다.

사람 전신의 육괴는 모두 400여 개로, 전신의 각 성분은 각각 그 쓰임이 있다. 혹은 공동(公動)에 사용한다. 공(公)은 반드시 의지하는 것을 일컫는다. 혹은 호흡에, 혹은 양신(養身)에, 혹은 지각(知覺)에, 혹은 언어에, 혹은 양육에 사용한다. 어떤 성분을 움직이고자 하면 어떤 성분을 사용해야 한다.

육괴 중에서 지각·언어·양육·귀·코·혀·입술·눈·목·어깨·등·팔꿈치·주먹·손가락·대퇴(大腿)·소퇴(小腿)·다리·발가락을 움직이는 육괴의 수량을 제시하고 있다.

15) 혈부(血部)

혈부는 대단히 간략하며 단지 피의 색깔과 작용만을 다루었다.

혈도 순순한 성분이다. 그 색깔은 붉다. 노란색인 것도 있다. 다만 맥(脈) 중 분파(分派)의 혈이 그렇다는 것이다. 피는 사람 몸에 있어 생명의 기본이다.

권하

신경의 성상(性狀)·분류·기능을 서술하였다. 7대 신경계를 기술하였는데 현재의 신경·동안(動眼)신경·활차(滑車)신경·삼차(三次)신경·미주신경·부신경 및 설하(舌下)신경에 해당한다. 총각사에서는 대뇌의 감각 기능을 언급하였다

이 외에 피부·외면피부(外面皮部)에서는 피부의 감각 기능에 대해 언급하였다. 사체각사(四體覺司)에서는 인체의 감각, 최후에는 인체의 행위와 언어에 대해 서술하였다.

1) 총각사(總覺司) 부기법오칙(附記法五則)

사람이 태어나면 五官을 갖추어 외래 만물이 베푸는 것을 수용해야 한다. 즉시 뇌 속으로 보내 총지각사(總知覺司)에 준다. 마치 우전(郵傳)을 설치하여 명하는 것과 같다.

총각사는 뇌이다. 만물이 베푸는 것을 받아들이려고 하면 모름지기 이를 받아들일 수 있는 기구가 있어야 가능하다.

뇌의 작용 기능에 대해 문답 형식으로 서술하고 있다. 하나의 예를 들면 다음과 같다.

문: 뇌가 이렇게 클 필요가 있는 것인가?

답: 총각사는 만물의 도리를 포장하는 것이 대단히 많기 때문

에 반드시 매우 큰 기구여야 비로소 수용할 수 있는 덕(德, 능력)이라 칭할 수 있다. 머릿속이 모두 비어 있어 뇌를 수용해야하기 때문에 별도의 물질에 비해 더욱 큰 것이다.

부록으로 마태오 리치의 『서국기법(西國記法)』의 기억원리와 방법에 대해 서술하였다. 『서국기법』은 원본편(原本編)·명용편(明用編)·설법편(說法編)·입상편(立象編)·정식편(定識編)·광자편(廣資編)으로 나누어져 있고, 원본편에서만 신경학 내용과 기억의 기본 원리를 서술하였다.

사람은 조물주가 부여한 신혼(神魂)을 수용하여, 만물과 비교하면 가장 영오(靈悟)하다. 그 때문에 만류(萬類)를 만나면 모두 기억할 수 있고 구별하여 저장한다. 고장(庫藏)에 축적한 재화와 같다. 사용하고자 하려면 만류는 그때그때의 시기(時機)에 따라 내어준다.

2) 목사(目司)

시각원리 및 시신경, 수정체 등 안부의 구조 및 기능에 대해 서술하였다. 눈의 시각 원리는 수정체의 기하학 및 광학 원리로 해석하였다. 원시·근시는 망원경의 원리와 서로 비슷하다고 언급하였다. 이는 갈릴레오 갈릴레이(Galileo Galilei, 1564~1642)가 제창한 신학설을 받아들인 것이다.

천지지간에 있어 만물이 발현하는 것에 5종류가 있다. 안색(顏色)·성음(聲音)·향취(香臭)·자미(滋味)·냉열(冷熱)이다. 모두 인류를 위해 갖추어진 것이다. 오관(五官) 중에서 가장 귀한 것인 안정(眼睛)이다. 그 시력은 원대하고 더욱 세미(細微)하여 사람 몸에 있어 첫 번째 공용(公用)이다.

문답 형식으로 눈에 대해 서술하는 형식으로 이루어졌다.

문: 안목은 어째서 높은 곳에 위치하는가?

답: 눈은 이미 제일의 존귀한 관(官)이다. 그 때문에 낮은 곳에 위치할 수가 없다. 사람이 멀리 바라다보고자 하면 반드시 매우 높은 곳에 올라가야 한다. 보는 것이 명료하고 더욱 민첩하여 눈의 능력은 다른 관(官)이 미치지 못한다.

3) 이사(耳司)

청각 원리 및 귀의 구조 및 기능에 대해 서술하였다.

사람이 학문에 힘써 널리 사리를 듣고자 하여 세상 사람들과 교접하려면 다만 귀가 가장 중요한 기구이다. 사람 몸의 존귀한 관(官)이다. 그 때문에 높은 곳에 위치한다.

문: 어째서 귓속은 비었는가?

답: 무릇 성음(聲音)은 모두 빈곳에서 생겨난다. 반드시 두 물질이 있거나 혹은 두 개의 굳은 물체가 있어야 서로 때리거나 쳐야 소리가 난다. 그 때문에 귓속은 반드시 비어야 수용할 수 있다.

4) 비사(鼻司)

취각(嗅覺)의 원리, 구조 및 기능에 대해 서술하였다.

그윽한 향내는 먼 곳으로부터 오는 미세한 기운이다. 즉 만물이 발생하는 것은 성음과 비슷하다. 냄새를 맡는 것으로 제3관이 되는 까닭이다.

문: 코는 어째서 사람 얼굴 위에 있는 것인가?

답: 코의 사용은 안정(眼睛)과 직선으로 시법(視法)은 같지 않다. 그 때문에 생겨났을 때의 형체는 굴뚝과 같다. 그 구멍의 밑은 크고 위는 작아 향취(香臭)를 맡는다.

5) 설사(舌司)

미각(味覺)의 원리, 구조 및 기능에 대해 서술하였다.

여기에 물건을 시험하는데 사람은 눈으로 보고, 귀로 듣고, 코로 맞고 할지라도 진실로 어떤 물건인지 알 수 있을까? 아직 아니다. 반드시 혀를 사용해서 맛을 보아야 한다.

문: 습윤(濕潤)은 곧 혀의 본체인가 아닌가?

답: 혀는 원래 건조한 물질이다. 습하다고 유사할지라도 습한 것은 아니다. 항상 뇌의 여러 액(液)에 의지한다. 액이 밑으로 흘러 혀를 윤택하게 한다.

6) 사체각사(四體覺司)

인체의 감각, 신경의 성상(性狀)·분류·기능을 서술하였다. 현재의 신경·동안(動眼)신경·활차(滑車)신경·삼차(三次)신경·미주신경·부신경 및 설하(舌下)신경에 해당한다.

사람의 냉(冷)·열(熱)·통(痛)의 감지원리, 그 감각기관은 피부 중의 신경이 된다. 각사(覺司)는 오관(五官)에 속한다. 그러나 앞의 사사(四司)는 각각 정해진 거처가 있다. 다만 각사는 공용(公用)에 속한다. 사람 몸의 상하가 이르지 않는 곳이 없다. 대개 각(覺)하면 달릴 수 있고 피할 수 있다. 더욱 중요한 사(司)가 된다.

문: 어째서 각사는 정해진 거처가 없이 온몸에 분산해 있는가?

답: 무릇 물질의 침해로 사람 몸에 대한 손상은 이르지 않는 데가 없다. 그 때문에 대주(大主)는 각기(覺器)를 설치하여 각사(覺司)를 구비하였다. 마치 불이 물질을 불태우는 것처럼. 만약 사람의 온몸이 그 가까이 있으면 사람의 어떤 성분이 손이나 발이 되어 (불과) 접촉하여 깨닫지 못하면 타서 문드러진다.

7) 행동(行動)

인체의 행위에 대해 서술하였다. 인체가 자신의 의지에 따라 운동하는 원리 및 사람과 동물의 해부 생리학의 차별을 서술하였다.

천주(天主)가 사람을 만들고는 그에게 영성(靈性)과 총명을 부여하였다. 격물(格物) 궁리(窮理)로써 견문이 비록 넓어졌다고 할지라도 아직 자신할 수는 없다. 반드시 이역(異域)을 널리 돌아다녀 눈으로 직접 보고 몸으로 체험해야 한다. 경험은 어긋나지 않아야 비로소 유익하다.

문: 행동은 반드시 발로해야 한다는 것은 무엇인가?

답: 공중의 행동은 날개로, 물속의 행동은 비늘로, 지상의 행동은 발로 한다. 행동의 가장 큰 존재는 사람이다. 그 때문에 사람을 다른 동물과 발과 비교하면 길고 크다.

8) 언어(言語)

인체의 언어에 대해 서술하였다. 악기를 가지고 비유하고 있다. 사람의 발성 원리 및 사람과 동물의 발성을 구별하였다.

금수(禽獸)의 공성(公性)은 언어를 배울 수 있다는 것이다. 앵무새·

성성(猩猩)[3] 같은 무리처럼. 다만 많고 적음의 차이는 있을 뿐이다. 하물며 인류를 금수와 비교하면 더욱 신령하고 귀하다. 배우면 배울수록 부족하여 자신의 수양을 위한 학문을 그치지 않을 뿐만 아니라 서로가 스승이 되어 그 학문을 넓힌다.

문: 사람이 호흡할 때 어째서 목소리를 낼 수 없는가?
답: 사람 목구멍 위에는 육괴(肉塊)가 많다. 만약 저절로 열리게 하면 기(氣)가 곧바로 나와 호흡하게 되어 목소리가 나오지 않는다.

권하 서술이 끝나고 그 다음 면에 정면전신지도(正面全身之圖)·정면전신지도설(正面全身之圖說)·배면전신지도(背面全身之圖)·배면전신지도설(背面全身之圖說)을 싣고 있다.

4. 의의 및 평가

17세기 유럽은 해부학의 혁신시대를 맞이하고 있었다. 근대 해부학의 막을 열었다고 일컬어지는 안드레아 베살리우스(Andreas Vesalius, 1514～1564)의 『De Humani Corporis Libri Septem, 인체구조론)이 1543년에 출간된 이래 갈레노스(Glenos, 130～201)의 해부학적 지식의 오류가 밝혀졌다. 그는 약 1,000년 동안 유럽의 많은 사람들에게 신봉되어 온 갈레누스의 인체해부에 관한 학설의 오류를 하나하나 지적하여 정정하고, 많은 사람들로부터 숭배되어 왔던 갈레노스의 권위

3) 성성(猩猩) : 중국의 신화에 나오는 짐승. 원숭이의 일종이다.

가 부당함을 논술하였다.

17세기 생리학은 해부학으로부터 분리되었다. 최초로 중국에 전해진 서적이 바로 테렌츠의 『태서인신설개』와 쟈코모 로(Jacobus Roh, 羅雅谷, 1593~1638)의 『인신도설(人身圖說)』, 갈레노스의 생리학을 소개한 아담 샬의 『주제군징(主制群徵)』이다. 이 외에 일부가 만문(滿文)으로 된 『해체전신필득(解體全錄必得)』으로, 페레닌(Dominique Parrenin, 巴多明, 1665~1741)이 강희제에게 해부학을 진강(進講)할 때 엮은 것으로 현재 프랑스 파리 자연사 박물관에 소장되어 있다.

먼저 『태서인신설개』의 제목에서 알 수 있듯이, 인신 해부생리의 대략만을 서술하였다. 아담 샬은 보엥의 해부학을 전부 번역할 생각이었으나 테렌츠와 서광계의 사망으로 뜻을 이루지 못하였다.

이 책의 서술 유형은, 현대적 계통 분류법과 유사하다. 단 원시적이라는 사실이다. 현대의 해부학 분류법으로 보면, 『태서인신설개』는 운동계통·신경계통·순환계통·감각계통 등의 내용을 다루고 있다. 운동계통과 심경계통의 논술은 비교적 상세하다. 그러나 『태서인신설개』는 해부학에 있어서 비뇨·소화계통에 대한 해부학적 내용을 빠트리고 있을 뿐만 아니라 완전한 해부학 저서도 아니라는 사실이다. 그 이유는 쟈코모 로가 역술(譯述)하고 롱고바르디(P. Nicolaus Longobardi, 龍華民, 1559~1654)·등옥함이 교열(校閱)한 『인신도설(人身圖說)』과 관련이 있기 때문이다. 아울러 종교 전파를 고려한 측면도 고려하였다. 즉, 감각기관은 내장과 비교해 볼 때 신학(神學) 소식을 잘 전달할 수 있다.

예수회 선교사들의 서학 전파 대상은 극히 제한되었다. 중국 최초의 서양 해부학을 번역 저술한 이들은 학자·관원, 그리고 이들 학문에 관심을 가진 의학자들이었다. 그 때문에 『태서인신설개』의 전파 대상 범위도 극히 좁았고, 해부학을 전파하는 가치도 제한되었다. 중국 지식인들이 해부학 지식에 관심을 표명하였던 것은 해부학 지식이 단순히 신체와 개별 장기를 구체적으로 이해하는데 그치지 않고 인간과 세계에 보편적 이해방식을 담고 있었기 때문이었다.

다만 해부학에 대한 지식이 없고 실제 인체를 해부해보지 않은 중국인들에게 간단한 설명만으로 근육의 개념과 그 역할에 대해 설명하기는 쉽지 않았을 것이다. 왜냐하면 한의학에서는 뼈와 달리 근육은 존재하지 않는 개념이었기 때문이었다.

언어가 통하지 않은 탓에 선교사들의 저서는 중국인들과 함께 번역하는 방법, 즉 선교사가 구술하면 한 명의 중국 문사(文士)가 서술하는 형식을 취하였다. 중국인의 윤색을 거치는 경우, 번역의 문제가 지식 전파에 영향을 끼치는 점을 간과할 수 없다. 필공진도 서문에서 테렌츠가 역설(譯說)하는 것을 듣고 식견이 천박한 자신이 옆에서 기술하는데 있어 글을 짓는 것이 촌스러워 작자의 빛남을 드러내지 못하며, 말이 막혀 작자의 뜻을 훤히 알 수 없음을 한스러워하였다.

그러한 사례가 뇌신경에 대한 언급에서 드러난다. 일찍이 갈레노스 이후 뇌신경은 7쌍이라는 설이 지배적이다. 『태서인신설개』에도 "세근(細筋, 신경)은 모두 머리에서, 혹은 뇌로부터 혹은 골수에서 생겨난다. 뇌에는 칠쌍(七雙)이 있다"는 기록이 보인다. 반면 아담 샬의 『주제군징』에서는 6쌍으로 기록하였다. 그가 7쌍이라는 사실을 모를 리가 없다. 이는 번역 과정중의 오류라고 판단할 수밖에 없다. 이러한 점에서 볼 때 중국인들이 접촉한 생리학 지식은 선교사들이 전달해 주려고한 지식의 일부분에 지나지 않는다는 사실이다.

다음으로 해부학 이론에 밝지 못한 필공진은 서양에서 사용되고 있던 의학 명칭을 그대로 사용하고 있었다는 점이다. 예를 들면 아특낙사부(亞特諾斯部, 임파선) 부분에서는 '원본편(原本編)'은 번역이 되어 있지 않았다.

『태서인신설개』는 단순한 중국인에게 서양 의학을 소개하는 것이 아니라, 서적의 내용을 빌어 중국인을 선교 교회 조직에 입회시키려는 모습을 보인다는 특색이 있다. 책 속에 '대주(大主)'·'조물주(造物主)'의 용어가 나오는데, 이는 종교적 색채를 명확히 보이고 있다는 증거이다.

또한 책을 통해 해부학 지식을 주로 전하고 있으나, 그 중 일부분은 생리학까지도 다루고 있다. 선교사들은 서양 고전의 해부학과 생리학 지식을 전하였다. 그들은 조물주의 섭리가 천지만물과 신체에도 적용된다고 주장하고 신체 각 기관의 존재와 작용 모두 일정한 원리와 목적성을 가지고 있다고 보았다. 특히 뇌는 오늘날 신경에 해당하는 동각지기(動覺之氣)를 만들어내고 전달하는 역할을 담당하였다고 보았다.

테렌츠는 기본적으로 뇌설을 지지하였다. 그는 신경의 전달이 기에 의해서 이루어진다고 보았다. 이것은 기와 같은 전통적 사고방식으로 신체의 기능을 설명하려고 하였던 것이다. 서양인들 스스로 기를 통해 신체의 해부생리학을 설명하려고 한 점이 흥미롭다.

반면에 중국의 전통 지식인들은 뇌가 아닌 심장이 인간의 지각활동과 정신작용을 주관한다고 보았기 때문에, 뇌 학설의 수용은 중국 지식인들의 지적 반향을 보여주는 중요한 요소였다. 서양의 뇌 학설을 처음으로 소개한 이는 명대(明代) 산동첨사(山東僉事)를 지낸 김성(金聲, 1598~1645)이다. 그의 뇌에 관한 이론은 테렌츠의 『태서인신설개』에서 영향을 받았으며, 이후 왕학권(王學權, 1730~1810)도 테렌츠의 학설을 직접 인용하였다.

유럽의 해부학 서적을 보고 충격을 받은 후 서양의학에 관심을 표명한 강희제는 특별한 권한을 가진 소수 관료들에게만 열람하게 하였고 필사는 허락하지 않았다. 이후 중국 근대의학의 발전 과정에서 중요한 서적의 하나로 평가받는 저서가 1851년 광동성(廣東省) 광주(廣

州)에서 편찬된 홉슨(Hobson)의 『전체신론(全體新論)』이다. 홉슨은 단순히 서양해부서를 번역한 것이 아니라 영문원저를 필요에 따라 편집하였을 뿐만 아니라 중의학의 개념과 서양해부학의 특징을 접맥시키고자 노력하였다. 그리고 1830년 왕청임(王清任)의 『의림개착(醫林改錯)』이 발간되면서부터 중국에서 본격적으로 해부가 이루어졌다.

5. 조선에 끼친 영향

서양 선교사들이 중국에 전해준 서양 의학은 조선에도 영향을 끼쳤다. 베살리우스의 해부학을 소개한 테렌츠의 『태서인신설개』와 롱고바르디의 『인신도설』, 갈레노스의 생리학을 소개한 아담 샬의 『주제군징』이 그것이다. 이 중 『주제군징』은 조선에도 들어와 서학에 관심을 가진 당시 지식인들 사이에서 읽혀졌다. 특히 이익은(1681~1763)은 『성호사설류선(星湖僿說類選)』의 「서국의(西國醫)」에서 아담 샬의 『주제군징』의 「서의설(西醫說)」을 다루고 있다. 그는 "서양 의학이 중국 의학에 비해 매우 자세하니 무시할 수 없다"며 『주제군징』의 내용을 정리하고 자신의 견해를 덧붙였다. 특히 뇌의 해부학적 설명을 하면서 뇌가 인체의 중추가 된다는 점은 인정하지 않았다. 성리학적 입장에서 뇌는 단지 감각의 중심일 뿐이며 심장이 인식의 토대가 된다고 구분하였다.

한편 이규경(1788~1856)은 『오주연문장전산고(五洲衍文長箋散稿)』에서 아담 샬의 인체해부학과 뇌성리설(腦生理說)을 소개하고 있다. 최한기(崔漢綺, 1803~1872)는 서양 의학계에 관심을 갖고 상해의 영국인 의사 홉슨(Hobson)이 역술한 『한역서의학서(漢譯西醫學書)』를 통해 서양의학의 해부생리학의 우수성을 지적하고 의학 교육 체계의 제도화를 제안하였다.

이렇듯이 이익과 이규경(1788~1856)이 『주제군징』의 해부성리설을 자세히 소개하고 있는 반면에 비슷한 시기의 테렌츠의 『태서인신개설』와 『인신도설(人身圖說)』이 편찬되었음에도 불구하고 『주제군징』처럼 널리 읽혀지지는 못하였다.

1791년 12월 규장각에서 보낸 관문(關文)에 의거하여 강화 외규장각에서 소장되어 있던 서양서적 27종을 소각하였다. 이때 소각 서양서 목록에 『태서인신개설』이 포함되어 있었다.

〈해제 : 서인범〉

참 고 문 헌

1. 단행본

馬伯英 등 지음, 정우열 옮김, 『中外醫學文化交流史』, 電波科學社, 1998.

李亞舒·黎難秋 주편, 『중국과학번역사』, 호남교육출판사, 2000.

2. 논문

노대환, 「正祖代의 西器受容 논의 : '중국원류설'을 중심으로」, 『한국학보』 25, 1999.

_____, 「정조대 서양 과학기술의 수용과 정조의 서학 정책 」, 『泰東古典硏究』 21, 2005.

신규환, 「청말 해부학 혁명과 해부학적 인식의 전환」, 『의사학』 21-1,7 2012.

여인석, 「주제군징(主制群徵)에 나타난 서양의학 이론과 중국과 조선에서의 수용 양상」, 『의사학』 21-2, 2012.

이명철·박경남·맹웅재, 「明代 王圻의 《三才圖會》 臟腑圖에 대한 考察」, 『한국의사학회지』 20-2, 2007.

鄒振環, 「『泰西人身說概』:最早傳入的西洋人體解剖學著作」, 『中華醫師雜志』 36-3, 2006.

胡蓮翠·張曉麗, 「『泰西人身說概』與合信『全體新論』對西醫解剖學在華傳播硏究」, 『遼寧醫學院學報』(社會科學版) 13-4, 2015.

洪性烈, 「『泰西人身說概』底本問題初探」, 『中國科技術史雜志』 34-2, 2013.

『혼개통헌도설(渾蓋通憲圖說)』

분류	세부내용
문헌종류	한문서학서
문헌제목	혼개통헌도설(渾蓋通憲圖說)
문헌형태	목판본(?)
문헌언어	한문
간행년도	1607년(초간본), 1629년(천학초함본)
저자	마태오 리치(利瑪竇), 이지조(李之藻)
형태사항	首·上·下 3권, 또는 上·下 2卷, 圖가 첨부되어 있다.
대분류	과학서(天文儀器)
세부분류	천문학(천문의기)
소장처	金陵大學 소장 天學初函本, 조선대학교 중앙도서관, 전북대학교 도서관, 영남대학교 도서관
개요	중세 유럽에서 가장 중시되었던 천문 관측 기구의 하나인 아스트롤라베(astrolabe)의 제작 방법과 사용법에 대한 설명서로, 李之藻가 마테오 리치(Matteo Ricci)로부터 전수받은 내용을 바탕으로 1593년에 간행된 크리스토퍼 클라비우스의 『아스트롤라븀(Astrolabium)』을 한문으로 번역한 책이다.
주제어	천문의기(天文儀器)

1. 문헌제목

『혼개통헌도설(渾蓋通憲圖說)』

2. 서지사항

현재까지 알려진 『혼개통헌도설』의 판본으로는 아래와 같은 네 가지가 있다.[4)]

(1) 明 萬曆 35년(1607) 初刊 3卷本(樊良樞 刻本)

(2) 『天學初函』 器編 所收 3卷本(1629년). 이는 초간본과 같은 것으로 간주되고 있다.

(3) 『四庫全書』 所收 2卷本. 李之藻의 「自序」와 樊良樞의 跋文이 삭제되었고, 卷首가 上卷에 포함되어 있다[『四庫全書』, 子部6, 天文算法類 1에 수록].

(4) 『守山閣叢書』 所收 3卷本. 道光 연간에 錢熙祚가 간행한 翻刻版. 체계는 『천학초함』 소수본을 따랐다. 다만 樊良樞의 발문은 삭제되었고, 그 대신 「四庫全書總目提要」가 첨부되어 있다.

그런데 『수산각총서』본과 『천학초함』본을 비교해 보면 李之藻의 「自序」와 卷上의 내용에서 약간의 차이가 보인다. 이외에도 光緖 22년(1896)년 상해의 鴻寶齋에서 石印本으로 출판한 총서인 『中西算學叢書初編』에도 『혼개통헌도설』이 수록되어 있다.[5)]

현재 국내의 각종 국학 관련 기관과 도서관에도 『혼개통헌도설』이 소장되어 있다. 규장각에 소장되어 있는 『수산각총서』(청구기호: 奎中

---

4) 安大玉, 『明末西洋科學東伝史 -『天學初函』器編の研究』, 東京: 知泉書館, 2007, 221~224쪽.

5) 『中書算學叢書初編』, 上海: 鴻寶齋, 1896. 이 총서에는 『혼개통헌도설』 이외에도 『同文算指』, 『圜容較義』, 『句股義』, 『測量法義』, 『測量異同』, 『簡平儀說』 등도 수록되어 있다.

2638)의 子部 第59册에 『혼개통헌도설』이 수록되어 있으며, 영남대학교 도서관에도 수산각총서본 『혼개통헌도설』이 소장되어 있다(청구기호 : 古082-수산각-v.10-5). 연세대학교 학술정보원의 국학자료실에는 명의 목판본으로 추정되는 귀중본 고서 『혼개통헌도설』이 소장되어 있는데[6] 자세한 서지 사항은 직접 확인하지 못했다.

[저자]

『사고전서』에 수록된 『혼개통헌도설』의 提要에서는 저자를 李之藻(1565~1630)라고 명시했다.[7] 이지조는 浙江省 杭州 仁和縣 출신으로 자는 振之·我存이고, 호는 凉庵·存園叟이다. 萬曆 26년(1598)에 進士가 되었고, 이후 南京 工部 營繕司 員外郎(1598), 工部 水司郎中, 南京 太僕寺 少卿(1612? 1613?), 曆局 監督 등을 역임했다. 明末에 徐光啓(1562~1633)와 함께 마태오 리치(Matteo Ricci, 1552~1610, 중국명 利瑪竇)에게서 서양과학을 배웠고, 천주교 신자가 되었다. 이지조는 楊廷筠(1557~1627)·서광계와 함께 중국 천주교의 '三大柱石'으로 일컬어졌다.

이지조가 마태오 리치와 교유 관계를 맺게 된 것은 마태오 리치가

6) 도서관 홈페이지에서 제공하고 있는 정보는 다음과 같다.

자료 유형	고서
서명/저자사항	渾蓋通憲圖說 / 李之藻(明) 演 ; 鄭懷魁(明) 訂.
개인 저자	이지조, 정회괴
판 사항	木板本(明)
발행 사항	[中國] : [刊寫者未詳], [刊寫年未詳]
형태 사항	2卷2册 : 插圖, 四周雙邊 半郭 22.1×14.9cm, 有界, 9行18字 註雙行, 上下向黑魚尾 ; 27cm
일반 주기	序: 萬曆彊圉叶洽(丁未, 1607)之歲日 李之藻書 跋: 萬曆彊圉協洽(丁未, 1607)之歲日 樞致虛譔

7) 『渾蓋通憲圖說』 提要, 1ㄱ. "臣等謹案, 渾蓋通憲圖說二卷, 明李之藻撰."

북경에 도착한 1601년쯤인 것 같다. 그가 『職方外紀』 서문(「刻職方外紀序」)의 모두에서 "萬曆 辛丑年(1601) 利氏(=마태오 리치)가 來賓하여, 나는 동료 몇 사람을 따라 그를 방문했다."8)라고 하였기 때문이다. 이지조는 마태오 리치를 비롯한 예수회 선교사들과 함께 서양의 여러 서적을 번역 소개하는 작업에 참여하여 중국의 전통 과학과 서양 과학을 융합하는 데 노력하였다. 그가 번역에 참여한 책으로는 마태오 리치의 『乾坤體義』(1615?)를 비롯하여 『同文算指』(1613?), 『渾蓋通憲圖說』(1607) 등이 있다. 禮를 깊이 연구하여 『頖宮禮樂疏』 10권(1609년)을 짓기도 하였다.

이지조가 『혼개통헌도설』의 저술에 착수하게 된 계기는 1603년 그가 福建學政에 제수되어 副考官으로서 福建을 왕복하는 도중에 平儀(=astrolabe, 아스트롤라베)를 이용해서 天象을 測驗한 것이었다.9) "곧 使閔의 명을 받들어 萬里를 왕래할 때 측험하였는데 어긋남이 없었다. 깊이 헤아리지 않고 圖說을 만들었다"10)라는 언급을 통해 저간의 사정을 짐작할 수 있다. 이지조는 1605년부터 본격적으로 『혼개통헌도설』을 편찬하기 시작해서 1607년경 완성했던 것으로 보인다. 이 해에 서문이 작성되었기 때문이다.11)

이지조는 마태오 리치 사후에 중국에 도착한 선교사들이 박해를 받을 때[南京教難(1616)] 서광계와 함께 그들을 강력히 변호하였으며, 1629년에 역법 개정을 위해서 북경에 曆局이 개설되었을 때 책임자인

8) 李之藻, 「刻職方外紀序」, 『天學初函』, 亞細亞文化社, 1976, 345쪽. "萬曆辛丑, 利氏來賓, 余從寮友數輩訪之."

9) 方豪, 『李之藻硏究』, 臺北: 臺灣商務印書館, 1966, 195~196쪽. "陰曆七月初十日, 先生授福建學政, 與翰林院編修陳之龍充正副考官. 往返途中測驗天象, 「渾蓋通憲圖說」序曰, 「旋奉使閔之命, 往返萬里, 測驗無爽.」"

10) 李之藻, 「渾蓋通憲圖說自序」, 4ㄱ~ㄴ, 『天學初函』, 亞細亞文化社, 1976, 465쪽. "旋奉使閔之命, 往返萬里, 測驗無爽, 不揣爲之圖說."

11) 李之藻, 「渾蓋通憲圖說自序」, 6ㄴ, 『天學初函』, 亞細亞文化社, 1976, 466쪽. "萬曆强圉叶洽之歲, 日躔在軫."

서광계를 보좌하여 『崇禎曆書』의 편찬 사업에도 참여하였다. 당시 서광계와 이지조는 자신들의 직위를 이용해 서양인 선교사들이 曆局에 근무할 수 있는 길을 열었다. 그것은 마태오 리치의 오래전 구상을 정책적으로 반영한 것이라고 평가되기도 한다.

이지조는 1629년에 당시까지 중국에 소개된 서양 서적을 理編 10종과 器編 10종으로 묶어서 『天學初函』을 편찬하였다. 이는 天學, 곧 西學을 집대성하기 위한 노력의 일환이었는데, '초함'이라는 제목에서 알 수 있듯이 이후의 연속적 사업을 염두에 둔 것이었다. 물론 이 사업이 이지조의 생전에 이루어지지는 못했으나 그의 탄생 400주년이 되는 1965년에 臺灣學生書局에서 『천학초함』(6책)을 재간하고,[12] 『天主教東傳文獻』(1책)을 출간하였으며, 이어서 『天主教東傳文獻續編』(3책)과 『天主教東傳文獻三編』(6책)으로 속간하게 되었다.[13] 이지조는 『천학초함』을 간행한 이듬해인 1630년에 사망하였다.

3. 목차 및 내용

[목차]

이 글에서 저본으로 삼고 있는 『사고전서』 소수본 『혼개통헌도설』

12) 李之藻 編, 『天學初函』, 臺北: 臺灣學生書局, 1965. 6책의 수록 내용은 다음과 같다. v.1: 理編總目. 西學凡. 唐景教碑附. 畸人十篇. 交友篇. 二十五言. 天主實義 / v.2: 辯學遺牘. 七克. 靈言蠡勺 / v.3: 職方外紀. 器編總目. 泰西水法. 渾蓋通憲圖說 / v.4. 幾何原本 / v.5: 表度說. 天問略. 簡平儀. 同文算指 / v.6: 圜容較義. 測量法義. 測量異同. 勾股義.

13) 『天主教東傳文獻』, 臺北: 臺灣學生書局, 1965 ; 『天主教東傳文獻續編』, 臺北: 臺灣學生書局, 1966 ; 『天主教東傳文獻三編』, 臺北: 臺灣學生書局, 1972. 이에 대한 내용은 琴章泰, 「天學初函(理編) 解題」, 『天學初函』, 亞細亞文化社, 1976, viii~ix쪽 참조

의 목차는 다음과 같다.

卷上

渾象圖說

* 渾象圖

* 渾象內二規之圖

* 地平受子午規之圖

* 割圜圖

赤道規界說

黃道規界說

晝長晝短南極北極四規說

子午規說

地平規說

* 제목 없는 그림(콤파스)

總圖說 第一

* 儀面圖

설명

* 儀背圖

설명

周天分度圖說 第二

설명

按度分時圖說 第三

설명

地盤長短平規圖說 第四

설명

定天頂圖說 第五(內規五度一格，後多倣此)

설명

* 제목 없는 그림

설명

* 제목 없는 그림

定地平圖說 第六

설명

* 제목 없는 그림

설명

* 제목 없는 그림

설명

* 제목 없는 그림

漸升度圖說 第七

설명

* 제목 없는 그림

설명

定方位圖說 第八

설명

* 제목 없는 그림

설명

* 제목 없는 그림

晝夜箭漏圖說 第九

설명

分十二宮圖說 第十

설명

朦朧影圖說 第十一

설명

* 제목 없는 그림

설명

* 제목 없는 그림

설명

天盤黃道圖說 第十二

黃赤二道差率畧(三百六十度立算)

* 旋規分宮

* 撿[檢]度細分

설명

* 제목 없는 그림

설명

* 제목 없는 그림

* 제목 없는 그림

설명

* 제목 없는 그림(此圖不能細分赤道之度, 只以十五度爲式, 餘可類推)

설명

* 제목 없는 그림

설명

* 제목 없는 그림(右勻分黃度立法頗精, 但弦齗錯綜, 恐一時易于淆亂, 特因原有此理, 遂備此法, 總見大圓之體, 環中無窮規繩曲中, 不可思議)

卷下

經星位置圖說 第十三

用黃道經度赤道緯度立算

* 제목 없는 그림

用赤道經度北極緯度立算(依臺本宿度以二百六十度折算)

* 제목 없는 그림

黃道經緯合度立算(此黃道樞入磨羯初度離北極卄三度半截算以萬曆甲辰夏至爲準)

* 제목 없는 그림

설명

* 제목 없는 그림

설명

* 제목 없는 그림

설명

* 제목 없는 그림

설명

* 제목 없는 그림

설명

* 제목 없는 그림

설명

歲周對度圖說 第十四

* 제목 없는 그림과 설명

六時晷影圖說 第十五

* 제목 없는 그림과 설명

勾股弦度圖說 第十六

* 제목 없는 그림과 설명

定時尺分度圖說 第十七

* 제목 없는 그림과 설명

用例圖說 第十八

太陽離赤道緯度圖

黃道緯與赤道經差率(第一行七曜所躔黃道緯也以後皆北極出地度下所註度乃赤道三百六十內外增減之數此北極度已盡中國幅員遠國不暇具載)

句股測望圖說 第十九

附錄

* 제목 없는 그림

설명

* 제목 없는 그림

설명

* 제목 없는 그림

설명

附錄

* 제목 없는 그림

설명

* 제목 없는 그림

설명

* 제목 없는 그림

설명

* 제목 없는 그림

설명

이상에서 살펴본 『사고전서』 소수본 『혼개통헌도설』의 목차를 『천학초함』에 수록되어 있는 그것과 비교하면 아래의 〈표 1〉과 같다.

〈표 1〉『天學初函』 所收本과 『四庫全書』 所收本 『渾蓋通憲圖說』의 목차 비교

<table>
<tr><th colspan="2">『天學初函』 所收本</th><th colspan="2">『四庫全書』 所收本</th><th>비고</th></tr>
<tr><td></td><td>渾蓋通憲圖說自序(李之藻)
鍥渾蓋通憲圖說跋(樊良樞)</td><td></td><td>提要</td><td></td></tr>
<tr><td>首卷</td><td>渾象圖說
赤道規界說
黃道規界說
晝長晝短南極北極四規說
子午規說
地平規說</td><td rowspan="2">卷上</td><td rowspan="2">渾象圖說
赤道規界說
黃道規界說
晝長晝短南極北極四規說
子午規說
地平規說
總圖說 第一
周天分度圖說 第二
按度分時圖說 第三
地盤長短平規圖說 第四
定天頂圖說 第五
定地平圖說 第六
漸升度圖說 第七
定方位圖說 第八
晝夜箭漏圖說 第九
分十二宮圖說 第十
朦朧影圖說 第十一
天盤黃道圖說 第十二</td><td></td></tr>
<tr><td>上卷</td><td>總圖說 第一
周天分度圖說 第二
按度分時圖說 第三
地盤長短平規圖說 第四
定天頂圖說 第五
定地平圖說 第六
漸升度圖說 第七
定方位圖說 第八
晝夜箭漏圖說 第九
分十二宮圖說 第十
朦朧影圖說 第十一
天盤黃道圖說 第十二</td><td></td></tr>
<tr><td>下卷</td><td>經星位置圖說 第十三
歲周對度圖說 第十四
六時晷影圖說 第十五
勾股弦度圖說 第十六
定時尺分度圖說 第十七
用例圖說 第十八
句股測望圖說 第十九
附錄</td><td>卷下</td><td>經星位置圖說 第十三
歲周對度圖說 第十四
六時晷影圖說 第十五
勾股弦度圖說 第十六
定時尺分度圖說 第十七
用例圖說 第十八
句股測望圖說 第十九
附錄</td><td></td></tr>
</table>

[내용]

『혼개통헌도설』은 중세 유럽에서 가장 중시되었던 천문 관측기구 가운데 하나인 아스트롤라베(astrolabe)의 제작 방법과 사용법에 관한 설명서라고 할 수 있다.[14] 그런데 그 내용은 투영법인 평사도법(平射圖法, stereographic projection)에 대한 이해가 필요한 것이어서 일반적인 천문학 개설서에 비해 수준이 높은 난해한 것이었다. 때문에 『天學初函』 器編에서는 『기하원본』이 수학의 측면에서 '西法의 宗'이라면, 천문학의 경우에는 『혼개통헌도설』이 가장 심오하다고 평가하기도 하였다.

아스트롤라베는 중세 유럽과 이슬람에서 정밀 관측기구의 최고 수준을 자랑하는 우수한 천문 관측기구의 하나였다. 그것은 신사 계층의 교육을 위한 도구로서, 전문가뿐만 아니라 교양 있는 지식인에게도 널리 애용되었고, 마태오 리치가 중국으로 건너온 16세기 말에도 여전히 귀중한 물품으로 여겨지고 있었다. 리치가 공부한 예수회 신학교(Collegio Romano: Roman College)의 커리큘럼에서도 아스트롤라베의 학습은 필수과목이었다. 아스트롤라베는 평면 구조로 되어 있기 때문에, 여러 가지 기능을 갖추고 있는데다 휴대하기도 간편했기 때문에, 아마도 리치가 중국에 올 때 지참했던 물품 가운데 하나가 아니었을까 추측된다.

『천학초함』 소수본의 卷首에 해당하는 渾象圖說, 赤道規界說, 黃道規界說, 晝長晝短南極北極四規說, 子午規說, 地平規說 등은 천구의 모델을 설명한 것이다. 앞에서 살펴본 바와 같이 『혼개통헌도설』은 아스트롤라베

---

14) 이하의 서술은 安大玉, 『明末西洋科學東伝史 -『天學初函』器編の硏究』, 東京: 知泉書館, 2007, 224~236쪽을 참조하였다.

의 제작 방법과 사용법을 소개한 책인데, 아스트롤라베를 이해하기 위해서는 적어도 몇 가지 전제를 명확히 해 두어야만 한다. 예컨대 天球와 地球가 구형이라는 것을 포함한 天動說의 기본 개념과 지평선, 子午線, 황도 12궁, 경위도, 남북회귀선, 적도좌표 등의 기술적 용어(technical term)를 설명하지 않으면 안 된다. 卷首의 내용은 그러한 필요에 따라 이지조가 설정한 것이라고 할 수 있다.

요컨대 『천학초함』 소수본의 卷首에 해당하는 내용은 오로지 天球 모델에 대한 설명이다. 黃道, 赤道, 晝長短規(北回歸線과 南回歸線), 子午線, 地平規 등에 대해 설명하였고, 아래의 사항들이 천동설 모델의 전제로서 다루어지고 있다.

① 지구는 우주의 중심이고 구형이다[地圓].
② 태양은 지구보다 훨씬 크고, 달은 지구보다 작다.
③ 赤道極軸과 黃道極軸의 경사각은 23.5°로 기울어져 있고, 그것이 지구 계절의 변화·순환의 원인이다.
④ 일월식은 지구와 달의 그림자에 의해 생기는 현상이다.
⑤ 우주도 구형이다.

그 내용은 대부분 『乾坤體義』, 『天問略』, 『表度說』 등의 설명 범위를 넘어서지 않는다.

卷上의 내용은 주로 아스트롤라베의 地盤(tympan, plates, disc)을 만드는 방법을 설명하고 있으며, 모두 12절이다. 제1절[總圖說 第一]은 아스트롤라베의 전체적 모습과 각각의 구성 요소를 소개하고 있으며, 아스트롤라베의 表와 裏의 그림이 수록되어 있다. 여기에서 이지조는 몇 가지 기술적 용어(term)를 다음과 같이 한문으로 번역[漢譯]하였다.

〈표 2〉 李之藻의 漢譯 명칭 대조표

mater	外盤	front	儀之陽/儀面	back	儀之陰/儀背
rim	外規	alidade	睍筩	*rete*	天盤
needle	鍼芒	rule	定時衡尺	tympan	地盤

제2절[周天分度圖說 第二]에서는 周天度의 分度法을 소개하였다. 이지조는 "쉽게 계산할 수 있는 수[捷數]를 썼기" 때문에 주천도를 365.25등분으로 하지 않고, 원래 서양의 360° 등분에 따랐다.

제3절[按度分時圖說 第三]에서는 定時法의 時刻環을 설명하였는데, 서양의 1일=24시간, 1시간=60분, 1분=60초의 시각 제도가 중국에 맞지 않기 때문에, 1일=12時辰, 1시간=8刻으로 하여, 1일=96刻으로 나누는 방법을 채용하였다.

제4절[地盤長短平規圖說 第四]에서는 처음으로 투영법을 소개하였다. 이지조는 투영법을 다음과 같이 설명하고 있다.

"晝短規[북회귀선]가 가장 크고, 平規[赤道]가 그 다음이며, 晝長規[남회귀선]가 가장 작다. 대개 平儀[아스트롤라베]는 극을 중앙에 두는데, 그 중앙의 극은 실은 남북 두 극에 해당한다. 시험 삼아 8尺의 혼의를 여기에 설치한다[지금 8척의 혼의로써 생각해 보자]. 사람이 남극의 바깥에서부터 북극을 바라보면 주단규가 가장 가까워서 반드시 가장 크게 느껴지고, 晝夜平規가 다음으로 가까워서 다음으로 크게 느껴지며, 주장규가 가장 멀어서 또한 가장 작게 느껴진다. 평의를 만드는 법은 이 방식을 취하는데[아스트롤라베의 원리는 이 점에 주목해서], 중국은 적도 이북에 있으므로 주장규를 적도의 안에, 주단규를 적도의 밖에 배치한다."[15]

15) 『渾蓋通憲圖說』 卷上, 地盤長短平規圖說 第4, 20ㄴ~21ㄱ. "而短規最大, 平規次

그런데 투영법의 원리에 대한 이와 같은 설명은 도저히 요령을 얻었다고 할 수 없다. 아스트롤라베의 투영에 관해서 설명을 하기는 했지만, 왜 그렇게 해야만 하는지를 원리적으로 설명하기보다는 어떻게 하면 만들 수 있는지를 실용적 측면에 중점을 두어 설명하고 있기 때문이다.

제5절부터 제12절까지는 天頂을 정하는 방법[定天頂圖說 第五], 地平規의 경위선을 정하는 방법[定地平圖說 第六], 지평규로부터 기구의 크기를 고려해서 몇 도의 간격으로 천정까지 올라가며 경위선을 정하는 방법[漸升度圖說 第七], 방위를 정하는 방법[定方位圖說 第八] 등 地平座標를 구하는 방법과 밤의 不定時法을 나누는 방법[晝夜箭漏圖說 第九], 황도 12궁을 나누는 방법[分十二宮圖說 第十], 濛氣差規를 정하는 방법[朦朧影圖說 第十一], 황도를 정하는 방법[天盤黃道圖說 第十二] 등이 기술되어 있다.

卷下에는 아스트롤라베의 레테[*rete*, 天盤]와 뒷면[裏側]의 제작 방법, 그리고 아스트롤라베의 사용법을 例題를 중심으로 설명하고 있다. 끄트머리에는 이지조가 증보한 것으로 보이는 句股測望에 관한 단편이 부록으로 덧붙여져 있다.

레테는 黃道座標와 제2赤道座標로 만들어졌기 때문에 적도좌표만 사용하는 중국의 제도에 맞출 필요가 있다. 또 黃道帶 12座 등 서양의 별자리도 중국의 28수로 환산해서 바꾸지 않으면 안 된다. 제13절[經星位置圖說 第十三]에는 그러한 작업을 위해 환산한 星座表도 부가되어 있다.[16]

제14절부터 제16절까지는 아스트롤라베의 뒷면(裏側)에 대한 설명

之, 長規最小. 蓋平儀系極中央, 中央之極, 實該南北二極. 試設八尺渾儀於此, 人自南極之外以望北極, 晝短之規最近, 定覺最大, 晝夜平規次近, 則覺次大, 晝長之規最遠, 則亦覺其最小. 平儀立法取此, 而中國在赤道以北, 故置晝長規於赤道內, 晝短規於赤道外."

16) 『渾蓋通憲圖說』 卷下, 經星位置圖說 第十三, 「用黃道經度赤道緯度立算」, 2ㄴ~5ㄴ; 「用赤道經度北極緯度立算」, 7ㄱ~10ㄱ; 「黃道經緯合度立算」, 11ㄱ~14ㄱ.

이다. 제14절[歲周對度圖說 第十四]에서는 1년의 길이(=365.25일)와 태양의 黃道宮度의 대응관계를 離心圓說에 기초해서 논하고 있으며, 제16절[勾股弦度圖說 第十六]에서는 아스트롤라베로 실제의 관측을 행하는 뒷면의 '섀도 스퀘어(shadow square)'[17]의 측량 방법이 소개되어 있다. 아스트롤라베를 이용해서 관측을 할 때, 高度의 관측은 앨리데이드(alidade)를 정조준해서 그 시간의 주천도를 읽으면 바로 얻어진다. 그러나 길이의 관측은 直影(umbra recta)과 到影(umbra versa)을 이용해서 섀도 스퀘어로 행해진다. 보통의 아스트롤라베는 직영과 도영의 눈금을 12등분한 것이 많은데, 『혼개통헌도설』의 경우도 같았다. 또 이지조는 到影을 '句'로, 直影을 '股'로 번역해서 句股測量과의 유사성을 드러내고 있다.

끝으로 제18절과 제19절에는 아스트롤라베의 용례가 기술되어 있다. 제18절[用例圖說 第十八]에서는 섀도 스퀘어의 측량을 제외한 용례가 소개되어 있고, 제19절[句股測望圖說 第十九]에는 오로지 섀도 스퀘어를 사용하는 측량 문제만이 소개되어 있다. 제18절에 30개, 제19절에 6개, 합계 36개의 예제가 수록되어 있다. 이지조는 제19절의 뒤에 부록을 설치해서 아스트롤라베의 측량 방법과 중국의 전통적 句股測量이 원리상 동일하다고 주장하고 있다.

17) 아스트롤라베 儀母(*mater*, mother)의 이면[裏側]의 중심부의 上半圓에는 보통 주간의 不定時法圖가 원형으로 그려져 있고, 下半圓에는 '섀도 스퀘어'라고 불리는, 正方形을 정확히 半分한 크기의 長方形(직사각형)이 있고, 수평으로 그림자를 측정하는 直影(umbra recta)과 수직으로 그림자를 측정하는 倒影(umbra versa)의 눈금이 세밀하게 새겨져 있다.

4. 의의 및 평가

1) 『혼개통헌도설(渾蓋通憲圖說)』 번역의 의미[18]

『天學初函』 器編에 대한 전반적 연구의 일환으로 『혼개통헌도설』 내용을 상세히 검토한 안대옥은 『혼개통헌도설』의 번역이 지니는 의미를 몇 가지 사항으로 요약·정리하였다. 그 내용을 간단히 정리하면 다음과 같다.

(1) 클라비우스의 『아스트롤라븀(*Astrolabium*)』의 집필 목표가 이미 유럽에서 오랫동안 애용되어 왔던 아스트롤라베라는 관측기기에 대해서 확고한 수학적 정론을 부여하는 데 있었다고 한다면, 『혼개통헌도설』은 수학적 논증도, 아스트롤라베도 전혀 알지 못하는 중국인을 독자로 상정해서 저술한 것이다. 요컨대 『혼개통헌도설』은 어디까지나 입문서로서 지은 것이고, 『아스트롤라븀』과 직접 비교하는 것은 아마도 불가능하다.

(2) 아스트롤라베는 서양 천문학의 여러 가지 문화적 특징을 배경으로 제작되었다는 점에서 동아시아 천문학의 시스템과 불가피한 차이점이 존재한다. 아스트롤라베의 원리를 이해하고 그것을 제작하기 위해서는 프톨레마이오스의 離心圓說을 비롯해서 유럽의 天動說 일반에 대한 상당한 이해가 필요했다. 적도좌표와 황도좌표, 365.25°와 360°라는 주천도의 차이 등등 동서 천문학 시스템의 차이는 중국에서 아스트롤

18) 이하의 내용은 安大玉, 『明末西洋科學東伝史 -『天學初函』器編の硏究』, 東京: 知泉書館, 2007, 238~242쪽 참조.

라베의 보급을 방해한 근본적 요인이 되었다.

(3) 이지조는 『혼개통헌도설』의 번역 과정에서 이론적으로 서양 천문학의 전제를 대부분 수용하였지만, 일부에서는 중국적 개조를 시도하였다. 그 결과 황도 12궁과 28수가 공존하게 되었고, 황도좌표와 적도좌표를 모두 받아들였다. 그러나 중국 전통의 주천도 365.25도를 버리고, 360°로 개정한 것 등은 기본적으로는 서양적이다.

(4) 이지조는 1603년 福建學政으로서 副考官으로 임명되어, 福建을 왕복할 때 아스트롤라베를 이용해서 관측을 행한 결과, 그것이 지닌 정확성을 확인하게 되었다. 그 결과 이지조는 서학의 우월성에 대한 믿음을 갖게 되었다. 왜냐하면 『혼개통헌도설』의 구조를 이해하기 위해서는 우선 地圓說과 같은 天動說의 기본적 인식을 전제로서 수용해야만 하기 때문이다. 적어도 서양의 천동설은 그 이론에 기초한 예측이 관측결과에 부합하는 정밀함을 지니고 있었고, 그 현상의 발생원인을 설명할 수 있는 시스템을 갖추고 있었는데, 아스트롤라베는 바로 그 양자를 겸비하고 있었던 것이다.

(5) 『혼개통헌도설』은 분명한 약점도 지니고 있었다. 우선 『혼개통헌도설』의 기술은 "증명을 중시하고, 이론적으로 구축해 간다"라는 이른바 과학적으로 사물을 처리하는 방법으로 기술되어 있지 않기 때문이다. 『혼개통헌도설』의 설명에 따르기만 한다면 훌륭한 아스트롤라베를 만들 수 있을지는 몰라도 그것을 통해서 투영법의 원리까지 밝혀내기는 불가능할 것이다. 『혼개통헌도설』은 그만큼 명확한 실용적 저작이다.

(6) 천동설의 도입에 따라 地圓說(=지구설)과 같은 중국인의 일반적 상식에 반하는 과학적 추론·지식 등이 중국인에게 커

다란 충격을 주게 되었다. 그런데 이지조가 지원설을 수용하는 방법은 중국의 경전에서 단편적인 언설을 채용하는 經學的 수법이었다. 그것은 서학이 가져온 여러 가지 과학적 추론과 전제의 정당성을 시스템으로서 이해하는 방법이 아니었다. 예컨대 이지조는 지원설의 근거를 서양의 천문학 시스템에서 구하지 않고 중국의 경전에서 찾았다. 아스트롤라베에서 투영의 결과로 북극이 중앙에 위치하게 되는 것에 대해서도, 그는 『黃帝內經』 「素問」의 '中北外南'의 설을 인용하였다. 經學主義的 西學觀이라고 할 수 있는 이러한 관점은 서학으로써 경학을 이해하고자 한다는 일찍이 없던 새로운 면을 지니고 있으며, 그런 점에서 『혼개통헌도설』의 간행은 이른바 西學中源說의 遠因이 된다고 할 수도 있을 것이다.

2) 조선후기 『혼개통헌도설(渾蓋通憲圖說)』의 전래와 『혼개통헌헌의(渾蓋通憲儀)』의 제작[19]

李圭景은 「物極生變辨證說」에서 역대 천문의기의 변천 과정을 다음과 같이 정리했다.

> "儀器의 변화는 簡平儀(에 이르러서) 極盡하였다. 簡平儀의 궁극(에 이르러서는) 渾蓋通憲儀가 極盡하였다."[20]

---

19) 이하의 내용은 구만옥, 「朝鮮後期 '儀象' 改修論의 推移」, 『東方學志』 144, 延世大學校 國學硏究院, 2008의 3장 '西洋 儀器의 전래와 수용: 簡平儀와 渾蓋通憲儀' 부분을 참조.

20) 『五洲衍文長箋散稿』 卷27, 「物極生變辨證說」(上, 771쪽 - 영인본 『五洲衍文長箋散稿』, 明文堂, 1982의 책수와 쪽수). "至於儀器之變, 簡平儀而極矣. 簡平之極, 而渾蓋通憲儀而極矣."

이처럼 이규경은 당대 천문의기의 정점에 簡平儀와 渾蓋通憲儀가 위치하고 있다고 여겼다. 그것은 17세기 이후 동아시아에 소개된 대표적인 서양식 천문의기였다. 이규경은 혼개통헌의가 종래의 渾天說과 蓋天說을 통합한 의기로서 마태오 리치가 창안한 것이며, 간평의 역시 관측의 근본이 되는 기구라고 보았다.[21]

이규경이 간평의의 발전적 형태로 거론한 渾蓋通憲儀는『渾蓋通憲圖說』에 그 원리가 설명되어 있는 천문의기였다.『혼개통헌도설』은 明의 李之藻(1565～1630)가 1607년에 편찬한 책이다. 이 책의 원본은 마태오 리치의 스승인 클라비우스(Christoph Clavius)의 아스트롤라븀(*Astrolabium*)으로, 서양 고대의 측량의기인 평면구형 아스트롤라베(Astrolabe, 星盤)의 원리를 소개한 저작이었다. 이지조는 아스트롤라베가 "모양은 蓋天이지만 그 도수는 渾天을 따르고 있다"[22]는 사실을 발견하였다. 이로부터 그는 개천설의 七衡六間圖와 아스트롤라베 상의 투영각도법이 뒤섞여 있으며, 아스트롤라베는 중국의 전통적 우주론인 渾天說과 蓋天說을 하나로 통합하여 나타낸 의기라고 간주하여 '渾蓋通憲'이라 명명하였다.

요컨대 혼개통헌의는 중국의 전통적인 구체 혼천의를 대신하여 이를 평면에 투영한 서구식 천문의기로서, 서양의 평면구형 아스트롤라베(planispheric astrolabe)의 중국판이라고 할 수 있었다. 이는 남극에서 바라본 동지선 이북의 천구를 적도면에 平射투영(stereographic projection)한 의기였는데, 특정 위도에서만 활용 가능한데다 취득 정

21) 『五洲衍文長箋散稿』 卷20, 「說天諸家辨證說」(上, 602쪽). "渾天·蓋天相合, 有渾蓋通憲之儀, 利西泰所刱云, 此其談天之實理也. 簡平儀亦測驗根本之故, 亦說天地之度數者, 欲驗其所以然, 捨此不可得也."

22) 李之藻, 「渾蓋通憲圖說自序」, 『渾蓋通憲圖說』(5쪽 - 영인본 『渾蓋通憲圖說·簡平儀說』(叢書集成初編, 1303), 中華書局, 1985의 쪽수. 이하 같음). "貌則蓋天, 而其度仍從渾出."

보가 많은 만큼 활용법이 복잡했다. 『혼개통헌도설』은 이와 같은 혼개통헌의의 제작법과 사용법을 소개한 책자였다.[23)]

『혼개통헌도설』은 중국에서 전통적 우주론의 양대 산맥으로 많은 논쟁을 벌여온 혼천설과 개천설을 통합한 저술로 인정된다. 이 책의 모두에서 이지조는 개천의 형태는 혼천의 일부를 분할한 것이며, 따라서 분할된 개천을 온전한 원으로 복귀시키면 두 학설의 통합이 가능하다는 취지의 주장을 제시했다.[24)] 이는 개천설을 당시 전래된 서양의 지구설과 같은 것으로 간주하는 태도였다. 요컨대 개천설과 혼천설의 통합은 지구설을 통해서 가능하며, 그것을 평면상에 구현한 천문의기가 바로 혼개통헌의라는 주장이었다.

『혼개통헌도설』은 17세기 중반 이후 서학서의 유입과 함께 조선 지식인 사회에 유행하게 되었으며, 崔錫鼎(1646～1715) 같은 사람은 일찍부터 혼개통헌의의 우수성을 지적하기도 했다.[25)] 金萬重(1637～1692)은 그의 저서 『西浦漫筆』에서 "明의 萬曆 연간에 서양의 지구설이 나타나서 혼천·개천설이 비로소 하나로 통일되었으니 역시 한 快事이다"[26)]라고 했는데, 지구설에 입각하여 혼천설과 개천설의 회통을 설명한 것은 바로 『혼개통헌도설』이었다. 이는 김만중이 『혼개통헌도설』을 비롯한 서양의 천문역법서를 통해 서양 천문학 지식을 이해하고 수용했음을 짐작케 하는 대목이다.

---

23) 韓永浩, 「朝鮮의 新法日晷와 視學의 자취」, 『大東文化硏究』 47, 成均館大學校 大東文化硏究院, 2004 참조.

24) 『渾蓋通憲圖說』 卷首, 渾象圖說(12쪽). "渾儀如塑像, 而通憲平儀則如繪像, 兼頫卬轉側而肖之者也. 塑則渾圜, 繪則平圜, 全圜則渾天, 割圜則蓋天."

25) 『明谷集』 卷9, 「齊政閣記」, 3ㄱ(154책, 5쪽). "漢唐以來, 代有其器, 惟元之郭守敬所制諸象號稱精巧, 皇明之季, 湯若望所進通憲, 尤極纖悉, 而制作不傳於東方."

26) 『西浦漫筆』 下, 580쪽(영인본 『西浦集·西浦漫筆』, 通文館, 1971의 쪽수). "明萬曆間, 西洋地球之說出, 而渾蓋兩說始通爲一, 亦一快也."

김만중의 예에서 알 수 있듯이 조선후기 우주론과 儀象論의 차원에서 『혼개통헌도설』이 끼친 영향에 주목할 필요가 있다. 널리 알려진 바와 같이 중국의 전통적 우주론으로는 蓋天說, 渾天說, 宣夜說, 昕天說, 穹天說, 安天說, 그리고 方天說, 四天說 등이 있었다.[27] 이 가운데 논의의 주류를 이룬 것은 개천설과 혼천설이었다. 그런데 서양 선교사들이 들어와서 양자를 통합하는 새로운 논의를 제시했고, 그것이 『혼개통헌도설』로 정리되었던 것이다.

조선후기 지식인들은 『혼개통헌도설』의 새로운 학설에 접하면서 개천설과 혼천설의 통일을 주장했던 중국의 전통적 논의에 다시금 주목하게 되었다. 그것은 『梁書』「崔靈恩傳」의 한 구절이었는데,[28] 이지조가 일찍이 『혼개통헌도설』의 서문에서 자신의 주장에 대한 논거로 제시했던 바였다.[29] 李瀷(1681~1763)은 개천설의 타당성을 몇 가지 사례를 들어 설명하고, 최영은의 주장이 역사 속에 묻혀 있다가 서양인들의 논의를 만나 다시 밝혀지게 된 사연을 전하면서 자신 역시 이 주장에 동조하고 있다고 말했다.[30] 그는 『혼개통헌도설』이 출현하면서 개천이 혼천의 절반을 논한 것임을 알게 되었다고 하면서, 『혼개통헌도설』은 『周髀算經』의 '統體一圓說'에서 나온 것으로 간주했다.[31]

27) 『星湖僿說』 卷2, 天地門, 渾盖, 36ㄱ(Ⅰ, 48쪽 - 『국역 성호사설』, 민족문화추진회, 1977의 책수와 原文 쪽수. 이하 같음).
28) 『梁書』 卷48, 列傳 第42, 儒林, 崔靈恩. "先是儒者論天, 互執渾盖二義, 論盖不合於渾, 論渾不合於盖. 靈恩立義以渾盖爲一焉."
29) 李之藻, 「渾蓋通憲圖說自序」, 『渾蓋通憲圖說』(4쪽). "崔靈恩以渾蓋爲一義, 而器測蔑聞, 說亦莫考……."
30) 『星湖僿說』 卷2, 天地門, 渾盖, 35ㄴ(Ⅰ, 48쪽). "按梁崔靈恩傳, 靈恩立義以渾盖爲一焉.……蓋天之說, 於是明矣. 此說起於上古, 中絶者累世, 至靈恩更申之, 然世旣不信, 說亦未著, 復遇西國人始明, 其亦有數存於其間耶. 余每以此理談於人, 莫不瞠然爲駴, 殆其復晦于後者乎."
31) 『星湖僿說』 卷3, 天地門, 談天, 46ㄴ~47ㄱ(Ⅰ, 94~95쪽). "而及渾盖之書出, 而知盖是渾之半規, 主北極而言, 無復可疑.……渾盖出於周髀統體一圓說."

5. 조선에 끼친 영향

조선후기 지식인들이 『혼개통헌도설』을 주목했던 이유는 그것이 지구설을 설명하는 주요 논거였기 때문이다. 특히 지구설이 서양인들의 독창이 아니라 유교의 성인들이 창시한 것임을 주장하고자 했던 논자들에게 더할 나위 없이 좋은 전거였다. 이익 역시 이 점에서 『혼개통헌도설』에 주목했다. 그는 먼저 전통적인 '地在水上之說'을 비판하였다. 『朱子語類』에 여러 차례 수록되어 있는 이 주장은[32] 지구설에 대한 비판의 논거로 자주 거론되었다. 그러나 이익은 이것이 주자의 말씀을 기록한 자들의 오류라고 주장하면서 『中庸』의 '(地)振河海而不泄[洩]'[33]이라는 구절을 들어 물은 지면 위에 있는 것이라고 강조했다.[34] 아울러 '渾蓋之義'를 잃어버린 지 오래되었는데 北朝의 최영은만이 이를 주장한 바 있고, 萬曆 연간에 이르러 비로소 渾天과 蓋天이 하나로 합쳐져 曆法이 구비되었다고 보았다.[35] 이상과 같은 이익의 견해는 다음과 같은 발언으로 정리될 수 있다.

"歐羅巴 '天主의 학설'은 내가 믿는 바가 아니다. (그렇지만) 그들

---

32) 『朱子語類』 卷2, 理氣下, 天地下, 沈僩錄, 28쪽(點校本 『朱子語類』, 中華書局, 1994의 쪽수. 이하 같음) ; 『朱子語類』 卷45, 論語 27, 衛靈公篇, 顏淵問爲邦章, 陳淳錄, 1156쪽.

33) 『中庸』, 26章. "今夫地一撮土之多, 及其廣厚, 載華嶽而不重, 振河海而不洩, 萬物載焉."

34) 『星湖全集』 卷24, 「答安百順壬申(別紙)」, 22ㄱ~ㄴ(198책, 491쪽). "古有地在水上之說, 朱子謂登高而望, 山勢如隨波之狀, 此或記者之誤, 寧有是理. 子思曰, 地振河海而不泄, 水者在地面者, 繞地皆然, 地安得浮在水上."

35) 『星湖全集』 卷24, 「答安百順壬申(別紙)」, 22ㄴ(198책, 491쪽). "渾蓋之義, 失之已久, 惟北朝崔靈恩有是說, 如蔡邕不解蓋天, 而朱子取之. 至萬曆間始合渾與蓋爲一, 而曆法乃備."

이 하늘과 땅에 대해 담론한 것은 속속들이 깊이 연구하고 밑바닥에 이르러 力量을 포괄하였으니 일찍이 없었던 것이다. 잠시 그 가운데 하나의 예를 들어보자. 蓋天論의 경우 蔡邕은 그것을 비판했고 朱子는 그것(채옹의 비판)을 따랐다. 北朝의 崔靈恩은 渾天과 蓋天을 통합해 하나로 만들었으나 세상의 儒者들이 그것을 버려두어 그 학설이 전해지지 않았다. 『渾蓋通憲圖說』이 출현함에 이르러 합치되지 않는 바가 없었고, 曆道가 비로소 밝혀졌으니 어찌 外國의 것이라 하여 그를 소홀히 여길 수 있겠는가."[36]

正祖(1752~1800) 역시 「經史講義」에서 지구설의 원리는 '渾蓋通憲法'에 기초해서 이해해야 한다고 주장했다. 정조는 역대의 전적에 지구설과 관련한 논의들이 등장함에도 불구하고 先儒들이 이를 믿지 않은 사실을 의아하게 생각했다. 그가 혼개통헌법을 거론한 것은 '實測'하지 않고 입으로만 논쟁하는 잘못을 지적하고자 함이었다.[37] 이와 같은 정조의 견해는 세손 시절부터 견지해 온 것이었다. 그는 다음과 같이 말했다.

"후세에 渾儀를 사용하고 周髀를 버렸다. 그러나 지금의 渾蓋通憲儀는 실로 璣衡(璿璣玉衡)의 遺制이다. 무릇 하늘의 형체를 논하고 하늘의 운행을 본뜨는 데는 渾天보다 좋은 것이 없고, 하늘의

---

36) 『星湖全集』 卷26, 「答安百順丁丑」, 19ㄴ(198책, 527쪽). "歐羅巴天主之說, 非吾所信, 其談天說地, 究極到底, 力量包括, 蓋未始有也. 姑擧一事, 蓋天之論, 蔡邕非之, 朱子從之, 北朝崔靈恩合渾蓋爲一, 而世儒棄之, 其說無傳. 至通憲出而無所不合, 曆道始明, 豈可以外國而少之哉."

37) 『弘齋全書』 卷116, 經史講義 53, 綱目 7, 唐太宗, 41ㄴ(265책, 388쪽). "朝耕暮穫, 見於周髀, 晝夜反對, 著於曆書, 地圓之理, 確有可徵, 而先儒猶不之信何歟.……苟無實測, 徒以口舌爭, 鮮不爲扣槃捫燭之見, 此當以渾蓋通憲法證之."

운행을 말하고 아울러 땅의 형체까지 두루 갖춘 것으로는 蓋天보다 좋은 것이 없다. 渾天은 진실로 미루어 헤아리는 바른 儀器[推測之正儀]이지만 周髀와 蓋天의 法도 또한 버려서는 안 된다. 渾蓋通憲儀는 渾天의 도수[渾度]와 蓋天의 모양[蓋模]를 합하여 하늘 밖에서 하늘을 보는 기구를 만든 것이다. 그러므로 日至의 길고 짧은 두 개의 規[晝長規·晝短規]가 크고 작음이 현저히 다르고, 黃經 남북의 각 弧의 넓고 좁은 것이 전혀 다르다. 巨蟹가 子에 있고 磨蝎이 午에 있으며, 白羊이 동쪽에 있고 天秤이 서쪽을 가로질러 있어서 모두 빛이 비치는 비례대로 球體의 도수가 다 드러나니, 비유하자면 몸을 남극의 밖에다 두어서 항상 고요한 하늘[常靜之天]을 우러러 보면 360도의 經緯가 뚜렷한 것과 같다. 極度에 이르러서는 위치에 따라 서로 바뀌고, 窺筒[睨筩]은 해를 따라 위아래로 움직여서, 낮에는 해그림자를 관측하고 밤에는 星辰을 살피니, 실로 순임금[虞庭]이 七政을 가지런하게 한 오묘함이다. 蔡沈의 주석[蔡傳]은 渾天儀 하나만으로 선기옥형을 해석하여 거칠고 소략함을 면치 못하였다."[38]

정조 때에는 『혼개통헌도설』의 원리에 입각하여 새로운 형태의 해시계를 만들기도 하였다. 현재 국립고궁박물관에 소장되어 있는 보물

38) 『弘齋全書』 卷161, 日得錄 1, 文學 1, 11ㄴ~12ㄱ(267책, 143쪽). "上在春邸, 嘗講舜典, 至在璿璣齊七政, 臣浩修以講官讀奏蔡傳渾天儀說. 敎曰, 後世用渾儀廢周髀, 然今之渾蓋通憲, 實璣衡之遺制也. 大抵論天體而以擬天行, 莫善於渾天, 言天行而兼該地體, 莫善於蓋天. 渾天固爲推測之正儀, 而周髀蓋天之法, 亦不可廢也. 通憲則合渾度蓋模而爲天外觀天之器, 故日至之長短二規, 小大懸殊, 黃經之南北各弧, 寬窄絶異. 巨蟹如子而磨蝎加午, 白羊乘東而天秤橫西, 總因光照之比例, 畢露球體之度數. 譬之置身南極之外, 仰觀常靜之天, 而三百六十之經緯歷如也. 至於極度隨地而互換, 窺筒視日而低昂, 晝測晷景, 夜考星辰, 則實虞庭齊政之妙也. 蔡傳但以渾天一儀釋璣衡, 未免粗疎(原任直提學臣徐浩修癸卯錄)."

제841호 簡平日晷·渾蓋日晷가 그것이다. 길이 129cm, 너비 52.2cm, 두께 12.3cm의 艾石(쑥돌)에 위쪽에는 簡平日晷가 아래쪽에는 혼개일구가 새겨져 있다. 혼개일구는 혼개통헌의와 같이 천구상의 천정점인 한양의 북극고도에서 바라본 황도를 지평면에 평사투영하여 절기선과 시각선을 그린 것이다. 이 해시계의 하단부 오른쪽에는 "시헌력에서 황도와 적도의 거리는 23°29′이고, 한양의 북극 출지 고도는 37°39′15″이다(時憲黃赤大距二十三度二十九分, 漢陽北極出地三十七度三十九分十五秒)"라고 한양의 북극고도가, 하단부 왼쪽에는 "건륭 50년 을사년(1785, 정조 9) 중추에 만들었다[乾隆五十年乙巳仲秋立]"라고 제작 일시가 기록되어 있어 관상감에서 정식으로 만든 궁궐용 해시계였던 것으로 추측되고 있다.[39]

이규경은 옛날부터 서양이 중국과 통했기 때문에 서양에 전해진 것은 중국으로부터 流傳한 것이라는 전형적인 '중국원류설'의 입장에 서 있었다.[40] 渾蓋通憲儀를 바라보는 관점도 그랬다. 그는 '중국원류설'의 대표적 논자인 梅文鼎(1633~1712)의 견해를 수용하여 혼개통헌의가 마테오 리치가 창시한 것이 아니라 중국 蓋天說의 遺器로서 서양에 전해진 것이라는 견해를 피력했다.[41] 그는 일찍이 이지조가 그랬던 것처럼 崔靈恩이 혼천과 개천을 통합하려고 시도했다는 역사적 사실을 거론하며 중국원류설의 논거로 삼았다.[42]

---

39) 韓永浩, 앞의 논문, 2004 참조.

40) 『五洲衍文長箋散稿』 卷17, 「渾盖通憲儀辨證說」(上, 505쪽). "粤自邃古, 昧谷獨通中夏, 故西方所傳, 每有中土之所遺逸者, 而詢諸其人, 亦云本自中國之流傳."

41) 『五洲衍文長箋散稿』 卷17, 「渾盖通憲儀辨證說」(上, 505쪽). "按西泰渾蓋通憲中, 渾天圓儀如塑像, 蓋天平儀如繪像云, 而梅文鼎歷學疑問補, 渾盖通憲儀, 非利瑪竇所創, 卽自中國蓋天(天)之遺器, 流入西土."

42) 『五洲衍文長箋散稿』 卷17, 「渾盖通憲儀辨證說」(上, 505쪽). "南史梁崔靈恩傳, 靈恩立義, 以渾蓋爲一, 則中國原有是法也."

주목되는 것은 徐浩修(1736～1799)의 『渾蓋圖說集箋』(『渾蓋通憲圖說集箋』)이라는 저술이다. 이는 당대 천문역산학의 대가인 서호수가 『혼개통헌도설』을 이해하기 위해서 쓴 해설서였다. 그는 정조 14년(1790)의 연행 당시에 이 책을 휴대했으며, 중국 학자들에게 보여주면서 질정을 부탁하기도 했다.[43] 그러나 翁方綱(1733～1818)의 발문을 받아 본 서호수는 당대 중국 명사들의 천문역산학 수준에 실망을 금치 못했다.[44] 중국 사대부들이 '新法'을 이해하지 못하고 있음을 파악했기 때문이다.

서호수의 천문역산학은 부친 徐命膺(1716～1787) 이래의 家學을 계승한 것이었다. 그는 서양의 새로운 역법과 전통적 역법은 질적인 차이가 있다고 보았다. 그 대표적 예로 地球說과 歲差說, 本輪說을 거론하였다. 서호수는 이와 같은 신법의 새로운 이론들이 '實測'에 근거하고 있다는 점을 중시했다. 그것은 전통 역법을 평가하는 기준으로도 적용되었다. 서호수는 서양 역법이 전래하기 이전에 授時曆이 가장 정밀한 역법으로 평가받을 수 있었던 이유도 그것이 '測量'을 위주로 했기 때문이라고 보았다.[45] 혼개통헌의로 대표되는 서양 천문의기에 대한

---

43) 『燕行紀』 卷2, 起熱河至圓明園, 庚戌年(1790, 정조 14) 7월 17일 乙未(Ⅴ, 80쪽 - 국역 『연행록선집』, 민족문화추진회, 1976의 책수와 原文 쪽수. 이하 같음) ; 『燕行紀』 卷2, 起熱河至圓明園, 庚戌年(1790, 정조 14) 7월 18일 丙申(Ⅴ, 81쪽) ; 『燕行紀』 卷3, 起圓明園至燕京, 庚戌年(1790, 정조 14) 8월 25일 癸酉(Ⅴ, 121쪽) ; 『燕行紀』 卷3, 起圓明園至燕京, 庚戌年(1790, 정조 14) 9월 2일 己卯(Ⅴ, 128쪽) 참조.

44) 『燕行紀』 卷3, 起圓明園至燕京, 庚戌年(1790, 정조 14) 9월 2일 己卯(Ⅴ, 128쪽). "紀尙書·鐵侍郎, 皆謂翁閣學邃於曆象, 而余始聞致力於春秋朔閏, 已疑其不解新法, 今見跋語, 益驗其空踈. 大抵目今中朝士大夫, 徒以聲律書畫, 爲釣譽媒進之階, 禮樂度數, 視如弁髦, 稍欲務實者, 亦不過拾亭林·竹垞之緒餘而已. 乃知榕邨之純篤, 勿菴之精深, 間世一出而不可多得也." ; 문중양, 「18세기말 천문역산 전문가의 과학활동과 담론의 역사적 성격 - 徐浩修와 李家煥을 중심으로 - 」, 『東方學志』 121, 延世大學校 國學硏究院, 2003 참조.

관심도 이러한 측면에서 촉발된 것이었다.

이규경에 따르면 혼개통헌의는 영조 연간에 조선에 유입되었다. 당시 徐有榘(1764~1845)가 이를 收藏하고 있었고, 이규경 자신도 그 실물을 보았는데 그 제도가 매우 기묘했다고 한다. 한편 혼개통헌의의 원리를 설명한 『혼개통헌도설』은 서유구의 형인 徐有本(1762~1822)이 소장하고 있었는데, 이규경은 이것도 빌려 보았다. 그는 혼개통헌의와 『혼개통헌도설』이 아울러 구비되어야 한다고 강조하면서 '최고의 보배[絕寶]'라고 높이 평가하였다. 그는 우리나라에 솜씨가 뛰어난 장인이 많으니 혼개통헌의를 제작하여 書雲觀에 비치하면 훗날 하늘을 논하는 자들이 징험할 바가 있게 될 것이라고 하였다.[46]

실제로 혼개통헌의와 『혼개통헌도설』에 수록된 지구설의 원리는 서유본·서유구의 조부인 徐命膺이 일찍부터 주목했던 바이다. 서명응의 학문은 義理에 근본을 두고, '名物度數之學'을 참고했으며, 先天易에 깊은 조예를 보였던 것으로 평가된다.[47] 그는 지구설을 포함하여 五帶說과 '渾蓋通憲之制'가 결단코 三代의 遺制라고 믿었다.[48] 서명응은 영조

---

45) 『燕行紀』 卷3, 起圓明園至燕京, 庚戌年(1790, 정조 14) 8월 25일 癸酉(Ⅴ, 121쪽). "西洋新曆與古法絕異. 北極有南北之高低, 而晝夜反對, 時刻有東西之早晚, 而節候相差, 此地圓之理也. 古謂天差而西, 歲差而東, 今則曰恒星東行. 古謂日有盈縮損益, 月有遲疾損益, 今則曰輪有大小, 行有高卑. 非今之故爲異於古, 實測卽然也. 西曆以前, 惟郭太史授時曆, 最號精密, 蓋因其專主測量, 而得羲和賓餞之義也."

46) 『五洲衍文長箋散稿』 卷17, 「渾盖通憲儀辨證說」(上, 506쪽). "通憲平儀, 英廟朝已入我東, 爲徐五費大學士(有榘)收藏, 予亦得見, 笵銅作圜, 如一掌大, 製甚奇妙. 渾蓋通憲一卍[弓+二], 徐左蘇山人(有本, 五費大學士兄也)藏거[去+廾], 而嘗一借覽. 有此儀, 則不可无此書也. 若无此書, 則如車无輗. 蓋絕寶也, 中原亦罕傳, 今我東巧工旣多, 則更爲模製, 藏於雲館, 俾得流傳, 則日后譚天者, 庶可有徵焉."

47) 『明皐全集』 卷15, 「本生先考文靖公府君行狀」(261책, 323쪽). "其爲學, 本之義理, 叅之名物, 而尤深於先天易."

48) 『明皐全集』 卷15, 「本生先考文靖公府君行狀」(261책, 323쪽). "論曆象則曰, 新法地圓之理, 非但戴記曾子之訓可據, 證之羲和分測, 節節相符. 如使地不正圓, 北極

45년(1769) 冬至使의 正使로 북경에 다녀왔다. 당시 사행을 수행했던 李德星·洪大成 등이 북경에서 銀 6錢을 주고 渾蓋通憲儀를 구입한 일이 있었다. 서명응은 이것을 북경 천주당의 서양인 선교사 劉松齡(August von Hallerstein)에게 보였는데, 유송령은 이것이 마태오 리치 당시에 사용하던 것으로 지금은 사용하지 않는다고 답변하였다. 이때 구입한 혼개통헌의는 귀국하여 국왕이 引見할 때 바쳤던 것으로 보인다.[49] 당시 조선에는 『혼개통헌도설』은 유통되고 있었지만 의기는 존재하지 않았는데 아마도 이때 구입한 혼개통헌의가 조선에 전래된 최초의 것이 아닌가 한다.[50]

그런데 이와 관련해서는 확인되어야 할 문제들이 남아 있다. 널리 알려진 바와 같이 近畿南人系 星湖學派의 일원인 李家煥(1742～1801)은 徐浩修와 함께 18세기 후반을 대표하는 사대부 천문학자로서 서양 과학기술에 해박한 지식을 보유한 인물이었다.[51] 그런데 鄭喆祚(1730～1781)의 증언에 따르면 이가환은 『幾何原本』, 『數理精蘊』 등의 책에 정통했고 渾蓋通憲儀도 제작했다고 한다.[52] 黃胤錫이 정철조를 만나 이

何以有南北之高低, 時刻何以有東西之早晩. 寒熱五帶之說, 渾蓋通憲之制, 決是三古之遺也."

49) 『頤齋亂藁』 卷14, 庚寅(1770) 4월 5일 壬子(三, 135쪽). "昨日, 本寺書吏劉成郁, 自燕都隨上使徐台命膺, 歸謁. 余問燕中消息, 則曰, 已具於別單書啓草中, 徐當錄上矣. 因言燕京隆福寺市上, 偶以銀六錢, 購得利瑪竇所製平儀, 卽渾蓋通憲也. 徐台以示天主堂中, 西洋人劉松齡, 則松齡言, 此自利氏時所用, 今不用也.……其平儀, 則東還引見時, 入啓投進."

50) 『頤齋亂藁』 卷14, 庚寅(1770) 4월 19일 丙寅(三, 151쪽). "故德星大成等, 相與購得交食算稿二本於欽天監. 又捐私財, 購利瑪竇所製渾蓋通憲一件, 數理精蘊四十五卷, 對數表四卷, 八線表二卷, 曆象考成後編十二卷, 五星表五卷, 新法中星更錄一卷. 凡此六種書, 以雲峴所儲, 只有單件, 肄習之時, 每患苟艱, 不得不厚買, 以備留上. 通憲, 則我國但有其說, 未見其器, 彼中亦所罕有, 而今幸得之. 若能曉解用法, 其爲推測, 非復遠鏡之比矣."

51) 문중양, 앞의 논문, 2003 참조.

이야기를 들은 시점이 영조 44년(1768)이니, 이것이 사실이라면 서명응 일행이 혼개통헌의를 구입해 오기 이전에 이미 조선에서 그것을 제작한 사례가 된다.

한편 『日省錄』에는 순조 원년(1800) 10월 13일에 "問辰鍾, 渾盖通憲儀, 象限儀를 바친 사람들에게 시상하도록 명했다"[53]는 기록이 있다. 李晩秀(1752～1820)의 말에 따르면 因山 때 소용되는 의기를 購納한 이들에게 이미 포상을 요청했는데, 또 문신종·혼개통헌의·상한의 등을 바친 사람이 있어 관상감에서 그들이 원하는대로 시상해 줄 것을 요청했다고 한다.[54] 이는 18세기 후반에 민간에서 서양식 천문의기를 포함한 다양한 儀象을 제작했던 사실을 보여주는 기록이라 할 수 있다.

〈해제 : 구만옥〉

---

52) 『頤齋亂藁』 卷11, 戊子(1768) 8월 23일 戊寅(二, 226쪽). "鄭君曰, 算家, 吾所不習, 惟李家煥近方專精於原本精蘊諸書, 又製渾蓋通憲矣." ; 韓永浩, 앞의 논문, 2004, 377～380쪽 참조.

53) 『日省錄』, 純祖 원년(庚申) 10월 13일(壬戌). "命問辰鍾·渾盖通儀·象限儀來納人施賞."

54) 『日省錄』, 純祖 원년(庚申) 10월 13일(壬戌). "檢校直提學李晩秀啓言, 因山時所用儀器購納人, 旣請賞, 而又有問辰鍾·渾盖通儀·象限儀來納者各二人, 自雲監從其願請施賞, 從之."

참 고 문 헌

1. 사료

『渾蓋通憲圖說』

『天學初函』, 亞細亞文化社, 1976.

2. 단행본

徐宗澤, 『明淸間耶穌會士譯著提要』, 中華書局, 1949(『中國學術叢書』 第一編, 11, 上海書店, 1994).

方豪, 『李之藻硏究』, 臺北: 臺灣商務印書館, 1966.

朱維錚 主編, 『利瑪竇中文著譯集』, 上海: 復旦大學出版社, 2001.

3. 논문

구만옥, 「朝鮮後期 '儀象' 改修論의 推移」, 『東方學志』 144, 延世大學校 國學硏究院, 2008.

安大玉, 『明末西洋科學東伝史-『天學初函』器編の研究』, 東京: 知泉書館, 2007.

한국연구재단 토대연구지원사업 총서

조선시대 서학 관련 자료 집성 및 번역·해제 2

초판 1쇄 | 2020년 3월 10일
초판 2쇄 | 2021년 8월 10일

지 은 이 동국역사문화연구소 편
해 제 자 구만옥, 김혜경, 노대환, 박권수, 서인범, 서종태, 원재연, 이명제, 전용훈
발 행 인 한정희
발 행 처 경인문화사
편 집 유지혜 김지선 박지현 한주연 이다빈
마 케 팅 전병관 하재일 유인순
출판번호 406-1973-000003호
주 소 경기도 파주시 회동길 445-1 경인빌딩 B동 4층
전 화 031-955-9300 팩 스 031-955-9310
홈페이지 www.kyunginp.co.kr
이 메 일 kyungin@kyunginp.co.kr

ISBN 978-89-499-4873-7 94810
978-89-499-4871-3 (세트)
값 27,000원